和名师
一起读名著
九年级
上册

"名著导读"同步阅读

U0863997

聊斋志异选

蒲松龄 著

长江出版传媒 | 长江少年儿童出版社

聊斋志异选

图书在版编目（CIP）数据

聊斋志异选 /（清）蒲松龄著；朱克理注．-- 武汉：长江少年儿童出版社，2019.8

（和名师一起读名著）

ISBN 978-7-5560-9405-9

Ⅰ．①聊… Ⅱ．①蒲… ②朱… Ⅲ．①笔记小说－中国－清代 Ⅳ．① I242.1

中国版本图书馆 CIP 数据核字（2019）第 068005 号

出版发行：長江出版傳媒 长江少年儿童出版社

出 品 人：何 龙

社 址：武汉市雄楚大街 268 号出版文化城爱立方大楼 **邮政编码**：430070

业务电话：（027）87679174 （027）87679786 **电子邮箱**：cjcpg_cp@163.com

网 址：http://www.cjcpg.com

承 印 厂：湖北新华印务有限公司 **经销**：新华书店湖北发行所

规格：640 毫米 ×970 毫米 **开本**：16 开

字数：420 千字 **印张**：18.5

版次：2019 年 10 月第 1 版，2020 年 10 月第 4 次印刷 **印数**：11 001－15 000

书号：ISBN 978-7-5560-9405-9 **定价**：30.00 元

本书如有印装质量问题，可向承印厂调换。

借聊世间异事，抒写孤愤心情

《聊斋志异》是中国古典小说中的独特奇异之书，它不录寻常之事，专门记述神鬼灵异这类怪异非常之事。它的作者说自己“才非干宝，雅爱搜神”，就清楚地表明了这一点。

在这本书中，有名有姓的人、鬼、妖、神上千个，即便是写现实世界，也是借助鬼世界、妖世界、神世界，把现实融入到虚幻的氛围中，替现实披上一层光怪陆离的魔幻外衣。就是那些帝王将相、才子佳人、农夫商人、僧道术士、侠客武将和乞丐无赖等，虽为凡人，但也都表现得不平凡，要么能力超群，要么行为怪异，要么经历奇特。

在这本书中，作者将写实与魔幻、庄严与诙谐、讽刺与夸张等手法交替运用，在荒诞处揭示社会本质，诙谐处寄托理想追求，使本书中故事在悲惨处让人伤心欲绝，恐怖处让人毛骨悚然。

郭沫若先生曾这样评价：“写鬼写妖高人一等，刺贪刺虐入骨三分。”是的，《聊斋志异》是一部有内涵的书，一部值得品味的书，一部中国古典小说中的奇书。

蒲松龄选择鬼狐花妖作为自己的叙事材料，用和谐鲜明的音韵，强烈的抒情来讲故事，真切地为我们展示了17世纪中国社会的面貌。它是中国古代文言小说的集大成者。

自主阅读

Zixhuyuedu

阅读点拨 · *Yuedudianbo*

不少同学可能看过由《聊斋志异》改编的《倩女幽魂》《画皮》等影视作品，对其中的人鬼故事也说得上几个，但是我们只有真正读过原著，读懂原著，才能体会到作者所描绘的奇妙世界，才能欣赏到作者高超的讽刺艺术，才能领略到作者真正的写作本意……

◎人物素描

在《聊斋志异》中，蒲松龄用他的生花妙笔，塑造了众多鲜活生动、让人印象深刻的人物。就其类别而言，有书生，有道士，有鬼魅，有狐精，有花妖，有神仙，等等。我们选择其中几个典型的人物形象和大家分享。

人物一：婴宁

外貌：撚梅花一枝，容华绝代，笑容可掬。

（卷二《婴宁》）

性格：天真烂漫、聪明活泼、不受封建礼教约束。

人物二：聂小倩

外貌：有一十七八女子来，仿佛艳绝。……肌映流霞，足翘细笋,白昼端相,娇艳尤绝。

(卷二《聂小倩》)

性格:天性善良、善解人意、聪颖贤惠。

人物三:乔女

外貌:有女黑丑,壑一鼻,跛一足。

(卷九《乔女》)

性格:刚强不屈、见义勇为、救助弱小。

人物四:济南道人

外貌:冬夏惟着一单袷衣,系黄绦,别无裤襦。每用半梳梳发,即以齿衔髻际,如冠状。日赤脚行市上。

(卷四《寒月芙蕖》)

性格:傲视权贵、性格耿介、惩恶扬善。

◎分类检索

《聊斋志异》全书有四百多篇文言小说,本书仅选取了部分篇目。如果从《聊斋志异》全本出发,我们可以分别从篇章的结构、题材和主题三个方面进行分类检索。

检索一 根据篇章的构成特点,作品可以分为三类。

第一类:故事式

通篇只由一个故事构成。以第一卷为例,如《考城隍》《尸变》等。

第二类:组合式

通篇由多个故事整合而成。以第一卷为例,如《劳山道士》《画皮》《叶生》《王六郎》等。

第三类:片断式

通篇没有故事情节,只截取事件过程中的一个场面。以第一卷为例,如《耳中人》《捉狐》《种梨》等。

注:该分类方式的理论依据源自叶楚炎的《论<聊斋志异>的短篇小说体式》(《清华大学学报》哲学社会科学版)

检索二　按照篇章主要人物的身份属性进行分类,除了极个别有属性不清和属性重叠的情况外,作品可以分为四类。

第一类:人世类

占整部作品的五分之二左右。如反映黑暗丑恶现实的有《促织》《颜氏》等;描写婚姻爱情的有《瑞云》等;记录奇异传闻的有《瓜异》《龙取水》等。

第二类:鬼魂类

占整部作品的三分之一左右。如描写人鬼之恋的有《聂小倩》《连城》《小谢》等;反映冥府吏治的有《考城隍》等;描写恶鬼害人的有《尸变》《画皮》等;反映善恶有报的有《王六郎》《柳氏子》《褚生》等;描写奇癖痴迷的有《棋鬼》《书痴》等。

第三类:妖魔类

占整部作品的四分之一左右,主要是狐精和花妖。如写狐精的有《婴宁》《小翠》《辛十四娘》等;写花妖的则有《葛巾》

《黄英》《香玉》等。

第四类:神仙类

占整部作品的极少数。如写天上的雹神的《雹神》和写观音菩萨的《菱角》;写水下的龙女的《西湖主》等。

检索三 从篇章所反映的主题来看,作品大致可以分为四类。

第一类:揭露社会黑暗

如《公孙九娘》《促织》《梦狼》等。

第二类:歌颂真挚爱情

如写人妖爱情的有《婴宁》《辛十四娘》《花姑子》《莲花公主》《绿衣女》《香玉》等;写人鬼爱情的有《聂小倩》《小谢》等;写人神爱情的有《西湖主》等;写人世爱情的有《瑞云》等。

第三类:讽刺科举制度

如写科举考试的有《叶生》《颜氏》《书痴》等;写教育官员的有《素秋》等。

第四类:体现道德训诫

如《劳山道士》《画皮》《棋鬼》等。

◎特色归纳

1. 博采众长的形式。本书吸收了六朝志人志怪、唐传奇、话本小说和史传文学的特点,形成了独特的艺术风格。如本书内容上多记述奇闻异事、神鬼妖魅,类似志怪小说;大部分作品有完整的故事情节、鲜明的人物形象，类似传奇小说、话本小说。书中一百余篇作品的篇末都有“异史氏曰”，类似《史记》的“太史公曰”，采用了较鲜明的史传文学写作形式。

2. 大胆奇特的想象。本书谈鬼说狐、写妖描神，想象丰富、奇妙玄幻；人物形象一般都具有超人的特点和本领；活动的环境或天或地、或阴或阳、或真或幻，从而创造出一个个神奇瑰丽的迷人境界。如《劳山道士》中剪纸成月，筷子变美女等情节的描写。

3. 个性鲜明的人物。作者描写人物时，或通过人物的音容笑貌和心理，或通过生动、准确的细节，或通过环境的渲染，寥寥数笔，便能形神兼备。如天真烂漫的婴宁、活泼机智的小翠、温柔拘谨的青凤、绰约可爱的聂小倩等。

4. 曲折离奇的情节。许多篇章没有平铺直叙，而是悬念丛生、一波三折，结局既在意料之外，又在情理之中。如《促织》围绕蟋蟀的得失，描写了主人公由悲而喜、喜极生悲、悲又复喜的故事。

5. 精练生动的语言。作者将典雅的文言语言和通俗的民间口语相结合，加以句式长短变化，从而形成一种凝练典雅而又生动活泼的语言。如《阎王》中李允常和他嫂子的一段对话等。

◎阅读策略

《聊斋志异》全书内容丰富，像这样一本书，该如何去阅读呢？我们建议：采取通读、精读与选择性阅读相结合的方式来阅读。

1. 通读。就是按书籍的章节顺序全部阅读。包括目录、前言和出版者的话，等等。通读时，可以采取快速浏览的方式，遇到不感兴趣的篇目就暂时舍弃，遇到感兴趣的篇目就停下来慢读。

2. 精读。就是深入细致地阅读，正确理解和掌握文章的精髓。精读时要边读边思考，多问几个“为什么”。如读《婴宁》时，思考：为什么作者要反复描写婴宁的笑？你喜欢婴宁的笑吗？为什么婴宁后面不笑了？你可以拿起笔画出文中的重要段落或词句，在旁边简短标注自己的理解。还可以在网络上搜集相关资料，帮助自己理解。

3. 选择性阅读。如果时间不够，或者觉得难度过大，可以进行选择性阅读。如选择书中的某一类（如鬼魂类、妖魔类）进行阅读。选择性阅读时不用从第一篇开始读，可以从熟悉的篇章开始读起。如看过电影《倩女幽魂》，就可以先看《聂小倩》。

无论选哪一种阅读方式，希望同学们都能准备好一本《古汉语常用字字典》，方便查阅文言字词。

读完《聊斋志异》，一般需要六周左右，也可能需要更长的时间，下面我们给出时间表，供大家参考。

时　间	阅读内容
__月__日—__月__日 （建议一周）	【阅读第一、二卷】 我是否按计划完成了阅读任务？采用了什么阅读方式来阅读这些内容？ ____________________
__月__日—__月__日 （建议一周）	【阅读第三、四卷】 我选择哪几个故事来读？ ____________________
__月__日—__月__日 （建议一周）	【阅读第五、六卷】 我比较喜欢的故事有哪些？ ____________________
__月__日—__月__日 （建议一周）	【阅读第七、八卷】 我是否按计划完成了阅读任务？采用了什么方法来阅读这些内容？ ____________________
__月__日—__月__日 （建议一周）	【阅读第九、十卷】 在这两卷中，哪个故事是精读的？ ____________________
__月__日—__月__日 （建议一周）	【阅读第十一、十二卷】 我感兴趣的主题是什么？ ____________________

精华品赏 · *Jinghuapinshang*

《聊斋志异》堪称中国古典文言短篇小说的巅峰之作，鲁迅先生评价它是“专集之最有名者”。这得益于它描绘了众多鲜活生动的形象，设置了多样的曲折离奇的情节，使用了大量的雅俗共存的语言。

◎赏人物

《聊斋志异》中刻画了众多的鬼狐花妖，但千人千面，绝不重复。蒲松龄是怎么做到这一点的呢？一是将人的性格面貌和鬼狐花妖的原型特点结合起来；二是借助传统的语言、动作、心理描写；三是通过环境气氛来渲染人物性格、情绪。

人物	原文	描写方法	形象分析
绿衣女	绿衣长裙，婉妙无比……腰细殆不盈掬。 …… 声细如蝇，裁可辨认。而静听之，宛转滑烈，动耳摇心。 …… 捉归室中，置案头。停苏移时，始能行步。徐登砚池，自以身投墨汁，出伏几上，走作“谢”字。频展双翼，已乃穿窗而去。	将人的性格面貌和绿色蜜蜂的原型特点结合。	写出了绿衣女的窈窕身材、美丽歌喉和柔弱胆怯的性格。“使花妖狐魅，多具人情，和易可亲，忘为异类，而又偶见鹘突，知复非人”。（鲁迅）

人　物	原　文	描写方法	形象分析
公孙九娘	但见坟兆万接，迷目榛荒，鬼火狐鸣，骇人心目。	通过环境气氛来渲染烘托人物的性格、情绪。	作者通过对乱葬岗阴森恐怖环境的描写，来表现公孙九娘“生前无辜惨死，死后不得其所”的怨恨和痛苦。

自己选择一个篇目，品赏人物，完成下列表格。

人　物	原　文	描写方法	形象分析

◎赏情节

《聊斋志异》里的故事往往给人以扣人心弦、一波三折的感受。这是因为它的情节设置借鉴了话本小说，有以下三个特征：一张一弛、虚实结合、设置悬念。

篇目	原文	特点	分析
《九山王》	叟自外来，颜色惨恸，责李曰：“夙无嫌怨；荒园岁报百金，非少，何忍遂相族灭？此奇惨之仇，无不报者！”忿然而去。疑其掷砾为殃，而年余无少怪异。	一张一弛	前文写灭族后狐狸发誓报仇，扣人心弦；后文却写几年内没有奇怪的事发生，甚是平静。一张一弛，波澜起伏。
《西湖主》	（梁）归过洞庭，见一画舫，雕槛朱窗，笙歌幽细，缓荡烟波，时有美人推窗凭眺。梁目注舫中，见一少年丈夫（陈弼教），科头叠股其上…… 梁归，探诸其家，则生（陈弼教）方与客饮，益疑。因问：“昨在洞庭，何归之速？”答曰：“无之。”梁乃追述所见，一座尽骇。	虚实结合	梁生与陈弼教两次相见，一次是实景，一次是虚景。哪次实，哪次虚？真真假假，虚虚实实，让故事摇曳多姿。

篇　目	原　文	特　点	分　析
《王六郎》	因问："代（水鬼死）者何人？"曰："兄于河畔视之，亭午，有女子渡河而溺者，是也。"……果有妇人抱婴儿来，及河而堕……	设置悬念	前文写有妇人将代替水鬼王六郎死，后文却写妇人在河中沉浮却最终没死，顿生悬念。

自己选择一个篇目，品赏情节，完成下列表格。

篇　目	原　文	特　点	分　析

◎赏语言

在一个白话文学流行的时代，蒲松龄却冒天下之大不韪，用文言来写作《聊斋志异》。他不怕当时的民众不接受吗？蒲松龄在继承文言文精练准确的传统上，又吸收了活泼诙谐的民间口语。在自然景物描写上，还呈现出诗化的特点。因此，本书不仅没有让人望而却步，反而登上了中国文言短篇小说的高峰。

篇　目	原　文	特　点	品　析
《凤仙》	顷,一少年后至,曰:“女子何人?似颇佳丽。”刘亟赞之……少年曰:“何妨。但南阳三葛,君得其龙,区区者又何足道!”	引用典故,典雅含蓄。	“南阳三葛”典故来自《世说新语》,指的是诸葛瑾、诸葛亮和诸葛诞。诸葛亮(号卧龙)是三人中最杰出的。此处意指凤仙是三姐妹中最貌美的一个。
《邵女》	媪曰:“夫人勿须烦怨。恁个丽人,不知前身修何福泽,才能消受得!昨一大笑事:柴家郎君云……此非饿鸱作天鹅想耶?早被老身呵斥去矣!”	巧用口语,活泼诙谐。	运用“恁个”“消受得”“大笑事”“饿鸱作天鹅想”等活泼诙谐的口语,富有生活气息。活灵活现地展现出一个慧心利嘴、巧舌如簧、以退为进的媒婆形象。
《婴宁》	门前皆丝柳,墙内桃杏尤繁,间以修竹,野鸟格磔其中。	凝练如诗,清新如画。	不仅写出了环境的幽静美丽,还烘托出婴宁美丽活泼的形象。

自己选择一个篇目,品赏语言,完成下列表格。

篇　目	原　文	特　点	品　析

重点研习 · Zhongdianyanxi

研习主题:《聊斋志异》中的女性形象

冰心曾说过:“如果没有女性,我们将失掉生活百分之五十的真,百分之六十的善,百分之七十的美。”蒲松龄笔下的女性个性鲜明、经历奇特、才能卓越。她们身上所散发出来的“真善美”的光芒,令人炫目。下面,我们一起来研习《聊斋志异》中的女性形象!

活动一:寻找最美女性

蒲松龄在《聊斋志异》中塑造了大量有追求、有个性的女性,为她们营造了广阔的发展空间,开辟了女性形象新天地。如摆脱封建礼教束缚,大胆追求婚姻自主的鸦头、连城;只讲婚姻实质,不讲表面礼法和名分、思想解放的侠女;用终生辛劳来报答知己之情,貌丑而心美的乔女;与恶势力抗争,足智多谋的商三官、庚娘,玩政敌于股掌之中的小翠;救夫君于水火的方氏和舜华;为朋友终生幸福奔波劳碌、殚精竭虑的封三娘;独立自主、有经营才干的女企业家黄英、小二;文才、治国才能皆出众的女强人颜氏……同学们,读了本书后,你最喜欢哪个女性呢?请你试着找一找!

活动二:挖掘美的内涵

请你为心目中的“最美女性”制作一个小档案,并把她的故事在小组内讲一讲,然后小组推荐代表在全班展示。

示例：

“最美女性”小卡片	
篇　目	《颜氏》
人　物	颜氏
形　象	聪明、有毅力，温柔贤惠
情　节	在丈夫屡试不中的情况下，颜氏女扮男装，从容赴试，屡试屡中，连任官职。
喜爱理由	颜氏把封建重压下妇女被压制的才能充分表现出来，有文才，可以在文章上超过男子；有治国才干，吏治超出男子。

活动三：比较发现异同

同学们，将蒲松龄笔下的女性和真实地生活在封建时代的女性进行比较，你发现了哪些共同点和不同点呢？请写下来吧。

共同点：____________________

不同点：____________________

活动四：探究写作目的

同学们，蒲松龄为什么要塑造这些女性形象呢？他又在这些女性的身上寄托了自己怎样的理想呢？请拿起笔记下你的所思所悟吧。

____

____

朗读赛 · Langdusai

1. “书读百遍，其义自见。”朗读是学习文言文的一个很重要的方法。在朗读中培养语感，在朗读中理解文意，在朗读中体悟情感。文言文的朗读分四步：第一步读准字音，第二步读通大意，第三步读出情感，第四步读出境界。

篇　名	朗读选段	朗读指导
《山市》	奂山山市，邑八景之一也，然数年恒不一见。孙公子禹年，与同人饮楼上，忽见山头有孤塔耸起，高插青冥。相顾惊疑，念近中无此禅院。无何，见宫殿数十所，碧瓦飞甍，始悟为山市。未几，高垣睥睨，连亘六七里，居然城郭矣……忽大风起，尘气莽莽然，城市依稀而已。既而风定天清，一切乌有。惟危楼一座，直接霄汉…… 逾时，楼渐低，可见其顶，又渐如常楼，又渐如高舍，倏忽如拳如豆，遂不可见。	“然数年恒不一见”中“然”字要停顿，读出转折的意味。抓住表示时间变化的词语“忽”“无何”“未几”“既而”“逾时”“倏忽”，读出山市变化速度的快慢。抓住表示神态、心理的词“相顾惊疑”“悟”“居然”“遂不可见”，分别读出吃惊怀疑、恍然大悟、不敢相信、可惜不舍之情。

篇　名	朗读选段	朗读指导
《狐谐》	孙与二客分左右座，上设一榻屈狐……狐曰："昔一大臣，出使红毛国，着狐腋冠，见国王。王见而异之，问：'何皮毛，温厚乃尔？'大臣以狐对。王言：'此物生平未曾得闻。狐字字画何等？'使臣书空而奏曰：'右边是一大瓜，左边是一小犬。'"主客又复哄堂。 二客，陈氏兄弟，一名所见，一名所闻。见孙大窘，乃曰："雄狐何在，而纵雌流毒若此？"狐曰："适一典，谈犹未终，遂为群吠所乱，请终之。国王见使臣乘一骡，甚异之。使臣告曰：'此马之所生。'又大异之。使臣曰：'中国马生骡，骡生驹驹。'王细问其状。使臣曰：'马生骡，是臣所见；骡生驹驹，乃臣所闻。'"举座又大笑。	这段文字，是狐狸讽刺孙生和陈所见、陈所闻兄弟俩的。语言风趣幽默，充满生活气息。读"右边是一大瓜，左边是一小犬"和"马生骡，乃'臣所见'；骡生驹驹，是'臣所闻'"两句时，语速要慢，要重读，读出嘲弄、俏皮的语气。

2. 书中还有许多精彩的片段值得大家一读，如文字干净利落的《骂鸭》《狼三则》等，语言风趣幽默的《阎王》《小翠》等。可邀请小伙伴或家长，和你一起分角色朗读。

辩论场 • *Bianlunchang*

名著也是常读常新的,不经意之间你便会有一个新鲜的看法,并为此而激动不已。在阅读这本书的过程中,你是否有过因短暂停下来思考而产生的小触动呢?下面,就让我们走进辩论场,去感受一下思考与讨论的快乐吧!

1.《聊斋志异》中的花妖狐魅、神灵鬼怪形象历来充满了争议。有人根据作品将它们痛快淋漓地揭露丑恶,判断作品是精华;但也有人根据作品将它们宣扬封建伦理观念和轮回报应的迷信思想,判断作品是糟粕。阅读完这部作品,你是怎样看待这个问题的?

正方:我认为是精华。理由:它是一部公认的优秀作品。我们知道,《聊斋志异》是蒲松龄的"孤愤"之书,是他迫于所处时代的严酷,也出于对民间鬼怪传说的偏爱而作的。作者对官场、科场的揭露和抨击,对封建婚姻的不满和对自由恋爱的歌颂,等等,这些进步思想多是通过鬼狐花妖故事表达出来的。例如,他要攻讦"羊狠狼贪"的黑暗官场,在《席方平》中让负屈者的儿子到阴司去打官司,受折磨,继续负屈;他要揭露"公道不彰"的仕途科场,让文章冠世而"所如不偶"的落第书生死后而竟不知其死,还去帮助知己成名,希望"借福泽为文章吐气”(《叶生》);他要使“有情人终成眷属”,在《阿宝》中就让钟情者化为鹦鹉飞到恋人的身边。鬼狐花妖只是作品的独特叙述方式,无关封建迷信。不能否认,作品流露出一些消极因素,但也主要是个人认知和时代局限的原因,我们不能用今人的标准去对古人求全责备。

反方:我认为是糟粕。理由:它不利于青少年世界观的形成。《聊斋志异》全本四百多篇作品,堪称优秀的篇章只有六十篇左右,而以宣扬鬼神迷信、封建伦理观念和庸俗思想趣味为主题的糟粕作品竟有一百多篇,剩下三百多篇中绝大部分是精华和糟粕兼有的作品。从数量比例来看,《聊斋志异》确实有很多糟粕,很难用白璧之瑕的说法来掩饰。例如,第一卷42篇中就有《耳中人》《尸变》《喷水》《山魈》等15篇是“明神道之不诬”的;《王六郎》《长清僧》《孽僧》等篇虽有所寓意,但其主要思想还是如此。此外,在很多歌颂爱情的篇章中还夹杂着不少不雅的描绘,对处于青春期的读者来说是很负面的文字内容。青春期读者在读《聊斋志异》时需有选择地阅读,汲取精华,去其糟粕。

2.《聊斋志异》中的鬼狐形象是蒲松龄对人世的反抗,还是对人世的屈服?

3. 学贵有疑，小疑则小进，大疑则大进。接下来，请你提出自己在阅读过程中所遇到的问题，与同学们讨论讨论吧。

____

____

____

创意展 • *Chuangyizhan*

读一本好书，聆听作者的声音，分享你的创意，让每一次阅读都有收获！这是一个亲近经典、传承文化的机会，这是一种有趣的读书方式，这是一场脑洞大开的盛会！期待你的参与，从而遇见更好的自己。阅读、聆听、分享，我们一起成长！

1. 制作海报。请根据自己对作品中人物与情节的理解，制作一个和《聊斋志异》有关的宣传海报。

2. 改编剧本。以作品为蓝本，结合自己的思考和理解，将其改编为剧本。

3. 情景再现。以小组为单位，结合自己改编的剧本，分角色扮演。有条件的学校可以拍摄成视频。

4. 影视鉴赏。欣赏《聊斋志异》改编成的影视作品，针对人物塑造、情节改编、主题表达等方面，写观后感或影评。如果你还有更好的创意，可与同学交流后展示。

阅读检测

Yuedujiance

知识擂台 · *Zhishileitai*

1. 下列文学文化常识表述有误的是(　　)。

A.《聊斋志异》是清代文学家蒲松龄所写的一部长篇小说

B. 布封，法国博物学家、作家。他的代表作是用40年时间写成的《自然史》

C. 在春秋战国时代，人们把一车四马称为“一乘”

D. 在战国时代，赵武灵王从匈奴那里学习骑马，此后骑马之风兴起

2. 下列古代的文化典籍中，以书房命名的一项是(　　)。

A.《聊斋志异》　　B.《杜工部集》

C.《稼轩长短句》　　D.《临川先生文集》

3. “字字写来都是血，十年辛苦不寻常”和“写鬼写妖高人一等，刺贪刺虐入骨三分”分别讲的是中国古典文学中的(　　)。

A.《水浒》和《聊斋志异》

B.《红楼梦》和《聊斋志异》

C.《儒林外史》和《三国演义》

D.《红楼梦》和《三国演义》

4.《聊斋志异》是一部(　　)。

A. 志怪小说　　B. 文言小说

C. 志人小说　　　　D. 话本小说

5. 老舍评价说“鬼狐有性格，笑骂成文章”的是(　　)。

A.《李娃传》　　　　B.《聊斋志异》

C.《莺莺传》　　　　D.《霍小玉传》

6.《聊斋志异》最突出的艺术特色是(　　)。

A. 深刻的社会性悲剧主题的表现

B. 富有传奇色彩的故事情节

C. “用传奇法而以志怪”

D. 采用了比喻、对比、夸张等多种修辞手法

7. 下列关于《聊斋志异》的表述正确的有(　　)。（多选题）

A. 是清代著名文言短篇小说集，蒲松龄的代表作

B. 以花妖狐魅的幻想故事，来概括当时的社会关系

C. 创造性地采用了“用传奇法而以志怪”的手法

D. 代表了六朝志怪小说的最高成就

真题再现 · *Zhentizaixian*

1.（2017 · 包头）下列文学常识，搭配有误的一项是(　　)。

A.《狼》—蒲松龄—《聊斋志异》

B.《隆中对》—罗贯中—《三国演义》

C.《祖国》—莱蒙托夫—俄国诗人

D.《骆驼祥子》—老舍—中国现代作家

2.（2000 · 广州）下列说法正确的一项是（　　）。

A. 都德和莫泊桑都是法国著名的文学家，他们都有著名短篇小说被翻译成中文

B. 李白是唐代的伟大诗人，人称“诗仙”，《明月几时有》是他的作品

C.《儒林外史》和《聊斋志异》都是我国古代的著名的短篇小说集

D.《诗经》是我国古代最早的一部诗歌总集，《陌上桑》选自于《诗经》

3.（2002 · 山东）下面有关文学、文化常识的表述，错误的一项是（　　）。

A. 罗贯中、施耐庵、吴承恩、蒲松龄都是我国古代著名的小说家

B.《从百草园到三味书屋》《社戏》《藤野先生》都选自鲁迅的散文集《朝花夕拾》

C. “先帝创业未半而中道崩殂”中“先帝”指刘备，“崩”在古代指皇帝的死亡

D. 韩麦尔、保尔 · 柯察金分别是都德《最后一课》和奥斯特洛夫斯基《钢铁是怎样炼成的》中的人物

4.（2002 · 新疆乌鲁木齐）下列课文、出处、作家、时代对应不正确的一项是（　　）。

A.《狼》—《聊斋志异》—蒲松龄—明代

B.《论雷峰塔的倒掉》—《坟》—《鲁迅》—现代

C.《杨修之死》—《三国演义》—罗贯中—元末明初

D.《石壕吏》—《杜工部集》—杜甫—唐代

5.（2002·成都）下面两副对联所指的作家分别是谁？请将姓名及其主要作品集填在括号里。

(1)写鬼写妖高人一等,刺贪刺虐入骨三分

( )( )

(2)唐代论诗人,李杜以远,惟有几篇新乐府

苏州怀刺史,湖山之边,尚有三庙旧祠堂

( )( )

6.(2018·山东东营)阅读下面的文字,完成练习。

微闻有鼠作作索索，盆器倾侧，妇梦中咳嗽。宾客意少舒，稍稍正坐。

忽一人大呼“火起”，夫起大呼，妇亦起大呼。两儿齐哭。俄而百千人大呼，百千儿哭，百千犬吠。中间力拉崩倒之声，火爆声，呼呼风声，百千齐作……人有百口，口有百舌，不能名其一处也。于是宾客无不变色离席，奋袖出臂，两股战战，几欲先走。

（林嗣环《口技》）

李超，字魁吾，淄之西鄙人。豪爽好施。偶一僧来托钵，李饱啖之。僧甚感荷，乃曰：“吾少林出也。有薄技，请以相授。”李喜，馆之客舍，丰其给，旦夕从学。三月，艺颇精，意得甚。僧问：“汝益乎？”曰：

“益矣。师所能者，我已尽能之。”僧笑命李试其技……既而支撑格拒，李时时蹈僧瑕，僧忽一脚飞掷，李已仰跌丈余。僧抚掌曰：“子尚未尽吾能也！”……

李由此以武名，遨游南北，罔[1]有其对。偶适历下，见一少年尼僧，弄艺于场，观者填溢……李在侧，不觉技痒，意气而进……尼乃曰：“既是憨师弟子，同是个中人，无妨一戏。但两相会意可耳。”李诺之。然以其文弱故，易之。又年少喜胜，思欲败之，以要一日之名……尼乃起。少间，李腾一踝去，尼骈五指下削其股，李觉膝下如中刀斧，蹶仆[2]不能起。尼笑谢曰：“孟浪迕客，幸勿罪！”李舁[3]归，月余始愈。

后年余，僧复来，为述往事。僧惊曰：“汝大卤莽！惹他何为！幸先以我名告之，不然，股已断矣！”

（蒲松龄《武技》）

注：①罔：无。②蹶仆：跌倒。③舁：共同用手抬。

(1)解释下列句中加点的字。

①不能名其一处也　　　　名：__________

②有薄技，请以相授　　　以：__________

③馆之客舍　　　　　　　馆：__________

④然以其文弱故，易之　　易：__________

(2)简要说明上述两文在写法上的相同之处及其作用。

____

____

(3)在为学、行事、成才等方面,你从两位身怀技艺者身上获得了怎样的教益?

____

____

7.(2008·眉山)比较阅读下面两篇文言文,完成练习。

【甲】一屠晚归,担中肉尽,止有剩骨。途中两狼,缀行甚远。

屠惧,投以骨。一狼得骨止,一狼仍从。复投之,后狼止而前狼又至。骨已尽矣,而两狼之并驱如故。

屠大窘,恐前后受其敌。顾野有麦场,场主积薪其中,苫蔽成丘。屠乃奔倚其下,弛担持刀。狼不敢前,眈眈相向。

少时,一狼径去,其一犬坐于前。久之,目似瞑,意暇甚。屠暴起,以刀劈狼首,又数刀毙之。方欲行,转视积薪后,一狼洞其中,意将隧入以攻其后也。身已半入,止露尻尾。屠自后断其股,亦毙之。乃悟前狼假寐,盖以诱敌。

狼亦黠矣,而顷刻两毙,禽兽之变诈几何哉?止增笑耳。

【乙】两牧竖[①]入山至狼穴,穴有小狼二,谋分捉之。各登一树,相去数十步。少顷,大狼至,入穴失子,意甚仓皇。竖于树上扭小狼蹄耳故令嗥,大狼闻声仰视,怒奔树下,号且爬抓。其一竖又在彼树致小狼鸣急，狼闻声四顾，始望见之，乃舍此趋彼，跑[②]号如前状。前树又鸣，又转奔之。口无停声，足无停趾，数十往复，奔渐迟，声渐弱，既而奄奄[③]僵卧，久之不动。竖下视之，气已绝矣。

（《聊斋志异·牧竖》）

注：①牧竖：牧童。竖，童仆。②跑：兽类用足扒土。同“刨”。③奄奄：气息微弱的样子。

(1)下列每组句子中，加点字的意思完全相同的一组是（　　）。

A. 两狼之并驱如故　　故令嗥

B. 目似瞑，意暇甚　　意甚仓皇

C. 狼不敢前　　跑号如前状

D. 相去数十步　　一狼径去

(2)用现代汉语翻译文中画线的句子。

①禽兽之变诈几何哉？止增笑耳。

____

②竖下视之，气已绝矣。

____

(3)比较阅读【甲】【乙】两文，下面赏析有错误的一项是（　　）。

A.【甲】文主要表现狼的贪婪、凶残、狡诈和愚蠢；【乙】文则从大狼身上展现伟大的母爱

B.【甲】【乙】两文在刻画狼时，都运用了动作和神态描写

C.【甲】文表现狼的狡诈时主要写两狼配合，一明一暗地“诱敌”；【乙】文中开篇写“谋分捉之”，以后从狼的侧面处处体现了“谋”的结果

D.【甲】【乙】两文的语言都简练而生动，都运用了比喻和描写

(4)同是人与狼的较量，屠户与牧竖对狼的做法，你更赞同哪一种？为什么？

______

______

考点演练 • *Kaodianyanlian*

阅读下面的文言文，完成1—4小题。

有乡人货梨于市，颇甘芳，价腾贵。有道士破巾絮衣，丐于车前。乡人咄之，亦不去。乡人怒，加以叱骂。道士曰：“一车数百颗，老衲止丐其一，于居士亦无大损，何怒为？”观者劝置劣者一枚令去，乡人执不肯。

肆中佣保者，见喋聒不堪，遂出钱市一枚，付道士。道士拜谢，谓众曰：“出家人不解吝惜。我有佳梨，请出供客。”或曰：“既有之，何不自食？”曰：“我特需此核作种。”于是掬梨啖。且尽，把核于手，解肩上镵，坎地深数寸，纳之而覆以土，向市人索汤沃灌。好事者于临路店索得

沸沈，道士接浸坎处。万目攒视，见有勾萌出，渐大，俄成树，枝叶扶疏。倏而花，倏而实，硕大芳馥，累累满树。道士乃即树头摘赐观者，顷刻向尽。已，乃以镵伐树，丁丁良久，乃断，带叶荷肩头，从容徐步而去。

初，道士作法时，乡人亦杂立众中，引领注目，竟忘其业。道士既去，始顾车中，则梨已空矣。方悟适所俵散，皆已物也。又细视车上一靶亡，是新凿断者。心大愤恨，急迹之，转过墙隅，则断靶弃垣下，始知所伐梨本，即是物也。道士不知所在。一市粲然。

异史氏曰："乡人愦愦，憨状可掬，其见笑于市人，有以哉。每见乡中称素封者，良朋乞米则怫然，且计曰：'是数日之资也。'或劝济一危难，饭一茕独，则又忿然计曰：'此十人、五人之食也。'甚而父子兄弟较尽锱铢及至淫博迷心则倾囊不吝刀锯临颈则赎命不遑诸如此类正不胜道蠢尔乡人又何足怪

（《聊斋志异·种梨》）

1. 对下列加点的字的解释，不正确的一项是(　　)。

A. 有乡人货梨于市　　货：货物

B. 带叶荷肩头　　荷：担；背

C. 见喋聒不堪　　喋聒：吵闹

D. 方悟适所俵散，皆已物也　　适：刚才

2. 下列各组句子中，加点的字的意义和用法不相同的一组是(　　)。

A. 有道士破巾絮衣，丐于车前　且尽，把核于手

B. 既有之，何不自食？　此十人、五人之食也

C. 于居士亦无大损，何怒为？　既有之，何不自食？

D. 道士不知所在。一市粲然　良朋乞米则怫然

3. 下列对原文的叙述与分析，不恰当的一项是(　　)。

A. 道士之所以这样做，是想借此来惩罚乡人的吝啬小气，以泄自己遭骂的难堪

B. 异史氏借乡人的痴傻和道士的恶作剧来讽喻社会的一种不正常风气

C. 道士的行为是不可取的，他不懂得做人应有“不食嗟来之食”的骨气

D. 本文揭示了生活一个常理，即做人做事不应斤斤计较，而要有一颗宽大的心

4. (1)断句。

甚而父子兄弟较尽锱铢及至淫博迷心则顷囊不吝刀锯临颈则赎命不遑诸如此类正不胜道蠢尔乡人又何足怪

(2)翻译文中画“____”的句子。

①观者劝置劣者一枚令去，乡人执不肯。

____

②乡人愦愦，憨状可掬，其见笑于市人，有以哉。

____

目 录

Contents

聊斋自志

披萝带荔，三闾氏感而为骚[1]；牛鬼蛇神，长爪郎吟而成癖[2]。自鸣天籁[3]，不择好音[4]，有由然[5]矣。松落落秋萤之火，魑魅争光[6]；逐逐野马之尘，罔两见笑[7]。才非干宝，雅爱搜神[8]；情类黄州，喜人谈鬼[9]。闻则命笔，遂以成编[10]。久之，四方同人[11]，又以邮筒[12]相寄，因而

---

① 披萝带荔，三闾氏感而为骚：指山鬼类的民间传闻引起了屈原的感慨，因而用骚体把它写入诗篇。披萝带荔，《楚辞·九歌·山鬼》：“若有人兮山之阿，被薜荔兮带女萝。”写山鬼以薜荔为衣，以女萝为带。薜荔、女萝，均指香草。三闾氏，指屈原（约前340—前278），曾为楚国三闾大夫，《离骚》为其代表作。骚，以屈原《离骚》为代表的一种文体，也称“楚辞体”。

② 牛鬼蛇神，长爪郎吟而成癖：指李贺把牛鬼蛇神那样荒诞不经的事情纳入诗歌，嗜吟成癖。长爪郎，指唐朝诗人李贺（约791—约817），因指爪修长，故称。

③ 天籁：自然界的音响，这里借指发自胸臆的诗作。

④ 好音：好听的声音，这里指世俗所崇尚的“正声”“善言”。

⑤ 由然：因由，来由。

⑥ 松落落秋萤之火，魑魅（chī mèi）争光：指自己孤寂失意，犹如一点微弱的萤光，而精怪鬼物来争此微光。松，“松龄”之省文，作者自称。落落，疏阔孤寂的样子。秋萤之火，指秋夜萤火虫所发出的微光，暗喻作者凄凉、卑微的处境。魑魅与下文“罔两”都指精怪鬼物。这里以魑魅与之争光，反衬作者与世俗落落寡合，与魑魅为伍。

⑦ 逐逐野马之尘，罔两见笑：言自己随俗浮沉，追逐名利，受到鬼物的奚落讪笑。逐逐，指追逐名利。野马之尘，《庄子·逍遥游》：“野马也，尘埃也，生物之以息相吹也。”这里喻尘世名利。

⑧ 才非干宝，雅爱搜神：指自己的才能虽不及干宝，却一样喜爱搜集神怪故事。干宝，东晋文学家，著有《搜神记》，多记鬼怪神异之事。雅，甚，颇。

⑨ 情类黄州，喜人谈鬼：指自己如同当年被贬谪黄州的苏轼一样，也喜欢听人讲鬼怪故事。类，如，像。黄州，代指苏轼。苏轼（约1037—1101），字子瞻，号东坡居士，北宋文学家，因反对王安石变法，被贬黄州（今湖北黄冈），常与客人谈论鬼怪之事。

⑩ 闻则命笔，遂以成编：指每逢听到鬼怪故事就提笔记录下来，于是汇编成书。成编，即成书。

⑪ 同人：志同道合之人。

⑫ 邮筒：古人邮寄书信、诗文所用的竹筒，这里指书信。

物以好聚[①]，所积益夥[②]。甚者：人非化外，事或奇于断发之乡[③]；睫在眼前，怪有过于飞头之国[④]。遄飞逸兴，狂固难辞[⑤]；永托旷怀，痴且不讳[⑥]。展如[⑦]之人，得毋向我胡卢[⑧]耶？然五父衢头，或涉滥听[⑨]；而三生石[⑩]上，颇悟前因[⑪]。放纵[⑫]之言，有未可概[⑬]以人废者。

松悬弧时[⑭]，先大人[⑮]梦一病瘠[⑯]瞿昙[⑰]，偏袒[⑱]入室，药膏如钱[⑲]，

---

① 以好（hào）聚：因为爱好聚集。

② 夥（huǒ）：多。

③ 人非化外，事或奇于断发之乡：意为人虽然在中原地区，但是他们之间发生的事情比荒蛮边远的地方还要奇怪。化外，教化之外，指封建教化所不及的边远地方。断发之乡，指古吴越之地（今江苏南部、浙江、福建一带），有剪断长发，身刺花纹的习俗，与中原不同。

④ 睫在眼前，怪有过于飞头之国：指眼前发生的怪事，竟比人头会飞的国度更为离奇。飞头之国，传说中人头会飞的国度。

⑤ 遄（chuán）飞逸兴，狂固难辞：指当灵感超逸飞动，不敢推辞狂放不羁。遄，速。飞，飞动。逸兴，飘逸豪放的意兴。狂，狂放。

⑥ 永托旷怀，痴且不讳：指坚定对理想追求的寄托，如痴如迷，也无须讳言。旷怀，开阔的胸怀。痴，痴迷。讳，避讳。

⑦ 展如：真诚的样子。

⑧ 胡卢：一作“卢胡”，形容笑声。

⑨ 然五父衢头，或涉滥听：指在五父衢头所听到的或者是些无稽的传闻。衢，四通八达的道路。五父衢，衢名。滥听，无稽的传闻。

⑩ 三生石：后人把杭州天竺寺后的山石称为“三生石”，诗文中往往也以“三生石”代指因缘前定。三生，即“三世”。佛教以过去、现在、未来，即前生、今生、来生为“三生”或“三世”。

⑪ 前因：前生因果、前生因缘。

⑫ 放纵：放任，不循常轨。

⑬ 概：一概，全部。

⑭ 悬弧时：出生时。悬弧，古代男子出生时的礼仪标志。《礼记·内则》：“子生，男子设弧于门左，女子设帨于门右。”在门左挂一张弓，表示出生的是男孩，长大成人习武学射。弧，木弓。

⑮ 先大人：指亡父。

⑯ 瘠：瘦弱。

⑰ 瞿昙：梵语也译为“乔答摩”，佛教始祖释迦牟尼的姓氏，原代指释迦牟尼，后为佛的通称，这里指代僧人。

⑱ 偏袒：僧人身穿袈裟，袒露右肩，称“偏袒”。

⑲ 钱：指如铜钱大小。

圆黏乳际。寤[①]而松生，果符墨志[②]。且也，少羸[③]多病，长命不犹[④]。门庭之凄寂，则冷淡如僧；笔墨之耕耘[⑤]，则萧条似钵[⑥]。每搔头自念：勿亦面壁人[⑦]果是吾前身耶？盖有漏根因，未结人天之果[⑧]；而随风荡堕，竟成藩溷之花[⑨]。茫茫六道，何可谓无其理哉[⑩]！独是子夜[⑪]荧荧[⑫]，灯昏欲蕊[⑬]；萧斋[⑭]瑟瑟[⑮]，案[⑯]冷疑冰。集腋为裘，妄续《幽冥》之录[⑰]；浮白载笔，仅成《孤愤》之书[⑱]。寄托如此，亦足悲矣！嗟乎！

---

① 寤：睡醒。

② 果符墨志：果然与父亲的梦相符合。墨志，中药中的膏药，一般是黑色的。

③ 羸（léi）：瘦弱。

④ 长（zhǎng）命不犹：长大之后，命不如人。犹，若，如。不犹，不如别人。

⑤ 笔墨之耕耘：指为人做幕宾、塾师，以谋生计。

⑥ 钵：梵语音译“钵多罗”之省文，也称“钵盂”，和尚食器。

⑦ 面壁人：指僧人。《五灯会元》记载，佛教禅宗祖师达摩来中国，在少林寺面壁而坐九年。后以“面壁人”专指和尚。

⑧ 盖有漏根因，未结人天之果：由于前世的原因，自己难以得到修炼的正果。有漏，指不能断除三界（欲界、色界、无色界）烦恼，不能归于空寂。佛教称烦恼为“漏”。根、因，佛教词语，指能生成或引起果报的根本原因。人天之果，指僧人修炼的果报。果，果报，梵语意译，泛指依思想行为而得的结果。

⑨ 而随风荡堕，竟成藩溷（hùn）之花：随风飘荡，竟然成了飘到篱笆外粪坑的落花。指自己的落拓不遇。藩，篱笆。溷，粪坑。

⑩ 茫茫六道，何可谓无其理哉：指自己的不幸遭遇是理应如此。六道，佛教指天道、人道、阿修罗道、饿鬼道、畜牲道、地狱道。佛教认为众生根据生前善恶，都在“六道”里轮回转生。

⑪ 子夜：夜半子时，夜里十一时至凌晨一时。

⑫ 荧荧：微弱的灯光。

⑬ 灯昏欲蕊：灯油将尽，灯芯则结灯花，光线晦暗。蕊，灯花。

⑭ 萧斋：清冷的书斋。

⑮ 瑟瑟：犹瑟缩，寒冷。

⑯ 案：几案，这里指书桌。

⑰ 集腋为裘，妄续《幽冥》之录：指搜集的狐鬼故事积累起来，狂妄地想把它作为《幽冥录》的续编。集腋为裘，比喻积小成大，积少成多。腋，指狐腋皮毛，极为珍贵。裘，皮袍。妄，狂妄，指不自揣才力。《幽冥》之录，即《幽冥录》，南朝宋刘义庆著，是一部记载神鬼怪异故事的小说。

⑱ 浮白载笔，仅成《孤愤》之书：把酒秉笔，写下这部志怪之书，不过是寄托心志，抒发胸中愤懑而已。浮白，此处泛指饮酒。浮，罚人饮酒。白，罚酒用的大酒杯。载笔，持笔写作。《孤愤》之书，《韩非子》有《孤愤》篇。

惊霜[1]寒雀，抱树无温；吊[2]月秋虫，偎阑[3]自热。知我者，其在青林黑塞[4]间乎！

康熙己未[5]春日

① 惊霜：因霜落而惊觉秋天的到来。
② 吊：悲伤。
③ 阑：栏杆。
④ 青林黑塞：指冥冥之中。
⑤ 康熙己未：康熙十八年（1679）。

卷　一

考城隍

予姊丈之祖，宋公讳[①]烎，邑廪生[②]。一日，病卧，见吏人持牒[③]，牵白颠马[④]来，云："请赴试。"公言："文宗[⑤]未临[⑥]，何遽[⑦]得考？"吏不言，但敦促之。公力疾[⑧]乘马从去，路甚生疏。至一城郭，如王者都。移时入府廨[⑨]，宫室壮丽。上坐十余官，都不知何人，惟关壮缪[⑩]可识。檐下设几、墩[⑪]各二，先有一秀才坐其末，公便与连肩[⑫]。几上各有笔札[⑬]。俄题纸飞下。视之，八字，云："一人二人，有心无心。"二公文成，呈殿上。公文中有云："有心为善，虽善不赏；无

---

① 讳：名讳。旧时对尊长不能直称其名，要避讳，因称其名为"讳"。

② 邑廪生：本县廪膳生员。明洪武二年（1369）始，凡考取入学的生员（习称"秀才"）每人月廪食米六斗，以补助其生活。后生员名额增多，成化年间（1465—1487）改为定额内者食廪，称廪膳生员，省称廪生。

③ 牒：古代官府往来文件、公文。

④ 白颠马：白额马。颠，额端。

⑤ 文宗：众人所宗仰的文章大家。清代用以敬称省级的学官提督学政，简称"提学""学政"。

⑥ 临：指案临。清制，各省学政在三年任期内依次到本省各地考试生员，称案临。

⑦ 遽：仓促。

⑧ 力疾：勉强支撑病体。

⑨ 府廨（xiè）：官署。旧时对官府衙门的通称。

⑩ 关壮缪（mù）：指关羽（？—219），字云长，三国时蜀汉大将，死后追谥壮缪侯。

⑪ 几、墩：桌子、凳子。几，长方形的小桌子。墩，一种低矮的坐具。

⑫ 连肩：肩靠肩，并排而坐。

⑬ 笔札：笔、纸。札，古时供书写用的薄木筒。

心为恶，虽恶不罚。”诸神传赞不已。召公上，谕曰：“河南缺一城隍[①]，君称其职。”公方悟，顿首泣曰：“辱膺宠命[②]，何敢多辞。但老母七旬，奉养无人，请得终其天年，惟听录用。”上一帝王像者，即命稽[③]母寿籍[④]。有长须吏，捧册翻阅一过，白：“有阳算[⑤]九年。”共踌躇间，关帝曰：“不妨令张生摄篆[⑥]九年，瓜代[⑦]可也。”乃谓公：“应即赴任，今推[⑧]仁孝之心，给假九年。及期，当复相召。”又勉励秀才数语。二公稽首[⑨]并下。秀才握手，送诸郊野。自言长山[⑩]张某。以诗赠别，都忘其词，中有“有花有酒春常在，无烛无灯夜自明”之句。

公既骑，乃别而去。及抵里，豁[⑪]若梦寤。时卒已三日。母闻棺中呻吟，扶出，半日始能语。问之长山，果有张生，于是日死矣。后九年，母果卒。营葬既毕，浣濯[⑫]入室而殁[⑬]。其岳家居城中西门内，忽见公镂膺朱幩[⑭]，舆马甚众，登其堂，一拜而行。相共惊疑，不知其为神。奔询乡中，则已殁矣。

公有自记小传，惜乱[⑮]后无存，此其略耳。

---

① 城隍：古代神话中守护城池的神，后为道教所信奉。

② 辱膺宠命：旧时接受任命或命令时表示感谢的套语。辱，犹言承蒙。膺，受。宠命，恩赐的任命。

③ 稽：查。

④ 寿籍：迷信传说中阴间有记载人们寿限的簿册，即所谓“生死簿”。

⑤ 阳算：活在阳世的年数，寿命。

⑥ 摄篆：指代理官职。摄，代理。篆，旧时印信刻以篆文，因代指官印。

⑦ 瓜代：指接任。原指来年食瓜季节使人替代，后因称官员任职期满由他人接任为“瓜代”。

⑧ 推：推许，赞许。

⑨ 稽（qǐ）首：伏地叩头。

⑩ 长山：旧县名。

⑪ 豁：突然。

⑫ 浣濯：洗涤，此指沐浴。

⑬ 殁（mò）：死。

⑭ 镂膺朱幩（fén）：形容马饰华美。镂膺，马胸部镂金饰带。朱幩，马嚼环两旁的红色扇汗用具。

⑮ 乱：战乱。

耳中人

谭晋玄[①]，邑诸生[②]也。笃信导引之术[③]，寒暑不辍[④]。行之数月，若有所得。一日，方趺坐[⑤]，闻耳中小语如蝇，曰："可以见矣。"开目即不复闻。合眸定息，又闻如故。谓是丹[⑥]将成，窃喜。自是每坐辄闻。因思俟其再言，当应以觇[⑦]之。一日，又言。乃微应曰："可以见矣。"俄觉耳中习习然[⑧]，似有物出。微睨[⑨]之，小人长三寸许，貌狞恶如夜叉[⑩]状，旋转地上。心窃异之，姑凝神以观其变。忽有邻人假物，扣门而呼。小人闻之，意张皇，绕屋而转，如鼠失窟。谭觉神魂俱失，不复知小人何所之矣。遂得颠疾[⑪]，号叫不休，医药半年，始渐愈。

尸　变

阳信[⑫]某翁者，邑之蔡店人。村去城五六里，父子设临路店，宿行商。有车夫数人，往来负贩，辄寓其家。一日昏暮，四人偕来，望

---

① 谭晋玄：蒲松龄同时代人，是个痴迷道家修炼的名士。
② 邑诸生：本指在学儒生。唐代国学及州、县学规定学生员额，因称生员。明清时代，凡经考试取入府、州、县学的生员，通称诸生。
③ 导引之术：我国古代强身除病的一种养生方法。
④ 辍：中止。
⑤ 趺（fū）坐：佛教徒坐禅的一种姿势，俗称盘腿打坐。
⑥ 丹：道教术语，有内外之别，在鼎炉中烧炼金石药物以制"长生不死"的丹药为"外丹"；以人体比拟鼎炉，"精""气"比拟药物，以"神"去烧之，使精、气、神凝成"圣胎"，即为"内丹"。这里指内丹。
⑦ 觇（chān）：看，窥视。
⑧ 习习然：形容辛辣、痛痒等感觉。
⑨ 睨（nì）：斜着眼睛看。
⑩ 夜叉：常指丑恶之鬼，或喻凶暴丑恶之人。
⑪ 颠疾：疯癫病。颠，通"癫"。
⑫ 阳信：县名，清代属山东武定府，今属山东滨州地区。

门投止[①]，则翁家客宿邸满[②]。四人计无复之，坚请容纳。翁沉吟思得一所，似恐不当客意。客言："但求一席厦宇[③]，更不敢有所择。"时翁有子妇新死，停尸室中，子出购材木[④]未归。翁以灵所室寂，遂穿衢导客往。

入其庐，灯昏案上，案后有搭帐衣，纸衾[⑤]覆逝者。又观寝所，则复室[⑥]中有连榻[⑦]。四客奔波颇困，甫就枕，鼻息渐粗。惟一客尚朦胧，忽闻灵床上察察有声。急开目，则灵前灯火，照视甚了：女尸已揭衾起，俄而下，渐入卧室。面淡金色，生绢[⑧]抹额[⑨]。俯近榻前，遍吹卧客者三。客大惧，恐将及己，潜引被覆首，闭息忍咽以听之。未几，女果来，吹之如诸客。觉出房去，即闻纸衾声。出首微窥，见僵卧犹初矣。客惧甚，不敢作声，阴[⑩]以足踏诸客，而诸客绝无少动。顾念无计，不如着衣以窜。裁[⑪]起振衣[⑫]，而察察之声又作。客惧，复伏，缩首衾中。觉女复来，连续吹数数[⑬]始去。少间，闻灵床作响，知其复卧。乃从被底渐渐出手得袴，遽[⑭]就着之，白足[⑮]奔出。尸亦起，似将逐客。比其离帏，而客已拔关[⑯]出矣。尸驰从之。客且奔且号，村中人无有

---

① 望门投止：因处境窘迫，见有人家，便去投宿。止，宿。
② 客宿邸（dǐ）满：整个旅店住满了客人。邸，旅店。
③ 一席厦宇：廊檐下一席之地。厦，走廊。宇，屋檐。
④ 材木：棺木。
⑤ 纸衾（qīn）：指覆盖尸体的纸被。衾，被。
⑥ 复室：套间。
⑦ 连榻：并排的床。
⑧ 生绢：没有漂煮过的绢。
⑨ 抹额：也叫"抹头"，一种束额的头巾。此指以巾束额。
⑩ 阴：暗中，偷偷地。
⑪ 裁：通"才"，略微。
⑫ 振衣：抖动衣服，指欲穿衣。
⑬ 数（shuò）数：多次。
⑭ 遽：疾速。
⑮ 白足：光着脚。
⑯ 拔关：拔开门闩。关，门闩。

警者。欲叩主人之门，又恐迟为所及。遂望邑城路，极力窜去。至东郊，瞥见兰若[①]，闻木鱼声，乃急挝[②]山门。道人[③]讶其非常，又不即纳。旋踵[④]，尸已至，去身盈尺。客窘益甚。门外有白杨，围四五尺许，因以树自幛[⑤]。彼右则左之，彼左则右之。尸益怒，然各寖倦[⑥]矣。尸顿立。客汗促气逆[⑦]，庇树间。尸暴起，伸两臂隔树探扑之。客惊仆。尸捉之不得，抱树而僵。

道人窃听良久，无声，始渐出。见客卧地上。烛之，死，然心下丝丝有动气。负入，终夜始苏。饮以汤水而问之，客具以状对。时晨钟[⑧]已尽，晓色迷蒙，道人觇树上，果见僵女。大骇，报邑宰[⑨]。宰亲诣质验[⑩]。使人拔女手，牢不可开。审谛之，则左右四指，并卷如钩，入木没甲。又数人力拔，乃得下。视指穴如凿孔然。遣役探翁家，则以尸亡客毙，纷纷正哗。役告之故。翁乃从往，舁[⑪]尸归。客泣告宰曰："身[⑫]四人出，今一人归，此情何以信乡里？"宰与之牒，赍[⑬]送以归。

---

① 兰若：梵语"阿兰若"的音译，指寺院。
② 挝（zhuā）：敲打。
③ 道人：这里指和尚。晋宋间和尚、道士通称道人。
④ 旋踵：转身。踵，脚后跟。
⑤ 幛：也作"障"，遮蔽。
⑥ 寖（jìn）倦：渐渐疲倦。寖，逐渐。
⑦ 汗促气逆：流汗不止，气喘吁吁。促，急。逆，不顺。
⑧ 晨钟：指寺庙里清晨的钟声。
⑨ 邑宰：指知县。
⑩ 质验：质证查验，即问取证词，查验尸身。
⑪ 舁（yú）：抬。
⑫ 身：第一人称代词，相当于"我"。
⑬ 赍（jī）：以物送人。

瞳人语

长安[1]士方栋，颇有才名，而佻脱[2]不持[3]仪节[4]。每陌上[5]见游女，辄轻薄尾缀[6]之。清明前一日，偶步郊郭[7]。见一小车，朱茀绣幰[8]，青衣[9]数辈，款段[10]以从。内一婢，乘小驷[11]，容光绝美。稍稍近觇之，见车幔[12]洞开，内坐二八女郎，红妆[13]艳丽，尤生平所未睹。目眩神夺，瞻恋弗舍，或先或后，从驰数里。忽闻女郎呼婢近车侧，曰："为我垂帘下。何处风狂儿郎，频来窥瞻！"婢乃下帘，怒顾生曰："此芙蓉城[14]七郎子新妇归宁[15]，非同田舍娘子[16]，放[17]教秀才胡觑！"言已，掬辙土飏[18]生。

生眯[19]，目不可开。才一拭视，而车马已渺。惊疑而返，觉目终不快。

---

① 长安：今陕西西安。
② 佻（tiāo）脱：轻佻，轻率。
③ 持：守。
④ 仪节：礼仪。
⑤ 陌（mò）上：指郊野路上。
⑥ 尾缀：尾随。
⑦ 郊郭：郊外。郭，城墙。
⑧ 朱茀（fú）绣幰（xiǎn）：大红车帘，绣花车帷。茀，旧时女子乘车车篷前后挂的帘。幰，车上的幛幔。
⑨ 青衣：婢女多穿青衣，因以代称婢女。
⑩ 款段：款段马，行动迟缓之马。此指骑马慢行。
⑪ 小驷：小马。驷，四马一车，也泛指马。
⑫ 幔：帐幕，帷幕。
⑬ 红妆：女子盛妆。
⑭ 芙蓉城：传说中的仙境。
⑮ 归宁：妇女回母家探视，古称归宁。宁，问安。
⑯ 田舍娘子：农妇。
⑰ 放：任意。
⑱ 飏：同"扬"，向上撒播。
⑲ 眯（mí）：尘土入眼不能看东西。

倩[①]人启睑拨视，则睛上生小翳[②]。经宿益剧，泪簌簌不得止。翳渐大，数日厚如钱，右睛起旋螺，百药无效。懊闷欲绝，颇思自忏悔。闻《光明经》能解厄，持一卷，浼[③]人教诵。初犹烦躁，久渐自安。旦晚无事，惟趺坐捻珠[④]。持之一年，万缘俱净[⑤]。忽闻左目中小语如蝇，曰："黑漆似，叵耐杀人[⑥]！"右目中应云："可同小遨游，出此闷气。"渐觉两鼻中，蠕蠕作痒，似有物出，离孔而去。久之乃返，复自鼻入眶中。又言曰："许时[⑦]不窥园亭，珍珠兰遽[⑧]枯瘠死！"生素喜香兰，园中多种植，日常自灌溉，自失明，久置不问。忽闻其言，遽问妻："兰花何使憔悴死？"妻诘其所自知，因告之故。妻趋验之，花果槁矣。大异之。静匿房中以俟之，见有小人自生鼻内出，大不及豆，营营[⑨]然竟出门去。渐远，遂迷所在。俄，连臂归，飞上面，如蜂蚁之投穴者。如此二三日。又闻左言曰："隧道[⑩]迂，还往甚非所便，不如自启门。"右应云："我壁子厚，大不易。"左曰："我试辟，得与而[⑪]俱[⑫]。"遂觉左眶内隐似抓裂。有顷，开视，豁见几物。喜告妻。妻审之，则脂膜破小窍，黑睛荧荧，才如劈椒[⑬]。越一宿，幛尽消。细视，竟重瞳也，但右目旋螺如故，乃知两瞳人合居一眶矣。生虽一目眇[⑭]，而较之双

① 倩（qìng）：请。
② 翳（yì）：遮蔽瞳孔的薄膜。
③ 浼（měi）：央求。
④ 捻珠：用手捻数着佛珠。
⑤ 万缘俱净：各种世俗杂念全都消除。缘，佛家语，此指意念产生的因缘。
⑥ 叵（pǒ）耐杀人：令人难以忍耐。叵，不可。杀，同"煞"。
⑦ 许时：这些日子。许，如此，这般。
⑧ 遽：遂，就。
⑨ 营营：往来飞声。
⑩ 隧道：地下暗道。
⑪ 而：你。
⑫ 俱：一同。
⑬ 劈椒：绽裂的花椒内仁。
⑭ 眇（miǎo）：眼瞎。

目者，殊更了了[①]。由是益自检束[②]，乡中称盛德[③]焉。

异史氏曰[④]：乡有士人，偕二友于途，遥见少妇控驴出其前。戏而吟曰："有美人兮！"顾二友曰："驱之！"相与笑骋。俄追及，乃其子妇。心赧[⑤]气丧，默不复语。友伪为不知也者，评骘殊亵[⑥]。士人忸怩[⑦]，吃吃[⑧]而言曰："此长男妇也。"各隐笑而罢。轻薄者往往自侮，良可笑也。至于眯目失明，又鬼神之惨报矣。芙蓉城主，不知何神，岂菩萨[⑨]现身耶？然小郎君生辟门户，鬼神虽恶，亦何尝不许人自新哉！

画　壁

江西孟龙潭，与朱孝廉[⑩]客都中。偶涉一兰若，殿宇禅舍，俱不甚弘敞[⑪]，惟一老僧挂褡[⑫]其中。见客人，肃衣[⑬]出迓[⑭]，导与随喜[⑮]。殿

---

① 了了：清楚。
② 检束：对言行检点约束。
③ 盛德：美德。盛，大，美。
④ 异史氏曰：《聊斋志异》所用的一种论赞体例，以便作者直接发表议论。异史氏，蒲松龄自称。
⑤ 赧（nǎn）：因羞愧而脸红，惭愧。
⑥ 评骘（zhì）殊亵（xiè）：评论得十分猥亵下流。骘，定。亵，轻慢，侮弄。
⑦ 忸怩（niǔ ní）：羞愧的样子。
⑧ 吃吃（qī）：形容说话结巴、吞吐含混。
⑨ 菩萨：梵语"菩提萨埵"的略称。佛教用以指自觉本性而又善度众生的修行者，地位仅次于佛。
⑩ 孝廉：明清时代对举人的称呼。
⑪ 弘敞：宽阔明亮。
⑫ 挂褡：也称"挂搭""挂单""挂锡"，指行游僧人暂宿寺院，因僧人悬挂衣钵、锡杖于僧堂的钩上而得名。
⑬ 肃衣：整衣。
⑭ 迓：迎接。
⑮ 随喜：佛家语，意思是随己所喜，做些善事，向僧人布施财物。

中塑志公[①]像。两壁图绘精妙，人物如生。东壁画散花天女[②]，内一垂髫[③]者，拈花微笑，樱唇欲动，眼波将流。

朱注目久，不觉神摇意夺，恍然凝想。身忽飘飘，如驾云雾，已到壁上。见殿阁重重，非复人世。一老僧说法座上，偏袒绕视者[④]甚众。朱亦杂立其中。少间，似有人暗牵其裾[⑤]。回顾，则垂髫儿，辴然[⑥]竟去。履即从之。过曲栏，入一小舍，朱次且[⑦]不敢前。女回首，举手中花，遥遥作招状，乃趋之。舍内寂无人，遽拥之，亦不甚拒，遂与狎[⑧]好。既而闭户去，嘱勿咳，夜乃复至。如此二日。

女伴觉之，共搜得生，戏谓女曰："腹内小郎已许大，尚发蓬蓬学处子耶？"共捧簪珥[⑨]，促令上鬟[⑩]。女含羞不语。一女曰："妹妹姊姊，吾等勿久住，恐人不欢。"群笑而去。生视女，髻云高簇，鬟凤低垂，比垂髫时尤艳绝也。四顾无人，渐入猥亵，兰麝[⑪]熏心，乐方未艾[⑫]。忽闻吉莫靴[⑬]铿铿甚厉，缧锁[⑭]锵然。旋有纷嚣腾辨[⑮]之声。女惊起，与生窃窥，则见一金甲使者，黑面如漆，绾[⑯]锁挈[⑰]槌，众女

---

① 志公：指南朝高僧保志（418—514），也作"宝志"，世称"宝公"，俗姓朱。
② 散花天女：佛经故事中的神女，在法会中撒花，以着身与否验证诸菩萨的向道之心。
③ 垂髫（tiáo）：披发下垂。古时十五岁以下儿童不束发，因称童稚为垂髫。这里指未曾束发的少女。
④ 偏袒绕视者：此指和尚。
⑤ 裾：本指衣服大襟，后引申为衣服的前后部分均可称裾。
⑥ 辴（chǎn）然：笑的样子。
⑦ 次且（zī jū）：同"趑趄"，犹豫不决。
⑧ 狎（xiá）：亲密而不庄重。
⑨ 簪珥（ěr）：发簪和耳环。
⑩ 上鬟：俗称"上头"。山东旧时习俗，女子临嫁梳妆冠笄、插戴首饰，称"上头"。
⑪ 兰麝：兰草和麝香。古时妇女熏香用品。
⑫ 未艾：没有尽兴。艾，停止。
⑬ 吉莫靴：皮靴。吉莫，皮革。
⑭ 缧（léi）锁：捆绑犯人的黑色绳索与锁链。缧，黑绳。
⑮ 腾辨：恣意辩论。
⑯ 绾（wǎn）：盘结，卷起。
⑰ 挈（qiè）：持。

环绕之。使者曰："全未？"答言："已全。"使者曰："如有藏匿下界人，即共出首，勿贻伊戚[①]。"又同声言："无。"使者反身鹗顾[②]，似将搜匿。女大惧，面如死灰，张皇谓朱曰："可急匿榻下。"乃启壁上小扉，猝遁去。朱伏，不敢少息。俄闻靴声至房内，复出。未几，烦喧渐远，心稍安，然户外辄有往来语论者。朱局蹐[③]既久，觉耳际蝉鸣，目中火出，景状殆不可忍。惟静听以待女归，竟不复忆身之何自来也。

时孟龙潭在殿中，转瞬不见朱，疑以问僧。僧笑曰："往听说法去矣。"问："何处？"曰："不远。"少时，以指弹壁而呼曰："朱檀越[④]，何久游不归？"旋见壁间画有朱像，倾耳伫立，若有听察。僧又呼曰："游侣久待矣。"遂飘忽自壁而下，灰心木立[⑤]，目瞪足耎[⑥]。孟大骇，从容问之，盖方伏榻下，闻叩声如雷，故出房窥听也。共视拈花人，螺髻[⑦]翘然，不复垂髫矣。朱惊拜老僧，而问其故。僧笑曰："幻由人生，贫道[⑧]何能解。"朱气结而不扬，孟心骇而无主。即起，历阶[⑨]而出。

异史氏曰：幻由人生，此言类有道者。人有淫心，是生亵境；人有亵心，是生怖境。菩萨点化愚蒙，千幻并作，皆人心所自动耳。老婆心切[⑩]，惜不闻其言下大悟，披发入山也。

---

① 勿贻伊戚：不要自招罪罚。贻，遗留。伊，通"繄（yī）"，是。戚，忧愁。
② 鹗顾：如鹗一样瞋目四顾。
③ 局蹐（jú jí）：因畏缩恐惧而蜷曲。
④ 檀越：也作"檀那"，指向寺院施舍财物的俗家人。
⑤ 灰心木立：心如死灰，形似槁木。
⑥ 耎（ruǎn）：同"软"。
⑦ 螺髻：螺形发髻，形容已婚妇女的发式。
⑧ 贫道：古时道士和尚都可用此谦称。
⑨ 历阶：一个台阶一个台阶。
⑩ 老婆心切：教诲人的心迫切。佛家称教导后学亲切叮咛者曰老婆，寓有慈悲开示之意。

捉狐

孙翁者，余姻家清服之伯父也，素有胆。一日，昼卧，仿佛有物登床，遂觉身摇摇如驾云雾。窃意无乃魇狐[①]耶？微窥之，物大如猫，黄毛而碧嘴，自足边来。蠕蠕伏行，如恐翁寤。逡巡[②]附体：着足，足痿；着股，股耎。甫及腹，翁骤起，按而捉之，握其项。物鸣，急莫能脱。翁亟[③]呼夫人，以带絷[④]其腰。乃执带之两端，笑曰："闻汝善化，今注目在此，看作如何化法。"言次，物忽缩其腹，细如管，几脱去。翁大愕，急力缚之，则又鼓其腹，粗于碗，坚不可下。力稍懈，又缩之。翁恐其脱，命夫人急杀之。夫人张皇四顾，不知刀之所在。翁左顾示以处。比回首，则带在手如环然，物已渺矣。

王六郎

许姓，家淄之北郭[⑤]，业渔[⑥]。每夜，携酒河上，饮且渔。饮则酹地[⑦]，祝[⑧]云："河中溺鬼得饮。"以为常。他人渔，迄[⑨]无所获，而许独满筐。

一夕，方独酌，有少年来，徘徊其侧。让之饮，慨[⑩]与同酌。既

---

① 魇狐：睡梦中感到胸闷气促，民间认为是狐狸作祟，俗称"魇狐子"。
② 逡（qūn）巡：小心谨慎，迟疑。
③ 亟（jí）：急切。
④ 絷（zhí）：拴住马足，引申为拴缚。
⑤ 淄之北郭：指淄川北郊。
⑥ 业渔：以打鱼为业。
⑦ 酹（lèi）地：把酒洒在地上以祭鬼神。
⑧ 祝：祷告。
⑨ 迄（qì）：通"汔"，几乎，接近。
⑩ 慨：慷慨大方。

而终夜不获一鱼，意颇失。少年起曰："请于下流[①]为君驱之。"遂飘然去。少间，复返，曰："鱼大至矣。"果闻唼呷[②]有声。举网而得数头，皆盈尺。喜极，申谢[③]。欲归，赠以鱼，不受，曰："屡叨[④]佳酝，区区[⑤]何足云报。如不弃，要当以为常耳。"许曰："方共一夕，何言屡也？如肯永顾，诚所甚愿。但愧无以为情。"询其姓字，曰："姓王，无字[⑥]，相见可呼王六郎。"遂别。明日，许货鱼，益沽酒。晚至河干[⑦]，少年已先在，遂与欢饮。饮数杯，辄为许驱鱼。

如是半载。忽告许曰："拜识清扬[⑧]，情逾骨肉。然相别有日矣。"语甚凄楚。惊问之。欲言而止者再，乃曰："情好如吾两人，言之或勿讶耶？今将别，无妨明告：我实鬼也，素嗜酒，沉醉溺死，数年于此矣。前君之获鱼，独胜于他人者，皆仆之暗驱，以报酹奠耳。明日业满[⑨]，当有代者[⑩]，将往投生。相聚只今夕，故不能无感。"许初闻甚骇，然亲狎既久，不复恐怖，因亦欷歔。酌而言曰："六郎饮此，勿戚也。相见遽违[⑪]，良足悲恻。然业满劫脱[⑫]，正宜相贺，悲乃不伦[⑬]。"遂与畅饮。因问："代者何人？"曰："兄于河畔视之，亭午[⑭]，有女子渡河而溺者，是也。"听村鸡既唱，洒涕而别。

---

① 下流：河的下游。
② 唼呷（shà xiā）：鱼吃食发出的声音。
③ 申谢：道谢。申，陈述，表示。
④ 叨（tāo）：谦词，表示承受之意。
⑤ 区区：形容微不足道。
⑥ 字：表字。古时男子幼时起名，二十岁左右行冠礼，据本名相应之义另起别名，称"字"。
⑦ 河干：河岸。
⑧ 清扬：夸人神采奕奕，对人容貌的敬称。
⑨ 业满：佛家语，业报已满。业，业报，所行善恶，必将得到相应的报应。此处指恶业。受苦、为善与之相抵，即是业满。
⑩ 代者：代替的人。
⑪ 违：离别。
⑫ 劫脱：劫难得以解脱。
⑬ 不伦：当喜而悲，不合情理。
⑭ 亭午：正午。

明日，敬伺[①]河边，以觇其异。果有妇人抱婴儿来，及河而堕。儿抛岸上，扬手掷足而啼。妇沉浮者屡矣，忽淋淋攀岸以出，藉地[②]少息，抱儿径去。当妇溺时，意良不忍，思欲奔救。转念是所以代六郎者，故止不救。及妇自出，疑其言不验。抵暮，渔旧处。少年复至，曰："今又聚首[③]，且不言别矣。"问其故。曰："女子已相代矣，仆怜其抱中儿，代弟一人，遂残二命，故舍之。更代不知何期。或吾两人之缘未尽耶？"许感叹曰："此仁人之心，可以通上帝矣。"由此相聚如初。

数日，又来告别。许疑其复有代者。曰："非也。前一念恻隐[④]，果达帝天[⑤]。今授为招远县[⑥]邬镇土地[⑦]，来朝赴任。倘不忘故交，当一往探，勿惮修阻[⑧]。"许贺曰："君正直为神，甚慰人心。但人神路隔，即不惮修阻，将复如何？"少年曰："但往，勿虑。"再三叮咛而去。

许归，即欲治装东下。妻笑曰："此去数百里，即有其地，恐土偶[⑨]不可以共语。"许不听，竟抵招远。问之居人，果有邬镇。寻至其处，息肩逆旅[⑩]，问祠所在。主人惊曰："得无[⑪]客姓为许？"许曰："然。何见知？"又曰："得无客邑为淄？"曰："然。何见知？"主人不答，遽出。俄而丈夫抱子，媳女窥门，杂沓而来，环如墙堵。许益惊。众乃告曰："数夜前，梦神言：淄川许友当即来，可助以资斧[⑫]。

---

① 伺：守候，观察。
② 藉地：坐卧在地。
③ 聚首：相会。
④ 恻隐：同情，怜悯。
⑤ 帝天：上帝居住的地方。
⑥ 招远县：明清时属登州府，今属山东省招远市。
⑦ 土地：土地神。
⑧ 勿惮（dàn）修阻：不要怕路远难往。惮，怕。修阻，路远难行。
⑨ 土偶：泥塑神像。
⑩ 息肩逆旅：住在旅馆里。息肩，栖止休息。逆旅，旅店。逆，迎。
⑪ 得无：莫非。
⑫ 资斧：旅费。

祗候[①]已久。”许亦异之。乃往祭于祠而祝曰：“别君后，寤寐不去心[②]，远践曩约[③]。又蒙梦示居人，感篆中怀[④]。愧无腆物[⑤]，仅有卮酒[⑥]，如不弃，当如河上之饮。”祝毕，焚钱纸。俄见风起座后，旋转移时，始散。夜梦少年来，衣冠楚楚，大异平时。谢曰：“远劳顾问[⑦]，喜泪交并。但任微职，不便会面，咫尺河山[⑧]，甚怆于怀。居人薄有所赠，聊酬夙好[⑨]。归如有期，尚当走送。”居数日，许欲归。众留殷恳，朝请暮邀，日更数主。许坚辞欲行。众乃折柬抱襆[⑩]，争来致赆[⑪]，不终朝[⑫]，馈遗盈橐[⑬]。苍头[⑭]稚子毕集，祖送[⑮]出村。欻[⑯]有羊角风[⑰]起，随行十余里。许再拜曰：“六郎珍重！勿劳远涉。君心仁爱，自能造福一方，无庸故人嘱也。”风盘旋久之，乃去。村人亦嗟讶而返。

许归。家稍裕，遂不复渔。后见招远人问之，其灵应如响云。或言：即章丘[⑱]石坑庄。未知孰是。

异史氏曰：置身青云[⑲]，无忘贫贱，此其所以神也。今日车中贵

---

① 祗（zhī）候：恭候。
② 寤寐不去心：日夜思念。寤，醒来时。寐，睡着时。
③ 曩（nǎng）约：先前的约定。曩，先前。
④ 感篆中怀：感激之情，铭记于心。篆，刻。中，心。
⑤ 腆物：丰厚的祭祀物品。腆，丰厚。
⑥ 卮酒：一杯酒。
⑦ 顾问：亲临看望。
⑧ 咫尺河山：近在咫尺，如隔河山。
⑨ 夙（sù）好：旧交，老友。
⑩ 折柬抱襆（fú）：拿着礼帖，抱着礼品。柬，便笺，用以写礼单。襆，包袱，此指礼品包裹。
⑪ 致赆（jìn）：送行赠礼。赆，送别时赠送的财物。
⑫ 不终朝（zhāo）：不出一个早晨。朝，早晨。
⑬ 橐（tuó）：盛物用的袋子。
⑭ 苍头：指老者。
⑮ 祖送：饯行送别。祖，祭名，出行时祭祀路神。
⑯ 欻（xū）：忽然。
⑰ 羊角风：旋风。
⑱ 章丘：明清县名，属济南府，今山东章丘。
⑲ 置身青云：指王六郎高升为土地神。青云，指高空，喻指高官显位。

介[①]，宁复识戴笠人[②]哉？余乡有林下者[③]，家綦[④]贫。有童稚交[⑤]，任肥秩[⑥]。计投之必相周顾。竭力办装，奔涉千里，殊失所望。泻囊货骑[⑦]，始得归。其族弟甚谐，作月令[⑧]嘲之云：“是月也，哥哥至，貂帽解，伞盖不张[⑨]，马化为驴[⑩]，靴始收声[⑪]。”念此可为一笑。

种　梨

有乡人货梨于市，颇甘芳，价腾贵[⑫]。有道士破巾[⑬]絮衣，丐于车前。乡人咄[⑭]之，亦不去。乡人怒，加以叱骂。道士曰：“一车数百颗，老衲[⑮]止丐其一，于居士[⑯]亦无大损，何怒为？”观者劝置劣者一枚令去，乡人执不肯。

肆中佣保者[⑰]，见喋聒[⑱]不堪，遂出钱市[⑲]一枚，付道士。道士拜

---

① 贵介：地位高贵者。介，大。
② 戴笠人：贫贱时结交的故人。笠，笠帽，古时多为贫贱者所戴。
③ 林下者：乡居不仕之人。此处借指乡绅。
④ 綦（qí）：极，很。
⑤ 童稚交：幼年时结交的朋友。
⑥ 肥秩：肥缺。秩，收入丰厚的官位，旧指官吏的俸禄或官位品级。
⑦ 泻囊货骑：花空钱袋，卖掉坐骑。囊，指钱袋。
⑧ 月令：《礼记》篇名，记述每年农历十二个月的时令、行政及相关事物。这里模拟“月令”的文式，写这位乡绅可悲可笑的遭遇。
⑨ 貂帽解，伞盖不张：指羞惭丧气，衣饰不再阔气，不再摆排场。
⑩ 马化为驴：指盘缠不足，只好卖掉马，改换骑驴回来。
⑪ 靴始收声：停止外出寻求的脚步。
⑫ 腾贵：抬高物价，昂贵。
⑬ 巾：指道士帽。
⑭ 咄（duō）：呵斥。
⑮ 老衲（nà）：僧人自称。此处借作道士自称。
⑯ 居士：旧时出家人对在家的人的泛称。
⑰ 肆中佣保者：店铺雇用的杂役人员。
⑱ 喋聒（dié guō）：啰唆。
⑲ 市：买。

谢，谓众曰："出家人不解吝惜。我有佳梨，请出供客。"或曰："既有之，何不自食？"曰："我特需此核作种。"于是掬梨大啖[1]。且尽，把核于手，解肩上镵[2]，坎[3]地深数寸，纳之而覆以土，向市人索汤[4]沃灌。好事者于临路店索得沸沈[5]，道士接浸坎处。万目攒[6]视，见有勾萌[7]出，渐大，俄成树，枝叶扶疏[8]。倏[9]而花，倏而实，硕大芳馥，累累满树。道士乃即树头摘赐观者，顷刻向尽。已，乃以镵伐树，丁丁[10]良久，乃断，带叶荷肩头，从容徐步而去。

初，道士作法时，乡人亦杂众中，引领[11]注目，竟忘其业。道士既去，始顾车中，则梨已空矣。方悟适所俵散[12]，皆己物也。又细视车上一靶[13]亡，是新凿断者。心大愤恨，急迹[14]之。转过墙隅[15]，则断靶弃垣[16]下，始知所伐梨本，即是物也。道士不知所在。一市粲然[17]。

异史氏曰：乡人愦愦，憨状可掬，其见笑于市人，有以[18]哉。每见乡中称素封[19]者，良朋乞米则怫然[20]，且计曰："是数日之资也。"或

① 啖（dàn）：吃。
② 镵（chán）：掘土工具。
③ 坎：刨坑。
④ 汤：热水。
⑤ 沈：通"瀋（shěn）"，汁。
⑥ 攒（cuán）：聚集。
⑦ 勾萌：弯曲的幼芽。
⑧ 扶疏：枝叶茂盛的样子。
⑨ 倏（shū）：忽然。
⑩ 丁丁（zhēng）：伐木声。
⑪ 引领：伸长脖子。
⑫ 俵（biào）散：分发。俵，分散。
⑬ 靶（bà）：通"把"，车把。
⑭ 迹：追寻踪迹。
⑮ 隅：角。
⑯ 垣：墙。
⑰ 粲然：大笑的样子。
⑱ 以：缘由，缘故。
⑲ 素封：指无官爵俸禄而十分富有的人家。
⑳ 怫（fèi）然：愤怒的样子。

劝济一危难，饭一茕独[1]，则又忿然计曰：“此十人、五人之食也。”甚而父子兄弟，较尽锱铢[2]。及至淫博[3]迷心，则倾囊不吝；刀锯临颈，则赎命不遑[4]。诸如此类，正不胜道，蠢尔乡人，又何足怪！

劳山道士

邑有王生，行七[5]，故家子[6]。少慕道[7]，闻劳山[8]多仙人，负笈往游。登一顶，有观宇[9]，甚幽。一道士坐蒲团上，素[10]发垂领[11]，而神观爽迈[12]。叩[13]而与语，理甚玄妙[14]。请师之。道士曰：“恐娇惰不能作苦。”答言：“能之。”其门人甚众，薄暮毕集。王俱与稽首，遂留观中。凌晨，道士呼王去，授以斧，使随众采樵。王谨受教。过月余，手足重茧[15]，不堪其苦，阴有归志[16]。

一夕归，见二人与师共酌，日已暮，尚无灯烛。师乃翦[17]纸如镜，

---

① 茕（qióng）独：孤独无靠的人。
② 较尽锱铢（zī zhū）：极微细的钱财也要彻底计较。锱铢，古代极小的重量单位，借指极少的财利。
③ 淫博：嫖娼赌博。
④ 不遑：来不及，没工夫。遑，闲暇。
⑤ 行七：在家排行第七。
⑥ 故家子：世家大族之子。
⑦ 少慕道：从小仰慕道术。
⑧ 劳山：也称“崂山”或“牢山”，在今山东青岛东北。
⑨ 观宇：道教的庙宇。
⑩ 素：白色。
⑪ 领：脖子。
⑫ 神观爽迈：神态爽朗不俗。观，容貌，仪态。迈，高超不俗。
⑬ 叩：探问，询问。
⑭ 理甚玄妙：指说出的话幽深微妙。
⑮ 重（chóng）茧：一层层摩擦而生成的硬皮。
⑯ 阴有归志：私下里有回去的打算。阴，暗中，私下。
⑰ 翦：同“剪”。

黏壁间。俄顷，月明辉室，光鉴毫芒[①]。诸门人环听奔走。一客曰：“良宵胜乐[②]，不可不同。”乃于案上取壶酒，分赉[③]诸徒，且嘱尽醉。王自思：七八人，壶酒何能遍给？遂各觅盎盂[④]，竞饮先釂[⑤]，惟恐樽[⑥]尽。而往复挹注[⑦]，竟不少减。心奇之。俄一客曰：“蒙赐月明之照，乃尔寂饮[⑧]，何不呼嫦娥来？”乃以箸掷月中，见一美人，自光中出，初不盈尺，至地，遂与人等。纤腰秀项，翩翩作《霓裳舞》[⑨]。已而[⑩]歌曰：“仙仙[⑪]乎，而还乎，而幽我于广寒乎！”其声清越，烈如箫管[⑫]。歌毕，盘旋而起，跃登几上，惊顾之间，已复为箸。三人大笑。又一客曰：“今宵最乐，然不胜酒力矣。其饯[⑬]我于月宫可乎？”三人移席，渐入月中。众视三人，坐月中饮，须眉毕见，如影之在镜中。移时，月渐暗。门人然[⑭]烛来，则道士独坐而客杳矣。几上肴核[⑮]尚存，壁上月，纸圆如镜而已。道士问众：“饮足乎？”曰：“足矣。”“足宜早寝，勿误樵苏[⑯]。”众诺而退。王窃忻慕，归念遂息。

又一月，苦不可忍，而道士并不传教一术。心不能待，辞曰：“弟子数百里受业仙师，纵不能得长生术，或小有传习，亦可慰求教之

---

① 光鉴毫芒：月光明彻，纤微之物都能照见。鉴，照。毫芒，毫毛的细尖。毫，兽类秋后生出御寒的细毛。芒，谷类外壳上的针状刺须。

② 良宵胜乐：美好夜晚的赏心乐事。宵，晚。胜，盛，美。

③ 分赉（lài）：分发赏赐。赉，赏赐。

④ 盎盂：盛汤水的容器。

⑤ 竞饮先釂（jiào）：争抢着喝。

⑥ 樽：盛酒器。

⑦ 往复挹（yì）注：众人传来传去地倒酒。

⑧ 乃尔寂饮：如此寂寞地喝酒。乃尔，如此。

⑨ 《霓裳舞》：即《霓裳羽衣舞》，唐玄宗天宝年间宫廷盛行的一种舞蹈。

⑩ 已而：然后。

⑪ 仙仙：轻盈起舞的样子。

⑫ 烈如箫管：像箫管般嘹亮清脆。箫管，管乐器的统称。

⑬ 饯：送别。

⑭ 然：同“燃”。

⑮ 肴核：菜肴果品。

⑯ 樵苏：砍柴割草。

心。今阅[1]两三月，不过早樵而暮归。弟子在家，未谙[2]此苦。”道士笑曰：“我固谓不能作苦，今果然。明早当遣汝行。”王曰：“弟子操作多日，师略授小技，此来为不负也。”道士问：“何术之求？”王曰：“每见师行处，墙壁所不能隔，但得此法足矣。”道士笑而允之。乃传以诀[3]，令自咒[4]毕，呼曰：“入之！”王面墙不敢入。又曰：“试入之。”王果从容入，及墙而阻。道士曰：“俯首骤入，勿逡巡！”王果去墙数步，奔而入，及墙，虚若无物。回视，果在墙外矣。大喜，入谢。道士曰：“归宜洁持[5]，否则不验。”遂助资斧遣之归。

抵家，自诩[6]遇仙，坚壁所不能阻。妻不信。王效其作为，去墙数尺，奔而入，头触硬壁，蓦然而踣[7]。妻扶视之，额上坟起[8]，如巨卵焉。妻揶揄[9]之。王惭忿，骂老道士之无良[10]而已。

异史氏曰：闻此事未有不大笑者，而不知世之为王生者，正复不少。今有伧父[11]，喜疢毒[12]而畏药石[13]，遂有舐痈吮痔[14]者，进宣威逞暴之术，以迎其旨，诒[15]之曰：“执此术也以往，可以横行而无碍。”初试未尝不小效，遂谓天下之大，举可以如是行矣，势不至触硬壁而颠

---

① 阅：经，历。
② 谙（ān）：熟悉。
③ 诀：施行法术的口诀。
④ 咒：念咒，即诵念施法的口诀。
⑤ 洁持：洁以持之，即以纯洁的心持有道术。
⑥ 自诩（xǔ）：自吹。
⑦ 蓦（mò）然而踣（bó）：猛地跌倒。
⑧ 坟起：高起，指肿块隆起。
⑨ 揶揄（yé yú）：讥笑嘲弄。
⑩ 无良：不善，没存好心。
⑪ 伧（cāng）父：鄙贱匹夫，犹言村夫。
⑫ 疢（chèn）毒：疾病，灾患。
⑬ 药石：治病的药物和砭石。
⑭ 舐（shì）痈吮痔：一般作“吸痈舐痔”。吸痈脓，舔痔疮，喻指无耻的谄媚奉迎。
⑮ 诒（dài）：欺骗。

蹶[①]不止也。

叶 生

淮阳[②]叶生者，失其名字。文章词赋，冠绝当时[③]，而所如不偶[④]，困于名场[⑤]。会关东丁乘鹤来令是邑，见其文，奇之。召与语，大悦。使即[⑥]官署，受灯火[⑦]，时赐钱谷恤其家。

值科试[⑧]，公游扬于学使[⑨]，遂领冠军[⑩]。公期望綦切[⑪]。闱后[⑫]，索文读之，击节称叹[⑬]。不意时数[⑭]限人，文章憎命[⑮]，榜既放，依然铩羽[⑯]。生嗒丧[⑰]而归，愧负知己，形销骨立，痴若木偶。公闻，召之来而慰之。生零涕不已。公怜之，相期考满[⑱]入都，携与俱北。生甚感佩。辞而归，杜门[⑲]不出。

---

① 颠蹶：摔倒。
② 淮阳：县名，在今河南东部。
③ 冠绝当时：超越同时之人。冠，第一名，首屈一指。绝，超越。
④ 所如不偶：遇合不佳，指命运不好。不偶，犹言奇。奇，谓命运不好，遇事不利。
⑤ 名场：指求取功名的科举考场。
⑥ 即：至。
⑦ 灯火：照明费用，引申为学习补助。
⑧ 科试：也称科考。乡试之前，各省学政到所辖府、州，考试生员，称为科试。
⑨ 学使：即提督学政，又称提学使、提学、学院、学台、学政等，是明清时代掌理一省学校及科举的长官。
⑩ 领冠军：指科试获第一名。领，取得。
⑪ 綦（qí）切：迫切。綦，极、很。
⑫ 闱后：指秋闱即乡试之后。各省乡试在仲秋八月举行，因称秋闱。闱，指科举考试。
⑬ 击节称叹：拍手叫好。
⑭ 时数：时运。数，命定的遭遇。
⑮ 文章憎命：好文章妨害命运。
⑯ 铩（shā）羽：翅膀被摧残，比喻失意或失败。铩，剪除鸟羽。
⑰ 嗒（tā）丧：沮丧，失魂落魄。
⑱ 考满：是明清两代对政府官员的考绩办法之一。这里指对外官的考绩，即由吏部考功司主持的“大计”。
⑲ 杜门：闭门。指不与外界交往。杜，堵塞。

无何，寝疾[①]。公遗问[②]不绝，而服药百裹[③]，殊罔所效[④]。公适以忤上官免，将解任[⑤]去。函致生，其略云：“仆东归有日，所以迟迟者，待足下耳。足下朝至，则仆夕发矣。”传之卧榻。生持书啜泣，寄语来使：“疾革难遽瘥[⑥]，请先发。”使人返白，公不忍去，徐待之。逾数日，门者忽通叶生至。公喜，迎而问之。生曰：“以犬马病[⑦]，劳夫子[⑧]久待，万虑不宁。今幸可从杖履[⑨]。”公乃束装[⑩]戒旦[⑪]。

抵里，命子师事生，夙夜与俱。公子名再昌，时年十六，尚不能文[⑫]。然绝慧，凡文艺[⑬]三两过[⑭]，辄无遗忘。居之期岁[⑮]，便能落笔成文。益之公力，遂入邑庠[⑯]。生以生平所拟[⑰]举子业[⑱]，悉录授读。闱中七题[⑲]，并无脱漏，中亚魁[⑳]。公一日谓生曰：“君出余绪[㉑]，遂使孺子成名。然黄钟长弃[㉒]，奈何？”生曰：“是殆有命。借福泽为文章吐气，使天

① 寝疾：病倒在床。
② 遗（wèi）问：馈赠所需，慰问疾病。遗，赠予。
③ 百裹：百剂。裹，指中药药包。
④ 殊罔所效：竟然没有一点效果。殊，竟，竟然。罔，无，没有。
⑤ 解任：解职，卸任。
⑥ 疾革（jí）难遽瘥（chài）：病重难望速愈。革，同“亟”，危急。瘥，病愈。
⑦ 犬马病：对自己疾病的谦称。
⑧ 夫子：先生，老师。
⑨ 从杖履：随侍左右。
⑩ 束装：整顿行装。
⑪ 戒旦：警戒黎明贪睡，早起及时出发。
⑫ 文：指八股文。
⑬ 文艺：指供科举士子揣摩研习的八股范文。
⑭ 过：遍，次。
⑮ 期（jī）岁：满一年。
⑯ 入邑庠：成为县学生员，俗称秀才。邑庠，县学。
⑰ 拟：谓拟题习作。
⑱ 举子业：即八股文。
⑲ 闱中七题：指乡试的头场试题。
⑳ 亚魁：乡试第六名。
㉑ 出余绪：拿出才学的微末部分。余绪，微末，残余。
㉒ 黄钟长弃：比喻贤才被长期埋没。黄钟，古乐中的正乐，比喻德才俱优的人。

下人知半生沦落，非战之罪[①]也，愿亦足矣。且士得一人知己，可无憾，何必抛却白纻，乃谓之利市哉[②]。”公以其久客，恐误岁试[③]，劝令归省[④]。生惨然不乐。公不忍强，嘱公子至都为之纳粟[⑤]。公子又捷南宫[⑥]，授部中主政[⑦]。携生赴监，与共晨夕。逾岁，生入北闱[⑧]，竟领乡荐[⑨]。会公子差南河典务[⑩]，因谓生曰：“此去离贵乡不远。先生奋迹云霄[⑪]，锦还为快[⑫]。”生亦喜。择吉就道，抵淮阳界，命仆马送生归。

归见门户萧条，意甚悲恻。逡巡至庭中，妻携簸具以出，见生，掷具骇走。生凄然曰：“我今贵矣。三四年不觌[⑬]，何遂顿不相识？”妻遥谓曰：“君死已久，何复言贵？所以久淹[⑭]君柩[⑮]者，以家贫子幼耳。今阿大亦已成立，行将卜窀穸[⑯]。勿作怪异吓生人。”生闻之，怃然[⑰]

---

① 非战之罪：据《史记·项羽本纪》载，项羽垓下战败后曾说：“此天之亡我，非战之罪也。”叶生借喻自己半生沦落，功名未就，是命运使然，而非文章庸劣。

② 何必抛却白纻，乃谓之利市哉：意谓何必一定以取得科举功名，才算作发迹走运呢。

③ 岁试：各省提学使在三年任期内到所辖府、州考试一次生员课业，以六等定优劣，谓之岁试。在外地的生员须回原籍参加岁试，所以丁公劝叶生归省。

④ 归省：本义是回乡探望父母，这里指回乡应试。

⑤ 纳粟：明清设国子监于京城，国子监生员称监生，可直接参加乡试，不必参加岁试。自明景泰以后，准许生员向朝廷纳粟，享受监生待遇，后代循例纳粟（实际用银子）入监的生员，又称例监。

⑥ 捷南宫：指会试中式，即考中进士。捷，获胜，取中。南宫，宋明以来称礼部为南宫。会试由礼部主持，因称会试中式为捷南宫。

⑦ 部中主政：明清于中央六部各设主事若干员。主政是主事的别称，职位低于员外郎。

⑧ 入北闱：指参加在京举行的乡试。

⑨ 领乡荐：指考中举人。参加进士考试者，例由地方长官（刺史、府尹）考试荐举，称为乡举或乡荐。

⑩ 差南河典务：奉派到南河河道办理公务。南河，河道总督所辖的江南省河道。

⑪ 奋迹云霄：谓一举成名，前程远大。此即指中举人。

⑫ 锦还为快：衣锦还乡，堪称快事。

⑬ 觌（dí）：见。

⑭ 淹：拖延，迟滞。

⑮ 柩：棺木。

⑯ 卜窀穸（zhūn xī）：选择墓地，指安葬。窀穸，墓穴。

⑰ 怃（wǔ）然：失意的样子。

惆怅。逡巡入室，见灵柩俨然，扑地而灭。妻惊视之，衣冠履舄[①]如脱委[②]焉。大恸，抱衣悲哭。子自塾中归，见结驷[③]于门，审所自来，骇奔告母。母挥涕告诉。又细询从者，始得颠末。从者返，公子闻之，涕堕垂膺[④]。即命驾哭诸其室，出橐营丧，葬以孝廉礼。又厚遗其子，为延师教读。言于学使，逾年游泮[⑤]。

异史氏曰：魂从知己，竟忘死耶？闻者疑之，余深信焉。同心倩女，至离枕上之魂[⑥]；千里良朋，犹识梦中之路[⑦]。而况茧丝蝇迹，呕学士之心肝[⑧]；流水高山，通我曹之性命者哉[⑨]！嗟乎！遇合难期，遭逢不偶。行踪[⑩]落落[⑪]，对影[⑫]长愁；傲骨嶙嶙，搔头自爱[⑬]。叹面目之酸涩，来鬼物之揶揄[⑭]。频居康了之中，则须发之条条可丑[⑮]；一落孙

---

① 舄（xì）：鞋。
② 脱委：蜕落在地。脱，同“蜕”。委，丢弃，掉落。
③ 结驷：拴马。
④ 膺：胸。这里指胸襟，上衣。
⑤ 游泮（pàn）：进学，指成为秀才。泮，指泮宫，周代诸侯所设的学校。代指府、州、县设各类官学。
⑥ 同心倩女，至离枕上之魂：知心的情侣，可以离魂相随。
⑦ 千里良朋，犹识梦中之路：真挚的友谊，可使远在千里的良朋在梦中相会。
⑧ 而况茧丝蝇迹，呕学士之心肝：何况应举文章是我辈读书人精心结撰缮写，它是否能遇到真正的知音加以赏识，与读书人的命运紧密相连。茧丝，比喻文章章句妥帖。蝇迹，即蝇头细字。比喻文章缮写工整。学士、学子、我曹，均意为“我辈读书人”。
⑨ 流水高山，通我曹之性命者哉：真正的知音，才是和我们这些读书人性命相通的人呀。流水高山，用俞伯牙、钟子期事，比喻知音相赏或知音难遇。通，沟通，连接。性命，品性和命运。
⑩ 行踪：踪迹所到之处。
⑪ 落落：孤单落寞的样子。
⑫ 对影：身与影相对，形容孤单。
⑬ 傲骨嶙嶙，搔头自爱：生就嶙峋傲骨，不能媚俗取容，唯有自惜自怜。嶙嶙，用山石突兀形容傲骨坚挺。搔头，失意无计的样子。自爱，自惜、自珍。
⑭ 叹面目之酸涩，来鬼物之揶揄：叹息穷厄困顿，招致势利小人的嘲侮。
⑮ 频居康了之中，则须发之条条可丑：多次落榜的人，从人身到文章，都被世俗讥贬得一无是处。频居康了之中，指多次处于落榜境地。

山之外[①]，则文章之处处皆疵[②]。古今痛哭之人，卞和[③]惟尔；颠倒逸群之物，伯乐伊谁[④]？抱刺[⑤]于怀，三年灭字；侧身以望，四海无家。人生世上，只须合眼[⑥]放步[⑦]，以听造物[⑧]之低昂[⑨]而已。天下之昂藏[⑩]沦落如叶生其人者，亦复不少，顾安得令威[⑪]复来，而生死从之也哉？噫！

王 成

王成，平原[⑫]故家子。性最懒，生涯日落，惟剩破屋数间，与妻卧牛衣[⑬]中，交谪不堪[⑭]。时盛夏燠热[⑮]，村外故有周氏园，墙宇尽倾，唯存一亭，村人多寄宿其中，王亦在焉。既晓，睡者尽去。红日三竿，王始起，逡巡欲归。见草际金钗一股，拾视之，镌有细字云："仪宾[⑯]府造。"王祖为衡府[⑰]仪宾，家中故物，多此款式，因把钗踌躇。

---

① 一落孙山之外：落榜，没考上。
② 疵：毛病。
③ 卞和：春秋时楚国人。
④ 颠倒逸群之物，伯乐伊谁：举世贤愚倒置，谁是能识俊才的伯乐。
⑤ 刺：即后代的名帖、名片。
⑥ 合眼：闭上眼。这里有不理会是非曲直、不计较得失、不与别人比量等意思。
⑦ 放步：走自己的路，行心之所安。
⑧ 造物：创造万物的神力。
⑨ 低昂：抑扬，升沉。意谓摆布。
⑩ 昂藏：气概不凡的样子。
⑪ 令威：借指淮阳县令丁乘鹤。
⑫ 平原：县名。即今山东平原县。
⑬ 牛衣：用草、麻编织的给牛御寒用的覆盖物。此处用以形容穷困。
⑭ 交谪不堪：被妻子责怨，难以度日。交谪，指妻子对丈夫絮烦的埋怨、责数。谪，责备，埋怨。
⑮ 燠（yù）热：炎热，酷热。燠，暖，热。
⑯ 仪宾：明代亲王或郡王之婿称仪宾。
⑰ 衡府：指青州衡恭王府。

欻一妪来寻钗。王虽故贫，然性介[①]，遽出授之。妪喜，极赞盛德，曰："钗值几何，先夫之遗泽[②]也。"问："夫君伊谁？"答云："故仪宾王柬之也。"王惊曰："吾祖也。何以相遇？"妪亦惊曰："汝即王柬之之孙耶？我乃狐仙。百年前，与君祖缱绻[③]。君祖殁，老身遂隐。过此遗钗，适入子手，非天数耶！"王亦曾闻祖有狐妻，信其言，便邀临顾。妪从之。

王呼妻出见，负败絮[④]，菜色黯焉[⑤]。妪叹曰："嘻！王柬之孙子，乃一贫至此哉！"又顾败灶[⑥]无烟。曰："家计若此，何以聊生[⑦]？"妻因细述贫状，呜咽饮泣。妪以钗授妇，使姑质钱市米，三日外请复相见。王挽留之。妪曰："汝一妻不能自存活，我在，仰屋而居[⑧]，复何裨益？"遂径去。王为妻言其故，妻大怖。王诵其义，使姑事之[⑨]，妻诺。逾三日，果至。出数金，籴[⑩]粟麦各石。夜与妇共短榻。妇初惧之，然察其意殊拳拳[⑪]，遂不之疑。

翌日，谓王曰："孙勿惰，宜操小生业，坐食乌可长也？"王告以无赀[⑫]。曰："汝祖在时，金帛凭所取。我以世外人，无需是物，故未尝多取。积花粉之金[⑬]四十两，至今犹存。久贮亦无所用，可将[⑭]

---

① 介：耿直。
② 先夫之遗泽：已故丈夫的遗物。遗泽，对于去世的尊长遗物的敬称。
③ 缱绻（qiǎn quǎn）：缠绵纠结。形容男女间情意深厚，难舍难分。
④ 负败絮：穿着破棉袄。此指衣衫破烂。
⑤ 菜色黯焉：容光暗淡，面有饥色。菜色，贫穷缺粮，长期以菜类充饥，营养不良的面色。
⑥ 败灶：破锅台。败，破败失修。
⑦ 何以聊生：凭借什么维持生计？聊，依赖。
⑧ 仰屋而居：困居家中，愁闷无措。仰屋，抬头看屋顶。
⑨ 使姑事之：像对待婆母那样侍奉狐妪。
⑩ 籴（dí）：买。
⑪ 拳拳：诚挚的样子。
⑫ 赀（zī）：钱。
⑬ 花粉之金：置脂粉、首饰的钱，即私房钱。
⑭ 将：拿去。

去悉以市葛[1]，刻日[2]赴都，可得微息。”王从之，购五十余端[3]以归。妪命趣装，计六七日可达燕都[4]。嘱曰：“宜勤勿懒，宜急勿缓。迟之一日，悔之已晚！”王敬诺。

囊货就路，中途遇雨，衣履浸濡[5]。王生平未历风霜，委顿[6]不堪，因暂休旅舍。不意淙淙彻暮，檐雨如绳。过宿，泞益甚。见往来行人践淖[7]没胫[8]，心畏苦之。待至亭午，始渐燥，而阴云复合，雨又大作。信宿乃行。将近京，传闻葛价翔贵[9]，心窃喜。入都，解装客店，主人深惜其晚。先是，南道[10]初通，葛至绝少，贝勒[11]府购致甚急，价顿昂，较常可[12]三倍。前一日方购足，后来者并皆失望。主人以故告王，王郁郁不得志。越日，葛至愈多，价益下。王以无利不肯售。迟十余日，计食耗烦多，倍益忧闷。主人劝令贱鬻[13]，改而他图，从之。亏赀十余两，悉脱去。早起，将作归计，启视囊中，则金亡矣。惊告主人，主人无所为计。或劝鸣官，责主人偿。王叹曰：“此我数也，于主人何尤？”主人闻而德之，赠金五两，慰之使归。自念无以见祖母，蹀踱[14]内外，进退维谷[15]。

---

① 葛：葛布，俗称夏布，质地细薄，可作衣料与头巾。
② 刻日：限定日期。
③ 端：量词，古代布帛长度单位。通常以一端为一匹。
④ 燕（yān）都：北京。北京地区为周时燕国故地。
⑤ 浸濡（rú）：因受水渍而湿透。濡，浸渍，沾湿。
⑥ 委顿：颓丧，疲困。
⑦ 淖（nào）：泥沼，指泥泞积水的道路。
⑧ 胫：小腿。
⑨ 翔贵：指价格飞涨。
⑩ 南道：南边的道路。
⑪ 贝勒：满语“多罗贝勒”的省称，是授予皇族和蒙古外藩的封爵，品位仅次于郡王。
⑫ 可：大约。
⑬ 鬻（yù）：卖。
⑭ 蹀踱（dié duó）：走来走去。
⑮ 进退维谷：进退两难，前后无路。

适见斗鹑[①]者，一赌辄数千，每市一鹑，恒百钱不止。意忽动，计囊中赀，仅足贩鹑，以商主人。主人亟怂恿之，且约假寓饮食，不取其直。王喜，遂行。购鹑盈儋[②]，复入都。主人喜，贺其速售。至夜，大雨彻曙。天明，衢水如河，淋零犹未休也。居以待晴。连绵数日，更无休止。起视笼中，鹑渐死。王大惧，不知计之所出。越日，死愈多，仅余数头，并一笼饲之。经宿往窥，则一鹑仅存。因告主人，不觉涕堕。主人亦为扼腕[③]。王自度金尽罔归，但欲觅死，主人劝慰之。共往视鹑，审谛之，曰："此似英物[④]。诸鹑之死，未必非此之斗杀之也。君暇亦无所事，请把之[⑤]，如其良也，赌亦可以谋生。"王如其教。既驯，主人令持向街头，赌酒食。鹑健甚，辄赢。主人喜，以金授王，使复与子弟[⑥]决赌，三战三胜。半年许，积二十金。心益慰，视鹑如命。

先是，大亲王[⑦]好鹑[⑧]，每值上元[⑨]，辄放民间把鹑者入邸相角。主人谓王曰："今大富宜可立致。所不可知者，在子之命矣。"因告以故，导与俱往。嘱曰："脱败，则丧气出耳。倘有万分一，鹑斗胜，王必欲市之，君勿应。如固强之，惟予首是瞻[⑩]，待首肯[⑪]而后应之。"王曰："诺[⑫]。"

至邸，则鹑人肩摩[⑬]于墀下。顷之，王出御殿，左右宣言："有愿

① 鹑（chún）：鸟名。善搏斗，俗称鹌（ān）鹑。实则鹌与鹑非一物。
② 儋：通"担"。
③ 扼腕：以手握腕，表示惋惜、同情。
④ 英物：物类中的超群杰出者。
⑤ 把之：比赛斗鹑的鹌鹑不能久蓄笼中，须经常手持调驯，称为"把鹑"。把，握持。
⑥ 子弟：后生，青年人。
⑦ 大亲王：指亲王中行辈之尊长者。
⑧ 好鹑：爱好斗鹑。
⑨ 上元：指阴历正月十五，又称元宵节。
⑩ 惟予首是瞻：意谓看我的表情动作行事。
⑪ 首肯：点头同意。
⑫ 诺：答应的声音。
⑬ 肩摩：肩膀相摩，形容拥挤。

斗者上。”即有一人把鹑，趋而进。王命放鹑，客亦放，略一腾踔[①]，客鹑已败。王大笑。俄顷，登而败者数人。主人曰：“可矣。”相将俱登。王相[②]之，曰：“睛有怒脉[③]，此健羽[④]也，不可轻敌。”命取铁喙者当[⑤]之。一再腾跃，而王鹑铩羽。更选其良，再易再败。王急命取宫中玉鹑。片时把出，素羽如鹭[⑥]，神骏不凡。王成意馁[⑦]，跪而求罢，曰：“大王之鹑，神物也，恐伤吾禽，丧吾业矣。”王笑曰：“纵之。脱斗而死，当厚尔偿。”成乃纵之。玉鹑直奔之。而玉鹑方来，则伏如怒鸡以待之；玉鹑健啄，则起如翔鹤以击之。进退颉颃[⑧]，相持约一伏时[⑨]，玉鹑渐懈，而其怒益烈，其斗益急。未几，雪毛摧落，垂翅而逃。观者千人，罔不叹羡。

王乃索取而亲把之，自喙至爪，审周一过。问成曰：“鹑可货否？”答云：“小人无恒产[⑩]，与相依为命，不愿售也。”王曰：“赐而重直[⑪]，中人之产可致。颇愿之乎？”成俯思良久，曰：“本不乐置，顾大王既爱好之，苟使小人得衣食业，又何求？”王请直，答以千金。王笑曰：“痴男子！此何珍宝而千金直也？”成曰：“大王不以为宝，臣以为连城之璧[⑫]不过也。”王曰：“如何？”曰：“小人把向市廛[⑬]，日得数

---

① 腾踔（chuō）：义同下文“腾跃”，谓鼓翼跃起，奋力搏击。
② 相（xiàng）：端详，细看。
③ 怒脉：突起的脉络。
④ 健羽：雄猛善斗的鸟。羽，鸟类代称。
⑤ 当：抵敌，抵挡。
⑥ 鹭：指鹭鸶。
⑦ 馁：没有勇气。
⑧ 颉颃（xié háng）：上下飞翔。这里指腾跃搏斗。
⑨ 一伏时：指家禽生蛋持续的时间。伏，量词，用作时间单位。
⑩ 恒产：即不动产，家庭中田园、房屋、土地等固定的产业。
⑪ 赐而重直：多给你钱。
⑫ 连城之璧：价值连城的璧玉。比喻极珍贵的东西。
⑬ 市廛（chán）：店铺集中的市区。

金，易升斗粟，一家十余食指[①]，无冻馁忧，是何宝如之？”王言：“予不相亏，便与二百金。”成摇首。又增百数。成目视主人，主人色不动。乃曰：“承大王命，请减百价。”王曰：“休矣！谁肯以九百易一鹑者！”成囊鹑欲行。王呼曰：“鹑人来，鹑人来！实给六百，肯则售，否则已耳。”成又目主人，主人仍自若。成心愿盈溢，惟恐失时。曰：“以此数售，心实怏怏。但交而不成，则获戾[②]滋大。无已，即如王命。”王喜，即秤付之。成囊金，拜赐而出。主人怼[③]曰：“我言如何，子乃急自鬻也？再少靳之[④]，八百金在掌中矣。”成归，掷金案上，请主人自取之，主人不受。又固让之，乃盘计[⑤]饭直[⑥]而受之。

王治装归，至家，历述所为，出金相庆。妪命治良田三百亩，起屋作器[⑦]，居然世家。妪早起，使成督耕，妇督织，稍惰，辄诃之。夫妇相安，不敢有怨词。过三年，家益富，妪辞欲去。夫妇共挽之，至泣下，妪亦遂止。旭旦候之[⑧]，已杳矣。

异史氏曰：富皆得于勤，此独得于惰，亦创闻也。不知一贫彻骨，而至性[⑨]不移[⑩]，此天所以始弃之而终怜之也。懒中岂果有富贵乎哉！

---

① 食指：喻指需要供养的家庭或家族人口。
② 获戾（lì）：得罪。戾，罪过。
③ 怼（duì）：不满，埋怨。
④ 少靳之：稍微坚持一下要价。靳，矜持，即坚持要价，不让步。
⑤ 盘计：计算。
⑥ 饭直：饭钱。
⑦ 起屋作器：兴建房屋，置办家具。
⑧ 旭旦候之：清早向狐妪问安。候，问候，请安。
⑨ 至性：纯厚无伪的天性。
⑩ 不移：不因境遇贫困而改变。

画皮

太原王生，早行，遇一女郎，抱襆独奔，甚艰于步。急走趁[①]之，乃二八姝丽[②]，心相爱乐。问："何夙夜[③]踽踽独行？"女曰："行道之人，不能解愁忧，何劳相问。"生曰："卿何愁忧？或可效力，不辞也。"女黯然曰："父母贪赂[④]，鬻妾朱门。嫡妒甚，朝詈[⑤]而夕楚辱之，所弗堪也，将远遁耳。"问："何之？"曰："在亡[⑥]之人，乌有定所。"生言："敝庐不远，即烦枉顾。"女喜，从之。生代携襆物，导与同归。女顾室无人，问："君何无家口？"答云："斋耳。"女曰："此所良佳。如怜妾而活之，须秘密，勿泄。"生诺之。乃与寝合。使匿密室，过数日而人不知也。生微告妻。妻陈，疑为大家媵妾[⑦]，劝遣之。生不听。

偶适市，遇一道士，顾生而愕。问："何所遇？"答言："无之。"道士曰："君身邪气萦绕，何言无？"生又力白[⑧]。道士乃去，曰："惑哉！世固有死将临而不悟者！"生以其言异，颇疑女。转思明明丽人，何至为妖，意道士借魇禳[⑨]以猎食者[⑩]。无何，至斋门，门内杜，不得入。心疑所作，乃逾垝垣[⑪]，则室门亦闭。蹑迹[⑫]而窗窥之，见一狞鬼，面翠色，齿巉巉[⑬]如锯，铺人皮于榻上，执采笔而绘之。已而掷笔，举皮，

---

① 趁：赶上去，凑上去。
② 二八姝丽：十六岁上下的美女。姝，美女。
③ 夙夜：早夜，天色未明。
④ 贪赂：贪财。赂，财物，这里指纳聘的财礼。
⑤ 詈（lì）：骂。
⑥ 在亡：处于逃亡境地。
⑦ 媵（yìng）妾：古代诸侯嫁女所陪嫁的姬妾，即后世所谓通房丫头。
⑧ 力白：竭力辩白。
⑨ 魇禳：镇压邪祟叫"魇"，驱除灾变叫"禳"，均属道教法术。
⑩ 猎食：伺机攫取所需，俗称"骗饭吃"。
⑪ 垝（guǐ）垣：残缺的院墙。垝，坍塌。垣，外墙。
⑫ 蹑（niè）迹：放轻脚步。
⑬ 巉巉（chán）：本意为山势高峻的样子，这里用以形容女鬼牙齿长而尖利。

如振衣状，披于身，遂化为女子。睹此状，大惧，兽伏而出[①]。急追道士，不知所往。遍迹之，遇于野，长跪乞救。道士曰："请遣除之。此物亦良苦，甫能觅代者，予亦不忍伤其生。"乃以蝇拂[②]授生，令挂寝门。临别，约会于青帝[③]庙。

生归，不敢入斋，乃寝内室，悬拂焉。一更许，闻门外戢戢[④]有声。自不敢窥也，使妻窥之。但见女子来，望拂子不敢进，立而切齿，良久乃去。少时，复来，骂曰："道士吓我。终不然[⑤]，宁入口而吐之耶！"取拂碎之，坏寝门而入。径登生床，裂生腹，掬生心而去。妻号。婢入烛之，生已死，腔血狼藉[⑥]。陈骇涕不敢声。

明日，使弟二郎奔告道士。道士怒曰："我固怜之，鬼子乃敢尔！"即从生弟来。女子已失所在。既而仰首四望，曰："幸遁未远。"问："南院谁家？"二郎曰："小生所舍也。"道士曰："现在君所。"二郎愕然，以为未有。道士问曰："曾否有不识者一人来？"答曰："仆早赴青帝庙，良不知。当归问之。"去，少顷而返，曰："果有之。晨间一妪来，欲佣为仆家操作，室人止之[⑦]，尚在也。"道士曰："即是物矣。"遂与俱往。仗木剑，立庭心，呼曰："孽魅！偿我拂子来！"妪在室，惶遽无色，出门欲遁。道士逐击之。妪仆，人皮划然[⑧]而脱，化为厉鬼，卧嗥如猪。道士以木剑枭其首[⑨]，身变作浓烟，匝地作堆[⑩]。道士出一葫芦，拔其

---

① 兽伏而出：如兽伏地，爬行而出。

② 蝇拂：又名拂尘，用马尾之类制成的拂子，用以驱蝇，拂尘。

③ 青帝：道教称中国古代神话中主宰东方的天帝为"青帝"。

④ 戢（jí）戢：象声词，形容细小之声。

⑤ 终不然：最终不会这样，提示下面所说的情况不会发生。

⑥ 狼藉（jí）：此指血迹模糊。

⑦ 室人止之：妻子把她留下了。室人，妻。止，留。

⑧ 划然：皮肉撕裂的声音。

⑨ 枭（xiāo）其首：砍下他的头。枭首，斩人首悬于高杆，借以宣示罪名，警戒众人。

⑩ 匝地作堆：旋绕在地，成为一堆。

塞，置烟中，飗飗[①]然如口吸气，瞬息烟尽。道士塞口入囊。共视人皮，眉目手足，无不备具。道士卷之，如卷画轴声，亦囊之，乃别欲去。

陈氏拜迎于门，哭求回生之法。道士谢不能[②]。陈益悲，伏地不起。道士沉思曰："我术浅，诚不能起死。我指一人，或能之，往求必合有效。"问："何人？"曰："市上有疯者，时卧粪土中。试叩而哀之。倘狂辱夫人，夫人勿怒也。"二郎亦习知之，乃别道士，与嫂俱往。见乞人颠歌[③]道上，鼻涕三尺，秽不可近。陈膝行而前。乞人笑曰："佳人爱我乎？"陈告之故。又大笑曰："人尽夫也[④]，活之何为？"陈固哀之。乃曰："异哉！人死而乞活于我。我阎摩[⑤]耶？"怒以杖击陈，陈忍痛受之。市人渐集如堵。乞人咯痰唾盈把[⑥]，举向陈吻曰："食之！"陈红涨于面，有难色，既思道士之嘱，遂强啖焉。觉入喉中，硬如团絮，格格而下，停结胸间。乞人大笑曰："佳人爱我哉！"遂起，行已不顾。尾之，入于庙中。迫而求之，不知所在。前后冥搜，殊无端兆[⑦]，惭恨而归。

既悼夫亡之惨，又悔食唾之羞，俯仰哀啼，但愿即死。方欲展血敛尸[⑧]，家人伫望，无敢近者。陈抱尸收肠，且理且哭。哭极声嘶，顿欲呕，觉鬲中[⑨]结物，突奔而出，不及回首，已落腔中。惊而视之，乃人心也，在腔中突突犹跃，热气腾蒸如烟然。大异之，急以两手合腔，极力抱挤，少懈，则气氤氲自缝中出，乃裂缯帛[⑩]急束之。以手抚尸，

---

① 飗（liú）飗：象声词，多形容风声。
② 谢不能：推辞自己无能为力。谢，推辞。
③ 颠歌：疯疯癫癫地唱歌。
④ 人尽夫也：人人可以成为你的丈夫。
⑤ 阎摩：即阎王。
⑥ 盈把：满满的一把。
⑦ 端兆：线索，迹象。
⑧ 展血敛尸：擦去血迹，收尸入棺。展，抹，拂。
⑨ 鬲（gé）中：胸腹之间。
⑩ 缯帛：古代对丝绸的总称。

渐温，覆以衾裯[①]。中夜启视，有鼻息矣。天明，竟活。为言："恍惚若梦，但觉腹隐痛耳。"视破处，痂结如钱，寻愈。

异史氏曰：愚哉世人！明明妖也，而以为美。迷哉愚人！明明忠也，而以为妄。然爱人之色而渔[②]之，妻亦将食人之唾而甘之矣。天道好还[③]，但愚而迷者不寤耳。可哀也夫！

---

① 衾裯（qīn chóu）：被子。

② 渔：贪取。这里指渔猎女色，即贪婪地追求和占有女人。

③ 天道好（hào）还：指宇宙间的哲理是往复还报，善有善报，恶有恶报。天道，天理。还，还报。

卷 二

婴 宁

王子服，莒[①]之罗店人，早孤。绝惠，十四入泮[②]。母最爱之，寻常不令游郊野。聘[③]萧氏，未嫁而夭，故求凰未就[④]也。会上元，有舅氏子吴生，邀同眺瞩[⑤]。方至村外，舅家有仆来，招吴去。生见游女如云，乘兴独遨[⑥]。有女郎携婢，拈[⑦]梅花一枝，容华绝代，笑容可掬。生注目不移，竟忘顾忌。女过去数武[⑧]，顾婢曰："个儿郎[⑨]目灼灼似贼！"遗花地上，笑语自去。

生拾花怅然，神魂丧失，怏怏遂返。至家，藏花枕底，垂头而睡，不语亦不食。母忧之。醮禳[⑩]益剧，肌革锐减[⑪]。医师诊视，投剂[⑫]发表[⑬]，忽忽若迷。母抚问所由[⑭]，默然不答。适吴生来，嘱密诘之。吴

---

① 莒（jǔ）：清称莒州，属青州府，在今山东日照莒县一带。
② 入泮（pàn）：入县学为生员。泮，古代学官前水池。
③ 聘：订婚。
④ 求凰未就：这里指独身。求凰，指男子求偶。
⑤ 眺瞩：登高望远。此指观赏景物。
⑥ 遨：游玩。
⑦ 拈（niǎn）：拈，轻巧地拿。
⑧ 数武：几步。武，步。
⑨ 个儿郎：这个小伙子。个，这个。儿郎，指青年男子。
⑩ 醮禳：祈祷消灾。
⑪ 肌革锐减：消瘦得极快。肌革，指肌肤。
⑫ 投剂：抓药。
⑬ 发表：中医药术语。指用药把病从体内发散出来。
⑭ 抚问所由：爱抚地问原因。

至榻前，生见之泪下。吴就榻慰解，渐致研诘。生具[①]吐其实，且求谋画。吴笑曰："君意亦复痴！此愿有何难遂？当代访之。徒步于野，必非世家[②]。如其未字[③]，事固谐矣，不然，拚[④]以重赂，计必允遂。但得痊瘳[⑤]，成事在我。"生闻之，不觉解颐。吴出告母，物色女子居里，而探访既穷，并无踪绪。母大忧，无所为计。然自吴去后，颜顿开，食亦略进。数日，吴复来。生问所谋。吴绐之曰："已得之矣。我以为谁何人，乃我姑氏女，即君姨妹行，今尚待聘。虽内戚有婚姻之嫌[⑥]，实告之，无不谐者。"生喜溢眉宇，问："居何里？"吴诡曰[⑦]："西南山中，去此可三十余里。"生又付嘱再四，吴锐身自任[⑧]而去。

生由此饮食渐加，日就平复[⑨]。探视枕底，花虽枯，未便雕落。凝思把玩，如见其人。怪吴不至，折柬[⑩]招之。吴支托[⑪]不肯赴召。生恚怒，悒悒不欢。母虑其复病，急为议姻，略与商搉[⑫]，辄摇首不愿，惟日盼吴。吴迄无耗[⑬]，益怨恨之。转思三十里非遥，何必仰息他人[⑭]？怀梅袖中，负气自往，而家人不知也。

伶仃[⑮]独步，无可问程，但望南山行去。约三十余里，乱山合

---

① 具，全部。
② 世家：世代显贵之家。
③ 字：女子许婚。
④ 拚（pàn）：不顾惜，豁出去。
⑤ 痊瘳（chōu）：痊愈。
⑥ 内戚有婚姻之嫌：因亲戚关系通婚有所禁忌。内戚，内亲，妻的亲属。
⑦ 诡曰：谎称。
⑧ 锐身自任：挺身而出，自告奋勇。
⑨ 平复：指病情好转。
⑩ 折柬：裁纸写信。
⑪ 支托：支吾推托。
⑫ 商搉（què）：商量。
⑬ 耗：音信。
⑭ 仰息他人：依赖他人。仰，仰仗。息，鼻息。
⑮ 伶仃（líng dīng）：孤独的样子。

沓[1]，空翠爽肌，寂无人行，止有鸟道[2]。遥望谷底，丛花乱树中，隐隐有小里落[3]。下山入村，见舍宇无多，皆茅屋，而意甚修雅[4]。北向一家，门前皆丝柳，墙内桃杏尤繁，间以修竹[5]，野鸟格磔[6]其中。意其园亭，不敢遽入。回顾对户，有巨石滑洁，因据坐少憩。俄闻墙内有女子，长呼“小荣”，其声娇细。方伫听间，一女郎由东而西，执杏花一朵，俯首[7]自簪。举头见生，遂不复簪，含笑撚花而入。审视之，即上元途中所遇也。心骤喜。但念无以阶进[8]，欲呼姨氏，顾从无还往，惧有讹误。门内无人可问，坐卧徘徊，自朝至于日昃[9]，盈盈望断[10]，并忘饥渴。时见女子露半面来窥，似讶其不去者。

忽一老媪扶杖出，顾生曰：“何处郎君，闻自辰刻[11]便来，以至于今。意将何为？得勿饥耶？”生急起揖之，答云：“将以盼亲[12]。”媪聋聩[13]不闻。又大言之，乃问：“贵戚何姓？”生不能答。媪笑曰：“奇哉！姓名尚自不知，何亲可探？我视郎君，亦书痴耳。不如从我来，啖以粗粝[14]，家有短榻可卧。待明朝归，询知姓氏，再来探访，不晚也。”生方腹馁思啖[15]，又从此渐近丽人，大喜。从媪入，见门内白石砌路，夹道红花，片片堕阶上。曲折而西，又启一关，豆棚花架满庭

---

① 合沓（tà）：重迭。
② 鸟道：喻指山路险峻狭窄，只有飞鸟可过。
③ 里落：村落，民居。
④ 意甚修雅：意境很美好。
⑤ 修竹：细长的竹子。
⑥ 格磔（zhé）：鸟鸣声。
⑦ 俯（fǔ）首：低头。
⑧ 阶进：搭讪的借口。阶，因由，凭借，台阶。进，接近，交往。
⑨ 日昃（zè）：太阳偏西。
⑩ 盈盈望断：犹言望穿秋水。形容盼望殷切。盈盈，形容眼波明澈如秋水，闪动有魅力。
⑪ 辰刻：上午七时至九时。
⑫ 盼亲：探亲。
⑬ 聋聩：失聪。
⑭ 粗粝（lì）：糙米。喻粗茶淡饭。
⑮ 腹馁思啖：肚子饿了想吃饭。

中。肃客[①]入舍，粉壁光明如镜，窗外海棠枝朵，探入室中，裀藉几榻，罔不洁泽。甫坐，即有人自窗外隐约相窥。媪唤："小荣！可速作黍[②]。"外有婢子嗷声而应[③]。坐次[④]，具展[⑤]宗阀。媪曰："郎君外祖，莫姓吴否？"曰："然。"媪惊曰："是吾甥也！尊堂，我妹子。年来以家窭贫[⑥]，又无三尺男[⑦]，遂至音问梗塞。甥长成如许，尚不相识。"生曰："此来即为姨也，匆遽遂忘姓氏。"媪曰："老身秦姓，并无诞育。弱息[⑧]仅存，亦为庶产[⑨]，渠母改醮，遗我鞠养。颇亦不钝，但少教训，嬉不知愁。少顷，使来拜识。"

未几，婢子具饭，雏尾盈握[⑩]。媪劝餐已，婢来敛具[⑪]。媪曰："唤宁姑来。"婢应去。良久，闻户外隐有笑声。媪又唤曰："婴宁，汝姨兄在此。"户外嗤嗤笑不已。婢推之以入，犹掩其口，笑不可遏。媪瞋目[⑫]曰："有客在，咤咤叱叱，是何景象？"女忍笑而立，生揖之。媪曰："此王郎，汝姨子。一家尚不相识，可笑人也。"生问："妹子年几何矣？"媪未能解，生又言之，女复笑，不可仰视。媪谓生曰："我言少教诲，此可见矣。年已十六，呆痴裁如婴儿。"生曰："小于甥一岁。"曰："阿甥已十七矣，得非庚午属马[⑬]者耶？"生首应之。又问："甥妇阿谁？"答云："无之。"曰："如甥才貌，何十七岁犹未聘？婴宁

---

① 肃客：请客人进入。
② 作黍（shǔ）：做饭。黍，黄米。
③ 嗷（jiào）声而应：大声答应。
④ 坐次：坐着的时候。次，指事件正在进行时。
⑤ 展：陈述。
⑥ 窭（jù）贫：贫穷。
⑦ 三尺男：指成年男性。
⑧ 弱息：本指幼弱的子女，后多指女儿。
⑨ 庶产：妾生。
⑩ 雏尾盈握：指肥嫩的雏鸡。雏，此指小鸡。盈握，满一把。鸡的尾部满一把，言其肥。
⑪ 敛具：收拾餐具。
⑫ 瞋目：生气地看对方一眼。瞋，生气。
⑬ 庚午属马：庚午年生人，属马。

亦无姑家[①]，极相匹敌[②]，惜有内亲之嫌。”生无语，目注婴宁，不遑他瞬。婢向女小语云：“目灼灼，贼腔未改！”女又大笑，顾婢曰：“视碧桃开未？”遽起，以袖掩口，细碎连步而出。至门外，笑声始纵。媪亦起，唤婢襆被[③]，为生安置。曰：“阿甥来不易，宜留三五日，迟迟[④]送汝归。如嫌幽闷，舍后有小园，可供消遣，有书可读。”

次日，至舍后，果有园半亩，细草铺毡，杨花糁径[⑤]，有草舍三楹[⑥]，花木四合其所。穿花小步，闻树头苏苏有声，仰视，则婴宁在上。见生来，狂笑欲堕。生曰：“勿尔，堕矣！”女且下且笑，不能自止。方将及地，失手而堕，笑乃止。生扶之，阴捘[⑦]其腕，女笑又作，倚树不能行，良久乃罢。生俟其笑歇，乃出袖中花示之。女接之曰：“枯矣。何留之？”曰：“此上元妹子所遗，故存之。”问：“存之何意？”曰：“以示相爱不忘也。自上元相遇，凝思成疾，自分化为异物[⑧]，不图得见颜色，幸垂怜悯。”女曰：“此大细事[⑨]。至戚何所靳惜[⑩]？待郎行时，园中花，当唤老奴来，折一巨捆负送之。”生曰：“妹子痴耶？”“何便是痴？”曰：“我非爱花，爱撚花之人耳。”女曰：“葭莩之情[⑪]，爱何待言。”生曰：“我所谓爱，非瓜葛之爱[⑫]，乃夫妻之爱。”女曰：“有

---

① 姑家：婆家。
② 匹敌：般配。敌，相当。
③ 襆被：整理床铺。
④ 迟迟：指过些时候。
⑤ 杨花糁（sǎn）径：小路上星星点点地撒满了杨花粉粒。糁，碎米屑，泛指散乱的粒状细物。
⑥ 三楹：三间房子。
⑦ 捘（zùn）：捏。
⑧ 化为异物：指人死亡。异物，指死亡的人，鬼的讳称。
⑨ 大细事：极小的事情。
⑩ 靳惜：吝惜。
⑪ 葭莩（jiā fú）之情：亲戚情谊疏远淡薄。葭莩，芦苇内壁的薄膜，喻指疏远的亲戚，也泛指亲戚。
⑫ 非瓜葛之爱：不是一般关系的情感。瓜葛，都是牵连很长的蔓生植物，一般比喻疏远的亲戚或疏远的情感。

以异乎？”曰：“夜共枕席耳。”女俯思良久，曰：“我不惯与生人睡。”语未已，婢潜至，生惶恐遁去。

少时，会母所。母问：“何往？”女答以园中共话。媪曰：“饭熟已久，有何长言，周遮乃尔[①]？”女曰：“大哥欲我共寝。”言未已，生大窘，急目瞪之，女微笑而止。幸媪不闻，犹絮絮究诘，生急以他词掩之。因小语责女，女曰：“适此语不应说耶？”生曰：“此背人语。”女曰：“背他人，岂得背老母？且寝处亦常事，何讳之？”生恨其痴，无术可以悟之。

食方竟，家中人捉双卫[②]来寻生。先是，母待生久不归，始疑，村中搜觅几遍，竟无踪兆。因往询吴。吴忆曩言[③]，因教于西南山村行觅。凡历数村，始至于此。生出门，适相值，便入告媪，且请偕女同归。媪喜曰：“我有志[④]，匪伊朝夕[⑤]。但残躯不能远涉，得甥携妹子去，识认阿姨，大好！”呼婴宁，宁笑至。媪曰：“有何喜，笑辄不辍？若不笑，当为全人。”因怒之以目。乃曰：“大哥欲同汝去，可便装束。”又饷家人酒食，始送之出曰：“姨家田产丰裕，能养冗人[⑥]。到彼且勿归，小学诗礼[⑦]，亦好事翁姑。即烦阿姨，为汝择一良匹。”二人遂发。至山坳，回顾，犹依稀见媪倚门北望也。

抵家，母睹姝丽，惊问为谁，生以姨女对。母曰：“前吴郎与儿言者，诈也。我未有姊，何以得甥？”问女，女曰：“我非母出。父为秦氏，没时，儿在褓中，不能记忆。”母曰：“我一姊适秦氏，良确，

---

① 周遮乃尔：这样絮叨啰唆。周遮，言语烦琐。
② 捉双卫：牵着两头驴。捉，牵。卫，驴的别称。
③ 曩言：从前的话。
④ 志：指想法。
⑤ 匪伊朝夕：不止一日。匪，同“非”。
⑥ 冗人：闲人。
⑦ 小学诗礼：稍微学点诗书礼仪。小，稍，略。

然殂谢[1]已久，那得复存？”因审诘面庞、志赘[2]，一一符合。又疑曰：“是矣。然亡已多年，何得复存？”疑虑间，吴生至，女避入室。吴询得故，惘然久之，忽曰：“此女名婴宁耶？”生然之。吴亟称怪事。问所自知，吴曰：“秦家姑去世后，姑丈鳏居[3]，祟于狐，病瘠死。狐生女，名婴宁，绷卧床上，家人皆见之。姑丈殁，狐犹时来。后求天师符[4]黏壁间，狐遂携女去。将勿此耶？”彼此疑参[5]。但闻室中吃吃[6]，皆婴宁笑声。母曰：“此女亦太憨生[7]。”吴请面之。母入室，女犹浓笑不顾。母促令出，始极力忍笑，又面壁移时，方出。才一展拜，翻然遽入，放声大笑。满室妇女，为之粲然。

吴请往觇其异，就便执柯[8]。寻至村所，庐舍全无，山花零落而已。吴忆姑葬处，仿佛不远，然坟垅湮没[9]，莫可辨识，诧叹而返。母疑其为鬼，入告吴言，女略无骇意。又吊[10]其无家，亦殊无悲意，孜孜[11]憨笑而已。众莫之测。母令与少女同寝止。昧爽[12]即来省问，操女红[13]精巧绝伦。但善笑，禁之亦不可止，然笑处嫣然，狂而不损其媚，人皆乐之。邻女少妇，争承迎之。

母择吉[14]将为合卺，而终恐为鬼物。窃于日中窥之，形影殊无少异。

---

① 殂（cú）谢：死亡。
② 志赘：指身体上的特征或标记。志，通“痣”。赘，赘疣，俗称瘊子。
③ 鳏（guān）居：无妻独居。
④ 天师符：张天师的神符。
⑤ 疑参：疑惑参详。
⑥ 吃吃：笑声。
⑦ 憨（hān）生：娇痴。憨，傻。生，语气助词。
⑧ 就便执柯：顺便做媒。执柯，做媒。
⑨ 湮（yīn）没：埋没。
⑩ 吊：怜悯。
⑪ 孜（zī）孜：不停地。
⑫ 昧爽：黎明。
⑬ 女红（gōng）：旧时指妇女所做的纺织、刺绣等事。
⑭ 择吉：选择吉日良辰。

至日，使华妆行新妇礼，女笑极不能俯仰，遂罢。生以其憨痴，恐漏泄房中隐事，而女殊密秘，不肯道一语。每值母忧怒，女至，一笑即解。奴婢小过，恐遭鞭楚，辄求诣母共话，罪婢投见，恒得免。而爱花成癖，物色遍戚党[①]，窃典金钗，购佳种，数月，阶砌藩溷[②]，无非花者。

庭后有木香[③]一架，故邻[④]西家。女每攀登其上，摘供簪玩[⑤]。母时遇见，辄诃之，女卒不改。一日，西人子[⑥]见之，凝注倾倒。女不避而笑。西人子谓女意已属，心益荡。女指墙底笑而下，西人子谓示约处，大悦。及昏而往，女果在焉。就而淫之，则阴如锥刺，痛彻于心，大号而踣。细视，非女，则一枯木卧墙边，所接乃水淋窍也。邻父闻声，急奔研问，呻而不言。妻来，始以实告。爇火烛窍，见中有巨蝎，如小蟹然，翁碎木捉杀之。负子至家，半夜寻卒。邻人讼生，讦[⑦]发婴宁妖异。邑宰素仰生才，稔知其笃行士[⑧]，谓邻翁讼诬，将杖责之。生为乞免，逐释而出。母谓女曰："憨狂尔尔，早知过喜而伏忧也。邑令神明，幸不牵累，设鹘突[⑨]官宰，必逮妇女质公堂，我儿何颜见戚里？"女正色，矢[⑩]不复笑。母曰："人罔不笑，但须有时。"而女由是竟不复笑，虽故逗，亦终不笑，然竟日未尝有戚容。

一夕，对生零涕。异之。女哽咽曰："曩以相从日浅，言之恐致骇怪。今日察姑及郎，皆过爱无有异心，直告或无妨乎？妾本狐产。母临去，以妾托鬼母，相依十余年，始有今日。妾又无兄弟，所恃者惟君。老

① 戚党：亲戚朋友。
② 阶砌藩溷（hùn）：形容院子里的所有地方。阶砌，台阶。藩，篱笆。溷，粪坑。
③ 木香：多年生草本菊科植物，根茎可入药。
④ 邻：紧挨着。
⑤ 簪玩：妇女摘花，有时插戴在发髻之上，有时插养于瓶中赏玩，故合称。
⑥ 西人子：西边邻居家的儿子。
⑦ 讦（jié）：揭发，举报。
⑧ 笃行士：品行忠厚的读书人。
⑨ 鹘（hú）突：糊涂。
⑩ 矢：发誓。

母岑寂山阿[1]，无人怜而合厝[2]之，九泉辄为悼恨。君倘不惜烦费，使地下人消此怨恫[3]，庶养女者不忍溺弃。”生诺之，然虑坟冢迷于荒草，女但言无虑。刻日，夫妻舆榇[4]而往。女于荒烟错楚[5]中，指示墓处，果得媪尸，肤革犹存。女抚哭哀痛。舁归，寻秦氏墓合葬焉。是夜，生梦媪来称谢，寤而述之。女曰：“妾夜见之，嘱勿惊郎君耳。”生恨不邀留。女曰：“彼鬼也，生人多，阳气胜，何能久居？”生问小荣，曰：“是亦狐，最黠，狐母留以视妾，每摄饵[6]相哺，故德之，常不去心。昨问母，云已嫁之。”由是岁值寒食[7]，夫妻登秦墓，拜扫无缺。女逾年生一子，在怀抱中，不畏生人，见人辄笑，亦大有母风云。

异史氏曰：观其孜孜憨笑，似全无心肝者；而墙下恶作剧，其黠孰甚焉。至凄恋鬼母，反笑为哭，我婴宁殆隐于笑[8]者矣。窃闻山中有草，名“笑矣乎”，嗅之，则笑不可止。房中植此一种，则合欢、忘忧[9]并无颜色矣。若解语花[10]，正嫌其作态[11]耳。”

聂小倩

宁采臣，浙人，性慷爽，廉隅[12]自重。每对人言：“生平无二

① 岑（cén）寂山阿：在文中指独葬。岑寂，寂寞。山阿，山中曲坳处。
② 合厝（cuò）：合葬。厝，安葬。
③ 怨恫（tōng）：悲伤痛苦。
④ 舆榇（chèn）：以车载棺。榇，棺材。
⑤ 错楚：丛杂的树木。
⑥ 摄饵：摄取食物。
⑦ 寒食：阴历清明节前两天为寒食。习惯每年寒食到清明期间为扫墓的日子。
⑧ 隐于笑：用笑来隐藏自己。
⑨ 合欢、忘忧：指合欢花、忘忧草。
⑩ 解语花：比喻善于迎合人的美女。
⑪ 作态：装模作样。
⑫ 廉隅：此处比喻品行端方。

色[①]。”适赴金华[②]，至北郭，解装兰若。寺中殿塔壮丽，然蓬蒿没[③]人，似绝行踪。东西僧舍，双扉虚掩，惟南一小舍，扃键如新。又顾殿东隅，修竹拱把，阶下有巨池，野藕已花。意甚乐其幽杳[④]。会学使按临，城舍价昂，思便留止，遂散步以待僧归。

日暮，有士人来，启南扉。宁趋为礼[⑤]，且告以意。士人曰：“此间无房主，仆亦侨居。能甘荒落，旦晚惠教，幸甚。”宁喜，藉藁[⑥]代床，支板作几，为久客计。是夜，月明高洁，清光似水，二人促膝[⑦]殿廊，各展姓字[⑧]。士人自言：“燕姓，字赤霞。”宁疑为赴试诸生，而听其音声，殊不类浙。诘之，自言“秦人[⑨]”。语甚朴诚。既而相对词竭，遂拱别归寝。

宁以新居，久不成寐。闻舍北喁喁[⑩]，如有家口。起伏北壁石窗下，微窥之。见短墙外一小院落，有妇可四十余，又一媪衣黦绯[⑪]，插蓬沓[⑫]，鲐背[⑬]龙钟[⑭]，偶语[⑮]月下。妇曰：“小倩何久不来？”媪云：“殆好[⑯]至矣。”妇曰：“将无向姥姥有怨言否？”曰：“不闻，但意似

① 无二色：旧指男子不娶妾，无外遇。色，女色。
② 金华：府名，府治在今浙江金华。
③ 没（mò）：遮蔽，淹没。
④ 幽杳（yǎo）：清幽静寂。
⑤ 趋为礼：快步向前致意行礼。
⑥ 藁（gǎo）：稻、麦等的秆。
⑦ 促膝：古人席地而坐，或据榻相近时坐，膝部相挨，因称促膝。多形容亲切交谈或密谈。
⑧ 姓字：犹言姓名。字，表字，正名以外的别名。
⑨ 秦人：指陕西人。
⑩ 喁（yú）喁：低语声。
⑪ 衣黦绯（yè fēi）：穿件褪了色的红衣。衣，穿。黦，变色，褪色。绯，红色。
⑫ 插蓬沓：簪插着大银栉。蓬沓，古代越地妇女的头饰。
⑬ 鲐（tái）背：也作“台背”，驼背。代指老人。
⑭ 龙钟：行动不便，形容老态。
⑮ 偶语：相对私语，交谈。
⑯ 殆好：差不多，就要。

蹙蹙[①]。”妇曰：“婢子不宜好相识[②]！”言未已，有一十七八女子来，仿佛艳绝。媪笑曰：“背地不言人，我两个正谈道小妖婢，悄来无迹响，幸不訾[③]着短处。”又曰：“小娘子端好是画中人，遮莫[④]老身是男子，也被摄魂去。”女曰：“姥姥不相誉，更阿谁道好？”妇人女子又不知何言。宁意其邻人眷口，寝不复听。又许时，始寂无声。

方将睡去，觉有人至寝所。急起审顾，则北院女子也。惊问之，女笑曰：“月夜不寐，愿修燕好[⑤]。”宁正容曰：“卿防物议[⑥]，我畏人言。略一失足，廉耻道丧。”女云：“夜无知者。”宁又咄之。女逡巡若复有词，宁叱：“速去！不然，当呼南舍生知。”女惧，乃退。至户外复返，以黄金一铤[⑦]置褥上。宁掇掷庭墀，曰：“非义之物，污吾囊橐！”女惭，出，拾金自言曰：“此汉当是铁石。”

诘旦，有兰溪生携一仆来候试，寓于东厢，至夜暴亡。足心有小孔，如锥刺者，细细有血出。俱莫知故。经宿，仆一死，症亦如之。向晚，燕生归，宁质[⑧]之，燕以为魅。宁素抗直[⑨]，颇不在意。

宵分，女子复至，谓宁曰：“妾阅人多矣，未有刚肠如君者。君诚圣贤，妾不敢欺。小倩，姓聂氏，十八夭殂，葬寺侧，辄被妖物威胁，历役贱务，腆颜向人，实非所乐。今寺中无可杀者，恐当以夜叉来。”宁骇求计。女曰：“与燕生同室可免。”问：“何不惑燕生？”曰：“彼奇人也，不敢近。”问：“迷人若何？”曰：“狎昵我者，隐以锥刺其

---

① 蹙（cù）蹙：忧愁，不舒畅。
② 好相识：善待。
③ 訾（zǐ）：非议，说坏话。
④ 遮莫：假如。
⑤ 修燕好：结为夫妇。燕好，亲好。
⑥ 物议：大众的议论。多指非议。
⑦ 铤（dìng）：量词。用于金银及墨。
⑧ 质：询问。
⑨ 抗直：刚直。抗，同“亢”。

足，彼即茫若迷，因摄血以供妖饮。又惑以金，非金也，乃罗刹[①]鬼骨，留之能截取人心肝。二者，凡以投时好耳。”宁感谢。问戒备之期，答以明宵。临别泣曰：“妾堕玄海[②]，求岸不得。郎君义气干云[③]，必能拔生救苦。倘肯囊妾朽骨，归葬安宅[④]，不啻再造[⑤]。”宁毅然诺之。因问葬处，曰：“但记取白杨之上，有乌巢者是也。”言已出门，纷然而灭。

明日，恐燕他出，早诣邀致，辰后具酒馔，留意察燕。既约同宿，辞以性癖耽寂[⑥]。宁不听，强携卧具来。燕不得已，移榻从之。嘱曰：“仆知足下丈夫，倾风良切[⑦]。要有微衷[⑧]，难以遽白。幸勿翻窥箧幞，违之，两俱不利。”宁谨受教。

既而各寝。燕以箱箧置窗上，就枕移时，齁如雷吼，宁不能寐。近一更许，窗外隐隐有人影。俄而近窗来窥，目光睒闪[⑨]。宁惧，方欲呼燕，忽有物裂箧而出，耀若匹练[⑩]，触折窗上石棂，欻然一射，即遽敛入，宛如电灭。燕觉而起，宁伪睡以觇之。燕捧箧检征，取一物，对月嗅视，白光晶莹，长可二寸，径韭叶许[⑪]。已而数重包固，仍置破箧中，自语曰：“何物老魅，直尔大胆，致坏箧子。”遂复卧。宁大奇之，因起问之，且以所见告。燕曰：“既相知爱，何敢深隐。我，剑客也。若非石棂，妖当立毙，虽然，亦伤。”问：“所缄何物？”曰：

---

① 罗刹：梵语音译。佛教故事中食人血肉的恶鬼。
② 玄海：佛家语。指苦海。
③ 义气干云：义薄云天。干云，冲天。
④ 安宅：安定的居处。这里指安静的葬地，即墓穴。
⑤ 不啻再造：无异于再生。不啻，不只，何止。再造，重生。
⑥ 耽（dān）寂：极爱静寂。耽，耽于。
⑦ 倾风良切：很仰慕。倾风，仰慕，倾倒。
⑧ 微衷：心意的谦辞。
⑨ 睒闪：闪烁。
⑩ 匹练：成匹的白绢。练，白绢。
⑪ 径韭叶许：像韭菜叶那么宽。径，宽。

“剑也。适嗅之，有妖气。”宁欲观之，慨出相示，荧荧然一小剑也。于是益厚重燕。

明日，视窗外，有血迹。遂出寺北，见荒坟累累，果有白杨，乌巢其颠①。迨营谋既就，趣装欲归。燕生设祖帐②，情义殷渥③。以破革囊赠宁，曰：“此剑袋也，宝藏可远魑魅。”宁欲从授其术。曰：“如君信义刚直，可以为此。然君犹富贵中人，非此道中人也。”宁乃托有妹葬此，发掘女骨，敛以衣衾，赁舟而归。

宁斋临野，因营坟葬诸斋外，祭而祝曰：“怜卿孤魂，葬近蜗居④，歌哭相闻，庶不见陵于雄鬼⑤。一瓯浆水饮，殊不清旨，幸不为嫌。”祝毕而返。后有人呼曰：“缓待同行！”回顾，则小倩也。欢喜谢曰：“君信义，十死不足以报。请从归，拜识姑嫜⑥，媵御⑦无悔。”审谛之，肌映流霞，足翘细笋，白昼端相，娇艳尤绝。遂与俱至斋中。嘱坐少待，先入白母，母愕然。时宁妻久病，母戒勿言，恐所骇惊。言次，女已翩然入，拜伏地下。宁曰：“此小倩也。”母惊顾不遑。女谓母曰：“儿飘然一身，远父母兄弟。蒙公子露覆⑧，泽被发肤⑨，愿执箕帚⑩，以报高义。”母见其绰约⑪可爱，始敢与言，曰：“小娘子惠顾吾儿，老身喜不可已。但生平止此儿，用承祧绪⑫，不敢令有鬼偶。”

---

① 颠：顶。

② 祖帐：为出行者饯行所设的帐幕，引申为饯行送别。祖，祭名，出行以前祭祀路神。

③ 殷渥（wò）：恳切深厚。

④ 蜗居：对自己居所的谦辞。

⑤ 雄鬼：雄强力暴之鬼。

⑥ 姑嫜（zhāng）：即公婆。

⑦ 媵（yìng）御：以婢妾对待。媵，泛指婢妾。

⑧ 露覆：亦作“覆露”，喻润恩泽。

⑨ 泽被发肤：恩义施于我身。被，覆盖。发肤，指全身。

⑩ 执箕帚：担任洒扫工作。往往用作承担妻子责任的谦辞。

⑪ 绰（chuò）约：温柔秀美。

⑫ 承祧（tiāo）绪：传宗接代。祧绪，祖宗余绪。祧，承继先代。

女曰："儿实无二心。泉下人既不见信于老母，请以兄事，依高堂①，奉晨昏②，如何？"母怜其诚，允之。即欲拜嫂，母辞以疾，乃止。女即入厨下，代母尸饔③，入房穿榻，似熟居者。

日暮，母畏惧之，辞使归寝，不为设床褥。女窥知母意，即竟去。过斋欲入，却退，徘徊户外，似有所惧。生呼之，女曰："室有剑气畏人。向道途之不奉见者，良以此故。"宁悟为革囊，取悬他室，女乃入，就烛下坐。移时，殊不一语。久之，问："夜读否？妾少诵《楞严经》④，今强半遗忘。浼求一卷，夜暇，就兄正之。"宁诺。又坐，默然，二更向尽，不言去。宁促之。愀然曰："异域孤魂，殊怯荒墓。"宁曰："斋中别无床寝，且兄妹亦宜远嫌。"女起，容颦蹙而欲啼，足恇儴⑤而懒步，从容出门，涉阶而没。宁窃怜之，欲留宿别榻，又惧母嗔。女朝旦朝母，捧匜沃盥⑥，下堂操作，无不曲承母志。黄昏告退，辄过斋头，就烛诵经。觉宁将寝，始惨然去。

先是，宁妻病废⑦，母劬⑧不可堪，自得女，逸甚，心德之。日渐稔，亲爱如己出，竟忘其为鬼，不忍晚令去，留与同卧起。女初来未尝食饮，半年渐啜稀饨⑨。母子皆溺爱之，讳言其鬼，人亦不之辨也。无何，宁妻亡。母阴有纳女意，然恐于子不利。女微窥之，乘间告母曰："居年余，当知儿肝鬲⑩。为不欲祸行人，故从郎君来。区区⑪无他意，

---

① 依高堂：依偎在母亲身边。高堂，母亲。
② 奉晨昏：指对父母的侍奉。
③ 尸饔（yōng）：料理饮食。尸，主持。饔，熟食。
④ 《楞（léng）严经》：佛经名，全称为《大佛顶如来密因修证了义诸菩萨万行首楞严经》。
⑤ 恇儴（kuāng ráng）：步履维艰的样子。
⑥ 捧匜（yí）沃盥：侍奉盥洗。匜，古盥器，用以盛水。沃盥，浇洗。
⑦ 病废：生病不能干家务。
⑧ 劬（qú）：勤苦。
⑨ 啜稀饨（yǐ）：喝稀粥。稀饨，粥汤。
⑩ 肝鬲：这里指心意，内心想法。
⑪ 区区：自称的谦辞。

止以公子光明磊落，为天人所钦瞩[①]，实欲依赞[②]三数年，借博封诰[③]，以光泉壤。”母亦知无恶，但惧不能延宗嗣。女曰：“子女惟天所授。郎君注福籍[④]，有亢宗子[⑤]三，不以鬼妻而遂夺也。”母信之，与子议。宁喜，因列筵告戚党。或请觌新妇，女慨然华妆出，一堂尽眙[⑥]，反不疑其鬼，疑为仙。由是五党[⑦]诸内眷，咸执贽以贺，争拜识之。女善画兰梅，辄以尺幅酬答，得者藏什袭以为荣。

一日，俯颈窗前，怊怅若失[⑧]。忽问：“革囊何在？”曰：“以卿畏之，故缄置他所。”曰：“妾受生气已久，当不复畏，宜取挂床头。”宁诘其意，曰：“三日来，心怔忡[⑨]无停息，意金华妖物，恨妾远遁，恐旦晚寻及也。”宁果携革囊来。女反复审视，曰：“此剑仙将盛人头者也。敝败至此，不知杀人几何许！妾今日视之，肌犹粟慄[⑩]。”乃悬之。次日，又命移悬户上，夜对烛坐，约宁勿寝。欻有一物，如飞鸟堕，女惊匿夹幕[⑪]间。宁视之，物如夜叉状，电目血舌，睒闪攫拿而前，至门却步。逡巡久之，渐近革囊，以爪摘取，似将抓裂。囊忽格然一响，大可合篑[⑫]，恍惚有鬼物，突出半身，揪夜叉入，声遂寂然，囊亦顿缩如故。宁骇诧。女亦出，大喜曰：“无恙矣！”共视囊中，清水数斗而已。

后数年，宁果登进士。女举一男。纳妾后，又各生一男，皆仕进

---

① 钦瞩：钦敬瞩目。
② 依赞：依傍，依靠。
③ 封诰：明清制度，皇帝封赠臣下及其祖先、妻子的爵位名号因爵位官阶的高低而有诰命、敕封之区别，统称封诰。这里指因丈夫得官，妻子受封。
④ 注福籍：意谓命中注定有福。注，载入。福籍，传说中的记载人间福禄的簿籍。
⑤ 亢宗子：旧时称人子能扩展宗族地位者为亢宗之子。亢宗，庇护宗族，光宗耀祖。
⑥ 眙（chì）：瞪目直视。形容惊诧。
⑦ 五党：即五宗。指五服内的亲族。
⑧ 怊（chāo）怅若失：忧伤焦虑的样子。
⑨ 怔忡（zhēng chōng）：心悸，恐惧不安。
⑩ 粟慄：因恐惧，起了鸡皮疙瘩。
⑪ 夹幕：帷幕。
⑫ 大可合篑（kuì）：约有两个竹筐合起来那么大。篑，盛土的竹器。

有声[1]。

珠 儿

常州[2]民李化，富有田产。年五十余，无子。一女名小惠，容质秀美，夫妻最怜爱之，十四岁，暴病夭殂。冷落庭帏，益少生趣，始纳婢。经年余，生一子，视如拱璧，名之珠儿。儿渐长，魁梧可爱。然性绝痴，五六岁尚不辨菽麦，言语蹇涩[3]。李亦好而不知其恶。会有眇僧[4]，募缘[5]于市，辄知人闺闼，于是相惊以神，且云，能生死祸福人。几十百千，执名以索，无敢违者。诣李募百缗[6]，李难之，给十金，不受。渐至三十金，僧厉色曰："必百缗，缺一文不可！"李亦怒，收金遽去。僧忿然而起，曰："勿悔，勿悔！"无何，珠儿心暴痛，巴刮[7]床席，色如土灰。李惧，将八十金诣僧乞救。僧笑曰："多金大不易！然山僧何能为？"李归而儿已死。李恸甚，以状诉邑宰。宰拘僧讯鞫，亦辨给无情词[8]。笞之，似击鞔革[9]。令搜其身，得木人二、小棺一、小旗帜五。宰怒，以手叠诀举示之。僧乃惧，自投无数[10]。宰不听，杖杀之。李叩谢而归。

---

① 有声：有政声，指为官声誉很好。

② 常州：府名。治所在今江苏常州。

③ 言语蹇（jiǎn）涩：说话不连贯，不清楚。蹇涩，蹇滞，艰涩。

④ 眇僧：独眼和尚。

⑤ 募缘：僧尼募化求人施舍财物，义同"化缘"。

⑥ 百缗（mín）：一百串钱。缗，穿钱用的绳子。借指成串的钱。一千文为一缗。

⑦ 巴刮：抓挠。山东方言。

⑧ 辨给（jǐ）无情词：巧妙辩解而不说实话。辨给，谓言谈或写作敏捷流利。辨，通"辩"。情，诚，真实。

⑨ 鞔（mán）革：蒙鼓的皮革。鞔，用皮蒙鼓。

⑩ 自投无数：即叩头无数。投，五体投地。

时已曛暮[1]，与妻坐床上。忽一小儿，伛偄入室，曰："阿翁行何疾？极力不能得追。"视其体貌，当得七八岁。李惊，方将诘问，则见其若隐若现，恍惚如烟雾，宛转间，已登榻坐。李推下之，堕地无声。曰："阿翁何乃尔！"瞥然复登。李惧，与妻俱奔。儿呼阿父、阿母，呕哑[2]不休。李入妾室，急阖其扉，还顾，儿已在膝下。李骇问何为，答曰："我苏州[3]人，姓詹氏。六岁失怙恃[4]，不为兄嫂所容，逐居外祖家。偶戏门外，为妖僧迷杀桑树下；驱使如伥鬼[5]，冤闭穷泉[6]，不得脱化[7]。幸赖阿翁昭雪，愿得为子。"李曰："人鬼殊途，何能相依？"儿曰："但除斗室[8]，为儿设床褥，日浇一杯冷浆粥，余都无事。"李从之。儿喜，遂独卧室中。

晨来出入闺阁，如家生。闻妾哭子声，问："珠儿死几日矣？"答以七日。曰："天严寒，尸当不腐。试发冢启视，如未损坏，儿当得活。"李喜，与儿去，开穴验之，躯壳如故。方此忉怛[9]，回视，失儿所在。异之，舁尸归。方置榻上，目已瞥动，少顷呼汤，汤已而汗，汗已遂起。

群喜珠儿复生，又加之慧黠便利[10]，迥异曩昔。但夜间僵卧，毫无气息，共转侧之，冥然若死。众大愕，谓其复死。天将明，始若梦醒。群就问之，答云："昔从妖僧时，有儿等二人，其一名哥子。昨追阿

---

① 曛（xūn）暮：昏暮，即黄昏之后。
② 呕哑：咿咿呀呀。形容小孩说话的声音。
③ 苏州：府名。治所在今江苏苏州。
④ 失怙恃：谓没有了父母。
⑤ 伥鬼：民间传说中的一种鬼。据说它被虎咬死，反过来又引虎吃人。
⑥ 穷泉：九泉之下。指地下。
⑦ 脱化：民间传说，认为人死之后，阴司据其一生善恶，令其为人或为畜牲转生世间，称为脱化。
⑧ 除：打扫，清理。此指准备。
⑨ 忉怛（dāo dá）：悲痛。
⑩ 便利：敏捷。

父不及，盖在后与哥子作别耳。今在冥间，为姜员外作义嗣[①]，亦甚优游。夜分，固来邀儿戏。适以白鼻䯄[②]送儿归。”母因问：“在阴司见珠儿否？”曰：“珠儿已转生矣。渠与阿翁无父子缘，不过金陵[③]严子方来讨百十千债负耳。”初，李贩于金陵，欠严货价未偿，而严翁死，此事人无知者。李闻之大骇。母问：“儿见惠姊否？”儿曰：“不知，再去当访之。”

又二三日，谓母曰：“惠姊在冥中大好，嫁得楚江王小郎子，珠翠满头髻，一出门，便十百作呵殿声[④]。”母曰：“何不一归宁？”曰：“人既死，都与骨肉无关切。倘有人细述前生，方豁然动念耳。昨托姜员外，夤缘[⑤]见姊，姊姊呼我坐珊瑚床上。与言父母悬念，渠都如眠睡。儿云：‘姊在时，喜绣并蒂花，翦刀刺手爪，血涴[⑥]绫子上，姊就刺作赤水云。今母犹挂床头壁，顾念不去心。姊忘之乎？’姊始凄感，云：‘会须[⑦]白郎君，归省阿母。’”母问其期，答言不知。

一日谓母：“姊行且至，仆从大繁，当多备浆酒。”少间，奔入室，曰：“姊来矣！”移榻中堂[⑧]，曰：“姊姊且憩坐，少悲啼。”诸人悉无所见。儿率人焚纸酹饮于门外，反[⑨]曰：“驺从暂令去矣。姊言：‘昔日所覆绿锦被，曾为烛花烧一点如豆大，尚在否？’”母曰：“在。”即启笥出之。儿曰：“姊命我陈旧闺中，乏疲，且小卧。翌日再与阿母言。”

---

① 义嗣：义子。
② 白鼻䯄（guā）：白鼻黑嘴的黄马。
③ 金陵：地名。即今江苏南京。
④ 呵殿声：官僚出行时侍卫人员的吆喝声。呵，喝道，喝令行人让路。殿，居后，在后。
⑤ 夤（yín）缘：凭借关系攀附。
⑥ 涴（wò）：污染。
⑦ 会须：应当。
⑧ 中堂：即客厅。
⑨ 反：还归，回。

东邻赵氏女，故与惠为绣阁交[①]。是夜，忽梦惠幞头[②]紫帔来相望，言笑如平生。且言："我今异物，父母觌面，不啻河山。将借妹子与家人共话，勿须惊恐。"质明[③]，方与母言，忽仆地闷绝。逾刻始醒，向母曰："小惠与阿婶别几年矣，顿鬖鬖[④]白发生！"母骇曰："儿病狂耶？"女拜别即出。母知其异，从之。直达李所，抱母哀啼，母惊不知所谓。女曰："儿昨归，颇委顿，未遑一言。儿不孝，中途弃高堂，劳父母哀念，罪何可赎！"母顿悟，乃哭。已而问曰："闻儿今贵，甚慰母心。但汝栖身王家，何遂能来？"女曰："郎君与儿极燕好，姑舅[⑤]亦相抚爱，颇不谓妒丑。"惠生时，好以手支颐，女言次，辄作故态，神情宛似。未几，珠儿奔入曰："接姊者至矣。"女乃起，拜别泣下，曰："儿去矣。"言讫，复踣，移时乃苏。

后数月，李病剧，医药罔效。儿曰："旦夕恐不救也！二鬼坐床头，一执铁杖子，一挽苎麻绳，长四五尺许，儿昼夜哀之不去。"母哭，乃备衣衾。既暮，儿趋入曰："杂人妇，且避去，姊夫来视阿翁。"俄顷，鼓掌而笑。母问之。曰："我笑二鬼，闻姊夫来，俱匿床下如龟鳖。"又少时，望空道寒暄，问姊起居。既而拍手曰："二鬼奴哀之不去，至此大快！"乃出至门外，却回，曰："姊夫去矣，二鬼被锁马鞅[⑥]上，阿父当即无恙。姊夫言：归白大王，为父母乞百年寿也。"一家俱喜。至夜，病良已，数日寻瘥。

延师教儿读。儿甚惠，十八入邑庠，犹能言冥间事。见里中病者，辄指鬼祟所在，以火爇之，往往得瘳。后暴病，体肤青紫，自言鬼神

① 绣阁交：少女时代的朋友。绣阁，女儿家的居室。
② 幞（fú）头：包头软巾。
③ 质明：天刚亮。
④ 鬖（sān）鬖：毛发下垂的样子。
⑤ 姑舅：公婆。
⑥ 马鞅：马拉车时套在中间的皮带。

责我绽露[1]，由是不复言。

九山王

曹州[2]李姓者，邑诸生。家素饶，而居宅故不甚广，舍后有园数亩，荒置之[3]。一日，有叟来税屋[4]，出直[5]百金。李以无屋为辞，叟曰："请受之，但无烦虑。"李不喻其意，姑受之，以觇其异。

越日，村人见舆马眷口入李家，纷纷甚夥，共疑李第无安顿所，问之。李殊不自知，归而察之，并无迹响。过数日，叟忽来谒，且云："庇宇下[6]已数晨夕，事事都草创[7]，起炉作灶，未暇一修客子[8]礼。今遣小女辈作黍，幸一垂顾[9]。"李从之，则入园中，欻见舍宇华好，崭然一新，入室，陈设芳丽。酒鼎沸于廊下，茶烟袅于厨中。俄而行酒荐[10]馔，备极甘旨[11]。时见庭下少年人往来甚众，又闻儿女喁喁，幕中作笑语声。家人婢仆，似有数十百口。李心知其狐。席终而归，阴怀杀心。每入市，市硝硫[12]，积数百斤，暗布园中殆满。骤火之，焰亘[13]霄汉，如黑灵芝，燔臭灰眯[14]不可近，但闻鸣啼嗥动之声，嘈杂聒耳。

---

① 绽露：犹泄露。
② 曹州：州名。治所在今山东菏泽。
③ 荒置之：荒废而闲置。
④ 税屋：租赁房屋。
⑤ 直：租价。
⑥ 庇宇下：受庇护于屋宇之下。寄居的谦辞。
⑦ 草创：初设，刚开始。
⑧ 客子：客居的人。
⑨ 幸一垂顾：希望能屈驾下顾。
⑩ 荐：进。
⑪ 甘旨：泛指美味佳肴。
⑫ 硝硫：芒硝、硫黄。
⑬ 亘：空间和时间上延绵不断。
⑭ 燔臭灰眯：焦臭刺鼻，烟尘迷目。

既熄，入视，则死狐满地，焦头烂额者，不可胜计。方阅视[①]间，叟自外来，颜色惨恸，责李曰："夙无嫌怨，荒园岁报百金，非少，何忍遂相族灭[②]？此奇惨之仇，无不报者！"忿然而去。疑其掷砾为殃，而年余无少怪异。

时顺治初年，山中群盗窃发，啸聚[③]万余人，官莫能捕。生以家口多，日忧离乱。适村中来一星者[④]，自号南山翁，言人休咎[⑤]，了若目睹，名大噪[⑥]。李召至家，求推甲子[⑦]。翁愕然起敬，曰："此真主[⑧]也！"李闻大骇，以为妄。翁正容固言之[⑨]，李疑信半焉，乃曰："岂有白手受命而帝者乎？"翁谓："不然。自古帝王，类[⑩]多起于匹夫，谁是生而天子者？"生惑之，前席[⑪]而请。翁毅然以"卧龙"[⑫]自任。请先备甲胄[⑬]数千具、弓弩数千事[⑭]。李虑人莫之归，翁曰："臣请为大王连诸山，深相结。使哗言者[⑮]谓大王真天子，山中士卒，宜必响应。"李喜，遣翁行，发藏镪[⑯]，造甲胄。

翁数日始还，曰："借大王威福，加臣三寸舌[⑰]，诸山莫不愿执鞭

---

① 阅视：检阅，查看。
② 族灭：诛杀整个家族。
③ 啸聚：呼号聚合。
④ 星者：星相术士。
⑤ 休咎：吉凶祸福。休，吉庆，福禄。咎，凶灾，祸殃。
⑥ 名大噪：名声远扬。噪，众口传扬。
⑦ 推甲子：推算生辰八字。
⑧ 真主：即俗称真龙天子，皇帝。
⑨ 正容固言之：面色严肃地坚持这样说。
⑩ 类：大致，大都。
⑪ 前席：古人席地而坐，向前移动坐席，表示为其说所倾动。
⑫ 卧龙：即诸葛亮。"卧龙"比喻可以赞襄帝王事业的军师。
⑬ 甲胄：铠甲、头盔。
⑭ 事：件。
⑮ 哗言者：喜好传播浮言的人。
⑯ 藏镪（qiǎng）：蓄藏的金钱。镪，成串的钱。
⑰ 三寸舌：谓善辩的口才。

靮[①]，从戏下[②]。”浃旬[③]之间，果归命者[④]数千人。于是拜翁为军师，建大纛[⑤]，设彩帜若林，据山立栅[⑥]，声势震动。邑令率兵来讨，翁指挥群寇，大破之。令惧，告急于兖[⑦]。兖兵远涉而至，翁又伏寇进击，兵大溃，将士杀伤者甚众。势益震，党[⑧]以万计，因自立为九山王。翁患马少，会都中解[⑨]马赴江南，遣一旅要路篡取之[⑩]。由是九山王之名大噪。加翁为“护国大将军”，高卧山巢，公然自负，以为黄袍之加[⑪]，指日可俟[⑫]矣。东抚[⑬]以夺马故，方将进剿，又得兖报，乃发精兵数千，与六道合围而进，军旅旌旗，弥满山谷。九山王大惧，召翁谋之，则不知所往。九山王窘极无术，登山而望曰：“今而知朝廷之势大矣！”山破，被擒，妻孥戮之。始悟翁即老狐，盖以族灭报李也。

异史氏曰：夫人拥妻子，闭门科头[⑭]，何处得杀？即杀，亦何由族哉？狐之谋亦巧矣。而壤无其种者，虽溉不生。彼其杀狐之残，方寸[⑮]已有盗根，故狐得长其萌[⑯]而施之报。今试执途人而告之曰：“汝为天子！”未有不骇而走者。明明导以族灭之为，而犹乐听之，妻子为戮，又何足云？然人之听匪言[⑰]也，始闻之而怒，继而疑，又继而信，

① 执鞭靮（dí）：为人驾驭车马。意为乐意相从。靮，马缰绳。
② 戏（huī）下：麾下，部下。戏，同“麾”。旌旗之类，借以指挥。
③ 浃（jiā）旬：十日。浃，周遍。
④ 归命者：归附而接受其命令者，即归顺的人。
⑤ 大纛（dào）：大旗。
⑥ 栅（zhà）：寨栅，垒栅。
⑦ 兖：府名。治所在滋阳（今山东兖州）。
⑧ 党：同党。
⑨ 解：押解。
⑩ 一旅：犹言一支部队。要路篡取，拦路夺取。要路，犹拦路。要，遮留。
⑪ 黄袍之加：谓做皇帝。黄袍，古帝王袍服色尚黄。
⑫ 指日可俟：犹指日可待。指日，犹不日。
⑬ 东抚：指山东巡抚。
⑭ 科头：不戴冠帽。指闲散随意。
⑮ 方寸：亦作“方寸地”，指心。
⑯ 长其萌：使其萌芽滋长。
⑰ 匪言：不是人话，狂惑之言。

迨至身名俱殒，而始知其误也，大率[1]类此矣。

口 技

村中来一女子，年二十有四五，携一药囊，售其医[2]。有问病者，女不能自为方，俟暮夜问诸神。晚洁斗室，闭置其中。

众绕门窗，倾耳寂听，但窃窃语，莫敢欬。内外动息俱冥[3]。至夜许，忽闻帘声。女在内曰："九姑来耶？"一女子答云："来矣。"又曰："腊梅从九姑来耶？"似一婢答云："来矣。"三人絮语间杂，刺刺不休[4]。俄闻帘钩复动，女曰："六姑至矣。"乱言[5]曰："春梅亦抱小郎子来耶？"一女曰："拗哥子[6]！呜呜[7]不睡，定要从娘子来。身如百钧[8]重，负累煞人！"旋闻女子殷勤声、九姑问讯声、六姑寒暄声、二婢慰劳声、小儿喜笑声，一齐嘈杂。即闻女子笑曰："小郎君亦大好耍，远迢迢抱猫儿来。"既而声渐疏。帘又响，满室俱哗，曰："四姑来何迟也？"有一小女子细声答曰："路有千里且溢[9]，与阿姑走尔许时始至。阿姑行且缓。"遂各各道温凉声，并移坐声，唤添坐声，参差并作，喧繁满室，食顷[10]始定。即闻女子问病，九姑以为宜得参[11]，六姑以为宜得芪，四姑以为宜得术。参酌移时，即闻九姑唤笔砚。无何，折纸戢戢然，

---

① 大率：大概，大致。
② 售其医：出售她的医术和药。
③ 冥：沉寂。
④ 刺刺不休：话语不断。刺刺，多言的样子。
⑤ 乱言：人声交错。
⑥ 拗哥子：倔强的小男孩。拗，倔。
⑦ 呜呜：抚拍孩子睡觉的声音。
⑧ 百钧：极言其重。钧，约合三十斤。
⑨ 千里且溢：一千里还多。溢，超出。
⑩ 食顷：一顿饭的工夫。
⑪ 宜得参：应该用人参治疗。下文"芪（qí）""术（zhú）"皆草药名。

拔笔掷帽丁丁然，磨墨隆隆然。既而投笔触几，震震作响，便闻撮药包裹苏苏[①]然。顷之，女子推帘，呼病者授药并方。反身入室，即闻三姑作别，三婢作别，小儿哑哑，猫儿唔唔，又一时并起。九姑之声清以越[②]，六姑之声缓以苍[③]，四姑之声娇以婉[④]，以及三婢之声，各有态响，听之了了可辨。群讶以为真神，而试其方，亦不甚效。此即所谓口技，特借之以售其术耳。然亦奇矣！

昔王心逸[⑤]尝言：在都偶过市廛，闻弦歌声，观者如堵。近窥之，则见一少年曼声度曲[⑥]。并无乐器，惟以一指捺颊际，且捺且讴，听之铿铿，与弦索[⑦]无异。亦口技之苗裔也。

红　玉

广平[⑧]冯翁有一子，字相如，父子俱诸生。翁年近六旬，性方鲠[⑨]，而家屡空[⑩]。数年间，媪与子妇又相继逝，井臼[⑪]自操之。一夜，相如坐月下，忽见东邻女自墙上来窥。视之，美。近之，微笑。招以手，不来亦不去。固请之，乃梯而过，遂共寝处。问其姓名，曰："妾邻女红玉也。"生大爱悦，与订永好，女诺之。夜夜往来，约半年许。

翁夜起，闻女子含笑语，窥之，见女，怒，唤生出，骂曰："畜

---

① 苏苏：物体摩擦的声音。
② 清以越：清脆而高昂。以，而。
③ 缓以苍：舒缓而苍老。
④ 娇以婉：娇细而婉转。
⑤ 王心逸：名德昌，字历长。长山人。清顺治进士。
⑥ 曼声度曲：以舒缓的声调唱着歌。曼声，舒缓的音声。度曲，此指依谱歌唱。
⑦ 弦索：乐器上的弦。此指弦乐器。
⑧ 广平：县名。今属河北邯郸。
⑨ 方鲠：方正耿直。
⑩ 屡空：一直很贫穷，衣食不给。空，匮乏。
⑪ 井臼：从井里汲水，以臼舂米。这里指家务。

产[①]所为何事！如此落寞[②]，尚不刻苦，乃学浮荡耶？人知之，丧汝德；人不知，促汝寿！”生跪自投，泣言知悔。翁叱女曰：“女子不守闺戒，既自玷，而又以玷人。倘事一发，当不仅贻寒舍[③]羞！”骂已，愤然归寝。女流涕曰：“亲庭[④]罪责，良足愧辱！我二人缘分尽矣！”生曰：“父在不得自专[⑤]。卿如有情，尚当含垢为好。”女言辞决绝，生乃洒涕。女止之曰：“妾与君无媒妁之言，父母之命，逾墙钻隙[⑥]，何能白首？此处有一佳耦，可聘也。”告以贫，女曰：“来宵相俟，妾为君谋之。”次夜，女果至，出白金四十两赠生。曰：“去此六十里，有吴村卫氏，年十八矣，高其价，故未售也。君重啖之[⑦]，必合谐允。”言已，别去。

生乘间[⑧]语父，欲往相[⑨]之，而隐馈金不敢告。翁自度无赀，以是故，止之。生又婉言：“试可乃已[⑩]。”翁颔之。生遂假仆马，诣卫氏。卫故田舍翁，生呼出引与闲语。卫知生望族[⑪]，又见仪采轩豁[⑫]，心许之，而虑其靳于赀。生听其词意吞吐，会其旨，倾囊陈几上。卫乃喜，浼邻生居间，书红笺而盟焉[⑬]。生入拜媪，居室偪侧[⑭]，女依母自幛。微睨之，虽荆布之饰[⑮]，而神情光艳，心窃喜。卫借舍款婿，便言：“公子无须亲迎。待少作衣妆，即合舁送去。”生与期而归。诡告翁，言

---

① 畜产：畜生。
② 落寞：寂寞冷落。指境遇萧条。
③ 寒舍：对自己家庭的谦称。
④ 亲庭：父亲的训诲。
⑤ 自专：自作主张。
⑥ 逾墙钻隙：越墙相从，凿壁相窥。指男女没有父母之命、媒妁之言私相结合。
⑦ 重啖之：以重金满足其要求。
⑧ 乘间：趁机。
⑨ 相（xiàng）：相亲。
⑩ 试可乃已：试探一下对方的意向罢了。
⑪ 望族：有声望的家族。
⑫ 仪采轩豁：风度大方轩昂。
⑬ 书红笺而盟焉：以红笺书写柬帖，订立婚约。
⑭ 偪（bī）侧：狭窄局促。
⑮ 荆布之饰：指贫家女子妆束。荆布，荆钗布裙。

卫爱清门[①]，不责[②]赀。翁亦喜。至日，卫果送女至。女勤俭，有顺德，琴瑟甚笃[③]。

逾二年，举一男，名福儿。会清明抱子登墓[④]，遇邑绅宋氏。宋官御史，坐行赇免[⑤]，居林下[⑥]，大煽威虐。是日亦上墓归，见女艳之。问村人，知为生配。料冯贫士，诱以重赂，冀可摇，使家人风示之。生骤闻，怒形于色，既思势不敌，敛怒为笑，归告翁。大怒，奔出，对其家人，指天画地，诟骂万端。家人鼠窜而去。宋氏亦怒，竟遣数人入生家，殴翁及子，汹若沸鼎。女闻之，弃儿于床，披发号救。群篡[⑦]舁之，哄然便去。父子伤残，吟呻在地，儿呱呱啼室中。邻人共怜之，扶之榻上。经日，生杖而能起，翁忿不食，呕血寻毙。生大哭，抱子兴词[⑧]，上至督抚，讼几遍，卒不得直[⑨]。后闻妇不屈死，益悲。冤塞胸吭[⑩]，无路可伸。每思要路刺杀宋，而虑其扈从[⑪]繁，儿又罔托[⑫]。日夜哀思，双睫为不交。

忽一丈夫吊诸其室，虬髯[⑬]阔颔，曾与无素[⑭]。挽坐，欲问邦族。客遽曰："君有杀父之仇，夺妻之恨，而忘报乎？"生疑为宋人之侦，姑伪应之。客怒眦欲裂，遽出曰："仆以君人也，今乃知不足齿[⑮]之

---

① 清门：犹言清白人家。
② 责：索取，苛求。
③ 琴瑟甚笃：喻夫妇感情深厚。
④ 登墓：扫墓。
⑤ 坐行赇（qiú）免：因行贿罪而被免职。坐，获罪。赇，贿赂。
⑥ 居林下：指罢官乡居。林下，指乡野退隐之地。
⑦ 篡：抢夺。
⑧ 兴词：起诉，告状。词，争讼。
⑨ 卒不得直：始终得不到公平处理。
⑩ 吭（háng）：咽喉。
⑪ 扈从：侍从。
⑫ 罔托：无法托付。
⑬ 虬（qiú）髯：蜷曲的络腮胡子。
⑭ 无素：从无交往。素，旧交。
⑮ 不足齿：不足挂齿的省略。

伧[①]！”生察其异，跪而挽之，曰：“诚恐宋人餂[②]我。今实布腹心：仆之卧薪尝胆[③]者，固有日矣，但怜此褓中物，恐坠宗祧[④]。君义士，能为我杵臼否[⑤]？”客曰：“此妇人女子之事，非所能。君所欲托诸人者[⑥]，请自任之；所欲自任者[⑦]，愿得而代庖[⑧]焉。”生闻，崩角[⑨]在地，客不顾而出。生追问姓字，曰：“不济[⑩]，不任[⑪]受怨；济，亦不任受德。”遂去。生惧祸及，抱子亡去。

至夜，宋家一门俱寝，有人越重垣[⑫]入，杀御史父子三人，及一媳一婢。宋家具状告官，官大骇。宋执谓相如，于是遣役捕生，生遁不知所之，于是情益真。宋仆同官役诸处冥搜，夜至南山，闻儿啼，迹得之，系缧[⑬]而行。儿啼愈嗔，群夺儿抛弃之，生冤愤欲绝。见邑令，问：“何杀人？”生曰：“冤哉！某以夜死，我以昼出，且抱呱呱者，何能逾垣杀人？”令曰：“不杀人，何逃乎？”生词穷，不能置辨，乃收诸狱。生泣曰：“我死无足惜，孤儿何罪？”令曰：“汝杀人子多矣，杀汝子，何怨？”生既褫革[⑭]，屡受梏惨[⑮]，卒无词。令是夜方卧，闻有物击床，震震有声，大惧而号。举家惊起，集而烛之，一短刀，铦利[⑯]如霜，

① 伧（cāng）：即伧夫，粗俗庸碌之辈。
② 餂（tiǎn）：甜言蜜语骗人。
③ 卧薪尝胆：喻刻苦自励，矢志报仇。
④ 坠宗祧：断绝了后嗣。
⑤ 能为我杵臼否：意谓能否代我保存孤儿。
⑥ 君所欲托诸人者：指抚养幼儿。
⑦ 所欲自任者：指报宋家之仇。
⑧ 代庖：代替厨师做饭。比喻超越职责代替别人行事。
⑨ 崩角：谓叩头声响如山之崩。角，额角。
⑩ 济：成功。
⑪ 任：承受，担当。
⑫ 重垣：多层墙。
⑬ 系缧（léi）：用绳子绑起来。
⑭ 褫革：剥夺功名，指革去秀才。
⑮ 梏惨：酷刑。梏，拘在双手的刑具，泛指受刑。
⑯ 铦（xiān）利：锋利。

剁床入木者寸余，牢不可拔。令睹之，魂魄丧失。荷戈遍索，竟无踪迹。心窃馁，又以宋人死，无可畏惧，乃详诸宪[①]，代生解免，竟释生。

生归，甕[②]无升斗，孤影对四壁。幸邻人怜馈食饮，苟且自度。念大仇已报，则冁然[③]喜；思惨酷之祸，几于灭门，则泪潸潸堕；及思半生贫彻骨，宗支[④]不续，则于无人处，大哭失声，不复能自禁。如此半年，捕禁益懈。乃哀邑令，求判还卫氏之骨。及葬而归，悲怛欲死，辗转空床，竟无生路。忽有款门者，凝神寂听，闻一人在门外，哝哝与小儿语。生急起窥觇，似一女子，扉初启，便问："大冤昭雪，可幸无恙？"其声稔熟，而仓卒不能追忆。烛之，则红玉也。挽一小儿，嬉笑胯下。生不暇问，抱女呜哭，女亦惨然。既而推儿曰："汝忘尔父耶？"儿牵女衣，目灼灼视生，细审之，福儿也。大惊，泣问："儿那得来？"女曰："实告君，昔言邻女者，妄也。妾实狐。适宵行，见儿啼谷中，抱养于秦。闻大难既息，故携来与君团聚耳。"生挥涕拜谢。儿在女怀，如依其母，竟不复能识父矣。

天未明，女即遽起。问之，答曰："奴欲去。"生裸跪床头，涕不能仰。女笑曰："妾诳君耳。今家道新创，非夙兴夜寐[⑤]不可。"乃翦莽拥篲[⑥]，类男子操作。生忧贫乏，不自给。女曰："但请下帷读[⑦]，勿问盈歉[⑧]，或当不殍[⑨]饿死。"遂出金治织具，租田数十亩，雇佣耕作。荷镵诛茅，牵萝[⑩]补屋，日以为常。里党闻妇贤，益乐赀助之。约半

① 详诸宪：把案情呈报上级。详，旧时公文之一，用于向上级陈报请示。宪，古时属吏称上级为"宪"。
② 甕（wèng）：一种盛水或酒的缸。
③ 冁（chǎn）然：开颜，笑的样子。
④ 宗支：同宗族的支派。
⑤ 夙兴夜寐：早起晚睡。指勤苦持家。
⑥ 翦莽拥篲（huì）：剪除杂草，持帚清扫。莽，草。篲，扫帚。
⑦ 下帷读：意谓闭门苦读。下帷，放下室内的帷幕。
⑧ 盈歉：丰收歉收。
⑨ 殍（piǎo）：饿死。
⑩ 萝：薜萝。

年，人烟腾茂，类素封家。生曰："灰烬之余，卿白手再造矣。然一事未就安妥，如何？"诘之，答曰："试期已迫，巾服尚未复也。"女笑曰："妾前以四金寄广文[①]，已复名在案。若待君言，误之已久。"生益神之。是科遂领乡荐。时年三十六，腴田连阡，夏屋渠渠[②]矣。女袅娜[③]如随风欲飘去，而操作过农家妇，虽严冬自苦，而手腻如脂。自言三十八岁，人视之，常若二十许人。

异史氏曰：其子贤，其父德，故其报之也侠。非特人侠，狐亦侠也。遇亦奇矣！然官宰悠悠[④]，竖人毛发[⑤]，刀震震入木，何惜不略移床上半尺许哉？使苏子美[⑥]读之，必浮白曰：惜乎击之不中！

---

① 广文：指学官。
② 渠渠：深广。
③ 袅娜（niǎo nuó）：轻盈柔美。
④ 悠悠：荒谬。
⑤ 竖人毛发：令人发指，使人愤怒。
⑥ 苏子美：宋代文学家苏舜钦，字子美。

卷 三

江 中

王圣俞[①]南游，泊舟江心。既寝，视月明如练[②]，未能寐，使童仆为之按摩。忽闻舟顶如小儿行，踏芦席作响，远自舟尾来，渐近舱户。虑为盗，急起问童，童亦闻之。问答间，见一人伏舟顶上，垂首窥舱内。大愕，按剑[③]呼诸仆，一舟俱醒。告以所见，或疑错误。俄响声又作。群起四顾，渺然[④]无人，惟疏星皎月，漫漫江波而已。众坐舟中，旋见青火如灯状，突出水面，随水浮游，渐近舡[⑤]，则火顿灭。即有黑人骤起，屹立[⑥]水上，以手攀舟而行。众噪曰："必此物也！"欲射之。方开弓，则遽伏水中，不可见矣。问舟人，舟人曰："此古战场，鬼时出没，其无足怪。"

---

① 王圣俞：王纳谏，字圣俞，江都人，万历丁未（1607）进士。蒲松龄曾请朋友沈德甫给他写过婚启。

② 如练：月光洒泻，如匹练垂天。练，白色熟绢。

③ 按剑：手抚剑柄，准备自卫的警戒动作。

④ 渺然：水天远阔的样子。渺，远貌。

⑤ 舡（chuán）：船。

⑥ 屹（yì）立：矗立不动。

苏　仙

高公明图知郴州[①]时，有民女苏氏，浣[②]衣于河。河中有巨石，女踞其上。有苔一缕，绿滑可爱，浮水漾动，绕石三匝，女视之心动。既归而娠，腹渐大。母私诘之，女以情告，母不能解。数月，竟举[③]一子。欲寘隘巷[④]，女不忍也，藏诸椟[⑤]而养之。遂矢志不嫁，以明其不二也。然不夫而孕，终以为羞。儿至七岁，未尝出以见人。儿忽谓母曰："儿渐长，幽禁[⑥]何可长也？去之，不为母累。"问所之，曰："我非人种，行将腾霄昂壑[⑦]耳。"女泣询归期，答曰："待母属纩，儿始来。去后，倘有所需，可启藏儿椟索之，必能如愿。"言已，拜母竟去。出而望之，已杳矣。女告母，母大奇之。

女坚守旧志，与母相依，而家益落。偶缺晨炊，仰屋[⑧]无计。忽忆儿言，往启椟，果得米，赖以举火[⑨]。由是有求辄应。逾三年，母病卒，一切葬具，皆取给于椟。既葬，女独居三十年，未尝窥户[⑩]。一日，邻妇乞火者，见其兀坐空闺，语移时始去。居无何，忽见彩云绕女舍，亭亭如盖[⑪]，中有一人盛服[⑫]立，审视，则苏女也。回翔久之，渐高不见。

---

① 郴（chēn）州：即今湖南郴州。
② 浣：洗濯，洗衣服。
③ 举：生育。
④ 寘（zhì）隘巷：扔进小胡同。指抛弃。寘，放置，安置。
⑤ 椟：木柜，木匣。
⑥ 幽禁：禁闭不使见人。
⑦ 腾霄昂壑：飞腾于云霄，昂首于涧壑。是以困龙腾飞自喻。
⑧ 仰屋：仰天愁思，无计可施的样子。
⑨ 举火：生火做饭。
⑩ 窥户：倚门窥户。指有求于人。
⑪ 亭亭如盖：独立高耸如伞。
⑫ 盛服：即下文"靓妆"，穿戴整齐而华丽。

邻人共疑之，窥诸其室，见女靓妆凝坐[①]，气则已绝。众以其无归[②]，议为殡殓。忽一少年入，丰姿俊伟，向众申谢。邻人向亦窃知女有子，故不之疑。少年出金葬母，植二桃于墓，乃别而去。数步之外，足下生云，不可复见。后桃结实甘芳，居人谓之“苏仙桃树”，年年华茂，更不衰朽。官是地者，每携实以馈亲友。

金陵女子

沂水居民赵某，以故自城中归，见女子白衣哭路侧，甚哀。睨之，美，悦之，凝注不去。女垂涕曰：“夫夫也[③]，路不行而顾我！”赵曰：“我以旷野无人，而子哭之恸，实怆于心。”女曰：“夫死无路，是以哀耳。”赵劝其复择良匹，曰：“渺此一身[④]，其何能择？如得所托[⑤]，媵之[⑥]可也。”赵忻然自荐，女从之。赵以去家远，将觅代步。女曰：“无庸。”乃先行，飘若仙奔。至家，操井臼甚勤。积二年余，谓赵曰：“感君恋恋，猥相从[⑦]，忽已三年。今宜且去。”赵曰：“曩言无家，今焉往？”曰：“彼时漫为是言[⑧]耳，何得无家？身父[⑨]货药金陵。倘欲再晤，可载药往，可助资斧。”赵经营，为贳[⑩]舆马。女辞之，出门径去，追之不及，瞬息遂杳。

---

① 凝坐：端坐不动，僵坐。
② 无归：未嫁，因而无处归葬。
③ 夫夫（fú fū）也：那个人啊。前“夫”为指示代词。
④ 渺此一身：孤零零一个人。渺，微小。
⑤ 所托：托身之人。指未来的丈夫。
⑥ 媵（yìng）之：当人的侍妾。
⑦ 猥相从：苟且跟了你。猥，姑且，苟且。
⑧ 漫为是言：信口这么说。漫，信口。
⑨ 身父：我父。身，自称之词。
⑩ 贳（shì）：租赁。

居久之，颇涉怀想，因市药诣金陵。寄货旅邸，访诸衢市[①]。忽药肆[②]一翁望见，曰：“婿至矣。”延之入。女方浣裳庭中，见之不言亦不笑，浣不辍。赵衔恨遽出，翁又曳之返。女不顾如初。翁命治具[③]作饭，谋厚赠之。女止之曰：“渠福薄，多将不任[④]。宜少慰其苦辛，再检十数医方与之，便吃着不尽矣。”翁问所载药，女云：“已售之矣，直[⑤]在此。”翁乃出方付金，送赵归。试其方，有奇验。沂水尚有能知其方者。以蒜臼[⑥]接茅檐雨水，洗瘊赘[⑦]，其方之一也，良效。

连　城

乔生，晋宁[⑧]人，少负才名，年二十余，犹偃蹇[⑨]。为人有肝胆。与顾生善，顾卒，时恤其妻子。邑宰以文相契重[⑩]，宰终于任，家口淹滞不能归，生破产扶柩，往返二千余里。以故士林[⑪]益重之，而家由此益替[⑫]。史孝廉有女，字连城，工刺绣，知书。父娇爱之。出所刺《倦绣图》，征少年题咏[⑬]，意在择婿。生献诗云：

---

① 衢市：街道和集市。
② 肆：店铺。
③ 治具：准备做饭的器具。
④ 不任：担当不起。
⑤ 直：价值。指卖药所得钱款。
⑥ 蒜臼：捣蒜用的石臼。
⑦ 瘊赘：瘊子。
⑧ 晋宁：州县名。州治在今云南晋宁。
⑨ 偃蹇（yǎn jiǎn）：滞留困顿。谓科举不得志，尚未考中秀才。
⑩ 契重：投合，尊重。
⑪ 士林：读书人中间。
⑫ 替：衰败，零落。
⑬ 题咏：题诗赞咏。

慵鬟[1]高髻绿婆娑[2]，早向兰窗[3]绣碧荷。

刺到鸳鸯魂欲断[4]，暗停[5]针线蹙双蛾。

又赞挑绣之工云：

绣线挑[6]来似写生[7]，幅中花鸟自天成[8]。

当年织锦非长技，幸把回文感圣明[9]。

女得诗喜，对父称赏。父贫之，女逢人辄称道，又遣媪矫[10]父命，赠金以助灯火[11]。生叹曰："连城我知已也！"倾怀结想，如饥思啖。

无何，女许字于鹾贾[12]之子王化成，生始绝望，然梦魂中犹佩戴[13]之。未几，女病瘵[14]，沉痼[15]不起。有西域头陀自谓能疗，但须男子膺肉一钱[16]，捣合药屑。史使人诣王家告婿，婿笑曰："痴老翁，欲我剜心头肉[17]也！"使返，史乃言于人曰："有能割肉者妻之。"生闻而往，自出白刃，刲[18]膺授僧。血濡袍袴，僧敷药始止。合药三丸，三日服尽，疾若失。史将践其言，先告王，王怒，欲讼官。史乃设筵

---

① 慵鬟：困倦时的发鬟。
② 婆娑：飘拂不整的样子。
③ 兰窗：兰闺之窗，少女卧室的窗户。
④ 魂欲断：魂驰神往。
⑤ 暗停：默默停下。
⑥ 挑：挑花，绣花时的一种工艺。
⑦ 写生：指画家对实物的描摹。
⑧ 天成：天然生成。
⑨ 当年织锦非长技，幸把回文感叹明：与连城刺绣之美相比，当年苏蕙把回文诗织在锦缎上也算不得技巧高明，不过侥幸取得女皇武则天的赏识罢了。
⑩ 矫：假托。
⑪ 助灯火：指资助乔生读书。
⑫ 鹾（cuó）贾：盐商。
⑬ 佩戴：佩恩戴德，意思是感念不忘。
⑭ 瘵（zhài）：痨病，即肺病。
⑮ 沉痼（gù）：病势积久难医。
⑯ 钱：重量单位。
⑰ 心头肉：喻关系性命之物。此指膺肉。
⑱ 刲（kuī）：割。

招生，以千金列几上，曰："重负大德，请以相报。"因具白背盟之由。生怫然曰："仆所以不爱膺肉者，聊以报知己耳，岂货肉哉！"拂袖而归。

女闻之，意良不忍，托媪慰谕[①]之，且云："以彼才华，当不久落[②]。天下何患无佳人？我梦不祥，三年必死，不必与人争此泉下物[③]也。"生告媪曰："'士为知己者死'，不以色也。诚恐连城未必真知我，但得真知我，不谐[④]何害？"媪代女郎矢诚自剖[⑤]。生曰："果尔，相逢时，当为我一笑，死无憾！"媪既去，逾数日，生偶出，遇女自叔氏归，睨之。女秋波转顾，启齿嫣然[⑥]。生大喜曰："连城真知我者！"会王氏来议吉期，女前症又作，数月寻死。生往临吊[⑦]，一痛而绝，史舁送其家。

生自知已死，亦无所戚[⑧]。出村去，犹冀一见连城。遥望南北一道，行人连绪如蚁，因亦混身杂迹其中。俄顷，入一廨署，值顾生，惊问："君何得来？"即把手将送令归。生太息，言："心事殊未了。"顾曰："仆在此典牍[⑨]，颇得委任。倘可效力，不惜也。"生问连城，顾即导生旋转多所，见连城与一白衣女郎，泪睫惨黛[⑩]，藉坐廊隅[⑪]。见生至，骤起似喜，略问所来。生曰："卿死，仆何敢生！"连城泣曰："如此负义人，尚不吐弃之，身殉何为？然已不能许君今生，愿矢来世耳。"

---

① 慰谕：安慰晓谕。
② 不久落：不会长久地困顿。落，潦倒。
③ 泉下物：指死人。谓己不久将死。
④ 不谐：不能成事。指不能结为夫妻。
⑤ 矢诚自剖：发誓自明心迹。
⑥ 嫣（yān）然：形容笑容的美好。
⑦ 临吊：哭吊。哭死者叫"临"，慰问其亲属叫"吊"。
⑧ 戚：痛苦。
⑨ 典牍：主管文书案卷。
⑩ 泪睫惨黛：犹言愁眉泪眼。惨，悲伤。黛，眉。
⑪ 藉坐廊隅：席地坐在廊下一角。

生告顾曰："有事君自去，仆乐死不愿生矣。但烦稽连城托生何里，行与俱去耳。"顾诺而去。

白衣女郎问生何人，连城为缅述之。女郎闻之，若不胜悲。连城告生曰："此妾同姓，小字宾娘，长沙史太守女。一路同来，遂相怜爱。"生视之，意态怜人。方欲研问，而顾已返，向生贺曰："我为君平章已确[①]，即教小娘子从君返魂，好否？"两人各喜。方将拜别，宾娘大哭曰："姊去，我安归？乞垂怜救，妾为姊捧帨[②]耳。"连城凄然，无所为计，转谋生。生又哀顾。顾难之，峻辞[③]以为不可。生固强之，乃曰："试妄[④]为之。"去食顷而返，摇手曰："何如？诚万分不能为力矣！"宾娘闻之，宛转娇啼，惟依连城肘下，恐其即去。惨怛无术，相对默默，而睹其愁颜戚容，使人肺腑酸柔[⑤]。顾生愤然曰："请携宾娘去！脱有愆尤[⑥]，小生拚身受之！"宾娘乃喜，从生出。生忧其道远无侣，宾娘曰："妾从君去，不愿归也。"生曰："卿大痴矣。不归，何以得活也？他日至湖南，勿复走避，为幸多矣。"适有两媪摄牒[⑦]赴长沙，生属宾娘[⑧]，泣别而去。

途中，连城行蹇缓，里余辄一息，凡十余息，始见里门。连城曰："重生后，惧有反覆。请索妾骸骨来，妾以君家生，当无悔也。"生然之。偕归生家。女惕惕[⑨]若不能步，生伫待之。女曰："妾至此，四肢摇摇，似无所主。志恐不遂，尚宜审谋，不然，生后何能自由？"相将入侧

---

① 平章已确：商办已妥。平章，商量处理。
② 捧帨：犹言奉巾栉、侍盥沐，意为居妾媵之位，给役侍奉。
③ 峻辞：严肃拒绝。峻，冷峻，严肃。
④ 妄：姑妄。
⑤ 肺腑酸柔：犹言心酸肠软。
⑥ 脱有愆（qiān）尤：万一有罪责、过失。脱，万一，假如。
⑦ 摄牒：携带公文。指出公差。
⑧ 生属（zhǔ）宾娘：乔生把携带宾娘的事嘱托两媪。属，嘱托。
⑨ 惕惕：忧惧的样子。

厢[①]中，嘿定[②]少时，连城笑曰："君憎妾耶？"生惊问其故，赧然曰："恐事不谐，重负君矣。请先以鬼报也。"生喜，极尽欢恋。因徘徊不敢遽生，寄厢中者三日。连城曰："谚有之：'丑妇终须见姑嫜。'戚戚于此，终非久计。"乃促生入。才至灵寝[③]，豁然顿苏。家人惊异，进以汤水。生乃使人要[④]史来，请得连城之尸，自言能活之。史喜，从其言，方舁入室，视之已醒。告父曰："儿已委身[⑤]乔郎矣，更无归理。如有变动，但仍一死！"史归，遣婢往役给奉。

王闻，具词申理[⑥]，官受赂，判归王。生愤懑欲死，亦无奈之。连城至王家，忿不饮食，惟乞速死。室无人，则带悬梁上。越日，益惫，殆将奄逝[⑦]。王惧，送归史，史复舁归生。王知之，亦无如何，遂安焉。

连城起，每念宾娘，欲遣信[⑧]探之，以道远而艰于往。一日，家人进曰："门有车马。"夫妇出视，则宾娘已至庭中矣。相见悲喜。太守亲诣送女，生延入。太守曰："小女子赖君复生，誓不他适，今从其志。"生叩谢如礼。孝廉亦至，叙宗好[⑨]焉。生名年，字大年。

异史氏曰：一笑之知，许之以身，世人或议其痴，彼田横五百人，

---

① 侧厢：偏房。
② 嘿（mò）定：沉默定息。嘿，同"默"。
③ 灵寝：灵床，即停尸床。
④ 要：邀。
⑤ 委身：托身，许身。
⑥ 具词申理：写状词申请判决。申理，审理，打官司。
⑦ 奄逝：死。
⑧ 信：古称使者为"信"。
⑨ 叙宗好：叙同宗之族谊，攀上了亲戚。

岂尽愚哉[①]！此知希之贵，贤豪所以感结而不能自已也[②]。顾茫茫海内，遂使锦绣才人[③]，仅倾心于蛾眉之一笑也。悲夫！

① 彼田横五百人，岂尽愚哉：这是作者以田横部下五百人忠于田横的事迹，赞扬乔生与连城的情感是“士为知己者死”的同一精神的发扬。田横，秦末齐人。拒项羽，复齐地，自立为齐王。刘邦称帝后，田横率五百士逃往海岛。刘邦怕他作乱，下诏强迫他入洛阳，并答应给他封王封侯。田横行至距洛阳三十里的尸乡，因耻于向刘邦称臣，与从者皆自杀。岛上五百人闻讯后也全部自杀。

② 此知希之贵，贤豪所以感结而不能自已也：意谓正因知己难求，所以贤豪之士对知遇之德感结于心。

③ 锦绣才人：才学富艳、诗文精美的读书人。此指乔生。

卷　四

瓜　异

康熙二十六年[①]六月，邑西村民圃[②]中，黄瓜上复生蔓，结西瓜一枚，大如碗。

公孙九娘

于七一案，连坐被诛者，栖霞、莱阳两县最多。一日俘数百人，尽戮于演武场中。碧血[③]满地，白骨撑天。上官慈悲，捐给棺木，济城工肆[④]，材木一空。以故伏刑东鬼[⑤]，多葬南郊。

甲寅[⑥]间，有莱阳生至稷下，有亲友二三人，亦在诛数[⑦]，因市楮帛[⑧]，酹奠榛墟[⑨]。就税舍于下院之僧。明日，入城营干[⑩]，日暮未归。

① 康熙二十六年：1687年。
② 圃：菜地。
③ 碧血：青绿色的血。这里指无辜者的血迹。
④ 工肆：作坊。这里指棺材铺。
⑤ 伏刑东鬼：指在济南被屠杀的栖霞、莱阳等地人民。因栖霞、莱阳地处鲁东，故称“东鬼”。
⑥ 甲寅：康熙十三年（1674）。
⑦ 诛数：被杀的范围。
⑧ 楮（chǔ）帛：纸钱。
⑨ 榛墟：草木丛生的荒野，指荒丘墓地。
⑩ 营干：办事。

忽一少年，造室来访。见生不在，脱帽登床，着履仰卧。仆人问其谁何，合眸不对。既而生归，则暮色朦胧，不甚可辨，自诣床下问之。瞪目曰："我候汝主人。絮絮逼问，我岂暴客耶？"生笑曰："主人在此。"少年急起着冠，揖而坐，极道寒暄。听其音，似曾相识，急呼灯至，则同邑朱生，亦死于于七之难者。大骇却走。朱曳之云："仆与君文字交，何寡于情？我虽鬼，故人之念，耿耿不去心。今有所渎，愿无以异物遂猜薄[①]之。"生乃坐，请所命。曰："令女甥寡居无耦，仆欲得主中馈。屡通媒妁，辄以无尊长之命为辞。幸无惜齿牙余惠[②]。"先是，生有甥女，早失恃[③]，遗生鞠养[④]，十五始归其家。俘至济南，闻父被刑，惊恸而绝。生曰："渠自有父，何我之求？"朱曰："其父为犹子启梓[⑤]去，今不在此。"问："女甥向依阿谁？"曰："与邻媪同居。"生虑生人不能作鬼媒，朱曰："如蒙金诺，还屈玉趾。"遂起握生手。生固辞，问："何之？"曰："第行[⑥]。"勉从与去。

北行里许，有大村落，约数十百家。至一第宅，朱叩扉，即有媪出，豁开二扉，问朱何为。曰："烦达娘子：阿舅至。"媪旋反，须臾复出，邀生入。顾朱曰："两椽[⑦]茅舍子大隘[⑧]，劳公子门外少坐候。"生从之入，见半亩荒庭，列小室二。甥女迎门啜泣，生亦泣。室中灯火荧然。女貌秀洁如生时，凝眸含涕，遍问妗[⑨]姑。生曰："具各无恙，但荆人物故矣。"女又呜咽曰："儿少受舅妗抚育，尚无寸报[⑩]，不图

---

① 猜薄：猜疑，鄙薄。
② 齿牙余惠：夸奖褒美的好话。
③ 失恃：丧母。
④ 鞠养：抚养，养育。
⑤ 启梓：指迁葬。梓，棺材。
⑥ 第行：只要走就可以了。第，只管。
⑦ 两椽：两间。
⑧ 隘：狭窄。
⑨ 妗：舅母。
⑩ 寸报：言尽孝报恩。

先葬沟渎，殊为恨恨。旧年伯伯家大哥迁父去，置儿不一念，数百里外，伶仃如秋燕。舅不以沉魂[①]可弃，又蒙赐金帛[②]，儿已得之矣。”生乃以朱言告，女俯首无语。媪曰：“公子曩托杨姥三五返。老身谓是大好，小娘子不肯自草草，得舅为政，方此意慊得。”

言次，一十七八女郎，从一青衣，遽掩入，瞥见生，转身欲遁。女牵其裾曰：“勿须尔！是阿舅，非他人。”生揖之，女郎亦敛衽。甥曰：“九娘，栖霞公孙氏。阿爹故家子，今亦‘穷波斯’[③]，落落不称意。旦晚与儿还往。”生睨之，笑弯秋月，羞晕朝霞，实天人也。曰：“可知是大家，蜗庐[④]人那如此娟好。”甥笑曰：“且是女学士，诗词俱大高。昨儿稍得指教。”九娘微哂曰：“小婢无端败坏人，教阿舅齿冷也。”甥又笑曰：“舅断弦未续[⑤]，若个小娘子，颇能快意否？”九娘笑奔出，曰：“婢子颠疯作也！”遂去。言虽近戏，而生殊爱好之。甥似微察，乃曰：“九娘才貌无双，舅倘不以粪壤[⑥]致猜，儿当请诸其母。”生大悦，然虑人鬼难匹。女曰：“无伤，彼与舅有夙分。”生乃出。女送之，曰：“五日后，月明人静，当遣人往相迓。”

生至户外，不见朱。翘首西望，月衔半规[⑦]，昏黄中犹认旧径。见南向一第，朱坐门石上，起逆曰：“相待已久。寒舍即劳垂顾。”遂携手入，殷殷展谢。出金爵一、晋珠[⑧]百枚，曰：“他无长物，聊代禽

---

① 沉魂：沉沦于阴间的鬼魂。

② 赐金帛：指上文莱阳生焚楮帛祭奠。

③ 穷波斯：破落户。波斯，古国名，即今伊朗。古代波斯商人多经营珠宝，因以波斯代指富商。

④ 蜗庐：喻小户人家的居室。

⑤ 断弦未续：指妻死，尚未续娶。古时以琴瑟象征夫妇，丧妻称“断弦”，再娶叫“续弦”。

⑥ 粪壤：幽壤，指死去的人。

⑦ 月衔半规：月亮半圆。衔，含，隐没。

⑧ 晋珠：山西产的珠玉。

仪[①]。”既而曰：“家有浊醪，但幽室之物，不足款嘉宾，奈何！”生谢[②]而退。朱送至中途，始别。生归，僚仆集问。生隐之曰：“言鬼者妄也，适赴友人饮耳。”

后五日，果见朱来，整履摇箑[③]，意甚忻适，才至户庭[④]，望尘即拜[⑤]。少间，笑曰：“君嘉礼既成，庆在今夕，便烦枉步[⑥]。”生曰：“以无回音，尚未致聘[⑦]，何遽成礼？”朱曰：“仆已代致之矣。”生深感荷，从与俱去。直达卧所，则甥女华妆迎笑。生问：“何时于归？”朱云：“三日矣。”生乃出所赠珠，为甥助妆[⑧]，女三辞乃受。谓生曰：“儿以舅意白公孙老夫人，夫人作大欢喜。但言：老耄[⑨]无他骨肉，不欲九娘远嫁，期今夜舅往赘诸其家。伊家无男子，便可同郎往也。”朱乃导去。

村将尽，一第门开，二人登其堂。俄白：“老夫人至。”有二青衣扶妪升阶。生欲展拜，夫人云：“老朽龙钟，不能为礼，当即脱边幅[⑩]。”乃指画[⑪]青衣，置酒高会。朱乃唤家人，另出肴俎，列置生前，亦别设一壶，为客行觞。筵中进馔，无异人世，然主人自举，殊不劝进。既而席罢，朱归。青衣导生去，入室，则九娘华烛凝待。邂逅[⑫]含情，极尽欢昵。初，九娘母子，原解赴都。至郡[⑬]，母不堪困苦死，

① 禽仪：订婚用的聘礼。
② 谢：谦谢。
③ 箑（shà）：扇子。
④ 户庭：户外庭院。
⑤ 望尘即拜：意谓老远望见就下拜。
⑥ 枉步：邀请别人前往的敬称。
⑦ 致聘：送交定亲礼品。
⑧ 助妆：古时女子出嫁，亲友赠送的服饰等礼物。
⑨ 老耄：七八十岁的老人。亦指衰老。
⑩ 脱边幅：不拘礼节。
⑪ 指画：指使，指挥。
⑫ 邂逅：不期而遇。这里指偶然相逢而两相爱悦。
⑬ 郡：指济南府。

九娘亦自到。枕上追述往事，哽咽不成眠。乃口占两绝[①]云：

昔日罗裳[②]化作尘，空将业果[③]恨前身。

十年露冷枫林月，此夜初逢画阁春[④]。

白杨风雨绕孤坟，谁想阳台更作云[⑤]？

忽启缕金箱[⑥]里看，血腥犹染旧罗裙。

天将明，即促曰："君宜且去，勿惊厮仆。"自此昼来宵往，嬖惑[⑦]殊甚。

一夕，问九娘："此村何名？"曰："莱霞里。里中多两处[⑧]新鬼，因以为名。"生闻之欷歔。女悲曰："千里柔魂，蓬游无底[⑨]，母子零孤，言之怆恻。幸念一夕恩义，收儿骨归葬墓侧，使百世得所依栖，死且不朽。"生诺之。女曰："人鬼路殊，君亦不宜久滞。"乃以罗袜赠生，挥泪促别。生凄然而出，忉怛若丧，心怅怅不忍归，因过叩朱氏之门。朱白足出逆，甥亦起，云鬓鬅松[⑩]，惊来省问。生怊怅[⑪]移时，始述九娘语。女曰："妗氏不言，儿亦夙夜图之。此非人世，久居诚非所宜。"于是相对汍澜[⑫]。生亦含涕而别。叩寓归寝，展转申旦[⑬]。欲觅九娘之墓，

---

① 口占两绝：随口作成两首绝句。口占，随口念出，不用笔写。绝，绝句，旧诗体的一种，每首四句。

② 罗裳：丝裙。

③ 业果：佛教语，指人的行为所招致的果报或报应。

④ 十年露冷枫林月，此夜初逢画阁春：意谓十年来一直置身于寒露冷月、枫林萧瑟之中，今晚才初次享受闺阁中的人间春意。画阁，彩饰的闺阁，指洞房。

⑤ 谁想阳台更作云：没有想到还能过着夫妇恩爱的生活。

⑥ 缕金箱：也作"镂金箱"，有雕金镂纹的箱子。

⑦ 嬖惑：宠爱迷恋。

⑧ 两处：指莱阳、栖霞。

⑨ 蓬游无底：像蓬草一样随风飘游，没有归宿。底，休止。

⑩ 鬅（péng）松：披头散发。

⑪ 怊（chāo）怅：犹惆怅。

⑫ 汍（wán）澜：流泪的样子。

⑬ 申旦：自夜达旦，犹通宵。

则忘问志表[①]。及夜复往，则千坟累累，竟迷村路，叹恨而返。展视罗袜，着风寸断，腐如灰烬，遂治装东旋。

半载不能自释，复如稷门[②]，冀有所遇。及抵南郊，日势已晚，息驾庭树，趋诣丛葬所。但见坟兆[③]万接[④]，迷目榛荒[⑤]，鬼火狐鸣，骇人心目。惊悼归舍。失意遨游，返辔遂东。行里许，遥见女郎，独行丘墓间，神情意致，怪似九娘。挥鞭就视，果九娘。下骑欲语，女竟走，若不相识。再逼近之，色作怒，举袖自障。顿呼九娘，则湮然灭矣。

异史氏曰：香草沉罗，血满胸臆[⑥]；东山佩玦，泪渍泥沙[⑦]。古有孝子忠臣，至死不谅于君父者。公孙九娘岂以负骸骨之托，而怨怼不释于中耶？脾鬲间物[⑧]，不能掬以相示，冤乎哉！

促　织

宣德[⑨]间，宫中尚促织[⑩]之戏，岁征民间。此物故非西[⑪]产，有华阴[⑫]令欲媚上官，以一头进[⑬]，试使斗而才，因责常供。令以责之里

① 志表：碑志、墓表。指墓前的标志。
② 稷门：即前文的“稷下”，指济南。
③ 坟兆：坟地。兆，界域。
④ 万接：一个接着一个。
⑤ 榛荒：草木荒凉。榛，丛杂的草木。
⑥ 香草沉罗，血满胸臆：指屈原自沉于汨罗江，悲愤不能自已。罗，指汨罗江。
⑦ 东山佩玦，泪渍泥沙：指晋太子申生遭受谗害，冤抑莫伸。玦，半环形佩玉，以金所制作者称金玦。古人以玦表示决绝。
⑧ 脾鬲间物：指心。
⑨ 宣德：明宣宗朱瞻基年号（1426—1435）。
⑩ 促织：即蟋蟀。
⑪ 西：西部地区。这里指陕西。
⑫ 华阴：县名。今陕西华阴。
⑬ 进：进奉。

正[1]。市中游侠儿[2]得佳者笼养之,昂其直,居为奇货。里胥[3]猾黠[4],假此科敛丁口[5],每责一头,辄倾数家之产。

邑有成名者,操童子业[6],久不售。为人迂讷[7],遂为猾胥报充里正役,百计营谋不能脱,不终岁,薄产累尽。会征促织,成不敢敛户口,而又无所赔偿,忧闷欲死。妻曰:“死何裨益[8]?不如自行搜觅,冀有万一之得。”成然之。早出暮归,提竹筒铜丝笼,于败堵丛草处,探石发穴,靡计不施,迄无济。即捕得三两头,又劣弱不中于款[9]。宰严限追比[10],旬余,杖至百,两股间脓血流离,并虫亦不能行捉矣。转侧床头,惟思自尽。

时村中来一驼背巫,能以神卜。成妻具赀诣问,见红女白婆[11],填塞门户。入其舍,则密室垂帘,帘外设香几。问者爇香于鼎,再拜。巫从傍望空代祝,唇吻翕辟[12],不知何词。各各竦立以听。少间,帘内掷一纸出,即道人意中事,无毫发爽[13]。成妻纳钱案上,焚拜如前人。食顷,帘动,片纸抛落。拾视之,非字而画:中绘殿阁,类兰若;后小山下,怪石乱卧,针针丛棘,青麻头[14]伏焉;旁一蟆,若将跳舞[15]。

---

① 里正:即里长,负责催征粮税及分派徭役。
② 游侠儿:这里指游手好闲、不务正业的年轻人。
③ 里胥:乡里中的公差。胥,官府中的小吏。
④ 猾黠:狡猾奸诈。
⑤ 科敛丁口:按人口摊派费用。科敛,摊派,征收。丁口,泛指人口。男子称“丁”,女子称“口”。
⑥ 操童子业:意谓读书欲考秀才。
⑦ 迂讷:迂阔而拙于言辞。
⑧ 裨益:补益。
⑨ 款:款式,规格。
⑩ 严限追比:严定期限,按期查验催逼。
⑪ 红女白婆:红妆少女和白发老妇,指各种女人。
⑫ 翕(xī)辟:一合一开。
⑬ 无毫发爽:没有丝毫差错。爽,差错。
⑭ 青麻头:一种上等品种蟋蟀的名称。后文“蝴蝶”“螳螂”“油利挞”“青丝额”等都是蟋蟀品种名。
⑮ 跳舞:跳跃。

展玩[①]不可晓，然睹促织，隐中胸怀。折藏之，归以示成。

成反复自念，得无教我猎虫所耶？细瞻景状，与村东大佛阁真逼似。乃强起扶杖，执图诣寺后。有古陵蔚起[②]，循陵而走，见蹲石鳞鳞[③]，俨然类画。遂于蒿莱中，侧听徐行，似寻针芥[④]，而心目耳力俱穷，绝无踪响。冥搜未已，一癞头蟆[⑤]猝然跃去。成益愕，急逐趁[⑥]之。蟆入草间，蹑迹披求[⑦]，见有虫伏棘根。遽扑之，入石穴中。掭[⑧]以尖草，不出，以筒水灌之，始出。状极俊健。逐而得之，审视，巨身修尾，青项金翅。大喜，笼归。举家庆贺，虽连城拱璧不啻也。土于盆而养之，蟹白栗黄[⑨]，备极护爱，留待限期，以塞官责。

成有子九岁，窥父不在，窃发盆。虫跃掷径出，迅不可捉。及扑入手，已股落腹裂，斯须[⑩]就毙。儿惧，啼告母。母闻之，面色灰死，大骂曰："业根[⑪]！死期至矣！而翁归，自与汝覆算[⑫]耳！"儿涕而出。未几成归，闻妻言，如被冰雪。怒索儿，儿渺然不知所往。既得其尸于井，因而化怒为悲，抢呼[⑬]欲绝。夫妻向隅[⑭]，茅舍无烟，相对默然，不复聊赖[⑮]。日将暮，取儿藁葬。近抚之，气息惙然[⑯]。喜寘榻上，半

---

① 展玩：展视玩味。
② 古陵蔚起：古墓隆起。蔚起，此指古墓又多又高。
③ 蹲石鳞鳞：乱石蹲踞，密集得像鱼鳞。鳞鳞，密集排列的样子。
④ 针芥：针和芥子，比喻非常细小的东西。
⑤ 癞头蟆：癞蛤蟆。
⑥ 逐趁：追赶。
⑦ 蹑迹披求：拨开丛草，跟踪寻求。蹑，追随。披，分开。
⑧ 掭（tiàn）：轻轻拨动。
⑨ 蟹白栗黄：蟹肉和栗实，指蟋蟀吃的精饲料。
⑩ 斯须：一会儿。
⑪ 业根：犹言孽种。
⑫ 覆算：算账，核对。
⑬ 抢（qiāng）呼：即呼天抢地。头撞地，口呼天，形容悲痛已极。抢，碰，撞。
⑭ 向隅：比喻失意悲伤。
⑮ 不复聊赖：不再有所指望。聊赖，依赖。
⑯ 惙（chuò）然：形容呼吸微弱。

夜复甦[①]，夫妻心稍慰。但蟋蟀笼虚，顾之则气断声吞，亦不敢复究儿，自昏达曙，目不交睫。

东曦既驾[②]，僵卧长愁。忽闻门外虫鸣，惊起觇视，虫宛然尚在。喜而捕之。一鸣辄跃去，行且速。覆之以掌，虚若无物，手裁举，则又超忽[③]而跃。急趁之，折过墙隅，迷其所往。徘徊四顾，见虫伏壁上。审谛之，短小，黑赤色，顿非前物。成以其小，劣之[④]，惟彷徨瞻顾，寻所逐者。壁上小虫，忽跃落衿[⑤]袖间。视之，形若土狗[⑥]，梅花翅，方首长胫，意似良，喜而收之。将献公堂，惴惴恐不当意，思试之斗以觇之。

村中少年好事者，驯养一虫，自名"蟹壳青"，日与子弟角，无不胜。欲居之以为利，而高其直，亦无售[⑦]者。径造庐访成，视成所蓄，掩口胡卢[⑧]而笑。因出己虫，纳比笼中。成视之，庞然修伟，自增惭怍，不敢与较。少年固强之。顾念蓄劣物终无所用，不如拚博一笑，因合纳斗盆。小虫伏不动，蠢若木鸡[⑨]。少年又大笑。试以猪鬣毛，撩拨虫须，仍不动。少年又笑。屡撩之，虫暴怒，直奔，遂相腾击，振奋作声。俄见小虫跃起，张尾伸须，直龁敌领。少年大骇，解令休止。虫翘然矜鸣，似报主知。成大喜。方共瞻玩，一鸡瞥来[⑩]，径进以啄。成骇立愕呼。幸啄不中，虫跃去尺有咫[⑪]，鸡健进，逐逼之，虫已在爪下矣。

---

① 复甦（sū）：复活，苏醒。
② 东曦既驾：东方的太阳已经升起。曦，阳光。驾，指羲和为太阳赶车。
③ 超忽：轻飘飘，远远地。
④ 劣之：以之为劣，看不上。
⑤ 衿：衣襟。
⑥ 土狗：蝼蛄的别名。
⑦ 售：此指买。
⑧ 胡卢：强自忍笑的样子。
⑨ 木鸡：木雕的鸡，喻呆板无生气。
⑩ 瞥来：突然而来。
⑪ 咫：古代长度单位，周制八寸，约今20厘米。

成仓猝莫知所救，顿足失色。旋见鸡伸颈摆扑，临视，则虫集冠上，力叮不释。成益惊喜，掇置笼中。

翼日进宰，宰见其小，怒诃成。成述其异，宰不信。试与他虫斗，虫尽靡[①]，又试之鸡，果如成言。乃赏成，献诸抚军[②]。抚军大悦，以金笼进上，细疏[③]其能。既入宫中，举天下所贡蝴蝶、螳螂、油利挞、青丝额……一切异状，遍试之，无出其右[④]者。每闻琴瑟之声，则应节而舞，益奇之。上大嘉悦，诏赐抚臣名马衣缎。抚军不忘所自，无何，宰以"卓异"闻[⑤]。宰悦，免成役，又嘱学使，俾入邑庠。后岁余，成子精神复旧，自言身化促织，轻捷善斗，今始苏耳。抚军亦厚赉成。不数岁，田百顷，楼阁万椽[⑥]，牛羊蹄躈各千计[⑦]。一出门，裘马[⑧]过世家焉。

异史氏曰：天子偶用一物，未必不过此已忘，而奉行者即为定例。加以官贪吏虐，民日贴[⑨]妇卖儿，更无休止。故天子一跬步[⑩]，皆关民命，不可忽也。独是成氏子以蠹[⑪]贫，以促织富，裘马扬扬。当其为里正、受扑责时，岂意其至此哉！天将以酬长厚者[⑫]，遂使抚臣、令尹，并受促织恩荫[⑬]。闻之：一人飞升，仙及鸡犬。信夫！

---

① 靡：披靡，被打败。
② 抚军：巡抚的别称。
③ 细疏：在奏章中详细陈述。
④ 右：上。古时以右为上。
⑤ 以"卓异"闻：因为考绩"卓异"上报。闻，上报。
⑥ 椽：此指"间"。
⑦ 牛羊蹄躈（qiào）各千计：意思是牛羊各二百头。躈，牲畜的肛门。牛羊每头四蹄一躈，合以"千计"，则为二百头。
⑧ 裘马：衣裘策马，指豪华生活。
⑨ 贴：典押。
⑩ 跬（kuǐ）步：指一举一动。跬，半步，举一足。举两足叫"步"。
⑪ 蠹：蛀虫。这里指里胥。
⑫ 长（zhǎng）厚者：忠厚老实的人。
⑬ 恩荫：封建时代，子孙因父祖的功劳而得到朝廷恩赐的功名或官爵，叫作"恩荫"。

狐　谐

万福，字子祥，博兴[①]人也。幼业儒。家少有而运殊蹇[②]，行年二十有奇，尚不能掇一芹[③]。乡中浇俗[④]，多报富户役[⑤]，长厚者至碎破其家。万适报充役，惧而逃，如济南，税居逆旅。夜有奔女，颜色颇丽，万悦而私之。请其姓氏，女自言："实狐，但不为君祟耳。"万喜而不疑。女嘱勿与客共，遂日至，与共卧处。凡日用所需，无不仰给于狐。

居无何，二三相识，辄来造访，恒信宿[⑥]不去。万厌之而不忍拒，不得已，以实告客。客愿一睹仙容，万白于狐，狐谓客曰："见我何为哉？我亦犹人耳。"闻其声，呖呖[⑦]在目前，四顾，即又不见。客有孙得言者，善俳谑[⑧]，固请见，且谓："得听娇音，魂魄飞越，何吝容华[⑨]，徒使人闻声相思？"狐笑曰："贤哉孙子！欲为高曾母作行乐图[⑩]耶？"诸客俱笑。狐曰："我为狐，请与客言狐典[⑪]，颇愿闻之否？"众唯唯。狐曰："昔某村旅舍，故多狐，辄出祟行客。客知之，相戒不宿其舍。半年，门户萧索。主人大忧，甚讳言狐。忽有一远方客，自言异国人，望门休止[⑫]。主人大悦。甫邀入门，即有途人阴告曰：'是家有狐。'客惧，白主人，欲他徙。主人力白其妄，客乃止。入室方卧，见群鼠出于床

---

① 博兴：县名。今为滨州属县。
② 运殊蹇：命运很不好。
③ 掇一芹：指取得秀才资格。考取秀才称"掇芹"或"游泮"。
④ 浇俗：犹言陋俗。浇，浮薄。
⑤ 富户役：指里正役。
⑥ 信宿：再宿为信。
⑦ 呖呖：形容声音清脆婉转。
⑧ 俳（pái）谑：戏弄，开玩笑。俳，诙谐，滑稽。
⑨ 容华：容颜的美称。
⑩ 行乐图：个人生活画像。
⑪ 狐典：有关狐的故事。典，事典，故事。
⑫ 望门休止：谓不暇探询，遇有人家，即投宿止息。

下。客大骇，骤奔，急呼：‘有狐！’主人惊问，客怨曰：‘狐巢于此，何诳我言无？’主人又问：‘所见何状？’客曰：‘我今所见，细细幺么[①]，不是狐儿，必当是狐孙子！’”言罢，座客为之粲然。孙曰：“既不赐见，我辈留宿，宜勿去，阻其阳台。”狐笑曰：“寄宿无妨，倘小有迕犯，幸勿滞怀[②]。”客恐其恶作剧，乃共散去。然数日必一来，索狐笑骂。狐谐甚，每一语，即颠倒[③]宾客，滑稽[④]者不能屈也。群戏呼为“狐娘子”。

一日，置酒高会，万居主人位，孙与二客分左右座，上设一榻屈狐[⑤]。狐辞不善酒，咸请坐谈，许之。酒数行，众掷骰为瓜蔓之令[⑥]。客值瓜色，会当饮，戏以觥移上座曰：“狐娘子大清醒，暂借一觞[⑦]。”狐笑曰：“我故不饮。愿陈一典，以佐诸公饮。”孙掩耳不乐闻。客皆言曰：“骂人者当罚。”狐笑曰：“我骂狐何如？”众曰：“可。”于是倾耳共听。狐曰：“昔一大臣，出使红毛国[⑧]，着狐腋冠[⑨]，见国王。王见而异之，问：‘何皮毛，温厚乃尔[⑩]？’大臣以狐对。王言：‘此物生平未曾得闻。狐字字画[⑪]何等？’使臣书空[⑫]而奏曰：‘右边是一大瓜[⑬]，左边是一小犬。’”主客又复哄堂。

二客，陈氏兄弟，一名所见，一名所闻。见孙大窘，乃曰：“雄

① 细细幺么（yāo mó）：微不足道的小东西。细细，小小，轻微。幺么，微小。
② 滞怀：在意。
③ 颠倒：犹言倾倒，佩服，心折。
④ 滑稽：俳谐，指言、行、事态引人发笑。
⑤ 屈狐：安置狐女。屈，屈尊，屈驾。
⑥ 瓜蔓（wàn）之令：酒令的一种。
⑦ 暂借一觞：意谓权请代饮一杯。
⑧ 红毛国：指荷兰。
⑨ 狐腋冠：用狐腋下的毛皮所制的名贵皮帽。
⑩ 温厚乃尔：如此又暖又厚。
⑪ 字画：笔画。
⑫ 书空：用手指向空中写字。
⑬ 大瓜：今山东方言谓傻瓜为“大瓜”。

狐何在，而纵雌流毒若此？”狐曰：“适一典，谈犹未终，遂为群吠所乱，请终之。国王见使臣乘一骡，甚异之。使臣告曰：‘此马之所生。’又大异之。使臣曰：‘中国马生骡，骡生驹驹[①]。’王细问其状。使臣曰：‘马生骡，是臣所见；骡生驹驹，乃臣所闻。’”举座又大笑。

众知不敌，乃相约：后有开谑端者，罚作东道主。顷之，酒酣，孙戏谓万曰：“一联请君属之[②]。”万曰：“何如？”孙曰：“妓者出门访情人，来时‘万福’[③]，去时‘万福’。”合座属思不能对。狐笑曰：“我有之矣。”众共听之。曰：“龙王下诏求直谏，鳖也‘得言’[④]，龟也‘得言’。”四座无不绝倒[⑤]。孙大恚曰：“适与尔盟，何复犯戒？”狐笑曰：“罪诚在我。但非此，不成确对[⑥]耳。明旦设席，以赎吾过。”相笑而罢。狐之诙谐，不可殚述。

居数月，与万偕归。及博兴界，告万曰：“我此处有葭莩亲，往来久梗[⑦]，不可不一讯[⑧]。日且暮，与君同寄宿，待旦而行可也。”万询其处，指言：“不远。”万疑前此故无村落，姑从之。二里许，果见一庄，生平所未历。狐往叩关，一苍头出应门。入则重门叠阁，宛然世家。俄见主人，有翁与媪，揖万而坐，列筵丰盛，待万以姻娅[⑨]，遂宿焉。狐早谓曰：“我遽偕君归，恐骇闻听。君宜先往，我将继至。”万从其言，先至，预白[⑩]于家人。未几，狐至。与万言笑，人尽闻之，而不见其人。

---

① 驹驹：是狐女应机编造的一种畜牲名。
② 属（zhǔ）之：对出下句。属，属对，联句成对。
③ 万福：旧时女子向客行礼时的祝颂之词。谐万生之名。
④ 得言：可以进言。谐孙生之名。
⑤ 绝倒：形容笑得激烈，透不过气，乃至倒地。
⑥ 确对：妥帖、工整的对句。
⑦ 久梗（gěng）：长期阻隔。
⑧ 讯：讯访，探问。
⑨ 待万以姻娅：谓以待婿之礼款待万福。姻娅，犹姻亲。
⑩ 预白：预先说明。白，言说。

逾年，万复事于济[①]，狐又与俱。忽有数人来，狐从与语，备极寒暄。乃语万曰："我本陕中人，与君有夙因，遂从尔许时。今我兄弟至矣，将从以归，不能周事[②]。"留之不可，竟去。

龙取水

俗传龙取江河之水以为雨，此疑似之说耳。徐东痴[③]南游，泊舟江岸，见一苍龙自云中垂下，以尾搅江水，波浪涌起，随龙身而上。遥望水光睒烔，阔于三匹练。移时，龙尾收去，水亦顿息。俄而大雨倾注，渠道皆平。

棋鬼

扬州督同将军[④]梁公，解组[⑤]乡居，日携棋酒，游翔林丘间。会九日[⑥]登高，与客弈。忽有一人来，逡巡局侧，耽玩[⑦]不去。视之，目面寒俭，悬鹑结焉。然而意态温雅，有文士风。公礼之，乃坐，亦殊㧑谦[⑧]。公指棋谓曰："先生当必善此，何勿与客对垒[⑨]？"其人逊

---

① 事于济：到济南办事。
② 周事：犹言终侍，谓终身相伴。周，始终，
③ 徐东痴：原名徐元善，字长公，山东新城人。王士禛表兄。后慕嵇康为人，更名夜，字嵇庵，又字东痴，隐居田庐。康熙十七、十八年（1678、1679），诏修明史，开博学宏辞科，有司将以应诏，以老病力辞不赴。王士禛搜辑其诗，序而传之。
④ 督同将军：即都督同知，副总兵。明代军事职官名称。
⑤ 解组：罢任。组，印绶，代指官职、官印。
⑥ 九日：阴历九月九日，即重阳节。我国旧俗，重阳节插茱萸登高，饮菊花酒。
⑦ 耽玩：专心研习，深切赏玩。
⑧ 㧑（huī）谦：谦抑，谦逊。
⑨ 对垒：谓对局。

谢移时，始即局。局终而负，神情懊热[①]，若不自已。又着[②]又负，益惭愤。酌之以酒，亦不饮，惟曳客弈。自晨至于日昃[③]，不遑溲溺。

方以一子争路，两互喋聒，忽书生离席悚立[④]，神色惨沮[⑤]。少间，屈膝向公座，败颡[⑥]乞救。公骇疑，起扶之曰："戏耳，何至是？"书生曰："乞付嘱圉人[⑦]，勿缚小生颈。"公又异之，问："圉人谁？"曰："马成。"先是，公圉役马成者，走无常，常十数日一入幽冥，摄牒作勾[⑧]役。公以书生言异，遂使人往视成，则僵卧已二日矣。公乃叱成不得无礼。瞥然间，书生即地而灭。公叹咤良久，乃悟其鬼。

越日，马成寤，公召诘之。成曰："书生湖襄[⑨]人，癖嗜弈，产荡尽。父忧之，闭置斋中，辄逾垣出，窃引空处，与弈者狎。父闻诟詈，终不可制止。父愤悒赍恨而死。阎摩王以书生不德，促其年寿，罚入饿鬼狱[⑩]，于今七年矣。会东岳凤楼[⑪]成，下牒诸府，征文人作碑记。王出之狱中，使应召自赎。不意中道迁延，大愆[⑫]限期。岳帝使直曹[⑬]问罪于王，王怒，使小人辈罗搜之。前承主人命，故未敢以缧绁系之。"公问："今日作何状？"曰："仍付狱吏，永无生期矣。"公叹曰："癖之误人也如是夫！"

异史氏曰：见弈遂忘其死，及其死也，见弈又忘其生，非其所欲

---

① 懊热：懊丧，烦躁。
② 着：着子布棋，即下棋。
③ 日昃：日斜，太阳偏西。
④ 悚立：害怕地站着。
⑤ 惨沮：凄惨沮丧。
⑥ 败颡（sǎng）：叩头出血。颡，额头。
⑦ 付嘱圉人：嘱咐马夫。圉人，马夫。
⑧ 勾：拘捕。
⑨ 湖襄：长江中游洞庭湖及襄阳一带地区。
⑩ 饿鬼狱：传说中地狱名。
⑪ 东岳凤楼：指泰山帝君宫内楼阁。凤楼，泛指帝王宫内楼阁。
⑫ 愆：超过。
⑬ 直曹：值班的官吏。

有甚于生者哉？然癖嗜如此，尚未获一高着[①]，徒令九泉下，有长死不生之弈鬼也。可哀也哉！

辛十四娘

广平冯生，正德[②]间人，少轻脱，纵酒。昧爽偶行，遇一少女，着红帔，容色娟好，从小奚奴[③]，蹑露奔波，履袜沾濡。心窃好之。

薄暮醉归，道侧故有兰若，久芜废，有女子自内出，则向丽人也。忽见生来，即转身入。阴念：丽者何得在禅院中？絷驴于门，往觇其异。入则断垣零落，阶上细草如毯。彷徨间，一斑白叟出，衣帽整洁，问："客何来？"生曰："偶过古刹[④]，欲一瞻仰。翁何至此？"叟曰："老夫流寓无所，暂借此安顿细小。既承宠降，有山茶可以当酒。"乃肃宾入。见殿后一院，石路光明，无复蓁莽。入其室，则帘幌床幕，香雾喷人。坐展姓字，云："蒙叟姓辛。"生乘醉遽问曰："闻有女公子，未遭良匹。窃不自揣，愿以镜台自献[⑤]。"辛笑曰："容谋之荆人。"生即索笔为诗曰："千金觅玉杵，殷勤手自将。云英如有意，亲为捣元霜[⑥]。"主人笑付左右。少间，有婢与辛耳语，辛起慰客耐坐，牵幕入。隐约三数语，即趋出。生意必有佳报，而辛乃坐与嗢噱[⑦]，不复有他言。生

---

① 高着：高明的弈法。
② 正德：明武宗朱厚照年号（1506—1521）。
③ 奚奴：泛指奴仆。此指婢女。
④ 刹：梵语"刹多罗"的省称，佛寺。
⑤ 镜台自献：意谓自媒求婚。镜台，镜匣。
⑥ "千金觅玉杵"四句：这是用唐人裴铏《传奇》中裴航的故事表示求婚。玉杵，玉杵臼，捣药的用具。将，持奉。元霜，丹药。元，玄。清代避康熙帝玄晔讳，故改"玄"为"元"。
⑦ 嗢噱（wà jué）：谈笑。

不能忍，问曰："未审意旨，幸释疑抱。"辛曰："君卓荦[1]士，倾风[2]已久。但有私衷，所不敢言耳。"生固请之，辛曰："弱息十九人，嫁者十有二。醮命[3]任之荆人，老夫不与焉。"生曰："小生只要得今朝领小奚奴带露行者。"辛不应，相对默然。闻房内嘤嘤腻语，生乘醉搴帘曰："伉俪既不可得，当一见颜色，以消吾憾。"内闻钩动，群立愕顾。果有红衣人，振袖倾鬟[4]，亭亭[5]拈带。望见生入，遍室张皇。辛怒，命数人捽生出。酒愈涌上，倒蓁芜中。瓦石乱落如雨，幸不着体。

卧移时，听驴子犹龁草路侧，乃起跨驴，踉蹡[6]而行。夜色迷闷，误入涧谷，狼奔鸱叫，竖毛寒心。踟蹰四顾，并不知其何所。遥望苍林中，灯火明灭，疑必村落，竟驰投之。仰见高闳，以策挝门。内有问者曰："何处郎君，半夜来此？"生以失路告。问者曰："待达主人。"生累足鹄俟[7]。忽闻振管[8]辟扉，一健仆出，代客捉驴。生入，见室甚华好，堂上张灯火。少坐，有妇人出，问客姓字，生以告。逾刻，青衣数人，扶一老妪出，曰："郡君[9]至。"生起立，肃身[10]欲拜。妪止之坐，谓生曰："尔非冯云子之孙耶？"曰："然。"妪曰："子当是我弥甥[11]。老身钟漏并歇[12]，残年向尽，骨肉之间，殊所乖阔[13]。"生曰："儿少失

① 卓荦（luò）：卓越，特殊。
② 倾风：钦慕别人的风采。
③ 醮命：指许婚之权。
④ 振袖倾鬟：犹言抖袖低头。
⑤ 亭亭：形容女子站立的优雅姿势。
⑥ 踉蹡：同"踉跄"，走路不稳的样子。
⑦ 累足鹄俟：驻足伸颈，站立等候。累足，双足相叠，小心戒惧的样子。鹄，俗称天鹅。
⑧ 振管：开锁。管，锁钥。
⑨ 郡君：妇人的封号。明朝亲王之女封郡主、孙女封郡君。清朝和硕亲王庶女封郡君，多罗贝勒嫡女亦封郡君。
⑩ 肃身：直身肃容。
⑪ 弥甥：外甥的儿子。
⑫ 钟漏并歇：暗示死亡。钟与漏，都是古代的报时工具。
⑬ 乖阔：远离，疏远。

怙[①]，与我祖父处者，十不识一焉。素未拜省，乞便指示。”妪曰：“子自知之。”

生不敢复问，坐对悬想。妪曰：“甥深夜何得来此？”生以胆力自矜诩，遂一一历陈所遇。妪笑曰：“此大好事。况甥名士，殊不玷于姻娅[②]，野狐精何得强自高？甥勿虑，我能为若致之。”生称谢唯唯。妪顾左右曰：“我不知辛家女儿遂如此端好。”青衣人曰：“渠有十九女，都翩翩有风格。不知官人所聘行几？”生曰：“年约十五余矣。”青衣曰：“此是十四娘。三月间，曾从阿母寿郡君，何忘却？”妪笑曰：“是非刻莲瓣为高履[③]，实以香屑，蒙纱而步者乎？”青衣曰：“是也。”妪曰：“此婢大会作意[④]，弄媚巧。然果窈窕，阿甥赏鉴不谬。”即谓青衣曰：“可遣小狸奴[⑤]唤之来。”青衣应诺去。移时，入白：“呼得辛家十四娘至矣。”旋见红衣女子，望妪俯拜。妪曳之曰：“后为我家甥妇，勿得修婢子礼。”女子起，娉娉[⑥]而立，红袖低垂。妪理其鬓发，捻其耳环，曰：“十四娘近在闺中作么生[⑦]？”女低应曰：“闲来只挑绣。”回首见生，羞缩不安。妪曰：“此吾甥也。盛意与儿作姻好，何便教迷途，终夜窜溪谷？”女俯首无语。妪曰：“我唤汝，非他，欲为阿甥作伐耳。”女默默而已。妪命扫榻展裀褥，即为合卺。女觍然曰：“还以告之父母。”妪曰：“我为汝作冰，有何舛谬？”女曰：“郡君之命，父母当不敢违。然如此草草，婢子即死，不敢奉命！”妪笑曰：“小女子志不可夺，真吾甥妇也！”乃拔女头上金花一朵，付生收之，命

① 失怙：丧父。怙，依靠。
② 不玷于姻娅：意为门当户对，不辱没。
③ 刻莲瓣为高履：指将鞋的木底镂刻上莲瓣花纹。
④ 作意：创意，别出心裁。
⑤ 狸奴：猫的别名。
⑥ 娉娉：身材美好的样子。
⑦ 作么生：干什么。生，山东方言，营生，生活。

归家检历[①]，以良辰为定。乃使青衣送女去。

听远鸡已唱，遣人持驴送生出。数步外，欻一回顾，则村舍已失，但见松楸浓黑，蓬颗[②]蔽冢而已。定想移时，乃悟其处为薛尚书墓。薛故生祖母弟，故相呼以甥。心知遇鬼，然亦不知十四娘何人。咨嗟而归，漫检历以待之，而心恐鬼约难恃。再往兰若，则殿宇荒凉。问之居人，则寺中往往见狐狸云。阴念："若得丽人，狐亦自佳。"

至日，除舍扫途，更仆[③]眺望，夜半犹寂，生已无望。顷之，门外哗然。躧屣[④]出窥，则绣幰已驻于庭，双鬟扶女坐青庐中。妆奁亦无长物，惟两长鬣奴扛一扑满，大如瓮，息肩置堂隅。生喜得丽偶，并不疑其异类。问女曰："一死鬼，卿家何帖服[⑤]之甚？"女曰："薛尚书，今作五都巡环使，数百里鬼狐皆备扈从，故归墓时常少。"生不忘蹇修[⑥]，翼日，往祭其墓。归见二青衣，持贝锦[⑦]为贺，竟委几上而去。生以告女，女视之，曰："此郡君物也。"

邑有楚银台之公子，少与生共笔砚，相狎。闻生得狐妇，馈遗为馔[⑧]，即登堂称觞[⑨]。越数日，又折简来招饮。女闻，谓生曰："曩公子来，我穴壁窥之，其人猿睛而鹰准[⑩]，不可与久居[⑪]也。宜勿往。"生诺之。翼日，公子造门，问负约之罪，且献新什[⑫]。生评骘嘲笑，公子大惭，不欢而散。生归，笑述于房。女惨然曰："公子豺狼，不可狎也！子

---

① 检历：查阅历书，指选择吉日。
② 蓬颗：即刺蓬棵，被子植物。
③ 更仆：仆人轮班。更，更换。
④ 躧（xǐ）屣：趿拉着鞋，形容匆促急迫。躧，曳履而行。
⑤ 帖服：顺从。
⑥ 蹇修：传说中伏羲氏的臣子。此处代指媒人。
⑦ 贝锦：一种上有贝形花纹的锦缎。
⑧ 馔（nuǎn）：旧时嫁女后三日，母家及亲友馈送食物。
⑨ 称觞：祝贺，举杯祝酒。
⑩ 鹰准：鹰钩鼻。准，鼻梁。
⑪ 居：相处。
⑫ 新什：新作。什，篇什，指诗篇或文卷。

不听吾言，将及于难！”生笑谢之。后与公子辄相谀噱，前隙渐释。

会提学试[①]，公子第一，生第二。公子沾沾自喜，走伻来邀生饮。生辞，频招乃往。至则知为公子初度，客从满堂，列筵甚盛。公子出试卷示生，亲友叠肩[②]叹赏。酒数行，乐奏作于堂，鼓吹伧佇[③]，宾主甚乐。公子忽谓生曰：“谚云：‘场中莫论文[④]。’此言今知其谬。小生所以忝[⑤]出君上者，以起处[⑥]数语，略高一筹耳。”公子言已，一座尽赞。生醉不能忍，大笑曰：“君到于今，尚以为文章至是耶？”生言已，一座失色，公子惭忿气结。客渐去，生亦遁。

醒而悔之，因以告女。女不乐曰：“君诚乡曲之儇子也[⑦]！轻薄之态，施之君子，则丧吾德；施之小人，则杀吾身。君祸不远矣！我不忍见君流落，请从此辞。”生惧而涕，且告之悔。女曰：“如欲我留，与君约：从今闭户绝交游，勿浪饮[⑧]。”生谨受教。十四娘为人勤俭洒脱，日以纴织[⑨]为事。时自归宁，未尝逾夜。又时出金帛作生计，日有赢余，辄投扑满。日杜门户，有造访者，辄嘱苍头谢去。

一日，楚公子驰函来，女焚爇不以闻。翼日，出吊于城，遇公子于丧者之家，捉臂苦邀。生辞以故，公子使圉人挽辔，拥之以行。至家，立命洗腆[⑩]。继辞夙退[⑪]。公子要遮无已，出家姬弹筝为乐。生素不羁，

① 提学试：清代提督学政主持一省童生院试及生员岁、科两试。这里的“提学试”当指岁试或科试。
② 叠肩：肩叠着肩，形容人多拥挤。
③ 伧佇（cāng níng）：形容音调粗浊杂乱。
④ 场中莫论文：意谓在考场中靠命运，不靠文章。场，科举考场。
⑤ 忝：辱，有愧于。谦辞。
⑥ 起处：指八股文正式议论之前阐明题旨，引起议论的部分。
⑦ 乡曲：乡里，亦指穷乡僻壤。儇（xuān）子，轻薄而耍小聪明的人。
⑧ 浪饮：过量饮酒。浪，滥，放纵。
⑨ 纴（rèn）织：纺纱织布。
⑩ 洗腆（tiǎn）：指置办洁净丰盛的酒食。腆，丰盛。
⑪ 夙退：早一点离开。夙，早。

向闭置庭中，颇觉闷损，忽逢剧饮，兴顿豪，无复萦念[①]。因而酣醉，颓卧席间。公子妻阮氏，最悍妒，婢妾不敢施脂泽[②]。日前，婢入斋中，为阮掩执，以杖击首，脑裂立毙。公子以生嘲慢故，衔生，日思所报，遂谋醉以酒而诬之。乘生醉寐，扛尸床间，合扉径去。生五更酲解[③]，始觉身卧几上。起寻枕榻，则有物腻然，绁绊步履，摸之，人也，意主人遣僮伴睡。又蹴之，不动而僵。大骇，出门怪呼。厮役尽起，爇之，见尸，执生怒闹。公子出验之，诬生逼奸杀婢，执送广平。

隔日，十四娘始知，潸然曰："早知今日矣！"因按日以金钱遗生。生见府尹，无理可伸，朝夕搒掠，皮肉尽脱。女自诣问，生见之，悲气塞心，不能言说。女知陷阱已深，劝令诬服，以免刑宪[④]。生泣听命。女还往之间，人咫尺不相窥。归家咨惋[⑤]，遽遣婢子去。独居数日，又托媒媪购良家女，名禄儿，年已及笄，容华颇丽。与同寝食，抚爱异于群小[⑥]。生认误杀拟绞，苍头得信归，恸述不成声。女闻，坦然若不介意。既而秋决有日[⑦]，女始皇皇躁动，昼去夕来，无停履，每于寂所，於邑[⑧]悲哀，至损眠食。一日，日晡，狐婢忽来。女顿起，相引屏语[⑨]，出则笑色满容，料理门户如平时。翼日，苍头至狱，生寄语娘子一往永诀。苍头复命，女漫应之，亦不怆恻，殊落落[⑩]置之。

---

① 萦念：牵挂。
② 施脂泽：指修饰打扮。脂泽，化妆用的脂粉、头油等。
③ 酲（chéng）解：酒醒。酲，病酒。酒醉后神志不清。
④ 刑宪：刑法。这里指刑讯。
⑤ 咨惋：叹惜。
⑥ 群小：指一般婢妾。
⑦ 秋决有日：临近秋季处决之日。古代行刑多在秋季，称"秋决"。决，处死。有日，确定了日期。
⑧ 於（wū）邑：同"呜咽"，悲气郁结。
⑨ 相引屏（bǐng）语：两人到无人处谈话。屏语，避人共语。
⑩ 落落：豁达，安然。

家人窃议其忍[①]。忽道路沸传，楚银台革爵，平阳观察[②]奉特旨治冯生案。苍头闻之喜，告主母。女亦喜，即遣入府探视，则生已出狱，相见悲喜。俄捕公子至，一鞫尽得其情。生立释宁家[③]。

归见闺中人[④]，泫然流涕，女亦相对怆楚，悲已而喜。然终不知何以得达上听。女笑指婢曰："此君之功臣也。"生愕问故。先是，女遣婢赴燕都，欲达宫闱，为生陈冤。婢至，则宫中有神守护，徘徊御沟[⑤]间，数月不得入。婢惧误事，方欲归谋，忽闻今上将幸大同[⑥]，婢乃预往，伪作流妓[⑦]。上至勾阑[⑧]，极蒙宠眷。疑婢不似风尘人[⑨]，婢乃垂泣。上问："有何冤苦？"婢对："妾原籍隶广平，生员冯某之女。父以冤狱将死，遂鬻妾勾阑中。"上惨然，赐金百两。临行，细问颠末，以纸笔记姓名，且言欲与共富贵。婢言："但得父子团聚，不愿华膴[⑩]也。"上颔之，乃去。婢以此情告生，生急拜，泪眦双荧[⑪]。

居无几何，女忽谓生曰："妾不为情缘，何处得烦恼？君被逮时，妾奔走戚眷间，并无一人代一谋者。尔时酸衷，诚不可以告愬[⑫]。今视尘俗益厌苦。我已为君畜良偶，可从此别。"生闻，泣伏不起，女乃止。夜遣禄儿侍生寝，生拒不纳。朝视十四娘，容光顿减。又月余，渐以衰老，半载，黯黑如村妪，生敬之终不替[⑬]。女忽复言别，且曰："君

---

① 忍：狠心。
② 观察：明清时对道员的尊称。
③ 宁家：回家。
④ 闺中人：即辛十四娘。
⑤ 御沟：环绕宫墙的河沟。
⑥ 幸：古代皇帝至某处叫"幸"或"临幸"。大同，旧府名，治所在今山西大同。
⑦ 流妓：居无定所的妓女。
⑧ 勾阑：宋元时伎乐演剧的场所，明清时指妓院。
⑨ 风尘人：流落江湖的人。喻指妓女。
⑩ 华膴（wǔ）：华衣美食，指富贵。膴，鲜美的肉食。
⑪ 泪眦双荧：两眼泪光闪烁。泪，眼泪。眦，眼眶。荧，闪光。
⑫ 告愬：即"告诉"，告知。
⑬ 替：衰，懈怠。

自有佳侣，安用此鸠盘[①]为？”生哀泣如前日。又逾月，女暴疾，绝食饮，羸卧闺闼。生侍汤药，如奉父母。巫医无灵，竟以溘逝[②]，生悲怛欲绝，即以婢赐金，为营斋葬。数日，婢亦去，遂以禄儿为室。

逾年举一子。然比岁不登[③]，家益落，夫妻无计，对影长愁。忽忆堂陬扑满[④]，常见十四娘投钱于中，不知尚在否。近临之，则豉具盐盎[⑤]，罗列殆满。头头置去[⑥]，箸探其中，坚不可入。扑而碎之，金钱溢出，由此顿大充裕。后苍头至太华，遇十四娘，乘青骡，婢子跨蹇以从，问：“冯郎安否？”且言：“致意主人，我已名列仙籍矣。”言讫不见。

异史氏曰：轻薄之词，多出于士类[⑦]，此君子所悼惜也。余尝冒不韪[⑧]之名，言冤则已迂，然未尝不刻苦自励，以勉附于君子之林，而祸福之说不与焉。若冯生者，一言之微，几至杀身，苟非室有仙人，亦何能解脱囹圄，以再生于当世耶？可惧哉！

寒月芙蕖

济南道人者，不知何许人，亦不详其姓氏。冬夏惟着一单袷衣[⑨]，系黄绦[⑩]，别无裤襦。每用半梳梳发，即以齿衔髻际[⑪]，如冠状。日赤脚行市上，夜卧街头，离身数尺外，冰雪尽溶。初来，辄对人作幻剧，

---

① 鸠盘：梵语“鸠盘荼”的省称，义译为瓮形鬼、冬瓜鬼。后用以形容极端丑陋的妇人。
② 溘（kè）逝：忽然死去。
③ 比岁不登：连年收成不好。登，指谷物成熟。
④ 扑满：蓄钱的瓦器。
⑤ 豉（chǐ）具盐盎：豆豉盆、盐罐子。豉，豆豉。
⑥ 头头置去：一件一件的移去。
⑦ 士类：读书的人。
⑧ 不韪（wěi）：不是，过错。
⑨ 单袷（jiá）衣：单薄的夹衣。袷，夹衣。
⑩ 绦：用丝线编织成的花边或扁平的带子。
⑪ 以齿衔髻际：用梳齿插在发髻上。

市人争贻之。有井曲无赖子，遗以酒，求传其术，弗许。遇道人浴于河津[①]，骤抱其衣以胁之。道人揖曰："请以赐还，当不吝术。"无赖者恐其诒，固不肯释。道人曰："果不相授耶？"曰："然。"道人默不与语，俄见黄绦化为蛇，围可数握，绕其身六七匝，怒目昂首，吐舌相向。某大愕，长跪，色青气促，惟言乞命。道人乃竟取绦，绦竟非蛇。另有一蛇，蜿蜒入城去。由是道人之名益著。

缙绅家闻其异，招与游，从此往来乡先生门。司、道[②]俱耳其名，每宴集，辄以道人从。一日，道人请于水面亭[③]报诸宪之饮。至期，各于案头得道人速客函[④]，亦不知所由至。诸客赴宴所，道人伛偻出迎。既入，则空亭寂然，榻几未设，咸疑其妄。道人顾官宰曰："贫道无僮仆，烦借诸扈从，少代奔走。"官宰共诺之。道人于壁上绘双扉，以手挝之，内有应门者，振管而起[⑤]。共趋觇望，则见憧憧者[⑥]往来于中，屏幔床几，亦复都有。即有人传送门外，道人命吏胥辈接列亭中，且嘱勿与内人[⑦]交语。两相受授，惟顾而笑。顷刻，陈设满亭，穷极奢丽。既而旨酒散馥，热炙腾熏，皆自壁中传递而出。座客无不骇异。

亭故背湖水，每六月时，荷花数十顷，一望无际。宴时方凌冬[⑧]，窗外茫茫，惟有烟绿。一官偶叹曰："此日佳集，可惜无莲花点缀！"众俱唯唯。少顷，一青衣吏奔白："荷叶满塘矣！"一座尽惊，推窗眺瞩，果见弥望青葱，间以菡萏。转瞬间，万枝千朵，一齐都开，朔风吹来，荷香沁脑。群以为异。遣吏人荡舟采莲。遥见吏人入花深处，少间返

---

① 河津：河边。津，渡口。
② 司、道：指布政司、按察司长官及所属分守道、分巡道之类的官员。
③ 水面亭：即"天心水面亭"，在济南大明湖上，元代李泂所建。
④ 速客函：犹言请帖。速，邀请。
⑤ 振管而起：开锁开门。
⑥ 憧（chōng）憧者：指摇曳不定的人影。
⑦ 内人：指壁内之人。
⑧ 凌冬：深冬。凌，冰。

棹，白手来见。官诘之，吏曰："小人乘舟去，见花在远际。渐至北岸，又转遥遥在南荡[1]中。"道人笑曰："此幻梦之空花耳。"无何，酒阑，荷亦凋谢，北风骤起，摧折荷盖[2]，无复存矣。

济东观察[3]公甚悦之，携归署，日与狎玩。一日，公与客饮。公故有家传良酝，每以一斗为率[4]，不肯供浪饮。是日，客饮而甘之，固索倾酿[5]，公坚以既尽为辞。道人笑谓客曰："君必欲满老饕[6]，索之贫道而可。"客请之。道人以壶入袖中，少刻出，遍斟座上，与公所藏更无殊别。尽欢始罢。公疑焉，入视酒瓻[7]，则封固宛然，而空无物矣。心窃愧怒，执以为妖，笞之。杖才加，公觉股暴痛，再加，臀肉欲裂。道人虽声嘶阶下，观察已血殷[8]坐上。乃止不笞，逐令去。道人遂离济，不知所往。后有人遇于金陵，衣装如故。问之，笑不语。

---

① 荡：长草的水面。此指湖面。
② 荷盖：荷叶。
③ 济东观察：济东道的道员。
④ 率：标准，准则。
⑤ 倾酿：倾尽家酿美酒供客。
⑥ 老饕（tāo）：馋欲。
⑦ 瓻（chī）：古代陶制酒器。
⑧ 殷（yān）：暗红。这里指染红。

卷　五

武　技

李超，字魁吾，淄之西鄙人，豪爽好施。偶一僧来托钵，李饱啖之。僧甚感荷，乃曰："吾少林[①]出也。有薄技，请以相授。"李喜，馆之客舍，丰其给，旦夕从学。三月，艺颇精，意得甚。僧问："汝益[②]乎？"曰："益矣。师所能者，我已尽能之。"僧笑命李试其技。李乃解衣唾手，如猿飞，如鸟落，腾跃移时，诩诩然[③]骄人而立。僧又笑曰："可矣。子既尽吾能，请一角低昂[④]。"李忻然，即各交臂作势。既而支撑格拒[⑤]，李时时蹈僧瑕[⑥]，僧忽一脚飞掷，李已仰跌丈余。僧抚掌[⑦]曰："子尚未尽吾能也！"李以掌致地[⑧]，惭沮请教。又数日，僧辞去。

李由此以武名，遨游南北，罔有其对。偶适历下[⑨]，见一少年尼僧[⑩]，弄艺于场，观者填溢。尼告众客曰："颠倒一身[⑪]，殊大冷落。有

---

① 少林：少林寺。在今河南登封西北少室山北麓，建于北魏太和年间，僧徒甚众。
② 益：增益，进步。
③ 诩诩然：骄傲自得的样子。
④ 低昂：高低。
⑤ 格拒：格斗，抵拒。
⑥ 瑕：此指破绽，弱点。
⑦ 抚掌：拍手。
⑧ 致地：撑地。
⑨ 历下：古邑名。即今山东济南历下区。
⑩ 尼僧：尼姑。
⑪ 颠倒一身：指总是一人单独表演武技。颠倒，翻来覆去。

好事者，不妨下场一扑[①]为戏。”如是三言。众相顾，迄无应者。李在侧，不觉技痒，意气[②]而进。尼便笑与合掌。才一交手，尼便呵止，曰：“此少林宗派也。”即问：“尊师何人？”李初不言，固诘之，乃以僧告。尼拱手曰：“憨和尚汝师耶？若尔，不必较手足，愿拜下风。”李请之再四，尼不可。众怂恿之，尼乃曰：“既是憨师弟子，同是个中人[③]，无妨一戏。但两相会意可耳。”李诺之。然以其文弱故，易之[④]，又少年喜胜，思欲败之，以要[⑤]一日之名。方颉颃间，尼即遽止。李问其故，但笑不言。李以为怯，固请再角，尼乃起。少间，李腾一踝去[⑥]，尼骈五指[⑦]下削其股，李觉膝下如中刀斧，蹶仆不能起。尼笑谢曰：“孟浪迕客，幸勿罪！”李舁归，月余始愈。

后年余，僧复来，为述往事。僧惊曰：“汝大卤莽！惹他何为！幸先以我名告之，不然，股已断矣！”

武孝廉

武孝廉[⑧]石某，囊赀赴都，将求铨叙[⑨]。至德州，暴病，唾血不起，

---

① 扑：相扑。此指比武。
② 意气：此指冲动、猛勇。
③ 个中人：此中人。指同一门派的人。
④ 易之：轻视她。
⑤ 要（yāo）：博取。
⑥ 腾一踝去：飞起一脚踢去。踝，脚跟。
⑦ 骈五指：五指并拢。骈，并。
⑧ 武孝廉：武举人。
⑨ 铨叙：清代科举制规定，举人除会试外，可通过拣选、大挑、截取三途径取得官职。此指石孝廉赴京参加拣选，求取官职。

长卧舟中。仆篡金[1]亡去，石大恚，病益加，资粮断绝。榜人[2]谋委弃之。会有女子乘船，夜来临泊[3]，闻之，自愿以舟载石。榜人悦，扶石登女舟。石视之，妇四十余，被服粲丽，神采犹都。呻以感谢。妇临审曰："君夙有瘵根[4]，今魂魄已游墟墓。"石闻之，嗷然哀哭。妇曰："我有丸药，能起死。苟病瘳，勿相忘。"石洒泣矢盟[5]。妇乃以药饵石，半日，觉少痊。妇即榻供甘旨，殷勤过于夫妇，石益德之。月余，病良已[6]。石膝行而前，敬之如母。妇曰："妾茕独无依，如不以色衰见憎，愿侍巾栉。"时石三十余，丧偶经年，闻之，喜惬[7]过望，遂相燕好。妇乃出藏金，使入都营干，相约返与同归。

石赴都夤缘，选得本省司阃[8]，余金市鞍马，冠盖赫奕[9]。因念妇腊已高，终非良偶，因以百金聘王氏女为继室。心中悚怯，恐妇闻知，遂避德州道，迂途履任。年余，不通音耗。有石中表，偶至德州，与妇为邻。妇知之，诣问石况，某以实对。妇大骂，因告以情，某亦代为不平，慰解曰："或署中务冗，尚未暇遑。乞修尺一书，为嫂寄之。"妇如其言。某敬以达石，石殊不置意。又年余，妇自往归石，止于旅舍，托官署司宾者[10]通姓氏。石令绝之。一日，方燕饮，闻喧詈声，释杯凝听，则妇已搴帘入矣。石大骇，面色如土。妇指骂曰："薄情

① 篡金：夺取钱财。
② 榜人：船夫，船家。
③ 临泊：靠岸停舟。
④ 瘵（zhài）根：肺痨病根。瘵，肺病。
⑤ 矢盟：犹盟誓。
⑥ 良已：痊愈。
⑦ 喜惬（qiè）：喜欢满意。
⑧ 司阃（kǔn）：指地方军事长官。阃，郭门。
⑨ 赫奕：光耀，荣盛。
⑩ 司宾者：官署内负责接待宾客的吏役。

郎！安乐耶？试思富若[1]贵何所自来？我与汝情分不薄，即欲置婢妾，相谋何害？”石累足屏气，不能复作声。久之，长跽自投，诡辞乞宥，妇气稍平。石与王氏谋，使以妹礼见妇。王氏雅不欲，石固哀之，乃往。王拜，妇亦答拜。曰：“妹勿惧，我非悍妒者。曩事，实人情所不堪，即妹亦当不愿有是郎。”遂为王缅述本末。王亦愤恨，因与交詈石。石不能自为地，惟求自赎，遂相安帖。

初，妇之未入也，石戒阍人勿通。至此，怒阍人，阴诘让之。阍人固言管钥未发，无入者，不服。石疑之而不敢问妇，两虽言笑，而终非所好也。幸妇娴婉，不争夕[2]，三餐后，掩闼早眠，并不问良人夜宿何所。王初犹自危，见其如此，益敬之。厌旦[3]往朝，如事姑嫜。妇御下[4]宽和有体，而明察若神。一日，石失印绶，合署沸腾，屑屑[5]还往，无所为计。妇笑言：“勿忧，竭井可得。”石从之，果得之。叩其故，辄笑不言。隐约间，似知盗者姓名，然终不肯泄。居之终岁，察其行多异，石疑其非人，常于寝后使人听之，但闻床上终夜作振衣声，亦不知其何为。妇与王极相爱怜。一夕，石以赴臬司[6]未归，妇与王饮，不觉过醉，就卧席间，化而为狐。王怜之，覆以锦褥。未几，石入，王告以异。石欲杀之，王曰：“即狐，何负于君？”石不听，急觅佩刀，而妇已醒，骂曰：“虺蝮[7]之行，而豺狼之心，必不可以久居！曩所啖药，乞赐还也！”即唾石面。石觉森寒如浇冰水，喉中习习作痒，

① 若：与，和。
② 夕：侍寝。
③ 厌旦：黎明。
④ 御下：对待下人。御，管理。
⑤ 屑屑：惶急。
⑥ 臬司：此指臬司衙门。清代按察使别称“臬司”，为巡抚的属官，负责考察吏治。
⑦ 虺蝮（huǐ fù）：虺、蝮都是毒蛇名。

呕出，则丸药如故。妇拾之，忿然径出，追之已杳。石中夜旧症复作，血嗽不止，半岁而卒。

异史氏曰：石孝廉，翩翩若书生。或言其折节[1]能下士，语人如恐伤。壮年殂谢，士林悼之。至闻其负狐妇一事，则与李十郎[2]何以少异。

西湖主

陈生弼教，字明允，燕人也。家贫，从副将军贾绾作记室。泊舟洞庭，适猪婆龙浮水面，贾射之中背。有鱼衔龙尾不去，并获之。锁置桅间，奄存气息，而龙吻张翕，似求援拯。生恻然心动，请于贾而释之。携有金创药[3]，戏敷患处，纵之水中，浮沉逾刻而没。

后年余，生北归，复经洞庭，大风覆舟。幸扳一竹簏，漂泊终夜，絓[4]木而止。援岸方升，有浮尸继至，则其僮仆。力引出之，已就毙矣。惨怛无聊，坐对憩息。但见小山耸翠，细柳摇青，行人绝少，无可问途。自迟明以及辰[5]后，怅怅靡之[6]。忽僮仆肢体微动，喜而扪之，无何，呕水数斗，醒然顿苏。相与曝衣石上，近午始燥可着，而枵肠[7]

① 折节：屈己下人。折，屈。节，志节。

② 李十郎：指唐蒋防传奇《霍小玉传》中的李益。李益，又名李十郎，在长安应试时爱上了名妓霍小玉，表示“粉骨碎身，誓不相舍”。李益却在为官后抛弃了霍小玉，与名族卢氏女成婚。后来霍小玉见之，骂其负心，一恸而绝。李益后来受到霍小玉鬼魂报复。

③ 金创（chuāng）药：治疗刀箭创伤的外敷药。

④ 絓（guà）：绊住。

⑤ 辰：上午七时至九时。

⑥ 靡之：无处可去。

⑦ 枵（xiāo）肠：饥肠。

辘辘，饥不可堪。于是越山疾行，冀有村落。才至半山，闻鸣镝[①]声。方疑听所，有二女郎乘骏马来，骋如撒菽[②]。各以红绡抹额[③]，髻插雉尾，着小袖紫衣，腰束绿锦，一挟弹，一臂青鞲[④]。度过岭头，则数十骑猎于榛莽，并皆姝丽，装束若一。生不敢前。有男子步驰，似是驭卒，因就问之。答曰："此西湖主猎首山也。"生述所来，且告之馁。驭卒解裹粮授之，嘱云："宜即远避，犯驾当死！"生惧，疾趋下山。

茂林中隐有殿阁，谓是兰若。近临之，粉垣围沓[⑤]，溪水横流，朱门半启，石桥通焉。攀扉一望，则台榭环云，拟于上苑[⑥]，又疑是贵家园亭。逡巡而入，横藤碍路，香花扑人。过数折曲栏，又是别一院宇，垂杨数十株，高拂朱檐。山鸟一鸣，则花片齐飞；深苑微风，则榆钱自落。怡目快心，殆非人世。穿过小亭，有秋千一架，上与云齐，而罥索[⑦]沉沉，杳无人迹。因疑地近闺阁，恇怯[⑧]未敢深入。俄闻马腾于门，似有女子笑语，生与僮潜伏丛花中。未几，笑声渐近，闻一女子曰："今日猎兴不佳，获禽绝少。"又一女曰："非是公主射得雁落，几空劳仆马也。"无何，红装数辈，拥一女郎至亭上坐，秃袖[⑨]戎装，年可十四五，鬟多敛雾[⑩]，腰细惊风[⑪]，玉蕊琼英[⑫]，未足方喻。诸女子

---

① 鸣镝（dí）：响箭。
② 骋如撒菽：马跑起来，蹄声像撒豆那样急促清脆。菽，豆类。
③ 红绡抹额：用红绸巾包扎在头上。
④ 臂青鞲（gōu）：臂上套着青色皮套袖。鞲，皮质的袖套，射箭时戴在左臂上，因叫"射鞲"。
⑤ 围沓：环绕。沓，会合。
⑥ 拟于上苑：好像是皇家的园林。拟，类似。上苑，古时供帝王游赏或打猎的园林。
⑦ 罥（juàn）索：指秋千垂挂着绳索。
⑧ 恇（kuāng）怯：恐惧畏缩。恇，恐惧。
⑨ 秃袖：窄袖。
⑩ 鬟多敛雾：梳拢起来的鬟发，多如云雾堆积。
⑪ 腰细惊风：腰肢细软，似乎弱不禁风。
⑫ 玉蕊琼英：指最香的花和最美的玉。玉蕊，玉作的花蕊。琼英，玉作的花瓣。

献茗熏香，灿如堆锦。移时，女起，历阶而下。一女曰："公主鞍马劳顿，尚能秋千否？"公主笑诺。遂有驾肩者，捉臂者，褰裙者，持履者，挽扶而上。公主舒皓腕，蹑[1]利屣[2]，轻如飞燕，蹴入云霄。已而扶下，群曰："公主真仙人也！"嘻笑而去。

生睨良久，神志飞扬。迨人声既寂，出诣秋千下，徘徊凝想。见篱下有红巾，知为群美所遗，喜内袖中。登其亭，见案上设有文具，遂题巾曰：

雅戏[3]何人拟半仙[4]？分明琼女散金莲[5]。

广寒队里应相妒，莫信凌波[6]上九天。

题已，吟诵而出。复寻故径，则重门扃锢矣。踟蹰罔计，返而楼阁亭台，涉历几尽。一女掩入，惊问："何得来此？"生揖之曰："失路之人，幸能垂救。"女问："拾得红巾否？"生曰："有之。然已玷染，如何？"因出之。女大惊曰："汝死无所矣！此公主所常御[7]，涂鸦若此，何能为地？"生失色，哀求脱免，女曰："窃窥宫仪[8]，罪已不赦。念汝儒冠蕴藉，欲以私意相全，今孽乃自作，将何为计！"遂皇皇持巾去。生心悸肌栗，恨无翅翎，惟延颈俟死。

迁久，女复来，潜贺曰："子有生望矣！公主看巾三四遍，辗然无怒容，或当放君去。宜姑耐守，勿得攀树钻垣，发觉不宥矣。"日已投暮，凶祥不能自必，而饿焰中烧，忧煎欲死。无何，女子挑灯至。

① 蹑：踏，穿。
② 利屣：舞屣。小而尖的鞋子。
③ 雅戏：高雅的游戏。
④ 半仙：半仙戏，指荡秋千。
⑤ 分明琼女散金莲：意为公主像散花的天女。琼女散金莲，散花天女。
⑥ 凌波：形容女子的小脚。
⑦ 御：用。
⑧ 宫仪：谓宫中之女子。仪，通"娥"。

一婢提壶榼[①]，出酒食饷生。生急问消息，女云：“适我乘间言：‘园中秀才，可恕则放之，不然饿且死。’公主沉思云：‘深夜教渠何之？’遂命馈君食。此非恶耗也。”生徊徨终夜，危不自安。辰刻向尽，女子又饷之。生哀求缓颊[②]，女曰：“公主不言杀，亦不言放。我辈下人，何敢屑屑渎告[③]？”既而斜日西转，眺望方殷，女子坌息急奔而入，曰：“殆矣！多言者泄其事于王妃，妃展巾抵地[④]，大骂狂伧，祸不远矣！”生大惊，面如灰土，长跽请教。忽闻人语纷拏[⑤]，女摇手避去。数人持索，汹汹入户。内一婢熟视曰：“将谓何人，陈郎耶？”遂止持索者，曰：“且勿且勿，待白王妃来。”返身急去。少间来，曰：“王妃请陈郎入。”生战惕从之。经数十门户，至一宫殿，碧箔银钩。即有美姬揭帘，唱：“陈郎至。”上一丽者，袍服炫冶[⑥]。生伏地稽首，曰：“万里孤臣，幸恕生命。”妃急起，自曳之曰：“我非君子，无以有今日。婢辈无知，致迕佳客，罪何可赎！”即设华筵，酌以镂杯。生茫然不解其故。妃曰：“再造之恩，恨无所报。息女蒙题巾之爱，当是天缘，今夕即遣奉侍。”生意出非望，神惝恍[⑦]而无着。

日方暮，一婢前曰：“公主已严妆[⑧]讫。”遂引生就帐。忽而笙管敖曹，阶上悉践花罽，门堂藩溷，处处皆笼烛。数十妖姬，扶公主交拜。麝兰之气，充溢殿庭。既而相将入帏，两相倾爱。生曰：“羁旅之臣，生平不省拜侍。点污芳巾，得免斧锧，幸矣。反赐姻好，实非所望。”

---

① 壶榼：壶、榼都是盛酒器，泛指食具。
② 缓颊：说情。
③ 屑屑渎告：轻率告说琐屑之事。
④ 抵地：扔在地上。抵，掷，扔。
⑤ 纷拏（ná）：错杂，混乱。
⑥ 炫冶：艳丽，耀眼。冶，艳丽。
⑦ 惝（chǎng）恍：心神恍惚。
⑧ 严妆：认真打扮。

公主曰："妾母，湖君妃子，乃扬江王女。旧岁归宁，偶游湖上，为流矢所中。蒙君脱免，又赐刀圭之药，一门戴佩[①]，常不去心。郎勿以非类见疑。妾从龙君得长生诀，愿与郎共之。"生乃悟为神人，因问："婢子何以相识？"曰："尔日洞庭舟上，曾有小鱼衔尾，即此婢也。"又问："既不见诛，何迟迟不赐纵脱？"笑曰："实怜君才，但不自主。颠倒终夜，他人不及知也。"生叹曰："卿，我鲍叔[②]也。馈食者谁？"曰："阿念，亦妾腹心。"生曰："何以报德？"笑曰："侍君有日，徐图塞责未晚耳。"问："大王何在？"曰："从关圣征蚩尤[③]未归。"

居数日，生虑家中无耗，悬念綦切，乃先以平安书遣仆归。家中闻洞庭舟覆，妻子缞绖已年余矣。仆归，始知不死，而音问梗塞，终恐漂泊难返。又半载，生忽至，裘马甚都，囊中宝玉充盈。由此富有巨万，声色豪奢，世家所不能及。七八年间，生子五人。日日宴集宾客，宫室[④]饮馔之奉，穷极丰盛。或问所遇，言之无少讳。

有童稚之交梁子俊者，宦游南服[⑤]十余年。归过洞庭，见一画舫，雕槛朱窗，笙歌幽细，缓荡烟波，时有美人推窗凭眺。梁目注舫中，见一少年丈夫，科头叠股[⑥]其上，傍有二八姝丽，挼莎交摩[⑦]，念必楚襄[⑧]贵官。而驺从殊少。凝眸审谛，则陈明允也，不觉凭栏酣叫。生

---

① 戴佩：感恩铭记。戴，指感恩。佩，铭记。
② 鲍叔：春秋时齐国大夫鲍叔牙，代指知己。
③ 关圣征蚩尤：民间传说。关圣，三国时蜀将关羽。明万历年间被封为"三界伏魔大帝神威远镇天尊关圣帝君"。蚩尤，远古时的酋长，曾被黄帝轩辕氏擒杀。
④ 宫室：房屋的通称。
⑤ 南服：南方。
⑥ 叠股：跷着二郎腿。
⑦ 挼莎（suī suō）交摩：抚摸按摩。
⑧ 楚襄：泛指楚地。今湖南、湖北等地。

闻呼罢棹，出临鹢首[①]，邀梁过舟。见残肴满案，酒雾犹浓。生立命撤去。顷之，美婢三五，进酒烹茗，山海珍错，目所未睹。梁惊曰：“十年不见，何富贵一至于此！”笑曰：“君小觑穷措大不能发迹耶？”问：“适共饮何人？”曰：“山荆耳。”梁又异之，问：“携家何往？”答：“将西渡。”梁欲再诘，生遽命歌以侑酒。一言甫毕，旱雷[②]聒耳，肉竹[③]嘈杂，不复可闻言笑。梁见佳丽满前，乘醉大言曰：“明允公，能令我真个销魂否？”生笑云：“足下醉矣！然有一美妾之赀，可赠故人。”遂命侍儿进明珠一颗，曰：“绿珠[④]不难购，明我非吝惜。”乃趣别[⑤]曰：“小事忙迫，不及与故人久聚。”送梁归舟，开缆径去。

梁归，探诸其家，则生方与客饮，益疑。因问：“昨在洞庭，何归之速？”答曰：“无之。”梁乃追述所见，一座尽骇。生笑曰：“君误矣，仆岂有分身术耶？”众异之，而究莫解其故。后八十一岁而终。迨殡，讶其棺轻，开之，则空棺耳。

异史氏曰：竹簏不沉，红巾题句，此其中具有鬼神，而要皆恻隐之一念所通也。迨宫室妻妾，一身而两享其奉，即又不可解矣。昔有愿娇妻美妾，贵子贤孙，而兼长生不死者，仅得其半耳。岂仙人中亦有汾阳、季伦[⑥]耶？

---

① 鹢（yì）首：船头。古代船头上画有鹢鸟的图案，故称船头为“鹢首”。鹢，鸟名，形似鹭鸶。

② 旱雷：打击乐器。

③ 肉竹：歌声和管乐声。肉，指歌喉。竹，指管乐。

④ 绿珠：晋石崇的歌妓。这里指美妾。

⑤ 趣（cù）别：催促分手。趣，催促。

⑥ 汾阳、季伦：指唐代郭子仪。平定安史之乱有功，唐肃宗封其为汾阳郡王。郭富贵寿考，子孙满堂。季伦，晋石崇，号季伦，家资巨万，富可敌国。

阎王

李久常，临朐[①]人。壶榼于野，见旋风蓬蓬[②]而来，敬酹奠之。后以故他适，路傍有广第，殿阁弘丽。一青衣人自内出，邀李，李固辞，青衣要遮甚殷。李曰："素不识荆[③]，得无误耶？"青衣云："不误。"便言李姓字。问："此谁家？"答云："入自知之。"入，进一层门，见一女子手足钉扉上，近视，其嫂也，大骇。李有嫂，臂生恶疽，不起者年余矣。因自念何得至此？转疑招致意恶，畏沮[④]却步。青衣促之，乃入。至殿下，上一人，冠带如王者，气象威猛。李跪伏，莫敢仰视。王者命曳起之，慰之曰："勿惧。我以曩昔扰子杯酌，欲一见相谢，无他故也。"李心始安，然终不知其故。王者又曰："汝不忆田野酹奠时乎？"李顿悟，知其为神，顿首曰："适见嫂氏受此严刑，骨肉之情，实怆于怀。乞王怜宥！"王者曰："此甚悍妒，宜得是罚。三年前，汝兄妾盘肠而产[⑤]，彼阴以针刺肠上，俾至今脏腑常痛。此岂有人理者！"李固哀之。乃曰："便以子故宥之。归当劝悍妇改行。"李谢而出，则扉上无人矣。

归视嫂，嫂卧榻上，创血殷席[⑥]。时以妾拂意故，方致诟骂。李遽劝曰："嫂无复尔！今日恶苦，皆平日忌嫉所致。"嫂怒曰："小

① 临朐（qú）：即今山东潍坊临朐县。
② 蓬蓬：风声。
③ 识荆：对于结识者的敬辞。
④ 畏沮：畏怯沮丧。
⑤ 盘肠而产：盘肠产，相当于临产时产妇直肠脱出。
⑥ 殷（yān）席：把席子染成赤黑色。

郎[1]若个好男儿，又房中娘子贤似孟姑姑[2]，任郎君东家眠，西家宿，不敢一作声。自当是小郎大好乾纲[3]，到不得代哥子降伏老媪！”李微哂曰：“嫂勿怒。若言其情，恐欲哭不暇矣。”曰：“便曾不盗得王母箩[4]中线，又未与玉皇香案吏[5]一眨眼，中怀[6]坦坦，何处可用哭者！”李小语曰：“针刺人肠，宜何罪？”嫂勃然色变，问此言之因，李告之故。嫂战惕不已，涕泗流离而哀鸣曰：“吾不敢矣！”啼泪未干，觉痛顿止，旬日而瘥[7]。由是立改前辙[8]，遂称贤淑。后妾再产，肠复堕，针宛然在焉。拔去之，肠痛乃瘳。

异史氏曰：或谓天下悍妒如某者，正复不少，恨阴网[9]之漏多也。余谓不然。冥司之罚，未必无甚于钉扉者，但无回信耳。

莲花公主

胶州窦旭，字晓晖。方昼寝，见一褐衣人立榻前，逡巡惶顾，似欲有言。生问之，答云：“相公奉屈[10]。”“相公何人？”曰：“近在邻境。”从之而出。转过墙屋，导至一处，叠阁重楼，万椽相接。曲折而行，觉万户千门，迥[11]非人世。又见宫人女官，往来甚夥，都向褐衣人问曰：

① 小郎：旧时妇女称丈夫的弟弟为“小郎”。
② 孟姑姑：指孟光。东汉扶风平陵人，字德耀，梁鸿之妻，是古代贤妻的典范。
③ 乾纲：犹言“夫纲”。乾象刚坚，故世称男子为“乾”。纲，纲常。
④ 箩：针线箩。
⑤ 玉皇香案吏：给玉皇大帝管香案的神。
⑥ 中怀：心胸。
⑦ 瘥（chài）：病愈。
⑧ 前辙：以前的作为。辙，车辙，过往。
⑨ 阴网：阴世的法网。
⑩ 相公奉屈：主人敬请光临。相公，此褐衣人称其主人。屈，屈尊，屈驾。
⑪ 迥：全然，远。

“窦郎来乎？”褐衣人诺。俄，一贵官出，迎见甚恭。既登堂，生启问曰：“素既不叙[1]，遂疏参谒。过蒙爱接，颇注疑念。”贵官曰：“寡君[2]以先生清族世德[3]，倾风结慕，深愿思晤[4]焉。”生益骇，问：“王何人？”答云：“少间自悉。”无何，二女官至，以双旌导生行。入重门，见殿上一王者，见生入，降阶而迎，执宾主礼。礼已，践席[5]，列筵丰盛。仰视殿上一匾曰“桂府”。生跼蹙[6]不能致辞，王曰：“忝近芳邻，缘即至深。便当畅怀，勿致疑畏。”生唯唯。

酒数行，笙歌作于下，钲鼓不鸣，音声幽细。稍间，王忽左右顾曰：“朕一言，烦卿等属对：‘才人登桂府。’”四座方思，生即应云：“君子爱莲花。”王大悦曰：“奇哉！莲花乃公主小字，何适合如此？宁非夙分？传语公主，不可不出一晤君子。”移时，佩环声近，兰麝香浓，则公主至矣。年十六七，妙好无双。王命向生展拜[7]，曰：“此即莲花小女也。”拜已而去。生睹之，神情摇动，木坐凝思。王举觞劝饮，目竟罔睹。王似微察其意，乃曰：“息女宜相匹敌，但自惭不类，如何？”生怅然若痴，即又不闻。近坐者蹑之曰：“王揖君未见，王言君未闻耶？”生茫乎若失，懡㦬[8]自惭，离席曰：“臣蒙优渥，不觉过醉，仪节失次，幸能垂宥[9]。然日旰君勤[10]，即告出也。”王起曰：“既见君子，实惬心好，何仓卒而便言离也？卿既不住，亦无敢于强。若

① 叙：来往，认识。
② 寡君：对异国之人称己国君主的谦词。
③ 清族世德：清门大族，累世有德。
④ 思晤：会晤。
⑤ 践席：就座，入座。
⑥ 跼蹙：紧张，不自在。
⑦ 展拜：行礼。
⑧ 懡㦬（mǒ luǒ）：羞惭。
⑨ 垂宥：赐宥。宥，宽容。
⑩ 日旰（gàn）君勤：日色已晚，君主劳乏。旰，晚。勤，劳。

烦萦念，更当再邀。”遂命内官[①]导之出。途中内官语生曰：“适王谓可匹敌，似欲附为婚姻，何默不一言？”生顿足而悔，步步追恨，遂已至家。忽然醒寤，则返照已残[②]。冥坐观想，历历在目。晚斋灭烛，冀旧梦可以复寻，而邯郸[③]路渺，悔叹而已。

一夕，与友人共榻，忽见前内官来，传王命相召。生喜，从去。见王伏谒，王曳起，延止隅坐[④]，曰：“别后知劳思眷。谬以小女子奉裳衣，想不过嫌也。”生即拜谢。王命学士大臣陪侍宴饮。酒阑，宫人前白：“公主妆竟。”俄见数十宫女，拥公主出。以红锦覆首，凌波微步，挽上氍毹，与生交拜成礼。已而送归馆舍。洞房温清，穷极芳腻。生曰：“有卿在目，真使人乐而忘死。但恐今日之遭，乃是梦耳。”公主掩口曰：“明明妾与君，那得是梦？”诘旦方起，戏为公主匀铅黄[⑤]，已而以带围腰，布指度足[⑥]。公主笑问：“君颠[⑦]耶？”曰：“臣屡为梦误，故细志[⑧]之。倘是梦时，亦足动悬想耳。”

调笑未已，一宫女驰入曰：“妖入宫门，王避偏殿，凶祸不远矣！”生大惊，趋见王。王执手泣曰：“君子不弃，方图永好。讵期孽降自天，国祚[⑨]将覆，且复奈何！”生惊问何说。王以案上一章，授生启读。章云“含香殿大学士臣黑翼，为非常妖异，祈早迁都，以存国脉事。据黄门[⑩]报称：自五月初六日，来一千丈巨蟒，盘踞宫外，吞食

---

① 内官：指宦官。
② 返照已残：夕阳已经落下。返照，太阳的余晖。
③ 邯郸：借指梦境。
④ 隅坐：座位的侧边。
⑤ 铅黄：铅粉、黄粉，都是涂面化妆品。
⑥ 布指度足：舒其手指以量女足。
⑦ 颠：通“癫”，疯癫。
⑧ 志：记，标记。
⑨ 国祚：国运。祚，福。
⑩ 黄门：官名。东汉给事内廷有黄门令、小黄门、中黄门诸官，皆以宦者充任，后遂称宦官为黄门。

内外臣民一万三千八百余口，所过宫殿尽成丘墟，等因[①]。臣奋勇前窥，确见妖蟒：头如山岳，目等江海；昂首则殿阁齐吞，伸腰则楼垣尽覆。真千古未见之凶，万代不遭之祸！社稷宗庙，危在旦夕！乞皇上早率宫眷，速迁乐土”云云。生览毕，面如灰土。即有宫人奔奏：“妖物至矣！”阖殿哀呼，惨无天日。王仓遽不知所为，但泣顾曰：“小女已累先生。”生坌息而返。公主方与左右抱首哀鸣，见生入，牵衿曰：“郎焉置妾？”生怆恻欲绝，乃捉腕思曰：“小生贫贱，惭无金屋[②]。有茅庐三数间，姑同窜匿可乎？”公主含涕曰：“急何能择？乞携速往！”生乃挽扶而出，未几至家。公主曰：“此大安宅，胜故国多矣。然妾从君来，父母何依？请别筑一舍，当举国相从。”生难之。公主号咷曰：“不能急人之急，安用郎也！”生略慰解。即已入室，公主伏床悲啼，不可劝止。焦思无术，顿然而醒，始知梦也。而耳畔啼声，嘤嘤未绝。审听之，殊非人声，乃蜂子二三头，飞鸣枕上。大叫怪事。

友人诘之，乃以梦告，友人亦诧为异。共起视蜂，依依[③]裳袂间，拂之不去。友人劝为营巢，生如所请，督工构造。方竖两堵，而群蜂自墙外来，络绎如绳。顶尖未合，飞集盈斗[④]。迹[⑤]所由来，则邻翁之旧圃也。圃中蜂一房，三十余年矣，生息颇繁。或以生事告翁，翁觇之，蜂户寂然。发其壁，则蛇据其中，长丈许，捉而杀之。乃知巨蟒即此物也。蜂入生家，滋息[⑥]更盛，亦无他异。

---

① 等因：旧时公文的套语，在引述的文字后用以结束，然后陈述己意。
② 金屋：供美人居住的华屋。
③ 依依：留恋的样子。
④ 盈斗：比斗还大。
⑤ 迹：追寻踪迹。
⑥ 滋息：繁殖。

绿衣女

于生名璟，字小宋，益都人，读书醴泉寺。夜方披诵[①]，忽一女子在窗外赞曰："于相公勤读哉！"因念深山何处得女子？方疑思间，女已推扉笑入曰："勤读哉！"于惊起视之，绿衣长裙，婉妙无比。于知非人，固诘里居，女曰："君视妾当非能咋噬[②]者，何劳穷问？"于心好之，遂与寝处。罗襦既解，腰细殆不盈掬。更筹方尽[③]，翩然遂去。由此无夕不至。

一夕共酌，谈吐间妙解[④]音律。于曰："卿声娇细，倘度一曲，必能消魂[⑤]。"女笑曰："不敢度曲，恐消君魂耳。"于固请之，曰："妾非吝惜，恐他人所闻。君必欲之，请便献丑，但只微声示意可耳。"遂以莲钩轻点足床[⑥]，歌云：

树上乌臼鸟[⑦]，赚奴中夜散。
不怨绣鞋湿，只恐郎无伴。

声细如蝇，裁可辨认。而静听之，宛转滑烈，动耳摇心。歌已，启门窥曰："防窗外有人。"绕屋周视，乃入。生曰："卿何疑惧之深？"笑曰："谚云：'偷生鬼子常畏人。'妾之谓矣。"既而就寝，惕然不喜，

---

① 披诵：翻书诵读。披，翻开。
② 咋噬：吃人。咋，咬。噬，吞咬。
③ 更筹方尽：指夜尽天明。更，旧时夜间计时单位。一夜分五更，每更约两小时。更筹，夜间计时报更的竹签。
④ 妙解：通晓，精深。
⑤ 消魂：同"销魂"。谓感情激动，魂魄离体。
⑥ 足床：床前或座前的踏脚板杌。
⑦ 乌臼鸟：学名卷尾，形似鸦而小，北方俗称黎雀，常在黎明时啼唤。

曰："生平之分[①]，殆止此乎？"于急问之，女曰："妾心动[②]，妾禄[③]尽矣。"于慰之曰："心动眼瞤[④]，盖是常也，何遽此云？"女稍怿，复相绸缪。

更漏既歇，披衣下榻，方将启关，徘徊复返，曰："不知何故，惿惭[⑤]心怯。乞送我出门。"于果起，送诸门外。女曰："君伫望[⑥]我，我逾垣去，君方归。"于曰："诺。"视女转过房廊，寂不复见。方欲归寝，闻女号救甚急。于奔往，四顾无迹，声在檐间。举首细视，则一蛛大如弹，抟捉一物，哀鸣声嘶。于破网挑下，去其缚缠，则一绿蜂，奄然将毙矣。捉归室中，置案头。停苏移时，始能行步。徐登砚池，自以身投墨汁，出伏几上，走作"谢"字。频展双翼，已乃穿窗而去。自此遂绝。

骂 鸭

邑西白家庄[⑦]居民某，盗邻鸭烹之。至夜，觉肤痒。天明视之，茸生[⑧]鸭毛，触之则痛。大惧，无术可医。夜梦一人告之曰："汝病乃天罚，须得失者骂，毛乃可落。"而邻翁素雅量[⑨]，生平失物，未尝征[⑩]于声色。某诡告翁曰："鸭乃某甲所盗。彼深畏骂焉，骂之亦可

---

① 分：情分，缘分。
② 心动：心跳，突感不安。
③ 禄：福分。
④ 眼瞤（shùn）：眼皮跳。
⑤ 惿惭（tí sī）：胆战心惊。
⑥ 伫望：站着看。
⑦ 白家庄：今淄博张店区的白家庄。
⑧ 茸生：细毛丛生。
⑨ 雅量：度量宽宏。
⑩ 征：表露，表现。

警将来。”翁笑曰：“谁有闲气骂恶人。”卒不骂。某益窘，因实告邻翁，翁乃骂，其病良已。

异史氏曰：甚矣，攘[①]者之可惧也：一攘而鸭毛生！甚矣，骂者之宜戒也：一骂而盗罪减！然为善有术，彼邻翁者，是以骂行其慈者也。

柳氏子

胶州柳西川，法内史[②]之主计仆[③]也。年四十余，生一子，溺爱甚至，纵任之，惟恐拂。既长，荡侈逾检[④]，翁囊积为空。无何，子病。翁故蓄善骡，子曰：“骡肥可啖。杀啖我，我病可愈。”柳谋杀蹇劣[⑤]者，子闻之，即大怒骂，疾益甚。柳惧，杀骡以进，子乃喜。然尝一脔[⑥]，便弃去。疾卒不减，寻毙。柳悼叹欲死。

后三四年，村人以香社[⑦]登岱。至山半，见一人乘骡驶行而来，怪似柳子。比至，果是。下骡遍揖，各道寒暄。村人共骇，亦不敢诘其死，但问：“在此何作？”答云：“亦无甚事，东西奔驰而已。”便问逆旅主人姓名，众具告之。柳子拱手曰：“适有小故，不暇叙间阔。明日当相谒。”上骡遂去。众既归寓，亦谓其未必即来。厌旦伺之，子果至，系骡厩柱，趋进笑言。众谓：“尊大人日切思慕，何不一归

① 攘：窃取。
② 法内史：法若真（1623—1706），字汉儒，号黄石，别号黄山，胶州人。顺治三年（1648）中进士，先后任翰林院编修、浙江按察使、湖广布政使、江南安徽布政使等职。内史，法若真曾任内翰林国史院中书舍人，故称之为“内史”。
③ 主计仆：掌管财务出入的管家。
④ 荡侈逾检：放荡奢侈，不守规矩。逾，过。检，规范，规矩。
⑤ 蹇（jiǎn）劣：质次，劣等。蹇，不利于行。
⑥ 脔（luán）：切成碎块的肉。
⑦ 香社：结伙朝山进香祭神。

省侍？”子讶问：“言者何人？”众以柳对。子神色俱变，久之曰：“彼既见思，请归传语：我于四月七日，在此相候。”言讫，别去。

众归，以情致翁。翁大哭，如期而往，自以其故告主人。主人止之曰：“曩见公子神情冷落，似未必有嘉意。以我卜也[①]，殆不可见。”柳涕泣不信。主人曰：“我非阻君，神鬼无常，恐遭不善。如必欲见，请伏椟[②]中，待其来，察其词色，可见则出。”柳如其言。既而子果至，问：“柳某来否？”主人答云：“无。”子盛气骂曰：“老畜产那便不来！”主人惊曰：“何骂父？”答曰：“彼是我何父！初与义为客侣[③]，不图包藏祸心，隐[④]我血赀[⑤]，悍不还。今愿得而甘心[⑥]，何父之有！”言已，出门，曰：“便宜他！”柳在椟历历闻之，汗流接踵，不敢出气。主人呼之，乃出，狼狈而归。

异史氏曰：暴得多金，何如其乐！所难堪者偿耳。荡费殆尽，尚不忘于夜台，怨毒之于人甚矣哉！

---

① 以我卜也：据我的估计。
② 椟：木柜，木箱。
③ 客侣：合伙在外经商。
④ 隐：隐吞。
⑤ 血赀：血本。
⑥ 得而甘心：得而杀之，以快心意。

卷　六

绛　妃

癸亥岁[①]，余馆于毕刺史公之绰然堂[②]。公家花木最盛，暇辄从公杖履[③]，得恣游赏。一日，眺览既归，倦极思寝，解屦登床。梦二女郎，被服艳丽，近请曰："有所奉托，敢屈移玉[④]。"余愕然起，问："谁相见召？"曰："绛妃耳。"恍惚不解所谓[⑤]，遽从之去。

俄睹殿阁，高接云汉。下有石阶，层层而上，约尽百余级，始至颠头[⑥]。见朱门洞敞[⑦]，又有二三丽者，趋入通客[⑧]。无何，诣一殿外，金钩碧箔[⑨]，光明射眼。内一女人降阶出，环珮锵然，状若贵嫔[⑩]。方思展拜，妃便先言："敬屈先生，理须首谢。"呼左右以毯贴地，若将行礼。余惶悚无以为地[⑪]，因启曰："草莽微贱[⑫]，得辱宠召，已有余

---

① 癸亥岁：康熙二十二年（1683）。

② 毕刺史：名际有，曾任通州知州（刺史）。绰然堂，毕际有罢官家居时所构厅堂。

③ 从公杖履：谓追随毕公游玩漫步。杖履，也作"杖屦"，长者的拐杖和鞋。

④ 敢屈移玉：犹言敢劳大驾前往。敢，敬辞。屈，屈尊。移玉，移动玉趾，前往之意。

⑤ 不解所谓：没有弄清所指何人。

⑥ 颠头：最高处。

⑦ 洞敞：大开。

⑧ 通客：通报客人到来。

⑨ 金钩碧箔：金制的帘钩，碧玉的门帘。箔，帘子。

⑩ 贵嫔：女官名。

⑪ 惶悚无以为地：惶恐得手足无措。

⑫ 草莽微贱：谦词。犹言草野低贱之人。草莽，与出身贵胄相对。

荣[①]。况敢分庭抗礼[②]，益臣之罪，折臣之福！”妃命撤毯设宴，对筵相向。酒数行，余辞曰：“臣饮少辄醉，惧有愆仪[③]。教命[④]云何，幸释疑虑。”妃不言，但以巨杯促饮[⑤]。余屡请命，乃言：“妾，花神也。合家细弱，依栖于此，屡被封家婢子[⑥]横见摧残。今欲背城借一[⑦]，烦君属[⑧]檄草耳[⑨]。”余皇然[⑩]起奏：“臣学陋不文[⑪]，恐负重托。但承宠命，敢不竭肝鬲之愚[⑫]。”妃喜，即殿上赐笔札。诸丽者拭案拂座，磨墨濡毫[⑬]。又一垂髫人，折纸为范[⑭]，置腕下。略写一两句，便二三辈叠背[⑮]相窥。余素迟钝，此时觉文思若涌。少间，稿脱，争持去，启呈绛妃。妃展阅一过，颇谓不疵[⑯]，遂复送余归。醒而忆之，情事宛然[⑰]。但檄词强半遗忘，因足而成之：

谨按封氏，飞扬[⑱]成性，忌嫉[⑲]为心。济恶以才[⑳]，妬同醉骨[㉑]；射

---

① 余荣：谓不尽之荣耀。
② 分庭抗礼：以平等的礼节相见。抗，匹敌。
③ 愆仪：乖违礼仪，指酒醉失态。愆，违。
④ 教命：犹教令，命令。
⑤ 促饮：催促喝酒。
⑥ 封家婢子：对封姨的蔑称。
⑦ 背城借一：在自己城下与敌人决一死战。
⑧ 属（zhǔ）：撰写。
⑨ 檄（xí）草：同“檄文”，晓谕声讨敌人的文告。
⑩ 皇然：惶恐的样子。皇，通“惶”。
⑪ 学陋不文：学识浅陋，缺乏文采。
⑫ 竭肝鬲（gé）之愚：意为竭尽至诚。肝鬲，犹肝胆，真诚的心意。鬲，通“膈”。愚，诚。
⑬ 濡毫：濡润毛笔。
⑭ 折纸为范：旧时用无格白纸书写时，为使字行端直，每页折叠成若干竖格。范，式样。
⑮ 叠背：肩背相叠，形容聚观之人众多。
⑯ 不疵：此处犹言不错，很好。
⑰ 宛然：真切清楚的样子。
⑱ 飞扬：骄纵跋扈，目中无人。
⑲ 忌嫉：忌刻妒嫉。忌害别人，欲居其上。
⑳ 济恶以才：凭借着才华干坏事。
㉑ 妬同醉骨：嫉妒深入骨髓。

人于暗，奸类含沙[①]。昔虞帝[②]受其狐媚[③]，英、皇[④]不足解忧，反借渠以解愠[⑤]；楚王蒙其蛊惑，贤才未能称意[⑥]，惟得彼以称雄。沛上英雄，云飞而思猛士[⑦]；茂陵天子，秋高而念佳人[⑧]。从此怙宠日恣[⑨]，因而肆狂无忌。

怒号万窍，响碎玉于王宫[⑩]；淜湃中宵，弄寒声于秋树[⑪]。倏[⑫]向山林丛里，假虎之威；时于滟滪堆[⑬]中，生江之浪。且也，帘钩频动，发高阁之清商[⑭]；檐铁[⑮]忽敲，破离人之幽梦[⑯]。寻帷下榻[⑰]，反同入幕之宾[⑱]；排闼登堂，竟作翻书之客。不曾于生平识面，直开门户而来；

---

① 射人于暗，奸类含沙：暗中伤人如同鬼蜮。
② 虞帝：即虞舜。传说中的五帝之一，号有虞氏，姓姚，名重华。
③ 狐媚：传说狐狸善媚，因以喻指女性对男子的蛊惑。
④ 英、皇：女英、娥皇，传说为唐尧二女，嫁舜为妃。
⑤ 反借渠以解愠：指《孔子家语》载舜歌《南风》事。《南风》诗有“南风之薰兮，可以解吾民之愠兮”之句。渠，她，指风神。
⑥ 楚王蒙其蛊惑，贤才未能称意：传为宋玉所作的《风赋》，以风为喻，讽刺楚王一味淫乐骄纵，不知体恤百姓。楚王，即楚顷襄王（前298—前263年在位）。贤才，指宋玉。未能称意，谓宋玉婉转设譬，未能达到讽谏的目的。
⑦ 沛上英雄，云飞而思猛士：谓起兵沛上的刘邦，竟借《大风歌》表达思守土猛士之意。沛上英雄，指汉高祖刘邦。《大风歌》曰：“大风起兮云飞扬，威加海内兮归故乡，安得猛士兮守四方！”
⑧ 茂陵天子，秋高而念佳人：谓英武盖世的汉武帝竟也以《秋风辞》抒发其怀念佳人之情。茂陵天子，指汉武帝刘彻，因其死葬茂陵（今陕西兴平），故称。《秋风辞》有云：“秋风起兮白云飞，草木黄落兮雁南归。兰有秀兮菊有芳，携（一作“怀”）佳人兮不能忘。”
⑨ 恣：恣意妄为。
⑩ 怒号万窍，响碎玉于王宫：谓狂风怒号，竟将王宫中的占风玉片吹得叮当乱响。万窍，自然界各种空隙。碎玉，碎玉片。
⑪ 淜湃中宵，弄寒声于秋树：谓秋风夜起，在枯树间舞弄出飒飒之声。淜湃，同“澎湃”，水相击声。此用以形容秋风大作，如惊涛骇浪。中宵，中夜。寒声，秋风的声音。
⑫ 倏：倏忽，迅疾。
⑬ 滟滪（yàn yù）堆：俗称燕窝石，又名犹豫石。曾位于白帝城下瞿塘峡口，已炸毁。
⑭ 清商：清越、凄厉的商音。商音为五音（宫、商、角、徵、羽）之一，其音凄厉。
⑮ 檐铁：即檐马，挂在屋檐下的风铃，也称“铁马”“玉马”。
⑯ 幽梦：隐约恍惚的梦境。
⑰ 寻帷下榻：谓不经介绍，直入内室。寻，觅。帷，床帐。下榻，寄居。
⑱ 入幕之宾：谓关系极为密切的宾客。入幕，入于帐幕之中。

若非是掌上留裙，几掠妃子[①]而去。吐虹丝于碧落，乃敢因月成阑[②]；翻柳浪[③]于青郊[④]，谬说为花寄信[⑤]。赋归田者，归途才就，飘飘吹薜荔之衣[⑥]；登高台者，高兴方浓，轻轻落茱萸之帽[⑦]。蓬梗[⑧]卷兮上下，三秋[⑨]之羊角[⑩]抟空[⑪]；筝声[⑫]入乎云霄，百尺之鸢丝[⑬]断系。不奉太后之诏，欲速花开[⑭]；未绝座客之缨，竟吹灯灭[⑮]。甚则扬尘播土，吹平李贺之山[⑯]；叫雨呼云，卷破杜陵之屋[⑰]。冯夷[⑱]起而击鼓，少女[⑲]进而吹

---

① 妃子：指汉成帝妃赵飞燕。

② 吐虹丝于碧落，乃敢因月成阑：你在天空吐出彩色的光环，竟敢借月晕而显示自己出现的征兆。虹丝，彩色的光环，指彩虹。碧落，犹碧空，天空。因，借。阑，月阑，即月晕。

③ 柳浪：形容初春吹拂柳枝的情状。

④ 青郊：春郊。

⑤ 为花寄信：指花信风，古指应花期而来的风。花信风在清明节，即农历三月初。

⑥ 赋归田者，归途才就，飘飘吹薜荔之衣：此反用陶渊明《归去来兮辞》文意，谓辞官归隐的高士刚刚踏上归途，风就吹动其衣，加以戏弄。赋归田者，指陶渊明。赋，抒写。薜荔之衣，隐者高洁的衣饰。薜荔，一种蔓生香草。

⑦ 登高台者，高兴方浓，轻轻落茱萸之帽：此化取孟嘉重阳登高落帽的故事，谓人们游兴方浓时，风却故意吹落其帽。见陶渊明《晋故征西大将军长史孟府君传》。孟府君，即孟嘉。高兴，高雅的兴致。

⑧ 蓬梗：蓬草之茎。

⑨ 三秋：秋季的第三个月，即阴历九月。

⑩ 羊角：一种旋风。

⑪ 抟（tuán）空：盘旋于空中。

⑫ 筝声：放飞风筝发出的声响。

⑬ 鸢丝：即风筝线。

⑭ 不奉太后之诏，欲速花开：谓风违时令，隆冬而令花开。此用武则天诏令冬花开放的故事。太后，指武后，即武则天。

⑮ 未绝座客之缨，竟吹灯灭：谓风宴中灭灯，暗助邪臣逞奸。缨，冠缨，指帽带。

⑯ 甚则扬尘播土，吹平李贺之山：唐李贺《浩歌》诗有云："南风吹山作平地，帝遣天吴移海水。" 李贺（791—817），字长吉，唐代杰出诗人。

⑰ 叫雨呼云，卷破杜陵之屋：唐杜甫《茅屋为秋风所破歌》有"八月秋高风怒号，卷我屋上三重茅"之句。杜陵，指代杜甫。

⑱ 冯夷：神话传说中的水神名。

⑲ 少女：少女风，即西风。

笙[①]。荡漾以来，草皆成偃[②]；吼奔而至，瓦欲为飞。未施抟水之威[③]，浮水江豚时出拜[④]；陡出障天之势，书天雁字[⑤]不成行[⑥]。助马当之轻帆[⑦]，彼有取尔；牵瑶台[⑧]之翠帐，于意云何？至于海鸟有灵，尚依鲁门[⑨]以避；但使行人无恙，愿唤尤郎以归[⑩]。古有贤豪，乘而破者万里；世无高士，御以行者几人[⑪]？驾砲车之狂云，遂以夜郎自大[⑫]；恃贪狼之逆气，漫以河伯为尊[⑬]。

姊妹俱受其摧残，汇族悉为其蹂躏。纷红骇绿[⑭]，掩苒[⑮]何穷？擘柳鸣条[⑯]，萧骚[⑰]无际。雨零金谷[⑱]，缀为藉客之裀[⑲]；露冷华林[⑳]，去作沾

---

① 吹笙：谓风声如奏笙竽一般悦耳。
② 偃：倒伏。
③ 抟水之威：谓风作浪起，托物腾空的威力。
④ 浮水江豚时出拜：据说江豚在浪中跳跃，每每起风，舟人用以占风。
⑤ 书天雁字：指大雁飞行时在天空排成一字或人字形。
⑥ 不成行：谓雁群散乱。
⑦ 助马当之轻帆：指唐代王勃南行至马当遇顺风事。王勃南行，至此恰遇顺风，一夜即抵南昌，写了著名的《滕王阁诗序》。王勃（650—676），字子安，唐初著名诗人。马当，山名。在今江西彭泽县东北。
⑧ 瑶台：神话传说中西王母的宫殿。
⑨ 鲁门：指古曲阜城门。曲阜为春秋鲁国都城。
⑩ 但使行人无恙，愿唤尤郎以归：此引用元伊世珍《琅嬛记》引《江湖纪闻》所载故事。
⑪ 古有贤豪，乘而破者万里；世无高士，御以行者几人：谓古有乘风破浪、志在四方的贤哲英豪。今却没有御风而行、不汲汲追求利禄的高士。
⑫ 驾砲车之狂云，遂以夜郎自大：谓暴风因伴狂云而起，便妄自尊大。砲车云，伴暴风而起的狂云。风起云涌，伴有飞沙走石，类似古代发石攻战之砲车，故名。夜郎自大，喻妄自尊大。夜郎，汉时西南小国，在今贵州桐梓。
⑬ 恃贪狼之逆气，漫以河伯为尊：谓恃暴风之威，泛滥成灾，更像河伯一样妄自尊大。贪狼，指暴风。
⑭ 纷红骇绿：形容狂风中的花草。
⑮ 掩苒：或作“奄冉”，披拂之状。
⑯ 擘柳鸣条：既是风名，也是疾风中花木摇曳摆拂的情景。擘柳，河朔一带春日疾风。鸣条，一种乍微渐疾之风。
⑰ 萧骚：风吹林木声。
⑱ 金谷：金谷园，在今河南洛阳西北，为晋石崇所筑别墅，崇常于其中宴客赋诗。
⑲ 裀（yīn）：褥垫。此指花裀，即用花做的坐垫。
⑳ 华林：华林园，三国吴时旧宫苑，在建业台城（今江苏南京）内。

泥之絮①。埋香瘗玉②，残妆卸③而翻飞；朱榭雕栏，杂珮④纷其零落。减春光于旦夕，万点正飘愁⑤；觅残红于西东，五更非错恨⑥。翩跹⑦江汉女，弓鞋⑧漫踏春园；寂寞玉楼人⑨，珠勒⑩徒嘶⑪芳草。斯时也：伤春者有难乎为情之怨，寻胜⑫者作无可奈何之歌。尔乃趾高气扬，发无端之踔厉⑬；催蒙⑭振落⑮，动不已之瓓珊⑯。伤哉绿树犹存，簌簌者⑰绕墙自落；久矣朱旛不竖⑱，娟娟者⑲霣涕⑳谁怜？堕溷沾篱㉑，毕㉒芳魂㉓于一日；朝荣夕悴，免荼毒以何年？怨罗裳之易开，骂空闻于子夜㉔；

---

① 沾泥之絮：本谓心志坚定，不为色情所动。此谓柳絮因风飘落而为露水所濡，沾上泥土。絮，柳絮。

② 埋香瘗（yì）玉：原指美女死亡。此处指花瓣残落入土。

③ 残妆卸：本指妇女临晚卸妆，此喻花谢。

④ 杂珮：指女子身上佩带的各种玉饰。此喻花片。

⑤ 减春光于旦夕，万点正飘愁：谓一片花飞，顷刻减却春光而播散了春愁。

⑥ 觅残红于西东，五更非错恨：谓落花飘散东西，是风吹所致，应该对其怨责。觅残红，寻找残留的花瓣。

⑦ 翩跹：轻盈飘逸的样子。江汉女，江汉游女。

⑧ 弓鞋：旧时女子缠足而足背弓起，因称其鞋为“弓鞋”。

⑨ 玉楼人：指女子。玉楼，华丽的高楼。

⑩ 珠勒：以珠为饰的马勒头。

⑪ 嘶：马鸣。

⑫ 寻胜：探寻美景。胜，名胜古迹。

⑬ 踔（chuō）厉：雄健，奋发。

⑭ 蒙：通“萌”，花草幼芽。

⑮ 落：指落叶，落花。

⑯ 瓓珊：同“阑珊”，风名。即初秋凉风。

⑰ 簌簌者：指落花。

⑱ 朱旛不竖：谓众花得不到庇护，任风摧残。旛，旗帜。

⑲ 娟娟者：谓鲜美的花朵。娟娟，美好的样子。

⑳ 霣涕，即陨涕，落泪。

㉑ 堕溷沾篱：指花随风飘落各处。溷，粪坑。篱，藩篱。

㉒ 毕：结束。

㉓ 芳魂：原指女性精魂，此处指花的生命。

㉔ 怨罗裳之易开，骂空闻于子夜：《子夜歌》云：“罗裳易飘飏，小开骂春风。”罗裳，丝罗衣裙。这里暗喻花朵。子夜，午夜。这里指《子夜歌》。

讼狂伯之肆虐，章未报于天庭[①]。

诞告芳邻[②]，学作蛾眉之阵[③]；凡属同气[④]，群兴草木之兵[⑤]。莫言蒲柳无能[⑥]，但须藩篱[⑦]有志。且看莺俦燕侣[⑧]，公[⑨]覆[⑩]夺爱[⑪]之仇；请与蝶友蜂交，共发同心之誓[⑫]。兰桡桂楫[⑬]，可教战于昆明[⑭]；桑盖柳旃[⑮]，用观兵[⑯]于上苑[⑰]。东篱处士[⑱]，亦出茅庐[⑲]；大树将军[⑳]，应怀义愤[㉑]。杀[㉒]其气焰，洗千年粉黛[㉓]之冤；歼尔豪强[㉔]，销[㉕]万古风流[㉖]之恨！

---

① 讼狂伯之肆虐，章未报于天庭：唐韩愈《讼风伯文》结语云：“上天孔明兮有纪有纲，我今上讼兮其罪谁当？天诛加兮不可悔，风伯虽死兮人谁汝伤？”狂伯，狂暴的风伯，即风神。天庭，神话传说中天帝所在的朝廷。章，奏章。此指韩愈《讼风伯文》。

② 诞告：广泛告知。

③ 蛾眉之阵：谓女子组成战阵。蛾眉，指女子，此喻花。

④ 同气：即同类。此指花卉家族。

⑤ 草木之兵：化用“草木皆兵”之意。

⑥ 蒲柳无能：蒲柳即水杨，因其秋季较早凋落，常喻女子衰弱的体质，故云“无能”。

⑦ 藩篱：以竹编成的篱笆。引申为守卫。

⑧ 莺俦燕侣：喻称众花女伴。

⑨ 公：大家，即“莺俦燕侣”。

⑩ 覆：报复。

⑪ 夺爱：强力夺其所爱。指狂风伤残花类。

⑫ 同心之誓：谓同仇敌忾的誓言。

⑬ 兰桡（ráo）桂楫（jí）：香洁的船桨。此指兰（木兰）、桂（桂树）二种香木。

⑭ 教战于昆明：汉武帝元狩三年（前120）于长安西南郊凿昆明池，以习水战。

⑮ 桑盖柳旃：桑树形如车盖，柳枝如同旃旗。

⑯ 观兵：检阅军队，以示军威。观，示。

⑰ 上苑：供帝王游猎的园林。

⑱ 东篱处士：原指东晋诗人陶渊明。此处借指菊花。处士，古称有才德而隐居不仕的人。

⑲ 茅庐：简陋的居室。

⑳ 大树将军：原指东汉将军冯异。此处指大树。

㉑ 义愤：指被违反正义的事情所激发的愤怒。

㉒ 杀：除掉，打压。

㉓ 粉黛：搽脸的白粉和描眉的黛墨，借指美女。此处喻花。

㉔ 豪强：喻风。

㉕ 销：消解。

㉖ 风流：风韵，借指女子。此处指花。

云翠仙

梁有才，故晋人，流寓于济[①]，作小负贩，无妻子田产。从村人登岱。岱，四月交[②]，香侣[③]杂沓。又有优婆夷、塞[④]，率众男子以百十，杂跪神座下，视香炷为度[⑤]，名曰"跪香"。才视众中有女郎，年十七八而美，悦之。诈为香客，近女郎跪，又伪为膝困无力状，故以手据女郎足。女回首似嗔，膝行而远之。才又膝行近之，少间，又据之。女郎觉，遽起，不跪，出门去。才亦起，出履其迹，不知其往。心无望，怏怏[⑥]而行。

途中见女郎从媪，似为女也母者[⑦]，才趋之。媪女行且语，媪云："汝能参礼娘娘[⑧]，大好事。汝又无弟妹，但获娘娘冥[⑨]加护[⑩]，护汝得快婿[⑪]。但能相孝顺，都不必贵公子、富王孙也。"才窃喜，渐渍[⑫]诘媪。媪自言为云氏，女名翠仙，其出也。家西山四十里。才曰："山路涩[⑬]，母如此蹜蹜[⑭]，妹如此纤纤，何能便至？"曰："日已晚，将寄

① 济：即今山东济南。

② 四月交：即阴历四月初。指浴佛节，即"佛诞节"前后。中国汉族地区，一般将节日定于夏历四月初八。交，交接。

③ 香侣：结伴朝拜泰山的香客。

④ 优婆夷、塞：即优婆夷、优婆塞。佛教称在家奉佛的男子为"优婆塞"，女子为"优婆夷"。

⑤ 视香炷为度：以一支香燃烧完为跪拜时间的限度。炷，点香。

⑥ 怏怏：失意，不快乐的样子。

⑦ 女也母者：即女母。也、者，均为语助词，无义。

⑧ 参礼娘娘：指参拜碧霞元君。民间传说是东岳大帝之女，宋真宗时封为天仙玉女碧霞元君。

⑨ 冥：暗中。

⑩ 加护：加持护佑。

⑪ 快婿：称心的女婿。

⑫ 渐渍：逐渐。

⑬ 涩：不平坦。

⑭ 蹜蹜（sù）：脚步细碎小心。

舅家宿耳。”才曰：“适言相婿，不以贫嫌，不以贱鄙，我又未婚，颇当母意否？”媪以问女，女不应。媪数问，女曰：“渠寡福，又荡无行，轻薄之心，还易翻覆。儿不能为遢伎儿①作妇！”才闻，朴诚自表，切矢皦日②。媪喜，竟诺之。女不乐，勃然③而已。母又强拍咻之④。才殷勤，手于橐⑤，觅山兜⑥二，舁媪及女，己步从，若为仆。过隘⑦，辄诃兜夫不得颠摇动，良殷。俄抵村舍，便邀才同入舅家。舅出翁，妗出媪也。云兄之嫂之⑧。谓：“才吾婿。日适良⑨，不须别择，便取今夕。”舅亦喜，出酒肴饵才。既，严妆翠仙出，拂榻促眠。女曰：“我固知郎不义，迫母命，漫⑩相随。郎若人⑪也，当不须忧偕活。”才唯唯听受。明日早起，母谓才：“宜先去，我以女继至。”

才归，扫户闼⑫。媪果送女至。入视室中，虚无有，便云：“似此何能自给？老身速归，当小助汝辛苦⑬。”遂去。次日，有男女数辈，各携服食器具，布一室满之。不饭俱去，但留一婢。才由此坐⑭温饱，惟日引里⑮无赖，朋饮⑯竞赌，渐盗女郎簪珥佐博。女劝之，不听，颇不耐之，惟严守箱奁，如防寇。一日，博党款门访才，窥见女，适

① 遢（tā）伎儿：举止猥琐而轻薄的人。
② 切矢皦（jiǎo）日：恳切地指着太阳发誓。皦日，明亮的太阳。
③ 勃然：因愤怒而变色的样子。
④ 强拍咻（xiū）之：勉强她，抚慰她。拍，拍拊其背。咻，同“咻”，噢（yǔ）咻，抚慰之声。
⑤ 手于橐（tuó）：把手插进钱袋里，谓掏出钱来。
⑥ 山兜（dōu）：山轿。兜，同“篼”，一种二人抬着的便轿。
⑦ 隘（ài）：隘口，险要之处。
⑧ 兄之嫂之：称之为兄，称之为嫂。
⑨ 日适良：今日恰好是吉日。
⑩ 漫：犹胡乱，随意。
⑪ 若人：是人，像个人。
⑫ 户闼：门口。这里指家中。
⑬ 小助汝辛苦：意为略微帮助你们度日。辛苦，谓穷苦的生活。
⑭ 坐：坐享。
⑮ 里：邻里。
⑯ 朋饮：聚饮。

适[①]惊。戏谓才曰："子大富贵，何忧贫耶？"才问故，答曰："曩见夫人，实仙人也。适与子家道不相称。货为媵[②]，金可得百，为妓，可得千。千金在室，而听[③]饮博[④]无赀[⑤]耶？"才不言，而心然之。归辄向女欷歔，时时言贫不可度。女不顾，才频频击桌，抛匕箸，骂婢，作诸态。

一夕，女沽酒与饮，忽曰："郎以贫故，日焦心。我又不能御穷[⑥]，分郎忧，中[⑦]岂不愧怍？但无长物，止有此婢，鬻之，可稍稍佐经营[⑧]。"才摇首曰："其直几许！"又饮少时，女曰："妾于郎，有何不相承？但力竭耳。念一贫如此，便死相从，不过均此百年苦，有何发迹？不如以妾鬻贵家，两所便益，得直或较婢多。"才故愕言："何得至此！"女固言之，色作庄[⑨]。才喜曰："容再计之。"遂缘中贵人[⑩]，货隶乐籍[⑪]。中贵人亲诣才，见女大悦，恐不能即得，立券[⑫]八百缗，事滨就[⑬]矣。女曰："母日以婿家贫，常常萦念，今意断矣，我将暂归省。且郎与妾绝，何得不告母？"才虑母阻，女曰："我顾自乐之，保无差贷[⑭]。"才从之。夜将半，始抵母家。挝阖入，见楼舍华好，婢仆辈往来憧憧。才日与女居，每请诣母，女辄止之，故为甥馆[⑮]年余，曾未一临岳家。至此大骇，以其家巨，恐媵妓所不甘也。女引才登楼上。

---

① 适（tì）适：形容吃惊的样子。
② 货为媵：卖作人妾。
③ 听：听任。
④ 饮博：饮酒赌博。
⑤ 赀：本钱。
⑥ 御穷：当穷，对付贫穷。
⑦ 中：衷。心中。
⑧ 佐经营：帮助筹谋。
⑨ 色作庄：脸色表现得很郑重。
⑩ 缘中贵人：通过中贵人的关系。缘，由，借着。中贵人，指宦官。
⑪ 隶乐籍：隶属于乐户的名籍。乐户，指官妓。
⑫ 立券：签署契约。
⑬ 滨就：快要成功。
⑭ 差贷（tè）：谓失误。贷，通"忒"。
⑮ 为甥馆：谓做女婿。甥馆，指女婿在岳父家的住处，也代指女婿。

媪惊问夫妻何来，女怨曰：“我固道渠不义，今果然！”乃于衣底出黄金二铤置几上，曰：“幸不为小人赚脱[①]，今仍以还母。”母骇问故，女曰：“渠将鬻我，故藏金无用处。”乃指才骂曰：“豺鼠子！曩日负肩担，面沾尘如鬼。初近我，熏熏作汗腥，肤垢欲倾塌，足手皴[②]一寸厚，使人终夜恶。自我归汝家，安坐餐饭，鬼皮始脱。母在前，我岂诬耶？”才垂首，不敢少出气。女又曰：“自顾无倾城姿，不堪奉贵人，似若辈男子，我自谓犹相匹。有何亏负，遂无一念香火情[③]？我岂不能起楼宇、买良沃[④]？念汝儇薄骨[⑤]、乞丐相，终不是白头侣！”言次，婢媪连衿臂，旋旋围绕之。闻女责数，便都唾骂，共言：“不如杀却，何须复云云！”才大惧，据地自投，但言知悔。女又盛气[⑥]曰：“鬻妻子已大恶，犹[⑦]未便是剧[⑧]，何忍以同衾人赚作娼！”言未已，众眦裂，悉以锐簪翦刀股攒刺胁腂[⑨]。才号悲乞命。女止之曰：“可暂释却。渠便无仁义，我不忍其觳觫[⑩]。”乃率众下楼去。

才坐听移时，语声俱寂，思欲潜遁。忽仰视见星汉[⑪]，东方已白，野色苍莽[⑫]，灯亦寻灭，并无屋宇，身坐削壁上。俯瞰绝壑，深无底，骇绝，惧堕。身稍移，塌然一声，堕石崩坠。壁半有枯[⑬]横焉，罥[⑭]

---

① 赚脱：骗去。
② 皴（cūn）：皮肤上因受冻而绽裂的积垢。
③ 香火情：焚香誓约之情。此谓夫妻之情。
④ 良沃：良田。
⑤ 儇（xuān）薄骨：轻薄相。骨，骨相，人的骨格相貌。
⑥ 盛气：蓄怒欲发，气冲冲地。
⑦ 犹：还。
⑧ 剧：甚，最。
⑨ 胁腂（huà）：两胁突起之处。
⑩ 觳觫（hú sù）：因恐惧而颤抖的样子。
⑪ 星汉：银河。
⑫ 野色苍莽：荒野一片青翠。
⑬ 枯：枯树。
⑭ 罥（juàn）：挂。

不得堕。以枯受腹，手足无着。下视茫茫，不知几何寻丈。不敢转侧，嗥怖声嘶，一身尽肿，眼耳鼻舌身力俱竭。日渐高，始有樵人望见之，寻绠来，缒而下，取置崖上，奄①将溘②毙。舁归其家。至则门洞敞，家荒荒如败寺，床簏什器俱杳，惟有绳床③败案④，是己家旧物，零落犹存。嗒然自卧，饥时，日一乞食于邻。既而肿溃为癞⑤。里党薄其行，悉唾弃之。才无计，货屋而穴居，行乞于道，以刀自随。或劝以刀易饵，才不肯曰："野居防虎狼，用自卫耳。"后遇向劝鬻妻者于途，近而哀语，遽出刀揫⑥而杀之，遂被收。官廉⑦得其情，亦未忍酷虐之，系狱中，寻瘐死⑧。

异史氏曰：得远山芙蓉⑨，与共四壁⑩，与以南面王⑪岂易哉！已则非人，而怨逢恶之友⑫，故为友者不可不知戒也。凡狭邪子⑬诱人淫博，为诸不义，其事不败，虽则不怨亦不德。迨于身无襦，妇无袴，千人所指⑭，无疾将死，穷败之念，无时不萦于心，穷败之恨，无时不切

---

① 奄：奄奄，气息微弱的样子。
② 溘：忽然。
③ 绳床：用绳索穿缠捆缚的卧床。
④ 败案：破桌子。
⑤ 癞（lài）：恶疮，即麻风病。
⑥ 揫（áo）：旁击。
⑦ 廉：考察，查访。
⑧ 瘐（yǔ）死：旧谓囚犯因拷打、饥寒或疾病而死于狱中。
⑨ 远山芙蓉：形容女子貌美。
⑩ 与共四壁：与自己一起过穷日子。四壁，"家徒四壁"的省语，形容贫穷。
⑪ 南面王：泛指王侯。
⑫ 逢恶之友：迎合所好、勾引作恶的朋友。逢恶，"逢恶导非"的省语，谓逢迎坏人，助长恶行。逢，逢迎。
⑬ 狭邪（xié）子：犹言浪荡子。称娼家为"狭邪"，狎妓饮酒为"狭邪游"。
⑭ 指：指责。

于齿。清夜牛衣中[①]，辗转不寐。夫然后历历[②]想未落[③]时，历历想将落时，又历历想致落之故，而因以及发端致落之人。至于此，弱者起，拥絮坐诅[④]；强者忍冻裸行，篝火索刀，霍霍[⑤]磨之，不待终夜矣。故以善规人，如赠橄榄[⑥]；以恶诱人，如馈漏脯[⑦]也。听者固当省[⑧]，言者可勿惧哉！

颜　氏

顺天[⑨]某生，家贫，值岁饥，从父之洛[⑩]。性钝，年十七，不能成幅[⑪]。而丰仪秀美，能雅谑[⑫]，善尺牍[⑬]，见者不知其中之无有也。无何，父母继殁，孑然一身，授童蒙于洛汭[⑭]。时村中颜氏有孤女，名士裔也。少惠，父在时，尝教之读，一过辄记不忘。十数岁，学父吟咏。父曰："吾家有女学士，惜不弁[⑮]耳。"钟爱之，期择贵婿。父卒，母执此志，三年不遂，而母又卒。或劝适佳士，女然之而未就也。适邻妇逾垣来，

① 清夜牛衣中：卧牛衣之中，冷夜扪心自思。清，冷，凉。牛衣，也称"牛被"，编草而成，给牛披以御寒。
② 历历：一一分明地。
③ 落：落败，破落。
④ 拥絮坐诅：围着被，坐着咒骂。
⑤ 霍霍：磨刀声。
⑥ 橄榄：果木名。一名青果，又名谏果。
⑦ 漏脯：腐败变质的干肉。
⑧ 省（xǐng）：醒悟。
⑨ 顺天：指顺天府，明清时期北京周边地区的称谓。
⑩ 洛：洛阳的省称。
⑪ 不能成幅：指写不出一篇完整的八股文。幅，篇幅。
⑫ 雅谑：玩笑风趣不俗。
⑬ 善尺牍：擅长写书信。
⑭ 洛汭（ruì）：古地域名。指今洛河入古黄河口处，在今河南巩义河洛镇洛口村一带。
⑮ 不弁（biàn）：不着男冠。古代男子加冠称"弁"。

就与攀谈。以字纸裹绣线，女启视，则某手翰[①]，寄邻生者。反复之而好焉。邻妇窥其意，私语曰："此翩翩一美少年，孤与卿等，年相若也。倘能垂意，妾嘱渠侬[②]胹合[③]之。"女脉脉[④]不语。妇归，以意授夫。邻生故与生善，告之，大悦。有母遗金鸦镮[⑤]，托委致焉。刻日成礼，鱼水甚欢。及睹生文，笑曰："文与卿似是两人，如此，何日可成？"朝夕劝生研读，严如师友。敛昏，先挑烛据案自哦[⑥]，为丈夫率[⑦]，听漏三下，乃已。

如是年余，生制艺颇通[⑧]，而再试再黜，身名蹇落[⑨]，饔飧不给[⑩]，抚情寂漠，嗷嗷悲泣。女诃之曰："君非丈夫，负此弁[⑪]耳！使我易髻而冠，青紫直芥视之[⑫]！"生方懊丧，闻妻言，睒睗[⑬]而怒曰："闺中人，身不到场屋，便以功名富贵似汝厨下汲水炊白粥。若冠加于顶，恐亦犹人[⑭]耳！"女笑曰："君勿怒。俟试期，妾请易装相代。倘落拓如君，当不敢复藐天下士矣。"生亦笑曰："卿自不知蘖[⑮]苦，真宜使请尝试之。但恐绽露，为乡邻笑耳。"女曰："妾非戏语。君尝言燕[⑯]

---

① 手翰：手笔。此指亲笔书信。翰，毛笔。
② 渠侬：吴地方言，犹言"他"。
③ 胹（ér）合：撮合。胹，调和。
④ 脉脉：形容眼含深情。
⑤ 金鸦镮：饰有金乌的指环。金鸦，犹金乌，传说太阳中有三足乌称金乌，故以之指太阳。镮，此指指环。
⑥ 哦：吟哦。
⑦ 率：表率，榜样。
⑧ 通：通达，熟稔。
⑨ 身名蹇落：身蹇名落，谓困顿失意。蹇，困苦。
⑩ 饔飧（yōng sūn）不给：意谓吃饭都成问题。饔，早餐。飧，晚餐。
⑪ 负此弁：对不起这顶帽子，枉为男子。
⑫ 青紫直芥视之：意谓取得高官显位，看作如同拾取草芥那样容易。青、紫，指官印上的绶带。芥，小草。
⑬ 睒睗（shǎn shì）：目光闪烁，瞪着眼睛。
⑭ 犹人：和一般人一样。
⑮ 蘖（bò）：黄柏，中药名，味极苦。
⑯ 燕：燕京，指北京。

有故庐，请男装从君归，伪为弟。君以襁褓出[①]，谁得辨其非？”生从之。女入房，巾服而出，曰：“视妾可作男儿否？”生视之，俨然一顾影[②]少年也。生喜，遍辞里社[③]。交好者薄有馈遗，买一羸蹇[④]，御[⑤]妻而归。

生叔兄尚在，见两弟如冠玉[⑥]，甚喜，晨夕恤顾[⑦]之。又见宵旰攻苦[⑧]，倍益爱敬。雇一翦发雏奴，为供给使。暮后，辄遣去之。乡中吊庆，兄自出周旋，弟惟下帷读。居半年，罕有睹其面者。客或请见，兄辄代辞。读其文，瞲然[⑨]骇异。或排闼而迫之，一揖便亡去。客睹丰采，又共倾慕。由此名大噪，世家争愿赘焉。叔兄商之，惟冁然笑。再强之，则言：“矢志青云[⑩]，不及第，不婚也。”会学使案临[⑪]，两人并出，兄又落。弟以冠军应试[⑫]，中顺天第四，明年成进士，授桐城[⑬]令，有吏治[⑭]。寻迁河南道掌印御史[⑮]，富埒[⑯]王侯。因托疾乞骸骨[⑰]，赐归田里。宾客填门，迄谢不纳。又自诸生以及显贵，并不言娶，人无不怪之者。归后，渐置婢。或疑其私，嫂察之，殊无苟且。

---

① 襁褓出：幼年离家。
② 顾影：自顾其影，表示自负。
③ 里社：指街坊邻居。
④ 羸蹇：瘦驴。
⑤ 御：原指驾御车马；这里是驮载的意思。
⑥ 冠玉：冠上的玉饰，用以比喻美男子。
⑦ 恤顾：照顾。
⑧ 宵旰（gàn）攻苦：起早贪黑地用功读书。宵，天不亮。旰，天晚。攻，攻读。
⑨ 瞲（xuè）然：惊视的样子。
⑩ 矢志青云：立志高远。青云，高空，喻高官显位。后称登科为平步青云。
⑪ 学使：即学政。案临，指主持考试。
⑫ 以冠军应试：指以科试第一名参加乡试。
⑬ 桐城：县名，在今安徽。
⑭ 有吏治：有政绩。
⑮ 河南道掌印御史：明清时代负责监管的都察院的属官。河南道是大道，授印信，称掌印御史，持之巡按州县，考察吏治。
⑯ 埒：同等。
⑰ 乞骸骨：古时官员因老病请求朝廷准予退职，叫“乞骸骨”。

无何，明鼎革[①]，天下大乱。乃谓嫂曰："实相告：我小郎[②]妇也。以男子阘茸[③]，不能自立，负气自为之。深恐播扬，致天子召问，贻笑海内耳。"嫂不信，脱靴而示之足，始愕。视靴中，则败絮满焉。于是使生承其衔[④]，仍闭门而雌伏[⑤]矣。而生平不孕，遂出赀购妾。谓生曰："凡人置身通显，则买姬媵以自奉；我宦迹十年，犹一身耳。君何福泽，坐享佳丽？"生曰："'面首三十人'[⑥]，请卿自置耳。"相传为笑。是时生父母屡受覃恩[⑦]矣。搢绅拜往，尊生以侍御[⑧]礼。生羞袭闺衔，惟以诸生自安，终身未尝舆盖[⑨]云。

异史氏曰：翁姑受封于新妇，可谓奇矣。然侍御而夫人也者[⑩]，何时无之？但夫人而侍御者少耳。天下冠儒冠、称丈夫者，皆愧死矣！

小　谢

渭南[⑪]姜部郎[⑫]第，多鬼魅，常惑人，因徙去。留苍头[⑬]门之而死，数易皆死，遂废之。里有陶生望三者，夙倜傥，好狎妓，酒阑[⑭]辄去之。

---

① 鼎革："鼎"与"革"均是《易经》卦名。鼎，取新。革，去故。后因以"鼎革"称改朝换代。
② 小郎：旧时妇女称丈夫之弟为小郎。
③ 阘（tà）茸：无能，平庸。
④ 承其衔：指承袭颜氏的官衔。
⑤ 雌伏：原指屈居人下，此处语意双关，指仍为安分守己的深闺妇女。
⑥ 面首：指男宠。面，取其貌美。首，取其发美。
⑦ 覃（tán）恩：深恩。覃，深。
⑧ 侍御：侍御史，即"掌印御史"。
⑨ 舆盖：车舆与车盖，亦指车。这里指御史的车仗威仪。
⑩ 侍御而夫人也者：指身为侍御，不能刚正执法，弹劾奸邪，却怯懦如妇人的为官者。
⑪ 渭南：县名。即今陕西渭南。
⑫ 部郎：旧时中央六部的郎中、员外郎等官员的统称。
⑬ 苍头：仆人。
⑭ 酒阑：谓酒筵将尽。阑，将尽，将完。

友人故使妓奔就之，亦笑内不拒，而实终夜无所沾染[①]。尝宿部郎家，有婢夜奔，生坚拒不乱，部郎以是契重[②]之。

家綦贫，又有“鼓盆之戚”[③]，茆屋数椽[④]，溽暑[⑤]不堪其热，因请部郎假废第。部郎以其凶，故却之。生因作《续无鬼论》[⑥]献部郎，且曰：“鬼何能为！”部郎以其请之坚，诺之。

生往除[⑦]厅事。薄暮，置书其中，返取他物，则书已亡。怪之，仰卧榻上，静息以伺其变。食顷，闻步履声，睨之，见二女自房中出，所亡书，送还案上。一约二十，一可十七八，并皆姝丽，逡巡立榻下，相视而笑。生寂不动。长者翘一足踹生腹，少者掩口匿笑。生觉心摇摇若不自持，即急肃然端念[⑧]，卒不顾。女近以左手捋髭，右手轻批颐颊，作小响，少者益笑。生骤起，叱曰：“鬼物敢尔！”二女骇奔而散。生恐夜为所苦，欲移归，又耻其言不掩[⑨]，乃挑灯读。暗中鬼影憧憧，略不顾瞻。夜将半，烛而寝。始交睫，觉人以细物穿鼻，奇痒，大嚏，但闻暗处隐隐作笑声。生不语，假寐以俟之。俄见少女以纸条拈细股，鹤行鹭伏[⑩]而至。生暴起诃之，飘窜而去。既寝，又穿其耳。终夜不堪其扰。鸡既鸣，乃寂无声，生始酣眠，终日无所睹闻。日既下，恍惚出现。生遂夜炊，将以达旦。长者渐曲肱[⑪]几上，观生读，既而掩生卷。生怒捉之，即已飘散。少间，又抚之。生以手按卷读。少者

① 沾染：指发生性行为。
② 契重：器重。
③ 鼓盆之戚：指丧妻。
④ 茆屋数椽：数间草房。茆，同“茅”。
⑤ 溽暑：湿热之气，指盛夏。
⑥ 《续无鬼论》：晋人阮瞻曾作《无鬼论》，所以陶生以其所作为《续无鬼论》。
⑦ 除：扫除。
⑧ 端念：端正意念，指不为邪念所动。
⑨ 其言不掩：意谓自己《续无鬼论》之说，有失检点。掩，通“检”，检束。
⑩ 鹤行鹭伏：像鹤和鹭鸶那样屈身轻步，悄悄行动。
⑪ 肱：臂。

潜于脑后，交两手掩生目，瞥然去，远立以哂。生指骂曰：“小鬼头！捉得便都杀却！”女子即又不惧。因戏之曰：“房中纵送[①]，我都不解，缠我无益。”二女微笑，转身向灶，析薪[②]溲米[③]，为生执爨[④]。生顾而奖曰：“两卿此为，不胜憨跳[⑤]耶？”俄顷，粥熟，争以匕[⑥]、箸、陶碗置几上。生曰：“感卿服役，何以报德？”女笑云：“饭中溲合[⑦]砒、鸩[⑧]矣。”生曰：“与卿夙无嫌怨，何至以此相加。”啜已，复盛，争为奔走。生乐之，习以为常。

日渐稔[⑨]，接坐倾语，审其姓名。长者云：“妾秋容，乔氏；彼阮家小谢也。”又研问所由来。小谢笑曰：“痴郎！尚不敢一呈身，谁要汝问门第，作嫁娶耶？”生正容曰：“相对丽质，宁独无情？但阴冥之气，中人必死。不乐与居者，行可耳；乐与居者，安可耳。如不见爱，何必玷两佳人？如果见爱，何必死一狂生？”二女相顾动容，自此不甚虐弄[⑩]之，然时而探手于怀，捋袴于地，亦置不为怪。

一日，录书未卒业[⑪]而出，返则小谢伏案头，操管[⑫]代录。见生，掷笔睨笑。近视之，虽劣不成书[⑬]，而行列疏整[⑭]。生赞曰：“卿雅人也！苟乐此，仆教卿为之。”乃拥诸怀，把腕而教之画。秋容自外入，色

---

① 房中纵送：性行为的隐喻。房中，指房中术。
② 析薪：劈柴。
③ 溲（sōu）米：淘米。
④ 爨（cuàn）：烧火做饭。
⑤ 憨跳：憨痴跳腾，谓其调皮闹腾。
⑥ 匕：饭匙。
⑦ 溲合：调合，掺杂。
⑧ 砒、鸩（zhèn）：指毒药。砒，砒霜。鸩，用有毒的鸟羽浸成的毒酒。
⑨ 稔：熟悉。
⑩ 虐弄：恶作剧。
⑪ 卒业：完成。
⑫ 操管：执笔。
⑬ 成书：成字。
⑭ 疏整：疏落而齐整。

乍变，意似妒。小谢笑曰："童时尝从父学书，久不作，遂如梦寐。"秋容不语。生喻其意，伪为不觉者，遂抱而授以笔，曰："我视卿能此否？"作数字而起，曰："秋娘大好笔力！"秋容乃喜。生于是折两纸为范，俾共临摹。生另一灯读。窃喜其各有所事，不相侵扰。仿[①]毕，祗立[②]几前，听生月旦[③]。秋容素不解读[④]，涂鸦[⑤]不可辨认，花判[⑥]已，自顾不如小谢，有惭色。生奖慰之，颜始霁[⑦]。

二女由此师事生，坐为抓背，卧为按股，不惟不敢侮，争媚之。逾月，小谢书居然端好，生偶赞之，秋容大惭，粉黛淫淫[⑧]，泪痕如线。生百端慰解之，乃已。因教之读，颖悟非常，指示一过，无再问者。与生竞读，常至终夜。小谢又引其弟三郎来，拜生门下。年十五六，姿容秀美，以金如意一钩为贽。生令与秋容执一经[⑨]，满堂咿唔，生于此设鬼帐[⑩]焉。部郎闻之喜，以时给其薪水。积数月，秋容与三郎皆能诗，时相酬唱。小谢阴嘱勿教秋容，生诺之；秋容阴嘱勿教小谢，生亦诺之。一日，生将赴试，二女涕泪持别。三郎曰："此行可以托疾免。不然，恐履不吉。"生以告疾为辱，遂行。

先是，生好以诗词讥切时事，获罪于邑贵介，日思中伤之。阴赂学使，诬以行简[⑪]，淹禁狱中。资斧绝，乞食于囚人，自分已无生理。忽一人飘忽而入，则秋容也。以馔具馈生，相向悲咽，曰："三郎虑

---

① 仿：临摹。
② 祗立：敬立。
③ 月旦：品评。原指对于人物的评论，这里指评判书写的好坏。
④ 解读：指识字。
⑤ 涂鸦：比喻文字稚劣。
⑥ 花判：本指旧时官吏对案件所作的骈体判词，此指对所写字迹的评阅意见。
⑦ 颜始霁：脸色方始喜悦。霁，天晴，此处形容脸色开朗喜悦。
⑧ 粉黛淫淫：脸上搽的粉和眉上涂的黛，随着泪水流下。淫淫，水流貌。
⑨ 执一经：学习一种经书。执，持。
⑩ 设鬼帐：犹言教鬼学生。设帐，教授生徒。
⑪ 诬以行简：对其品行加以诬陷诋毁。行简，行为简慢。

君不吉，今果不谬。三郎与妾同来，赴院[①]申理矣。”数语而出，人不之睹。越日，部院[②]出，三郎遮道声屈[③]，收之。秋容入狱报生，返身往侦之，三日不返。生愁饿无聊，度一日如年岁。忽小谢至，怆惋[④]欲绝，言：“秋容归，经由城隍祠，被西廊黑判强摄去，逼充御媵。秋容不屈，今亦幽囚。妾驰百里，奔波颇殆，至北郭，被老棘[⑤]刺吾足心，痛彻骨髓，恐不能再至矣。”因示之足，血殷凌波[⑥]焉。出金三两，跛踦[⑦]而没。部院勘三郎，素非瓜葛，无端代控，将杖之，扑地遂灭，异之。览其状，情词悲恻。提生面鞫，问：“三郎何人？”生伪为不知。部院悟其冤，释之。

既归，竟夕无一人。更阑，小谢始至，惨然曰：“三郎在部院，被廨神[⑧]押赴冥司，冥王以三郎义，令托生富贵家。秋容久锢，妾以状投城隍，又被按阁[⑨]，不得入，且复奈何？”生忿曰：“黑老魅何敢如此！明日仆其像，践踏为泥，数城隍而责之；案下吏暴横如此，渠在醉梦中耶！”悲愤相对，不觉四漏将残。秋容飘然忽至，两人惊喜，急问。秋容泣下曰：“今为郎万苦矣！判日以刀杖相逼，今夕忽放妾归，曰：‘我无他，原以爱故，既不愿，固亦不曾污玷。烦告陶秋曹[⑩]，勿见谴责。’”生闻少欢，欲与同寝，曰：“今日愿为卿死。”二女戚然曰：“向受开导，颇知义理，何忍以爱君者杀君乎？”执不可，然俯颈倾头，情均伉俪。二女以遭难故，妒念全消。

---

① 院：指巡抚衙门。
② 部院：指巡抚。
③ 遮道：拦路。声屈，喊冤。
④ 怆惋：悲伤怨恨。
⑤ 棘：酸枣树，枝上有刺。泛指有刺草木。
⑥ 血殷（yān）凌波：流血染红了鞋袜。凌波，本指女子步履轻盈，这里指女子鞋袜。
⑦ 跛踦：行步不稳的样子。
⑧ 廨神：保护官衙的神。
⑨ 按阁：搁置，压下。阁，同“搁”。
⑩ 秋曹：对刑部官员的尊称。古以刑部为秋官，故称其部员为“秋曹”。

会一道士途遇生，顾谓“身有鬼气”。生以其言异，具告之。道士曰：“此鬼大好，不拟负他。”因书二符付生，曰：“归授两鬼，任其福命：如闻门外有哭女者，吞符急出，先到者可活。”生拜受，归嘱二女。后月余，果闻有哭女者。二女争奔而去，小谢忙急，忘吞其符。见有丧舆过，秋容直出，入棺而没。小谢不得入，痛哭而返。生出视，则富室郝氏殡[①]其女。共见一女子入棺而去，方共惊疑，俄闻棺中有声，息肩发验，女已顿苏。因暂寄生斋外，罗守之。忽开目问陶生，郝氏研诘之，答云：“我非汝女也。”遂以情告。郝未深信，欲异归。女不从，径入生斋，偃卧不起，郝乃识婿而去。生就视之，面庞虽异，而光艳不减秋容，喜惬过望。殷叙平生。忽闻呜呜鬼泣，则小谢哭于暗陬[②]。心甚怜之，即移灯往，宽譬哀情。而衿袖淋浪[③]，痛不可解，近晓始去。天明，郝以婢媪赍送香奁，居然翁婿矣。暮入帷房，则小谢又哭。如此六七夜，夫妇俱为惨动，不能成合卺之礼[④]。

生忧思无策。秋容曰：“道士，仙人也。再往求，倘得怜救。”生然之。迹道士所在，叩伏自陈。道士力言无术。生哀不已。道士笑曰：“痴生好缠人！合与有缘，请竭吾术。”乃从生来，索静室，掩扉坐，戒勿相问。凡十余日，不饮不食。潜窥之，瞑若睡。一日晨兴，有少女搴帘入，明眸皓齿，光艳照人。微笑曰：“跋履终夜，惫极矣。被汝纠缠不了，奔驰百里外，始得一好庐舍[⑤]，道人载与俱来矣。待见其人，便相交付耳。”敛昏，小谢至，女遽起迎抱之，翕然合为一体，仆地而僵。道士自室中出，拱手径去。拜而送之，及返，则女已苏。扶置床上，气体渐舒，但把足呻言趾股酸痛，数日始能起。

① 殡：埋葬。

② 陬：角落。

③ 衿袖淋浪：衣襟衣袖均被泪水沾湿。淋浪，水湿的样子。

④ 合卺之礼：婚礼。

⑤ 庐舍：房屋。此指灵魂所依附的躯体。

后生应试得通籍[①]。有蔡子经者，与同谱[②]，以事过生，留数日。小谢自邻舍归，蔡望见之，疾趋相蹑[③]。小谢侧身敛避，心窃怒其轻薄。蔡告生曰："一事深骇物听[④]，可相告否？"诘之，答曰："三年前，少妹夭殒，经两夜而失其尸，至今疑念。适见夫人，何相似之深也？"生笑曰："山荆陋劣，何足以方[⑤]君妹？然既系同谱，义即至切，何妨一献妻孥[⑥]。"乃入内，使小谢衣殉装[⑦]出。蔡大惊曰："真吾妹也！"因而泣下。生乃具述本末。蔡喜曰："妹子未死，吾将速归，用慰严慈[⑧]。"遂去。过数日，举家皆至，后往来如郝焉。

异史氏曰：绝世佳人，求一而难之，何遽得两哉？事千古而一见，惟不私奔女者能遘之也。道士其仙耶？何术之神也？苟有其术，丑鬼可交耳。

狼三则

有屠人货肉归，日已暮。欻一狼来，瞰担中肉，似甚涎垂，步亦步，尾行数里。屠惧，示之以刃，则稍却；既走，又从之。屠无计，默念狼所欲者肉，不如姑悬诸树而蚤[⑨]取之。遂钩肉，翘足挂树间，示以空空，狼乃止。屠即径归。昧爽往取肉，遥望树上悬巨物，似人缢死状，大骇。逡巡近之，则死狼也。仰首审视，见口中含肉，肉钩刺狼腭，

---

① 通籍：指仕宦新进。古代新进仕宦，通其名籍于朝，故曰"通籍"。
② 同谱：同榜，指科举考试中同届录取的人。
③ 蹑：尾随。
④ 物听：众人的言论。物，众人。
⑤ 方：比拟。
⑥ 一献妻孥：使妻、子出来相见。旧时，朋友情谊亲密，才能出妻见子。
⑦ 殉装：殉葬的衣服。
⑧ 严慈：父母。
⑨ 蚤：通"早"。

如鱼吞饵。时狼革价昂，直十余金，屠小裕焉。缘木求鱼[①]，狼则罹[②]之，亦可笑已！

一屠晚归，担中肉尽，止[③]有剩骨。途中两狼，缀行[④]甚远。屠惧，投以骨。一狼得骨止，一狼仍从；复投之，后狼止而前狼又至。骨已尽，而两狼之并驱如故。屠大窘，恐前后受其敌[⑤]。顾野有麦场，场主积薪其中，苫蔽成丘[⑥]。屠乃奔倚其下，弛[⑦]担持刀。狼不敢前，眈眈相向[⑧]。少时，一狼径去；其一犬坐[⑨]于前，久之，目似瞑，意暇甚[⑩]。屠暴起，以刀劈狼首，又数刀毙之。方欲行，转视积薪后，一狼洞[⑪]其中，意将隧入[⑫]以攻其后也。身已半入，止露尻尾[⑬]。屠自后断其股，亦毙之。乃悟前狼假寐，盖以诱敌。狼亦黠矣！而顷刻两毙，禽兽之变诈[⑭]几何哉，止增笑耳！

一屠暮行，为狼所逼。道傍有夜耕者所遗行室[⑮]，奔入伏焉。狼自苫中探爪入。屠急捉之，令不可去。顾无计可以死之，惟有小刀不盈寸，遂割破爪下皮，以吹豕之法吹之。极力吹移时，觉狼不甚动，方缚以带。出视，则狼胀如牛，股直不能屈，口张不得合。遂负之以

① 缘木求鱼：爬到树上抓鱼。比喻与目的相反的错误行为。缘，沿着。
② 罹（lí）：遭遇。
③ 止：只。
④ 缀行：尾随而行。
⑤ 敌：攻击。
⑥ 苫（shān）蔽成丘：谓柴草苫盖成堆，如同小山。苫，本指草苫子，此指苫盖。
⑦ 弛：放下。
⑧ 眈（dān）眈相向：相对瞪目而视。
⑨ 犬坐：像狗一样蹲坐。
⑩ 意暇甚：意态十分悠闲。
⑪ 洞：打洞。
⑫ 隧入：打洞进去。隧，地道。
⑬ 尻（kāo）尾：臀部和尾巴。
⑭ 变诈：权变，狡诈。
⑮ 行室：即“窝棚”。

归。非屠乌[1]能作此谋也?

三事皆出于屠，则屠人之残[2]，杀狼亦可用也。

菱 角

胡大成，楚[3]人。其母素奉佛。成从塾师读，道由观音祠[4]，母嘱过必入叩。一日，至祠，有少女挽儿遨戏其中，发裁掩颈，而风致娟然[5]。时成年十四，心好之。问其姓氏，女笑云："我祠西焦画工女菱角也。问将何为?"成又问："有婿家无?"女酡然曰："无也。"成言："我为若婿，好否?"女惭云："我不能自主。"而眉目澄澄[6]，上下睨成，意似欣属焉。成乃出。女追而遥告曰："崔尔诚，吾父所善，用为媒，无不谐。"成曰："诺。"因念其慧而多情，益倾慕之。归，向母实白心愿。母止此儿，常恐拂之，即浼崔作冰。焦责聘财奢，事已不就。崔极言成清族[7]美才，焦始许之。

成有伯父，老而无子，授教职[8]于湖北。妻卒任所，母遣成往奔其丧。数月将归，伯又病，亦卒。淹留既久，适大寇据湖南，家耗遂隔。成窜民间，吊影[9]孤惶而已。一日，有媪年四十八九，萦回[10]村中，日昃不去。自言："离乱罔归，将以自鬻。"或问其价，言："不屑为人奴，

① 乌：同"何"。
② 残：残忍。
③ 楚：指古楚国所辖之地，楚国分为东楚、南楚和西楚，即今湖南、湖北、安徽一带。
④ 观音祠：奉祀观音的庙堂。
⑤ 娟然：美好的样子。
⑥ 澄澄：本为形容水清澈，此处借以形容目光晶亮如秋水。
⑦ 清族：清白人家。
⑧ 授教职：被任为教官。
⑨ 吊影：形影相吊，谓孤立无依。
⑩ 萦回：绕来转去。

亦不愿为人妇,但有母我者[1],则从之,不较直[2]。"闻者皆笑。成往视之,面目间有一二颇肖其母,触于怀而大悲。自念只身,无缝纫者,遂邀归,执子礼焉。媪喜,便为炊饭织屦,劬劳若母。拂意辄谴之,而少有疾苦,则濡煦[3]过于所生。忽谓曰:"此处太平,幸可无虞。然儿长矣,虽在羁旅,大伦[4]不可废。三两日,当为儿娶之。"成泣曰:"儿自有妇,但间阻南北耳。"媪曰:"大乱时,人事翻覆,何可株待[5]?"成又泣曰:"无论结发[6]之盟不可背,且谁以娇女付萍梗人[7]?"媪不答,但为治帘幌[8]衾枕,甚周备,亦不识所自来。

一日,日既夕,戒成曰:"烛坐[9]勿寐,我往视新妇来也未。"遂出门去。三更既尽,媪不返,心大疑。俄闻门外哗,出视,则一女子坐庭中,蓬首[10]啜泣。惊问:"何人?"亦不语。良久,乃言曰:"娶我来,即亦非福,但有死耳!"成大惊,不知其故。女曰:"我少受聘于胡大成,不意胡北去,音信断绝。父母强以我归汝家。身可致,志不可夺也!"成闻而哭曰:"即我是胡某。卿菱角耶?"女收涕而骇,不信。相将入室,即灯审顾,曰:"得无梦耶?"于是转悲为喜,相道离苦。

先是乱后,湖南百里,涤地无类[11]。焦携家窜长沙之东,又受周生聘。乱中不能成礼,期[12]是夕送诸其家。女泣不盥栉[13],家中强置车

---

① 母我者:以我为母的人。
② 直:价钱。
③ 濡煦:意谓体恤、爱护。濡,湿润。煦,通"呴",吐出之沫。
④ 大伦:伦常大道,指人与人之间关系的根本准则。此指夫妇伦常。
⑤ 株待:"守株待兔"的省词。讽喻拘泥而不知变通的人。株,树桩。
⑥ 结发:成婚,元配。
⑦ 萍梗人:像浮萍枝梗一样漂泊无定的人。
⑧ 帘幌:窗帘帷幔。
⑨ 烛坐:点着蜡烛坐着。
⑩ 蓬首:头发散乱得像飞蓬一样。
⑪ 涤地无类:意谓全被杀光。涤,洗。此为洗劫、扫荡。类,噍类,活人。
⑫ 期:约期,预定的日期。
⑬ 盥栉:梳洗打扮。盥,洗。栉,梳。

中。至途次，女颠坠车下。遂有四人荷肩舆至，云是周家迎女者，即扶肩舆[①]，疾行若飞，至是始停。一老妪曳入，曰："此汝夫家，但入勿哭。汝家婆婆，旦晚将至矣。"乃去。成诘知情事，始悟媪神人也。夫妻焚香共祷，愿得母子复聚。

母自戎马[②]戒严，同俦人[③]妇奔伏涧谷。一夜，噪言寇至，即并张皇四匿。有童子以骑授母。母急不暇问，扶肩而上。轻迅剽遬[④]，瞬息至湖上，马踏水奔腾，蹄下不波。无何，扶下，指一户云："此中可居。"母将启谢，回视其马，化为金毛犼[⑤]，高丈余，童子超乘[⑥]而去。母以手挝门，豁然启扉。有人出问，怪其音熟，视之，成也。母子抱哭。妇亦惊起，一门欢慰。疑媪为大士[⑦]现身，由此持观音经咒[⑧]益虔。遂流寓湖北，治田庐焉。

山　市

奂山[⑨]山市[⑩]，邑八景之一也，数年恒[⑪]不一见。孙公子禹年，与同人饮楼上，忽见山头有孤塔耸起，高插青冥[⑫]。相顾惊疑，念近中

---

① 肩舆：轿子。
② 戎马：军马，军事。
③ 俦人：伙伴，同行的人。
④ 剽遬（piào sù）：轻捷的样子。
⑤ 犼（hǒu）：传说生活在北方像狗一样的野兽。在旧小说中，"金毛犼"是佛门菩萨的坐骑。
⑥ 超乘（shèng）：跳上车马或坐骑。
⑦ 大士：菩萨称号，此指观音。
⑧ 观音经咒：指姚秦三藏法师鸠摩罗什译《妙法莲华经观世音菩萨普门品》及大悲咒。
⑨ 奂山：山名。在淄川旧城西十五里。
⑩ 山市：又称海市，是光线在密度不同的气层中，从远处经过折射造成的幻景。
⑪ 恒：常。
⑫ 青冥：指天空。

无此禅院。无何，见宫殿数十所，碧瓦飞甍[①]，始悟为山市。未几，高垣睥睨[②]，连亘六七里，居然城郭矣。中有楼若[③]者，堂若者，坊若者，历历在目，以亿万计。忽大风起，尘气莽莽然，城市依稀而已。既而风定天清，一切乌有。惟危楼一座，直接霄汉，五架[④]窗扉皆洞开，一行有五点明处，楼外天也。层层指数，楼愈高，则明愈少；数至八层，裁如星点；又其上，则黯然缥缈，不可计其层次矣。而楼上人往来屑屑[⑤]，或凭或立，不一状。逾时，楼渐低，可见其顶，又渐如常楼，又渐如高舍，倏忽如拳如豆，遂不可见。又闻有早行者，见山上人烟市肆，与世无别，故又名“鬼市”云。

---

① 飞甍（méng）：两端向上卷起的高屋脊，喻指楼房。
② 睥睨：也作“埤垸”，城上有孔的矮墙。
③ 若：如，似。
④ 架：室内两柱之间为一架。
⑤ 屑屑：往来奔走之状。

卷　七

邵　女

柴廷宾，太平[①]人。妻金氏，不育，又奇妒。柴百金买妾，金暴遇之，经岁而死。柴忿出，独宿数月，不践闺闼。

一日，柴初度[②]，金卑词庄礼，为丈夫寿。柴不忍拒，始通言笑。金设筵内寝，招柴，柴辞以醉。金华妆自诣柴所，曰："妾竭诚终日，君即醉，请一盏而别。"柴乃入，酌酒话言。妻从容曰："前日误杀婢子，今甚悔之。何便仇忌，遂无结发情耶？后请纳金钗十二[③]，妾不汝瑕疵[④]也。"柴益喜，烛尽见跋，遂止宿焉。由此敬爱如初。金便呼媒媪来，嘱为物色佳媵[⑤]，而阴使迁延勿报，已则故督促之。

如是年余。柴不能待，遍嘱戚好为之购致，得林氏之养女。金一见，喜形于色，饮食共之，脂泽花钿，任其所取。然林固燕产[⑥]，不习女红，绣履之外，须人而成。金曰："我家素勤俭，非似王侯家，买作画图看者。"于是授美锦，使学制，若严师诲弟子。初犹呵骂，继而鞭楚。柴痛切于心，不能为地[⑦]。而金之怜爱林，尤倍于昔，往往自为妆束，

---

① 太平：今安徽马鞍山、芜湖等地。
② 初度：生日。
③ 纳金钗十二：娶众多姬妾。
④ 不汝瑕疵：这里是说不把纳妾看作丈夫的过错。瑕疵，玉上斑点。
⑤ 媵：妾。
⑥ 燕产：燕地人。
⑦ 不能为地：不能为之改变受虐的处境。

匀铅黄[①]焉。但履跟稍有折痕，则以铁杖击双弯[②]；发少乱，则批两颊。林不堪其虐，自经死。柴悲惨心目，颇致怨怼。妻怒曰：“我代汝教娘子，有何罪过？”柴始悟其奸，因复反目，永绝琴瑟之好。阴于别业[③]修房闼，思购丽人而别居之。

荏苒半载，未得其人。偶会友人之葬，见二八女郎，光艳溢目，停睇神驰。女怪其狂顾，秋波斜转之。询诸人，知为邵氏。邵贫士，止此女，少聪慧，教之读，过目能了。尤喜读《内经》及《冰鉴》书。父爱溺之，有议婚者，辄令自择，而贫富皆少所可，故十七岁犹未字也。柴得其端末，知不可图，然心低徊之。又冀其家贫，或可利动。谋之数媪，无敢媒者，遂亦灰心，无所复望。

忽有贾媪者，以货珠过柴。柴告所愿，赂以重金，曰：“止求一通诚意，其成与否，所勿责也。万一可图，千金不惜。”媪利其有，诺之。登门，故与邵妻絮语。睹女，惊赞曰：“好个美姑姑！假到昭阳院，赵家姊妹何足数得[④]！”又问：“婿家阿谁？”邵妻答：“尚未。”媪言：“若个娘子，何愁无王侯作贵客也！”邵妻叹曰：“王侯家所不敢望，只要个读书种子，便是佳耳。我家小孽冤，翻复遴选，十无一当，不解是何意向。”媪曰：“夫人勿须烦怨。恁个丽人，不知前身修何福泽，才能消受得！昨一大笑事：柴家郎君云：于某家茔[⑤]边，望见颜色，愿以千金为聘。此非饿鸱作天鹅想耶？早被老身呵斥去矣！”邵妻微笑不答。媪曰：“便是秀才家，难与较计。若在别个，失尺而得丈，宜若可为矣。”邵妻复笑不言。媪抚掌曰：“果尔，则为老身计亦左矣。日蒙夫人爱，登堂便促膝赐浆酒。若得千金，出车马，入楼阁，老身

① 匀铅黄：用铅黄匀脸，化妆。
② 双弯：指女姓双脚。
③ 别业：别墅。
④ 赵家姊妹何足数得：假如选到汉宫昭阳殿，赵飞燕姊妹也为之逊色。
⑤ 茔：坟地。

再到门，则阍者[1]呵叱及之矣。”邵妻沉吟良久，起而去，与夫语；移时，唤其女；又移时，三人并出。邵妻笑曰：“婢子奇特，多少良匹悉不就，闻为贱媵则就之。但恐为儒林笑也！”媪曰：“倘入门，得一小哥子，大夫人便如何耶！”言已，告以别居之谋。邵益喜，唤女曰：“试同贾姥言之。此汝自主张，勿后悔，致怼父母。”女觍然[2]曰：“父母安享厚奉，则养女有济矣。况自顾命薄，若得嘉耦，必减寿数，少受折磨，未必非福。前见柴郎亦福相，子孙必有兴者。”媪大喜，奔告。

柴喜出非望，即置千金，备舆马，娶女于别业，家人无敢言者。女谓柴曰：“君之计，所谓燕巢于幕[3]，不谋朝夕者也。塞口防舌，以冀不漏，何可得乎？请不如早归，犹速发而祸小。”柴虑摧残，女曰：“天下无不可化之人。我苟无过，怒何由起？”柴曰：“不然。此非常之悍，不可情理动者。”女曰：“身为贱婢，摧折亦自分[4]耳。不然，买日为活，何可长也？”柴以为是，终踌躕而不敢决。一日，柴他往。女青衣[5]而出，命苍头[6]控老牝马，一妪携幞从之，竟诣嫡所，伏地而陈。妻始而怒，既念其自首可原，又见容饰兼卑，气亦稍平。乃命婢子出锦衣衣之。曰：“彼薄幸人播恶于众，使我横被口语。其实皆男子不义，诸婢无行，有以激之。汝试念背妻而立家室，此岂复是人矣？”女曰：“细察渠[7]似稍悔之，但不肯下气耳。谚云：‘大者不伏小。’以礼论：妻之于夫，犹子之于父，庶之于嫡也。夫人若肯假以词色，则积怨可以尽捐。”妻云：“彼自不来，我何与焉？”即命婢媪为之除舍。心虽不乐，亦暂安之。

---

① 阍者：守门人。
② 觍然：羞怯的样子。
③ 燕巢于幕：处境危险。
④ 自分：自己的本分。
⑤ 青衣：婢妾的衣服。
⑥ 苍头：青色头巾，代指仆人。
⑦ 渠：他。

柴闻女归，惊惕不已，窃意羊入虎群，狼藉已不堪矣。疾奔而至，见家中寂然，心始稳贴。女迎门而劝，令诣嫡所。柴有难色。女泣下，柴意少纳。女往见妻曰：“郎适归，自惭无以见夫人，乞夫人往一姗笑[①]之也。”妻不肯行。女曰：“妾已言：夫之于妻，犹嫡之于庶。孟光举案，而人不以为谄，何哉？分在则然耳。”妻乃从之，见柴曰：“汝狡兔三窟，何归为[②]？”柴俯不对。女肘之，柴始强颜笑。妻色稍霁，将返。女推柴从之，又嘱庖人备酌。自是夫妻复和。女早起青衣往朝；盥已，授帨[③]，执婢礼甚恭。柴入其室，苦辞之，十余夕始肯一纳。妻亦心贤之，然自愧弗如，积惭成忌。但女奉侍谨，无可蹈瑕，或薄施诃谴[④]，女惟顺受。

一夜，夫妇少有反唇，晓妆犹含盛怒。女捧镜，镜堕，破之。妻益恚[⑤]，握发裂眦[⑥]。女惧，长跪哀免。怒不解，鞭之至数十。柴不能忍，盛气奔入，曳女出。妻呶呶逐击之。柴怒，夺鞭反扑，面肤绽裂，始退。由此夫妻若仇。柴禁女无往。女弗听，早起，膝行伺幕外。妻搥床怒骂，叱去不听前。日夜切齿，将伺柴出而后泄愤于女。柴知之，谢绝人事，杜门不通吊庆[⑦]。妻无如何，惟日挞婢媪以寄其恨，下人皆不可堪。自夫妻绝好，女亦莫敢当夕，柴于是孤眠。妻闻之，意亦稍安。

有大婢素狡黠，偶与柴语，妻疑其私，暴之尤苦。婢辄于无人处，疾首怨骂。一夕，轮婢值宿，女嘱柴，禁无往，曰：“婢面有杀机，叵测也。”柴如其言，招之来，诈问：“何作？”婢惊惧无所措词。柴益疑，检其衣，得利刃焉。婢无言，惟伏地乞死。柴欲挞之。女止之曰：

① 姗笑：嘲笑。
② 何归为：回来做什么。
③ 授帨：送上面巾。
④ 诃谴：批评责骂。
⑤ 恚：愤怒。
⑥ 握发裂眦：手握头发，瞪着眼睛。
⑦ 吊庆：吊丧庆典，指日常应酬。

"恐夫人所闻，此婢必无生理。彼罪固不赦，然不如鬻之，既全其生，我亦得直焉。"柴然之。会有买妾者，急货之。妻以其不谋故，罪柴，益迁怒女，诟骂益毒。柴忿顾女曰："皆汝自取。前此杀却，乌有今日。"言已而走。妻怪其言，遍诘左右，并无知者；问女，女亦不言。心益闷怒，捉裾[①]浪骂。柴乃返，以实告。妻大惊，向女温语，而心转恨其言之不早。柴以为嫌隙尽释，不复作防。适远出，妻乃召女而数之曰："杀主者罪不赦，汝纵之何心？"女造次不能以词自达。妻烧赤铁烙女面，欲毁其容。婢媪皆为之不平。每号痛一声，则家人皆哭，愿代受死。妻乃不烙，以针刺胁二十余下，始挥去之。柴归，见面创，大怒，欲往寻之。女捉襟曰："妾明知火坑而固蹈之。当嫁君时，岂以君家为天堂耶？亦自顾薄命，聊以泄造化之怒耳。安心忍受，尚有满时；若再触焉，是坎已填而复掘之[②]也。"遂以药糁患处，数日寻愈。忽揽镜，喜曰："君今日宜为妾贺，彼烙断我晦纹矣！"朝夕事嫡，一如往日。

金前见众哭，自知身同独夫，略有愧悔之萌，时时呼女共事，词色平善。月余，忽病逆，害饮食。柴恨其不死，略不顾问。数日，腹胀如鼓，日夜寝困。女侍伺不遑眠食，金益德之。女以医理自陈，金自觉畴昔过惨，疑其怨报，故谢之。金为人持家严整，婢仆悉就约束，自病后，皆散诞无操作者。柴躬自经理，劬劳甚苦，而家中米盐，不食自尽。由是慨然兴中馈之思[③]，聘医药之。金对人辄自言为"气蛊"，以故医脉之，无不指为气郁者。凡易数医，卒罔效，亦濒危矣。又将烹药。女进曰："此等药，百裹无益，祇增剧耳。"金不信。女暗撮别

① 捉裾：提衣襟。
② 坎已填而复掘之：把已填平的火坑重新掘深。
③ 兴中馈之思：产生了对妻子的思念。

剂易之。药下，食顷三遗[①]，病若失。遂益笑女言妄，呻而呼之曰："女华陀[②]，今如何也！"女及群婢皆笑。金问故，始实告之。泣曰："妾日受子之覆载[③]而不知也！今而后，请惟家政，听子而行。"

无何，病痊，柴整设为贺。女捧壶侍侧，金自起夺壶，曳与连臂，爱异常情。更阑，女托故离席，金遣二婢曳还之，强与连榻。自此，事必商，食必偕，姊妹无其和也。无何，女产一男。产后多病，金亲调视，若奉老母。后金患心痗[④]，痛起，则面目皆青，但欲觅死。女急市银针数枚，比至，则气息濒尽，按穴刺之，画然痛止。十余日复发，复刺，过六七日又发。虽应手奏效，不至大苦，然心常惴惴，恐其复萌。夜梦至一处，似庙宇，殿中鬼神皆动。神问："汝金氏耶？汝罪过多端，寿数合尽。念汝改悔，故仅降灾，以示微谴。前杀两姬，此其宿报。至邵氏何罪而惨毒如此？鞭打之刑，已有柴生代报，可以相准[⑤]；所欠一烙二十三针，今三次，止偿零数，便望病根除耶？明日又当作矣！"醒而大惧，犹冀为妖梦之诬。食后果病，其痛倍切。女至，刺之，随手而瘥。疑曰："技止此矣，病本何以不拔？请再灼之。此非烂烧不可，但恐夫人不能忍受。"金忆梦中语，以故无难色。然呻吟忍受之际，默思欠此十九针，不知作何变症，不如一朝受尽，庶免后苦。炷尽，求女再针。女笑曰："针岂可以泛常施用耶？"金曰："不必论穴，但烦十九刺。"女笑不可。金请益坚，起跪榻上。女终不忍。实以梦告。女乃约略经络，刺之如数。自此平复，果不复病。弥自忏悔，临下亦无戾色。

子名曰俊，秀惠绝伦。女每曰："此子翰苑相也。"八岁有神童之目；

---

① 食顷三遗：一顿饭的工夫，大便三次。
② 华陀：应作"华佗"，汉末名医。首创麻沸散及"五禽戏"。
③ 覆载：天覆地载之恩。
④ 心痗：心病。
⑤ 准：折算。

十五岁，以进士授翰林。是时柴夫妇年四十，如夫人[①]三十有二三耳。舆马归宁，乡里荣之。邵翁自鬻女后，家暴富，而士林羞与为伍，至是，始有通往来者。

异史氏曰：女子狡妒，其天性然也。而为妾媵者，又复炫美弄机，以增其怒。呜呼！祸所由来矣。若以命自安，以分自守，百折而不移其志，此岂梃刃[②]所能加乎？乃至于再拯其死，而始有悔悟之萌。呜呼！岂人也哉！如数以偿，而不增之息，亦造物之恕矣。顾以仁术作恶报，不亦傎[③]乎！每见愚夫妇抱疴终日，即招无知之巫，任其刺肌灼肤而不敢呻，心尝怪之，至此始悟。

闽人有纳妾者，夕入妻房，不敢便去，伪解屦作登榻状。妻曰："去休！勿作态！"夫尚徘徊，妻正色曰："我非似他家妒忌者，何必尔尔。"夫乃去。妻独卧，辗转不得寐，遂起，往伏门外潜听之。但闻妾声隐约，不甚了了，惟"郎罢"二字，略可辨识。郎罢，闽人呼父也。妻听逾刻，痰厥而踣[④]，首触扉作声。夫惊起，启户，尸倒入。呼妾火之，则其妻也。急扶灌之。目略开，即呻曰："谁家郎罢被汝呼！"妒情可哂。

梅　女

封云亭，太行[⑤]人。偶至郡，昼卧寓屋。时年少丧偶，岑寂之下，颇有所思。凝视间，见墙上有女子影，依稀如画，念必意想所致。而久之不动，亦不灭，异之。起视转真，再近之，俨然少女，容蹙舌伸，

---

① 如夫人：妾的别称。
② 梃刃：棍棒与刀。
③ 傎：同"颠"，颠倒，错乱。
④ 痰厥而踣：气使积痰上涌而晕厥，向前仆倒。
⑤ 太行：太行山，在山西河北之间，此处泛指太行山地区。

索环秀领。惊顾未已，冉冉欲下。知为缢鬼，然以白昼壮胆，不大畏怯。语曰："娘子如有奇冤，小生可以极力。"影居然下，曰："萍水之人，何敢遽[①]以重务浼[②]君子。但泉下槁骸，舌不得缩，索不得除，求断屋梁而焚之，恩同山岳矣。"诺之，遂灭。呼主人来，问所见。主人言："此十年前梅氏故宅，夜有小偷入室，为梅所执，送诣典史。典史受盗钱三百，诬其女与通，将拘审验。女闻自经。后梅夫妻相继卒，宅归于余。客往往见怪异，而无术可以靖[③]之。"封以鬼言告主人。计毁舍易楹，费不赀[④]，故难之，封乃协力助作。

既就而复居之。梅女夜至，展谢已，喜气充溢，姿态嫣然。封爱悦之，欲与为欢。瞒然而惭曰："阴惨之气，非但不为君利，若此之为，则生前之垢[⑤]，西江不可濯[⑥]矣。会合有时，今日尚未。"问："何时？"但笑不言。封问："饮乎？"答曰："不饮。"封曰："对佳人，闷眼相看，亦复何味？"女曰："妾生平戏技，惟谙打马[⑦]。但两人寥落，夜深又苦无局。今长夜莫遣，聊与君为交线之戏[⑧]。"封从之。促膝戟指，翻变良久，封迷乱不知所从，女辄口道而颐指之，愈出愈幻，不穷于术。封笑曰："此闺房之绝技也。"女曰："此妾自悟，但有双线，即可成文，人自不之察耳。"更阑颇怠，强使就寝，曰："我阴人不寐，请自休。妾少解按摩之术，愿尽技能，以侑[⑨]清梦。"封从其请。女叠掌为之轻按，自顶及踵皆遍，手所经，骨若醉。既而握指细擂，如以团絮相触状，

---

① 遽：急。
② 浼：托人帮忙的客气话。
③ 靖：平息。
④ 不赀：不可计量。
⑤ 垢：污渍，耻辱。
⑥ 濯：洗涤。
⑦ 打马：打双陆，一种类似棋类的闺中游戏。
⑧ 交线之戏：一种小儿游戏，俗称"翻线"。
⑨ 侑：助。

体畅舒不可言。搔至腰，口目皆慵；至股，则沉沉睡去矣。及醒，日已向午，觉骨节轻和，殊于往日。心益爱慕，绕屋而呼之，并无响应。

日夕，女始至。封曰："卿居何所，使我呼欲遍？"曰："鬼无常所，要在地下。"问："地下有隙，可容身乎？"曰："鬼不见地，犹鱼不见水也。"封握腕曰："使卿而活，当破产购致之。"女笑曰："无须破产。"戏至半夜，封苦逼之。女曰："君勿缠我。有浙娼爱卿者，新寓北邻，颇极风致。明夕，招与俱来，聊以自代，若何？"封允之。次夕，果与一少妇同至，年近三十已来，眉目流转，隐含荡意。三人狎坐，打马为戏。局终，女起曰："嘉会方殷，我且去。"封欲挽之，飘然已逝。两人登榻，于飞[①]甚乐。诘[②]其家世，则含糊不以尽道。但曰："郎如爱妾，当以指弹北壁，微呼曰壶卢子，即至。三呼不应，可知不暇[③]，勿更招也。"天晓，入北壁隙中而去。次日，女来。封问爱卿。女曰："被高公子招去侑酒，以故不得来。"因而翦烛共话。女每欲有所言，吻已启而辄止。固诘之，终不肯言，欷歔而已。封强与作戏，四漏[④]始去。自此二女频来，笑声常彻宵旦，因而城社悉闻。

典史某，亦浙之世族，嫡室以私仆[⑤]被黜。继娶顾氏，深相爱好，期月夭殂，心甚悼之。闻封有灵鬼，欲以问冥世之缘，遂跨马造[⑥]封。封初不肯承，某力求不已。封设筵与坐，诺为招鬼妓。日及曛[⑦]，叩壁而呼，三声未已，爱卿即入。举头见客，色变欲走，封以身横阻之。某审视，大怒，投以巨碗，溘然而灭。封大惊，不解其故，方将致诘。俄暗室中一老妪出，大骂曰："贪鄙贼！坏我家钱树子！三十贯索要

① 于飞：比翼而飞。
② 诘：问。
③ 不暇：没有闲暇。
④ 四漏：四更，凌晨一至三点。
⑤ 私仆：私通仆人。
⑥ 造：拜访。
⑦ 曛：落日余光，指傍晚。

偿也！”以杖击某，中颅。

某抱首而哀曰：“此顾氏，我妻也。少年而殒，方切哀痛，不图为鬼不贞。于姥乎何与？”妪怒曰：“汝本浙江一无赖贼，买得条乌角带[①]，鼻骨倒竖[②]矣！汝居官有何黑白？袖有三百钱，便而翁也！神怒人怨，死期已迫，汝父母代哀冥司，愿以爱媳入青楼，代汝偿贪债，不知耶？”言已又击，某宛转哀鸣。方惊诧无从救解，旋见梅女自房中出，张目吐舌，颜色变异，近以长簪刺其耳。封惊极，以身障客。女愤不已，封劝曰：“某即有罪，倘死于寓所，则咎在小生。请少存投鼠之忌[③]。”女乃曳妪曰：“暂假余息，为我顾封郎也。”某张皇鼠窜而去。至署，患脑痛，中夜遂毙。

次夜，女出笑曰：“痛快！恶气出矣！”问：“何仇怨？”女曰：“曩已言之：受贿诬奸，衔恨已久。每欲浼君，一为昭雪，自愧无纤毫之德，故将言而辄止。适闻纷拏，窃以伺听，不意其仇人也。”封讶曰：“此即诬卿者耶？”曰：“彼典史于此，十有八年，妾冤殁十六寒暑矣。”问：“妪为谁？”曰：“老娼也。”又问爱卿，曰：“卧病耳。”因輾[④]然曰：“妾昔谓会合有期，今真不远矣。君尝愿破家相赎，犹记否？”封曰：“今日犹此心也。”女曰：“实告君：妾殁日，已投生延安展孝廉家。徒以大怨未伸，故迁延于是。请以新帛作鬼囊，俾妾得附君以往，就展氏求婚，计必允谐。”封虑势分悬殊，恐将不遂。女曰：“但去无忧。”封从其言。女嘱曰：“途中慎勿相唤。待合卺[⑤]之夕，以囊挂新人首，急呼曰：‘勿忘勿忘！’”封诺之。才启囊，女跳身已入。

---

① 乌角带：用乌角圆板四片，镶以银边为饰的腰带，明代最低级官员的腰饰，这里指小官职。

② 鼻骨倒竖：仰面朝天，傲气十足。

③ 投鼠之忌：以物投掷老鼠，应顾忌到砸坏老鼠所盘踞的器物。这里指受到牵连。

④ 輾：微笑。

⑤ 合卺：合卺之礼，共饮合欢酒。

携至延安，访之，果有展孝廉，生一女，貌极端好，但病痴，又常以舌出唇外，类犬喘日。年十六岁，无问名者。父母忧念成痗。封到门投刺[①]，具通族阀。既退，托媒。展喜，赘封于家。女痴绝，不知为礼，使两婢扶曳归室。群婢既去，女解衿露乳，对封憨笑。封覆囊呼之。女停眸审顾，似有疑思。封笑曰："卿不识小生耶？"举之囊而示之。女乃悟，急掩衿，喜共燕笑。诘旦，封入谒岳。展慰之曰："痴女无知，既承青眷，君倘有意，家中慧婢不乏，仆不靳相赠。"封力辨其不痴。展疑之。无何，女至，举止皆佳，因大惊异。女但掩口微笑。展细诘之，女进退而惭于言，封为略述梗概。展大喜，爱悦逾于平时。使子大成与婿同学，供给丰备。年余，大成渐厌薄之，因而郎舅不相能[②]，厮仆亦刻疵[③]其短。展惑于浸润，礼稍懈。女觉之，谓封曰："岳家不可久居，凡久居者，尽阘茸[④]也。及今未大决裂，宜速归。"封然之，告展。展欲留女，女不可。父兄尽怒，不给舆马。女自出妆赀贳[⑤]马归。后展招令归宁，女固辞不往。后封举孝廉，始通庆好。

异史氏曰：官卑者愈贪，其常情然乎？三百诬奸，夜气之梏亡尽矣[⑥]。夺嘉耦，入青楼，卒[⑦]用[⑧]暴死。吁！可畏哉！

康熙甲子，贝丘[⑨]典史最贪诈，民咸怨之。忽其妻被狡者诱与偕亡[⑩]。或代悬招状[⑪]云："某官因自己不慎，走失夫人一名。身无余物，

---

① 投刺：递上名帖。
② 不相能：不相容。
③ 刻疵：刻薄地诽谤。
④ 阘茸：地位卑微或人品猥琐卑下。
⑤ 贳：租赁。
⑥ 夜气之梏亡尽矣：夜间静思产生的善念丧尽，指良心丧尽。
⑦ 卒：终。
⑧ 用：因此。
⑨ 贝丘：淄川县，在今山东。
⑩ 亡：私奔。
⑪ 招状：寻人告示。

止有红绫七尺，包裹元宝一枚，翘边细纹，并无阙坏。”亦风流之小报也。

阿　英

甘玉，字璧人，庐陵[1]人。父母早丧。遗弟珏，字双璧。始五岁，从兄鞠养[2]。玉性友爱，抚弟如子。后珏渐长，丰姿秀出，又惠能文。玉益爱之，每曰：“吾弟表表[3]，不可以无良匹。”然简拔[4]过刻，姻卒不就。适读书匡山僧寺，夜初就枕，闻窗外有女子声。窥之，见三四女郎席地坐，数婢陈肴酒，皆殊色也。一女曰：“秦娘子，阿英何不来？”下座者曰：“昨自函谷来，被恶人伤右臂，不能同游，方用恨恨[5]。”一女曰：“前宵一梦大恶，今犹汗悸。”下座者摇手曰：“莫道莫道！今宵姊妹欢会，言之吓人不快。”女笑曰：“婢子何胆怯尔尔！便有虎狼衔去耶？若要勿言，须歌一曲，为娘行侑酒。”女低吟曰：

闲阶桃花取次开，昨日踏青小约未应乖[6]。

付嘱东邻女伴少待莫相催，着得凤头鞋子即当来。

吟罢，一座无不叹赏。

谈笑间，忽一伟丈夫岸然自外入，鹘睛[7]荧荧，其貌狞丑。众啼曰：“妖至矣！”仓卒哄然，殆如鸟散。惟歌者婀娜不前，被执哀啼，强与支撑。丈夫吼怒，龁[8]手断指，就便嚼食。女郎踣地若死。玉怜恻

---

① 庐陵：郡名，在今江西吉安。
② 鞠养：抚养。
③ 表表：不同寻常。
④ 简拔：选择，挑选。
⑤ 方用恨恨：正因此而感到遗憾。
⑥ 乖：违背，爽约。
⑦ 鹘睛：鹰一样的眼睛。
⑧ 龁：咬。

不可复忍，乃急袖剑拔关出，挥之，中股，股落，负痛逃去。扶女入室，面如尘土，血淋衿袖，验其手，则右拇断矣。裂帛代裹之。女始呻曰："拯命之德，将何以报？"玉自初窥时，心已隐为弟谋，因告以意。女曰："狼疾之人[①]，不能操箕帚矣。当别为贤仲[②]图之。"诘其姓氏，答言："秦氏。"玉乃展衾，俾暂休养，自乃幞被他所。晓而视之，则床已空，意其自归。而访察近村，殊少此姓；广托戚朋，并无确耗。归与弟言，悔恨若失。

珏一日偶游涂野，遇一二八女郎，姿致娟娟，顾之微笑，似将有言。因以秋波四顾而后问曰："君甘家二郎否？"曰："然。"曰："君家尊曾与妾有婚姻之约，何今日欲背前盟，另订秦家？"珏云："小生幼孤，夙好都不曾闻，请言族阀，归当问兄。"女曰："无须细道，但得一言，妾当自至。"珏以未禀兄命为辞。女笑曰："骙[③]郎君！遂如此怕哥子耶？妾陆氏，居东山望村。三日内，当候玉音。"乃别而去。

珏归，述诸兄嫂。兄曰："此大谬语！父殁时，我二十余岁，倘有是说，那得不闻？"又以其独行旷野，遂与男儿交语，愈益鄙之。因问其貌，珏红彻面颈，不出一言。嫂笑曰："想是佳人。"玉曰："童子何辨妍媸[④]？纵美，必不及秦，待秦氏不谐，图之未晚。"珏默而退。逾数日，玉在途，见一女子，零涕前行。垂鞭按辔而微睨之，人世殆无其匹。使仆诘焉。答曰："我旧许甘家二郎，因家贫远徙，遂绝耗问。近方归，复闻郎家二三其德，背弃前盟。往问伯伯[⑤]甘璧人，焉置妾也？"玉惊喜曰："甘璧人，即我是也。先人曩约，实所不知。去家不远，请即归谋。"乃下骑授辔，步御以归。女自言："小字阿英。

① 狼疾之人：指肢体残缺之人。
② 贤仲：令弟。
③ 骙：呆笨。
④ 妍媸：美丑。
⑤ 伯伯：大伯子，夫兄。

家无昆季[1]，惟外姊[2]秦氏同居。”始悟丽者即其人也。玉欲告诸其家，女固止之。窃喜弟得佳妇，然恐其佻达[3]招议。久之，女殊矜庄，又娇婉善言。母事嫂，嫂亦雅爱慕之。

值中秋，夫妻方狎宴，嫂招之。珏意怅惘。女遣招者先行，约以继至，而端坐笑言，良久殊无去志。珏恐嫂待久，故连促之。女但笑，卒不复去。质旦，晨妆甫竟，嫂自来抚问：“夜来相对，何尔怏怏？”女微哂之。珏觉有异，质对参差[4]。嫂大骇：“苟非妖物，何得有分身术？”玉亦惧，隔帘而告之曰：“家世积德，曾无怨雠。如其妖也，请速行，幸勿杀吾弟！”女腼然曰：“妾本非人，祇以阿翁夙盟，故秦家姊以此劝驾。自分不能育男女，尝欲辞去，所以恋恋者，为兄嫂待我不薄耳。今既见疑，请从此诀。”转眼化为鹦鹉，翩然逝矣。初，甘翁在时，蓄一鹦鹉甚慧，尝自投饵。时珏四五岁，问：“饲鸟何为？”父戏曰：“将以为汝妇。”间鹦鹉乏食，则呼珏云：“不将饵去，饿煞媳妇矣！”家人亦皆以此为戏。后断锁亡去。始悟旧约云即此也。然珏明知非人，而思之不置，嫂悬情尤切，旦夕啜泣。玉悔之而无如何。

后二年，为弟聘姜氏女，意终不自得。有表兄为粤司李[5]，玉往省之，久不归。适土寇为乱，近村里落，半为丘墟。珏大惧，率家人避山谷。山上男女颇杂，都不知其谁何。忽闻女子小语[6]，绝类英，嫂促珏近验之，果英。珏喜极，捉臂不释。女乃谓同行者曰：“姊且去，我望嫂嫂来。”既至，嫂望见悲哽。女慰劝再三，又谓：“此非乐土。”因劝令归。众惧寇至，女固言：“不妨。”乃相将俱归。女撮土拦户，

---

① 昆季：弟兄，长为昆，幼为季。
② 外姊：表姐。
③ 佻达：轻佻不庄重。
④ 质对参差：质询对答，发现破绽。
⑤ 司李：司理，各州主管司法狱讼之官。
⑥ 小语：小声说话。

嘱安居勿出，坐数语，反身欲去。嫂急握其腕，又令两婢捉左右足，女不得已，止焉。然不甚归私室，珏订之三四，始为之一往。

嫂每谓新妇不能当叔[①]意，女遂早起为姜理妆，梳竟，细匀铅黄，人视之，艳增数倍。如此三日，居然丽人。嫂奇之，因言："我又无子。欲购一妾，姑未遑暇。不知婢辈可涂泽否？"女曰："无人不可转移，但质美者易为力耳。"遂遍相诸婢，惟一黑丑者，有宜男相[②]。乃唤与洗濯，已而以浓粉杂药末涂之。如是三日，面赤渐黄；四七日，脂泽沁入肌理，居然可观。日惟闭门作笑，并不计及兵火。一夜，噪声四起，举家不知所谋。俄闻门外人马鸣动，纷纷俱去。既明，始知村中焚掠殆尽，盗纵群队穷搜，凡伏匿岩穴者，悉被杀掳。遂益德女，目之以神。女忽谓嫂曰："妾此来，徒以嫂义难忘，聊分离乱之忧。阿伯行至，妾在此，如谚所云，非李非桃[③]，可笑人也。我姑去，当乘间一相望耳。"嫂问："行人无恙乎？"曰："近中有大难。此无与他人事，秦家姊受恩奢，意必报之，固当无妨。"嫂挽之过宿，未明已去。

玉自东粤归，闻乱，兼程[④]进。途遇寇，主仆弃马，各以金束腰间，潜身丛棘中。一秦吉了[⑤]，飞集棘上，展翼覆之。视其足，缺一指，心异之。俄而群盗四合，绕莽殆遍，似寻之。二人气不敢息。盗既散，鸟始翔去。既归，各道所见，始知秦吉了即所救丽者也。

后值玉他出不归，英必暮至，计玉将归而早出。珏或会于嫂所，间邀之，则诺而不赴。一夕，玉他往，珏意英必至，潜伏候之。未几，英果来，暴起，要遮[⑥]而归于室。女曰："妾与君情缘已尽，强合之，

---

① 叔：夫弟，小叔子。
② 宜男相：生育男孩的相貌。
③ 非李非桃：不伦不类。
④ 兼程：加倍速度赶路。
⑤ 秦吉了：秦中鸟名，能学人言，类似鹦鹉。
⑥ 要遮：拦截。

恐为造物所忌。少留有余，时作一面之会，如何？”珏不听，卒与狎。天明，诣嫂。嫂怪之。女笑云：“中途为强寇所劫，劳嫂悬望矣。”数语趋出。居无何，有巨狸衔鹦鹉经寝门过。嫂骇绝，固疑是英。时方沐，辍洗急号，群起噪击，始得之。左翼沾血，奄存余息。抱置膝头，抚摩良久，始渐醒。自以喙理其翼。少选，飞绕室中，呼曰：“嫂嫂，别矣！吾怨珏也！”振翼遂去，不复来。

青 娥

霍桓，字匡九，晋人也。父官县尉[①]，早卒。遗生最幼，聪惠绝人。十一岁，以神童入泮[②]。而母过于爱惜，禁不令出庭户，年十三，尚不能辨叔伯甥舅焉。同里有武评事[③]者，好道，入山不返。有女青娥，年十四，美异常伦。幼时窃读父书，慕何仙姑之为人。父既隐，立志不嫁，母无奈之。一日，生于门外瞥见之。童子虽无知，祇觉爱之极，而不能言，直告母，使委禽[④]焉。母知其不可，故难之。生郁郁不自得。母恐拂儿意，遂托往来者致意武，果不谐。生行思坐筹，无以为计。

会有一道士在门，手握小镵[⑤]，长裁尺许。生借阅一过，问：“将何用？”答云：“此劚[⑥]药之具，物虽微，坚石可入。”生未深信。道士即以斫墙上石，应手落如腐。生大异之，把玩不释于手。

道士笑曰：“公子爱之，即以奉赠。”生大喜，酬之以钱，不受而去。

---

① 县尉：掌管一县刑狱缉捕之官。
② 入泮：泮，学校，学童入学为生员称为“入泮”。
③ 评事：掌管评审刑狱之官。
④ 委禽：下聘礼，求婚。
⑤ 镵：长柄铁铲。
⑥ 劚（zhǔ）：锄，掘。

持归，历试砖石，略无隔阂。顿念穴墙[1]则美人可见，而不知其非法也。

更定，逾垣而出，直至武第；凡穴两重垣，始达中庭。见小厢中，尚有灯火，伏窥之，则青娥卸晚装矣。少顷，烛灭，寂无声。穿墉[2]入，女已熟眠。轻解双履，悄然登榻，又恐女郎惊觉，必遭诃逐，遂潜伏绣褶之侧，略闻香息，心愿窃慰。而半夜经营，疲殆颇甚，少一合眸，不觉睡去。女醒，闻鼻气休休，开目，见穴隙亮入。大骇，急起，暗中拔关轻出，敲窗唤家人妇，共爇[3]火操杖以往。见一总角[4]书生，酣眠绣榻，细审，识为霍生。推之始觉，遽起，目灼灼如流星，似亦不大畏惧，但腼然不作一语。众指为贼，恐呵之。始出涕曰："我非贼，实以爱娘子故，愿以近芳泽耳。"众又疑穴数重垣，非童子所能者。生出镵以言异。共试之，骇绝，讶为神授。将共告诸夫人。女俯首沉思，意似不以为可。众窥知女意，因曰："此子声名门第，殊不辱玷。不如纵之使去，俾复求媒焉。诘旦，假盗以告夫人，如何也？"女不答。众乃促生行。生索镵。共笑曰："骏儿童！犹不忘凶器耶？"生觑枕边，有凤钗一股，阴纳袖中。已为婢子所窥，急白之。女不言亦不怒。一媪拍颈曰："莫道他骏若小[5]，意念乖绝也。"乃曳之，仍自窦中出。

既归，不敢实告母，但嘱母复媒致之。母不忍显拒，惟遍托媒氏，急为别觅良姻。青娥知之，中情皇急，阴使腹心者风示媪。媪悦，托媒往。会小婢漏泄前事，武夫人辱之，不胜恚愤。媒至，益触其怒，以杖画地，骂生并及其母。媒惧窜归，具述其状。生母亦怒曰："不肖儿所为，我都梦梦[6]。何遂以无礼相加！当交股时，何不将荡儿淫

---

① 穴墙：在墙上掘洞。
② 墉：墙壁。
③ 爇：点燃。
④ 总角：古代男女未成年前，束发为两结，形如角。
⑤ 若小：这小孩。
⑥ 梦梦：昏昧不明。

女一并杀却?"由是见其亲属,辄便披诉。女闻,愧欲死。武夫人大悔,而不能禁之使勿言也。女阴使人婉致生母,且矢之以不他①,其词悲切。母感之,乃不复言,而论亲之谋,亦遂辍矣。

会秦中欧公宰是邑②,见生文,深器之,时召入内署,极意优宠。一日,问生:"婚乎?"答言:"未。"细诘之,对曰:"夙与故武评事女小有盟约,后以微嫌,遂致中寝③。"问:"犹愿之否?"生腼然不言。公笑曰:"我当为子成之。"即委县尉、教谕④,纳币⑤于武。夫人喜,婚乃定。逾岁,娶女归。女入门,乃以镵掷地曰:"此寇盗物,可将去!"生笑曰:"勿忘媒妁。"珍佩之恒不去身。

女为人温良寡默,一日三朝其母,余惟闭门寂坐,不甚留心家务。母或以吊庆他往,则事事经纪,罔不井井。年余,生一子孟仙,一切委之乳保⑥,似亦不甚顾惜。又四五年,忽谓生曰:"欢爱之缘,于兹八载。今离长会短,可将奈何!"生惊问之,即已默默,盛妆拜母,返身入室。追而诘之,则仰眠榻上而气绝矣。母子痛悼,购良材⑦而葬之。

母已衰迈,每每抱子思母,如摧肺肝,由是遘病⑧,遂惫不起。逆害饮食,但思鱼羹,而近地则无,百里外始可购致。时厮骑皆被差遣,生性纯孝,急不可待,怀赀独往,昼夜无停趾。返至山中,日已沉冥,两足跛踦⑨,步不能咫⑩。后一叟至,问曰:"足得毋泡乎?"生

---

① 矢之以不他:誓不他嫁。
② 宰是邑:掌管这个县邑。
③ 中寝:半道而废。
④ 教谕:主管官学课业的学官。
⑤ 纳币:古代婚礼"六礼"之一,订婚。
⑥ 乳保:奶妈,保姆。
⑦ 材:棺木。
⑧ 遘病:遭病成疾。
⑨ 跛踦:走路歪瘸。
⑩ 咫:距离很短。

唯唯。叟便曳坐路隅，敲石取火，以纸裹药末，熏生两足讫。试使行，不惟痛止，兼益矫健。感极申谢。叟问："何事汲汲[①]？"答以母病，因历道所由。叟问："何不另娶？"答云："未得佳者。"叟遥指山村曰："此处有一佳人，倘能从我去，仆当为君作伐[②]。"生辞以母病待鱼，姑不遑暇。叟乃拱手，约以异日入村，但问老王，乃别而去。生归，烹鱼献母。母略进，数日寻瘳[③]。乃命仆马往寻叟。

至旧处，迷村所在。周章逾时，夕暾[④]渐坠。山谷甚杂，又不可以极望。乃与仆分上山头，以瞻里落，而山径崎岖，苦不可复骑，跋履[⑤]而上，昧色笼烟矣。蹀躞[⑥]四望，更无村落。方将下山，而归路已迷，心中燥火如烧。荒窜间，冥堕绝壁。幸数尺下有一线荒台，坠卧其上，阔仅容身，下视黑不见底。惧极不敢少动。又幸崖边皆生小树，约体如栏。移时，见足傍有小洞口，心窃喜，以背着石，螬行[⑦]而入。意稍稳，冀天明可以呼救。少顷，深处有光如星点。渐近之，约三四里许，忽睹廊舍，并无烛，而光明若昼。一丽人自房中出，视之，则青娥也。见生，惊曰："郎何能来？"生不暇陈，抱袪[⑧]呜恻。女劝止之。问母及儿，生悉述苦况，女亦惨然。生曰："卿死年余，此得无冥间耶？"女白："非也，此乃仙府。曩时非死，所瘗，一竹杖耳。郎今来，仙缘有分也。"因导令朝父，则一修髯[⑨]丈夫，坐堂上，生趋拜。女曰："霍郎来。"翁惊起，握手略道平素。曰："婿来大好，分当留此。"

---

① 汲汲：急切。
② 作伐：做媒。
③ 瘳：病愈。
④ 夕暾：夕阳。
⑤ 跋履：步行。
⑥ 蹀躞：小步走的样子。
⑦ 螬行：像蛴螬一样曲背蠕动前行。
⑧ 抱袪（qū）：捧握其袖口。
⑨ 修髯：长胡子。

生辞以母望，不能久留。翁曰：“我亦知之。但迟三数日，即亦何伤。”乃饵以肴酒，即令婢设榻于西堂，施锦裀焉。生既退，约女同榻寝。女却之曰：“此何处，可容狎亵？”生捉臂不舍。窗外婢子笑声嗤然，女益惭。方争拒间，翁入，叱曰：“俗骨污吾洞府！宜即去！”生素负气，愧不能忍，作色曰：“儿女之情，人所不免，长者何当伺[①]我？无难即去，但令女须便将随。”翁无辞，招女随之，启后户送之，赚生离门，父子阖扉去。回首峭壁巉岩，无少隙缝，只影茕茕[②]，罔所归适。视天上斜月高揭[③]，星斗已稀。怅怅良久，悲已而恨，面壁叫号，迄无应者。愤极，腰中出镵，凿石攻进，且攻且骂。瞬息洞入三四尺许。隐隐闻人语曰：“孽障哉！”生奋力凿益急。忽洞底豁开二扉，推娥出曰：“可去，可去！”壁即复合。女怨曰：“既爱我为妇，岂有待丈人如此者？是何处老道士，授汝凶器，将人缠混欲死！”生得女，意愿已慰，不复置辩，但忧路险难归。女折两枝，各跨其一，即化为马，行且驶，俄顷至家。时失生已七日矣。

初，生之与仆相失也，觅之不得，归而告母。母遣人穷搜山谷，并无踪绪。正忧惶所，闻子自归，欢喜承迎。举首见妇，几骇绝。生略述之，母益忻慰。女以形迹诡异，虑骇物听，求即播迁[④]，母从之。异郡有别业，刻期徙往，人莫之知。偕居十八年，生一女，适同邑李氏。后母寿终。女谓生曰：“吾家茅田中，有雉菢[⑤]八卵，其地可葬。汝父子扶榇归窆[⑥]。儿已成立，宜即留守庐墓，无庸复来。”生从其言，葬后自返。月余，孟仙往省之，而父母俱杳。问之老奴，则云：“赴

---

① 伺：窥探。
② 茕茕：孤独无依。
③ 揭：悬。
④ 播迁：变更住所。
⑤ 菢：孵。
⑥ 扶榇归窆：扶棺下葬。

葬未还。”心知其异，浩叹而已。

孟仙文名甚噪，而困于场屋[①]，四旬不售[②]。后以拔贡入北闱，遇同号生[③]，年可十七八，神采俊逸，爱之。视其卷，注顺天廪生[④]霍仲仙。瞪目大骇，因自道姓名。仲仙亦异之，便问乡贯，孟悉告之。仲仙喜曰：“弟赴都时，父嘱文场中如逢山右霍姓者，吾族也，宜与款接，今果然矣。顾何以名字相同如此？”孟仙因诘高、曾[⑤]，并严、慈[⑥]姓讳，已而惊曰：“是我父母也！”仲仙疑年齿之不类。孟仙曰：“我父母皆仙人，何可以貌信其年岁乎？”因述往迹，仲仙始信。场后不暇休息，命驾同归。才到门，家人迎告，是夜失太翁及夫人所在。两人大惊。仲仙入而询诸妇。妇言：“昨夕尚共杯酒，母谓：‘汝夫妇少不更事。明日大哥来，吾无虑矣。’早旦入室，则阒[⑦]无人矣。”兄弟闻之，顿足悲哀。仲仙犹欲追觅，孟仙以为无益，乃止。是科仲领乡荐[⑧]。以晋中祖墓所在，从兄而归。犹冀父母尚在人间，随在探访，而终无踪迹矣。

异史氏曰：钻穴眠榻，其意则痴；凿壁骂翁，其行则狂。仙人之撮合之者，惟欲以长生报其孝耳。然既混迹人间，狎生子女，则居而终焉，亦何不可？乃三十年而屡弃其子，抑独何哉？异已！

---

① 场屋：考场，科举。
② 售：考中。
③ 同号生：同一号舍的考生。
④ 廪生：即“廪膳生员”，可从官学领津贴。
⑤ 高、曾：高祖、曾祖。
⑥ 严、慈：父、母。
⑦ 阒：寂静。
⑧ 领乡荐：乡试考中。

仙人岛

王勉，字黾斋，灵山[①]人。有才思，屡冠文场，心气颇高，善诮骂，多所凌折[②]。偶遇一道士，视之曰："子相极贵，然被'轻薄孽'折除几尽矣。以子智慧，若反身修道，尚可登仙籍。"王嗤曰："福泽诚不可知，然世上岂有仙人！"道士曰："子何见之卑？无他求，即我便是仙耳。"王乃益笑其诬。道士曰："我何足异。能从我去，真仙数十，可立见之。"问："在何处？"曰："咫尺耳。"遂以杖夹股间，即以一头授生，令如己状。嘱合眼，呵曰："起！"觉杖粗如五斗囊，凌空翕飞，潜扪之，鳞甲齿齿焉。骇惧，不敢复动。移时，又呵曰："止！"即抽杖去，落巨宅中，重楼延阁[③]，类帝王居。有台高丈余，台上殿十一楹，弘丽无比。道士曳客上，即命童子设筵招宾。殿上列数十筵，铺张炫目。道士易盛服以伺。

少顷，诸客自空中来，所骑，或龙，或虎，或鸾凤，不一类。又各携乐器。有女子，有丈夫，有赤其两足。中独一丽者，跨彩凤，宫样妆束，有侍儿代抱乐具，长五尺以来，非琴非瑟，不知其名。酒既行，珍肴杂错，入口甘芳，并异常馐。王默然寂坐，惟目注丽者，然心爱其人，而又欲闻其乐，窃恐其终不一弹。酒阑，一叟倡言曰："蒙崔真人雅召，今日可云盛会，自宜尽欢。请以器之同者，共队为曲。"于是各合配旅。丝竹之声，响彻云汉。独有跨凤者，乐伎无偶。群声既歇，侍儿始启绣囊，横陈几上。女乃舒玉腕，如挡[④]筝状，其亮数

① 灵山：灵山卫，在今山东省胶南县东北。
② 多所凌折：很多人被其欺侮伤害。
③ 延阁：绵延的阁道。
④ 挡：用手拨弄筝或琵琶等弦索乐器。

倍于琴，烈足开胸，柔可荡魄。弹半炊许[①]，合殿寂然，无有欬者。既阕，铿尔一声，如击清磬。共赞曰："云和夫人绝技哉！"大众皆起告别，鹤唳龙吟，一时并散。

道士设宝榻锦衾，备王寝处。王初睹丽人，心情已动，闻乐之后，涉想尤劳。念己才调，自合芥拾青紫[②]，富贵后何求弗得。顷刻百绪，乱如蓬麻。道士似已知之，谓曰："子前身与我同学，后缘意念不坚，遂坠尘网。仆不自他于君，实欲拔出恶浊，不料迷晦已深，梦梦不可提悟。今当送君行。未必无复见之期，然作天仙须再劫[③]矣。"遂指阶下长石，令闭目坐，坚嘱无视。已，乃以鞭驱石。石飞起，风声灌耳，不知所行几许。忽念下方景界，未审何似，隐将两眸微开一线，则见大海茫茫，浑无边际。大惧，即复合，而身已随石俱堕，砰然一声，汩没若鸥[④]。幸夙近海，略诸泅浮。闻人鼓掌曰："美哉跌乎！"

危殆方急，一女子援登舟上，且曰："吉利，吉利，秀才'中湿'矣！"视之，年可十六七，颜色艳丽。王出水寒栗，求火燎之。女子言："从我至家，当为处置。苟适意，勿相忘。"王曰："是何言哉！我中原才子，偶遭狼狈，过此图以身报，何但不忘！"女子以棹催艇，疾如风雨，俄已近岸。于舱中携所采莲花一握，导与俱去。半里许入村，见朱户南开，进历数重门，女子先驰入。少间，一丈夫出，是四十许人，揖王升阶[⑤]，命侍者取冠袍袜履，为王更衣。既，询邦族。王曰："某非相欺，才名略可听闻。崔真人切切眷恋，招升天阙[⑥]。自分功名反掌，以故不愿栖隐。"丈夫起敬曰："此名仙人岛，远绝人世。文若，

---

① 半炊许：煮半顿饭的时间。
② 芥拾青紫：取高官像从地上拾草一样容易。
③ 再劫：两次劫数。
④ 汩没若鸥：像海鸥沉潜水中。
⑤ 升阶：上台阶。
⑥ 天阙：天宫。

姓桓。世居幽僻，何幸得近名流。”因而殷勤置酒。又从容而言曰：“仆有二女，长者芳云，年十六矣，只今未遭良匹。欲以奉侍高人，如何？”王意必采莲人，离席称谢。桓命于邻党[1]中，招二三齿德[2]来。顾左右，立唤女郎。

无何，异香浓射，美姝十余辈，拥芳云出，光艳明媚，若芙蕖之映朝日。拜已，即坐，群姝列侍，则采莲人亦在焉。酒数行，一垂髫女自内出，仅十余龄，而姿态秀曼，笑依芳云肘下，秋波流动。桓曰：“女子不在闺中，出作何务？”乃顾客曰：“此绿云，即仆幼女。颇惠，能记典坟[3]矣。”因令对客吟诗。遂诵《竹枝词》三章，娇婉可听。便令傍姊隅坐。桓因谓：“王郎天才，宿构必富，可使鄙人得闻教乎？”王即慨然诵近体一作，顾盼自雄，中二句云：

一身剩有须眉在，小饮能令块磊消。

邻叟再三诵之。芳云低告曰：“上句是孙行者离火云洞，下句是猪八戒过子母河也。”一座抚掌。桓请其他。王述《水鸟》诗云：“潴头鸣格磔，……”忽忘下句。甫一沉吟，芳云向妹呫呫[4]耳语，遂掩口而笑。绿云告父曰：“渠为姊夫续下句矣。云：‘狗腚响弸巴。’”合席粲然。王有惭色。桓顾芳云，怒之以目，王色稍定。

桓复请其文艺。王意世外人必不知八股业，乃炫其冠军之作，题为孝哉闵子骞二句，破云：“圣人赞大贤之孝……”绿云顾父曰：“圣人无字门人者，‘孝哉……’一句，即是人言。”王闻之，意兴索然。桓笑曰：“童子何知！不在此，只论文耳。”王乃复诵。每数句，姊妹必相耳语，似是月旦[5]之词，但嚅嗫不可辨。王诵至佳处，兼述文宗

① 邻党：乡党、邻里。
② 齿德：年长有德的人。
③ 典坟：泛指古代文籍。
④ 呫呫：低声细语。
⑤ 月旦：月旦评，品评人物。

评语，有云："字字痛切。"绿云告父曰："姊云：'宜删"切"字。'"众都不解。桓恐其语嫚，不敢研诘。王诵毕，又述总评，有云："羯鼓一挝，则万花齐落[①]。"芳云又掩口语妹，两人皆笑不可仰。绿云又告曰："姊云'羯鼓当是四挝。'"众又不解。绿云启口欲言，芳云忍笑诃之曰："婢子敢言，打煞矣！"众大疑，互有猜论。绿云不能忍，乃曰："去'切'字，言'痛'则'不通'。鼓四挝，其声云'不通又不通'也。"众大笑。桓怒诃之，因而自起泛卮[②]，谢过不遑。王初以才名自诩，目中实无千古，至此神气沮丧，徒有汗淫[③]。桓谀而慰之曰："适有一言，请席中属对焉：'王子身边，无有一点不似玉。'"众未措想，绿云应声曰："黾翁头上，再着半夕即成龟。"芳云失笑，呵手扭胁肉数四。绿云解脱而走，回顾曰："何预汝事！汝骂之频频，不以为非，宁他人一句，便不许耶？"桓咄之，始笑而去。邻叟辞别。诸婢导夫妻入内寝，灯烛屏榻，陈设精备。又视洞房中，牙签[④]满架，靡书不有。略致问难，响应无穷。

王至此，始觉望洋堪羞[⑤]。女唤"明珰"，则采莲者趋应，由是始识其名。屡受诮辱，自恐不见重于闺闼，幸芳云语言虽虐，而房帏之内，犹相爱好。王安居无事，辄复吟哦。女曰："妾有良言，不知肯嘉纳否？"问："何言？"曰："从此不作诗，亦藏拙之一道也。"王大惭，遂绝笔。久之，与明珰渐狎。告芳云曰："明珰与小生有拯命之德，愿少假以辞色[⑥]。"芳云乃即许之。每作房中之戏，招与共事，两情益笃，时色授而手语之。芳云微觉，责词重叠，王惟喋喋[⑦]，强自解

① 万花齐落：文采缤纷。
② 泛卮：干杯。
③ 汗淫：汗水淫淫。
④ 牙签：象牙制作的书签，借指书函。
⑤ 望洋堪羞：以自己见闻鄙陋为羞。
⑥ 少假以辞色：稍微给以好言语、好脸色。
⑦ 喋喋：喋喋不休，絮絮叨叨。

免。一夕对酌，王以为寂，劝招明珰，芳云不许。王曰："卿无书不读，何不记'独乐乐'数语？"芳云曰："我言君不通，今益验矣。句读尚不知耶？'独要，乃乐于人要；间乐，孰要乎？曰：不。'"一笑而罢。

适芳云姊妹赴邻女之约，王得间，急引明珰，绸缪备至。当晚，觉小腹微痛，痛已，而前阴尽肿。大惧，以告芳云。云笑曰："必明珰之恩报矣！"王不敢隐，实供之。芳云曰："自作之殃，实无可以方略[①]。既非痛痒，听之可矣。"数日不瘳，忧闷寡欢。芳云知其意，亦不问讯，但凝视之，秋水盈盈，朗若曙星。王曰："卿所谓'胸中正，则眸子瞭焉'。"芳云笑曰："卿所谓'胸中不正，则瞭子眸焉'。"盖"没有"之"没"，俗读似"眸"，故以此戏之也。王失笑，哀求方剂。曰："君不听良言，前此未必不疑妾为妒意。不知此婢原不可近。曩实相爱，而君若东风之吹马耳[②]，故唾弃不相怜。无已，为若治之。然医师必审患处。"乃探衣而咒曰："'黄鸟黄鸟，无止于楚！'"王不觉大笑，笑已而瘳。

逾数月，王以亲老子幼，每切怀忆。以意告女。女曰："归即不难，但会合无日耳。"王涕下交颐，哀与同归。女筹思再三，始许之。桓翁张筵祖饯[③]。绿云提篮入，曰："姊姊远别，莫可持赠。恐至海南，无以为家，夙夜代营宫室，勿嫌草创[④]。"芳云拜而受之。近而审谛[⑤]，则用细草制为楼阁，大如橼，小如橘，约二十余座，每座梁栋榱题[⑥]，历历可数，其中供帐床榻，类麻粒焉。王儿戏视之，而心窃叹其工。芳云曰："实与君言：我等皆是地仙。因有夙分[⑦]，遂得

① 方略：办法。
② 若东风之吹马耳：如同风过马耳边，无所动于心。
③ 祖饯：设宴饯行。
④ 草创：初设。
⑤ 审谛：仔细观看。
⑥ 榱题：屋檐的椽子头，出檐。
⑦ 夙分：前世缘分。

陪从。本不欲践红尘，徒以君有老父，故不忍违。待父天年，须复还也。”王敬诺。桓乃问：“陆耶？舟耶？”王以风涛险，愿陆。出则车马已候于门。谢别而迈，行踪骛驶[①]。俄至海岸，王心虑其无途。芳云出素练一疋，望南抛去，化为长堤，其阔盈丈。瞬息驰过，堤亦渐收。至一处，潮水所经，四望辽邈。芳云止勿行，下车取篮中草具，偕明珰数辈，布置如法，转眼化为巨第。并入解装，则与岛中居无稍差殊，洞房内几榻宛然。时已昏暮，因止宿焉。早旦，命王迎养[②]。

王命骑趋诣故里，至则居宅已属他姓。问之里人，始知母及妻皆已物故，惟老父尚存。子善博，田产并尽，祖孙莫可栖止，暂僦居于西村。王初归时，尚有功名之念，不恝[③]于怀。及闻此况，沉痛大悲，自念富贵纵可携取，与空花何异。驱马至西村，见父衣服滓敝[④]，衰老堪怜。相见，各哭失声。问不肖子，则出赌未归。王乃载父而还。芳云朝拜已毕，燂汤[⑤]请浴，进以锦裳，寝以香舍。又遥致故老与谈讌[⑥]，享奉过于世家。子一日寻至其处，王绝之，不听入，但予以廿金，使人传语曰：“可持此买妇，以图生业。再来，则鞭打立毙矣！”子泣而去。

王自归，不甚与人通礼，然故人偶至，必延接盘桓，㧑抑[⑦]过于平日。独有黄子介，夙与同门学，亦名士之坎坷者，王留之甚久，时与秘语，赂遗甚厚。居三四年，王翁卒，王万钱卜兆[⑧]，营葬尽礼。时子已娶妇，妇束男子严，子赌亦少间矣。是日临丧，始得拜识姑

① 骛驶：急驰。
② 迎养：迎父母供养。
③ 恝（jiá）：恝置，淡然忘之，不介意。
④ 滓敝：肮脏破旧。
⑤ 燂汤：烧热水。
⑥ 谈讌：谈心宴饮。
⑦ 㧑抑：谦逊。
⑧ 卜兆：卜坟兆，以占卜择定墓地。

嫜[1]。芳云一见，许其能家，赐三百金为田产之费。翼日，黄及子同往省视，则舍宇全渺，不知所在。

异史氏曰：佳丽所在，人且于地狱中求之，况享受无穷乎？地仙许携姝丽，恐帝阙下虚无人矣。轻薄减其禄籍[2]，理固宜然，岂仙人遂不之忌哉？彼妇之口，抑何其虐也！

阿　绣

海州[3]刘子固，十五岁时，至盖[4]省其舅。见杂货肆中一女子，姣丽无双，心爱好之。潜至其肆，托言买扇。女子便呼父。父出，刘意沮，故折阅[5]之而退。遥睹其父他往，又诣之。女将觅父。刘止之曰："无须，但言其价，我不靳[6]直[7]耳。"女如言，故昂之[8]。刘不忍争，脱贯[9]径去。明日复往，又如之。行数武，女追呼曰："返来！适伪言[10]耳，价奢过当。"因以半价返之。刘益感其诚，蹈隙[11]辄往，由是日熟。女问："郎居何所？"以实对。转诘之，自言姚氏。临行，所市物，女以纸代裹完好，已而以舌舐黏之。刘怀归不敢复动，恐乱其舌痕也。积半月，为仆所窥，阴与舅力要之归。意惓惓不自得。以所市香帕脂粉等类，密置一箧，无人时，辄阖户自检一过，触类凝思。

---

① 姑嫜：公婆。
② 禄籍：登记禄位的簿册。
③ 海州：海州卫，治所在今辽宁海城县。
④ 盖：盖州卫，清改为盖平县，今辽宁省盖县。
⑤ 折阅：亏本，压低售价。
⑥ 靳：计较。
⑦ 直：通“值”，价钱。
⑧ 昂之：提高价格。
⑨ 脱贯：从钱串上取下钱付账。
⑩ 伪言：假话。
⑪ 蹈隙：趁空。

次年，复至盖，装甫解，即趋女所，至则肆宇阖焉，失望而返。犹意偶出未返，早又诣之，阖如故。问诸邻，始知姚原广宁[①]人，以贸易无重息，故暂归去，又不审何时可复来。神志乖丧。居数日，怏怏而归。母为议婚，屡梗之，母怪且怒。仆私以曩事告母，母益防闲之，盖之途由是绝。刘忽忽遂减眠食。母忧思无计，念不如从其志。于是刻日办装，使如盖，转寄语舅，媒合之。舅即承命诣姚。逾时而返，谓刘曰："事不谐矣！阿绣已字广宁人。"刘低头丧气，心灰绝望。既归，捧箧啜泣，而徘徊顾念，冀天下有似之者。

适媒来，艳称复州黄氏女。刘恐不确，命驾至复。入西门，见北向一家，两扉半开，内一女郎，怪似阿绣。再属目之，且行且盼而入，真是无讹。刘大动，因僦其东邻居，细诘知为李氏。反复凝念：天下宁有如此相似者耶？居数日，莫可夤缘[②]，惟日眈眈伺候其门，以冀女或复出。一日，日方西，女果出。忽见刘，即返身走，以手指其后，又复掌及额，乃入。刘喜极，但不能解。凝思移时，信步诣舍后，见荒园寥廓，西有短垣，略可及肩。豁然顿悟，遂蹲伏露草中。久之，有人自墙上露其首，小语曰："来乎？"刘诺而起。细视，真阿绣也。因大恸，涕堕如绠[③]。女隔堵探身，以巾拭其泪，深慰之。刘曰："百计不遂，自谓今生已矣，何期复有今夕？顾卿何以至此？"曰："李氏，妾表叔也。"刘请逾垣。女曰："君先归，遣从人他宿，妾当自至。"刘如言，坐伺之。少间，女悄然入，妆饰不甚炫丽，袍裤犹昔。刘挽坐，备道艰苦。因问："卿已字，何未醮也？"女曰："言妾受聘者妄也。家君以道里赊远，不愿附公子婚，此或托舅氏诡词，以绝君望耳。"既就枕席，宛转万态，款接之欢，不可言喻。四更遽起，过墙而去。

① 广宁：县名，今辽宁北镇县。
② 夤缘：攀附，找理由接近。
③ 绠：井绳。

刘自是不复措意黄氏矣。旅居忘返，经月不归。

一夜，仆起饲马，见室中灯犹明，窥之，见阿绣，大骇。顾不敢言主人，旦起，访市肆，始返而诘刘曰："夜与还往者，何人也？"刘初讳之。仆曰："此第岑寂，狐鬼之薮[①]，公子宜自爱。彼姚家女郎，何为而至此？"刘始觍然曰："西邻是其表叔，有何疑沮？"仆言："我已访之审，东邻止一孤媪，西家一子尚幼，别无密戚。所遇当是鬼魅，不然，焉有数年之衣，尚未易者？且其面色过白，两颊少瘦，笑处无微涡，不如阿绣美。"刘反复思，乃大惧曰："然且奈何？"仆谋伺其来，操兵入共击之。至暮，女至，谓刘曰："知君见疑，然妾亦无他，不过了夙分耳。"言未已，仆排闼入。女呵之曰："可弃兵！速具酒来，当与若主别。"仆便自投，若或夺焉。刘益恐，强设酒馔。女谈笑如常，举手向刘曰："悉君心事，方将图效绵薄，何竟伏戎？妾虽非阿绣，颇自谓不亚，君视之犹昔否耶？"刘毛发俱竖，噤不语。女听漏三下，把盏一呷，起立曰："我且去，待花烛后，再与新妇较优劣也。"转身遂杳。

刘信狐言，径如盖。怨舅之诳己也，不舍[②]其家，寓近姚氏，托媒自通，啖以重赂。姚妻乃言："小郎为觅婿广宁，若翁以是故去，就否未可知。须旋日，方可计校。"刘闻之，彷徨无以自主，惟坚守以伺其归。逾十余日，忽闻兵警[③]，犹疑讹传，久之，信益急，乃趣装行。中途遇乱，主仆相失，为侦者所掠。以刘文弱，疏其防，盗马亡去。至海州界，见一女子，蓬鬓垢耳，出履蹉跌，不可堪。刘驰过之，女遽呼曰："马上人非刘郎乎？"刘停鞭审顾，则阿绣也。心仍讶其为狐，曰："汝真阿绣耶？"女问："何为出此言？"刘述所遇。女曰："妾真

---

① 薮：众多。
② 舍：住。
③ 兵警：兵事之警，打仗的消息。

阿绣也。父携妾自广宁归，遇兵被俘，授马屡堕。忽一女子，握腕趣遁，荒窜军中，亦无诘者。女子健步若飞隼，苦不能从，百步而屦屡褪焉。久之，闻号嘶渐远，乃释手曰：'别矣！前皆坦途，可缓行，爱汝者将至，宜与同归。'"刘知其狐，感之。因述其留盖之故。女言其叔为择婿于方氏，未委禽[1]而乱适作。刘始知舅言非妄。携女马上，叠骑归。入门则老母无恙，大喜。系马入，具道所以。母亦喜，为之盥濯，竟妆，容光焕发。母抚掌曰："无怪痴儿魂梦不置也！"遂设裀褥，使从己宿。又遣人赴盖，寓书于姚。不数日，姚夫妇俱至，卜吉成礼乃去。

刘出藏篋，封识俨然。有粉一函，启之，化为赤土。刘异之。女掩口曰："数年之盗，今始发觉矣。尔日见郎任妾包裹，更不及审真伪，故以此相戏耳。"方嬉笑间，一人搴帘入曰："快意如此，当谢蹇修否？"刘视之，又一阿绣也。急呼母，母及家人悉集，无有能辨识者。刘回眸亦迷，注目移时，始揖而谢之。女子索镜自照，赧然趋出，寻之已杳。夫妇感其义，为位于室而祀之。

一夕，刘醉归，室暗无人，方自挑灯，而阿绣至。刘挽问："何之？"笑曰："醉臭熏人，使人不耐！如此盘诘，谁作桑中逃[2]耶？"刘笑捧其颊。女曰："郎视妾与狐姊孰胜？"刘曰："卿过之，然皮相者[3]不辨也。"已而合扉相狎。俄有叩门者，女起笑曰："君亦皮相者也。"刘不解。趋启门，则阿绣入，大愕。始悟适与语者狐也。暗中又闻笑声。夫妻望空而祷，祈求现像。狐曰："我不愿见阿绣。"问："何不另化一貌？"曰："我不能。"问："何故不能？"曰："阿绣，吾妹也，前世不幸夭殂。生时，与余从母至天宫，见西王母，心窃爱慕，归则刻

---

① 委禽：即"纳采"，婚礼六礼之一。

② 桑中逃：外出幽会。

③ 皮相者：只看外表的人。

意效之。妹子较我慧，一月神似，我学三月而后成，然终不及妹。今已隔世，自谓过之，不意犹昔耳。我感汝两人诚意，故时复一至，今去矣。”遂不复言。

自此三五日辄一来，一切疑难悉决之。值阿绣归宁，来常数日不去，家人皆惧避之。每有亡失，则华妆端坐，插玳瑁簪长数寸，朝家人而庄语[1]之：“所窃物，夜当送至某所，不然，头痛大作，悔无及！”天明，果于某所获之。三年后，绝不复来。偶失金帛，阿绣效其装，吓家人，亦屡效焉。

小　翠

王太常[2]，越人。总角时，昼卧榻上。忽阴晦，巨霆暴作。一物大于猫，来伏身下，展转不离。移时晴霁，物即径出。视之，非猫，始怖，隔房呼兄。兄闻喜曰：“弟必大贵，此狐来避雷霆劫也。”后果少年登进士，以县令入为侍御。生一子名元丰，绝痴，十六岁不能知牝牡[3]，因而乡党无与为婚。王忧之。适有妇人率少女登门，自请为妇。视其女，嫣然展笑，真仙品也。喜问姓名。自言虞氏，女小翠，年二八矣。与议聘金。曰：“是从我糠覈[4]不得饱，一旦置身广厦，役婢仆，厌[5]膏粱，彼意适，我愿慰矣，岂卖菜也而索直乎！”夫人大悦，优厚之。妇即命女拜王及夫人，嘱曰：“此尔翁姑[6]，奉侍宜谨。我大忙，且去，三数日当复来。”王命仆马送之，妇言：“里巷不远，无烦多事。”

① 庄语：严肃地说。
② 太常：官名，掌管朝廷礼乐之事。
③ 牝牡：雌雄，母公。
④ 糠覈：粗糙的食物。
⑤ 厌：通“餍”，饱食。
⑥ 翁姑：公婆。

遂出门去。小翠殊不悲恋，便即奁中翻取花样。夫人亦爱乐之。

数日，妇不至。以居里问女，女亦憨然不能言其道路。遂治别院，使夫妇成礼。诸戚闻拾得贫家儿作新妇，共笑姗之。见女皆惊，群议始息。女又甚慧，能窥翁姑喜怒。王公夫妇，宠惜过于常情，然惕惕焉惟恐其憎子痴，而女殊欢笑，不为嫌。第善谑，刺布作圆，蹋蹴[①]为笑。着小皮靴，蹴去数十步，绐公子奔拾之，公子及婢恒流汗相属。一日，王偶过，圆訇然来，直中面目。女与婢俱敛迹去，公子犹踊跃奔逐之。王怒，投之以石，始伏而啼。王以告夫人，夫人往责女，女俯首微笑，以手刓床。既退，憨跳如故，以脂粉涂公子作花面如鬼。夫人见之，怒甚，呼女诟骂。女倚几弄带，不惧，亦不言。夫人无奈之，因杖其子。元丰大号，女始色变，屈膝乞宥[②]。夫人怒顿解，释杖去。女笑拉公子入室，代扑衣上尘，拭眼泪，摩挲杖痕，饵以枣栗。公子乃收涕以忻。女阖庭户，复装公子作霸王，作沙漠人，已乃艳服，束细腰，婆娑作帐下舞，或髻插雉尾，拨琵琶，丁丁缕缕然，喧笑一室，日以为常。王公以子痴，不忍过责妇，即微闻焉，亦若置之。

同巷有王给谏[③]者，相隔十余户，然素不相能。时值三年大计[④]吏，忌公握河南道篆，思中伤之。公知其谋，忧虑无所为计。一夕，早寝，女冠带，饰冢宰状，翦素丝作浓髭[⑤]，又以青衣饰两婢为虞候[⑥]，窃跨厩马而出，戏云："将谒王先生。"驰至给谏之门，即又鞭挞从人，大言曰："我谒侍御王，宁谒给谏王耶！"回辔而归。比至家门，门者误以为真，奔白王公。公急起承迎，方知为子妇之戏。怒甚，谓夫人曰：

---

① 蹋蹴：踢。
② 宥：原谅。
③ 给谏：给事中的别称。
④ 大计：对外官的考绩。
⑤ 髭：胡须。
⑥ 虞候：侍从。

“人方蹈我之瑕，反以闺阁之丑登门而告之，余祸不远矣！”夫人怒，奔女室，诟让之。女惟憨笑，并不一置词。挞之，不忍；出之，则无家。夫妻懊怨，终夜不寝。时冢宰某公赫甚，其仪采服从，与女伪装无少殊别，王给谏亦误为真。屡侦公门，中夜而客未出，疑冢宰与公有阴谋。次日早朝，见而问曰：“夜相公至君家耶？”公疑其相讥，惭颜唯唯，不甚响答。给谏愈疑，谋遂寝[①]，由此益交欢公。公探知其情，窃喜，而阴嘱夫人，劝女改行，女笑应之。

逾岁，首相免，适有以私函致公者，误投给谏。给谏大喜，先托善公者往假万金，公拒之。给谏自诣公所。公觅巾袍[②]，并不可得，给谏伺候久，怒公慢，愤将行。忽见公子衮衣[③]旒冕[④]，有女子自门内推之以出。大骇，已而笑抚之，脱其服冕而去。公急出，则客去远。闻其故，惊颜如土，大哭曰：“此祸水也！指日赤吾族矣！”与夫人操杖往。女已知之，阖扉任其诟厉。公怒，斧其门。女在内含笑而告之曰：“翁无烦怒！有新妇在，刀锯斧钺，妇自受之，必不令贻害双亲。翁若此，是欲杀妇以灭口耶？”公乃止。给谏归，果抗疏揭王不轨，衮冕作据。上惊验之，其旒冕乃粱秸心所制，袍则败布黄袱也。上怒其诬。又召元丰至，见其憨状可掬，笑曰：“此可以作天子耶？”乃下之法司。给谏又讼公家有妖人，法司严诘臧获[⑤]，并言无他，惟颠妇痴儿，日事戏笑，邻里亦无异词。案乃定，以给谏充云南军。王由是奇女。又以母久不至，意其非人。使夫人探诘之，女但笑不言。再复穷问，则掩口曰：“儿玉皇女，母不知耶？”

---

① 寝：停止。
② 巾袍：冠服。
③ 衮衣：皇帝所穿的衮龙袍。
④ 旒冕：前后悬垂玉串的皇冠。
⑤ 臧获：奴婢。

无何，公擢[①]京卿。五十余，每患无孙。女居三年，夜夜与公子异寝，似未尝有所私。夫人舁榻去，嘱公子与妇同寝。过数日，公子告母曰："借榻去，悍不还！小翠夜夜以足股加腹上，喘气不得，又惯掐人股里。"婢妪无不粲[②]然。夫人呵拍令去。一日，女浴于室，公子见之，欲与偕；女笑止之，谕使姑待。既出，乃更泻热汤于瓮，解其袍袴，与婢扶入之。公子觉蒸闷，大呼欲出。女不听，以衾蒙之。少时，无声，启视，已绝[③]。女坦笑不惊，曳置床上，拭体干洁，加复被焉。夫人闻之，哭而入，骂曰："狂婢何杀吾儿！"女辴然曰："如此痴儿，不如勿有。"夫人益恚，以首触女，婢辈争曳劝之。方纷噪间，一婢告曰："公子呻矣！"辍涕抚之，则气息休休，而大汗浸淫，沾浃裀褥。食顷，汗已，忽开目四顾，遍视家人，似不相识，曰："我今回忆往昔，都如梦寐，何也？"夫人以其言语不痴，大异之。携参其父，屡试之，果不痴。大喜，如获异宝。至晚，还榻故处，更设衾枕以觇[④]之。公子入室，尽遣婢去。早窥之，则榻虚设。自此痴颠皆不复作，而琴瑟静好，如形影焉。

年余，公为给谏之党奏劾免官，小有罣误[⑤]。旧有广西中丞所赠玉瓶，价累千金，将出以贿当路。女爱而把玩之，失手堕碎，惭而自投。公夫妇方以免官不快，闻之，怒，交口呵骂。女奋而出，谓公子曰："我在汝家，所保全者不止一瓶，何遂不少存面目？实与君言：我非人也。以母遭雷霆之劫，深受而翁庇翼，又以我两人有五年夙分，故以我来报曩恩、了夙愿耳。身受唾骂，擢发不足以数，所以不即行者，五年之爱未盈，今何可以暂止乎！"盛气而出，追之已杳。公爽然自失，

---

① 擢：擢升，升官。
② 粲：大笑。
③ 绝：气绝。
④ 觇：观察，窥探。
⑤ 罣误：被别人牵连而受到处分或损害。

而悔无及矣。公子入室，睹其剩粉遗钩，恸哭欲死，寝食不甘，日就羸悴。公大忧，急为胶续[①]以解之，而公子不乐。惟求良工画翠小像，日夜浇祷其下，几二年。

偶以故自他里归，明月已皎，村外有公家亭园，骑马墙外过，闻笑语声，停辔，使厩卒捉鞚[②]，登鞍一望，则二女郎游戏其中。云月昏蒙，不甚可辨。但闻一翠衣者曰："婢子当逐出门！"一红衣者曰："汝在吾家园亭，反逐阿谁？"翠衣人曰："婢子不羞！不能作妇，被人驱遣，犹冒认物产也？"红衣者曰："索胜[③]老大婢无主顾者！"听其音，酷类小翠，疾呼之。翠衣人去曰："姑不与若争，汝汉子来矣。"既而红衣人来，果小翠。喜极。女令登垣，承接而下之，曰："二年不见，骨瘦一把矣！"公子握手泣下，具道相思。女言："妾亦知之，但无颜复见家人。今与大姊游戏，又相邂逅，足知前因不可逃也。"请与同归，不可；请止园中，许之。公子遣仆奔白夫人。夫人惊起，驾肩舆而往，启钥入亭。女即趋下迎拜。夫人捉臂流涕，力白前过，几不自容，曰："若不少记榛梗，请偕归，慰我迟暮。"女峻辞不可。夫人虑野亭荒寂，谋以多人服役。女曰："我诸人悉不愿见，惟前两婢朝夕相从，不能无眷注耳，外惟一老仆应门，余都无所复须。"夫人悉如其言。托公子养疴[④]园中，日供食用而已。

女每劝公子别婚，公子不从。后年余，女眉目音声，渐与曩异，出像质之，迥若两人。大怪之。女曰："视妾今日，何如畴昔美？"公子曰："今日美则美，然较昔则似不如。"女曰："意妾老矣！"公子曰："二十余岁，何得速老。"女笑而焚图，救之已烬。一日，谓

① 胶续：续娶。
② 鞚：有嚼口的马笼头。
③ 索胜：总胜过。
④ 养疴：养病。

公子曰："昔在家时，阿翁谓妾抵死不作茧。今亲老君孤，妾实不能产，恐误君宗嗣。请娶妇于家，旦晚侍奉公姑，君往来于两间，亦无所不便。"公子然之，纳币于钟太史之家。吉期将近，女为新人制衣履，赍送母所。及新人入门，则言貌举止，与小翠无毫发之异，大奇之。往至园亭，则女亦不知所在。问婢，婢出红巾曰："娘子暂归宁，留此贻公子。"展巾，则结玉玦一枚，心知其不返，遂携婢俱归。虽顷刻不忘小翠，幸而对新人如觌[①]旧好焉。始悟钟氏之姻，女预知之，故先化其貌，以慰他日之思云。

异史氏曰：一狐也，以无心之德，而犹思所报；而身受再造[②]之福者，顾失声于破甑，何其鄙哉！月缺重圆，从容而去，始知仙人之情，亦更深于流俗也！

① 觌：见。
② 再造：再生。

卷 八

梦 狼

白翁,直隶人。长子甲,筮仕南服[①],三年无耗。适有瓜葛丁姓造谒,翁款之。丁素走无常。谈次,翁辄问以冥事,丁对语涉幻。翁不深信,但微哂之。

别后数日,翁方卧,见丁又来,邀与同游。从之去,入一城阙。移时,丁指一门曰:“此间君家甥也。”时翁有姊子为晋令,讶曰:“乌在此?”丁曰:“倘不信,入便知之。”翁入,果见甥,蝉冠豸绣[②]坐堂上,戟幢行列,无人可通[③]。丁曳之出,曰:“公子衙署,去此不远,亦愿见之否?”翁诺。少间,至一第,丁曰:“入之。”窥其门,见一巨狼当道,大惧不敢进。丁又曰:“入之。”又入一门,见堂上、堂下,坐者、卧者,皆狼也。又视墀中,白骨如山,益惧。丁乃以身翼翁而进。公子甲方自内出,见父及丁良喜。少坐,唤侍者治肴蔌[④]。忽一巨狼,衔死人入。翁战惕而起曰:“此胡为者?”甲曰:“聊充庖厨。”翁急止之。心怔忡不宁,辞欲出,而群狼阻道。进退方无所主,忽见诸狼纷然嗥避,或窜床下,或伏几底。错愕不解其故。俄有两金甲猛士努目[⑤]入,

① 筮仕南服:在南方做官。
② 蝉冠豸绣:御史、司法官员服饰上的图案。
③ 通:通报。
④ 肴蔌:菜肴。
⑤ 努目:瞪眼。

出黑索索甲。甲扑地化为虎，牙齿巉巉。一人出利剑，欲枭其首。一人曰："且勿，且勿，此明年四月间事，不如姑敲齿去。"乃出巨锤锤齿，齿零落堕地。虎大吼，声震山岳。翁大惧，忽醒，乃知其梦。心异之，遣人招丁，丁辞不至。

翁志其梦，使次子诣甲，函戒哀切。既至，见兄门齿尽脱，骇而问之，则醉中坠马所折。考[1]其时，则父梦之日也。益骇。出父书。甲读之变色，为间[2]曰："此幻梦之适符耳，何足怪。"时方赂当路者，得首荐，故不以妖梦为意。弟居数日，见其蠹役[3]满堂，纳贿关说者，中夜不绝，流涕谏止之。甲曰："弟日居衡茅，故不知仕途之关窍耳。黜陟之权，在上台不在百姓。上台喜，便是好官；爱百姓，何术能令上台喜也？"弟知不可劝止，遂归告父。翁闻之大哭。无可如何，惟捐家济贫，日祷于神，但求逆子之报，不累妻孥。次年，报甲以荐举作吏部，贺者盈门，翁惟欷歔，伏枕托疾不出。未几，闻子归途遇寇，主仆殒命。翁乃起，谓人曰："鬼神之怒，止及其身，佑我家者不可谓不厚也。"因焚香而报谢之。慰藉翁者，咸以为道路讹传，惟翁则深信不疑，刻日为之营兆[4]。而甲固未死。

先是，四月间，甲解任，甫离境，即遭寇，甲倾装以献之。诸寇曰："我等来，为一邑之民泄冤愤耳，宁耑为此哉！"遂决其首。又问家人："有司大成者谁是？"司故甲之腹心，助桀为虐者。家人共指之，贼亦杀之。更有蠹役四人，甲聚敛臣[5]也，将携入都。并搜决讫，始分赀入囊，骛驰而去。甲魂伏道旁，见一宰官过，问："杀者何人？"前驱者曰："某县白知县也。"宰官曰："此白某之子，不宜使老后见

① 考：查考核实。
② 为间：一会儿。
③ 蠹役：害民的役吏。
④ 营兆：寻找墓地。
⑤ 聚敛臣：协助长官搜刮钱财的奴仆。

此凶惨，宜续其头。”即有一人掇头置腔上，曰：“邪人不宜使正，以肩承领可也。”遂去。移时复苏。妻子往收其尸，见有余息，载之以行。从容灌之，亦受饮。但寄旅邸，贫不能归。半年许，翁始得确耗，遣次子致之而归。甲虽复生，而目能自顾其背，不复齿人数矣。翁姊子有政声，是年行取①为御史，悉符所梦。

异史氏曰：窃叹天下之官虎而吏狼者，比比②也。即官不为虎，而吏且将为狼，况有猛于虎者耶！夫人患不能自顾其后耳，苏而使之自顾，鬼神之教微③矣哉！

邹平④李进士匡九，居官颇廉明。常有富民为人罗织⑤，门役吓之曰：“官索汝二百金，宜速办，不然败矣！”富民惧，诺备半数，役摇手不可。富民苦哀之，役曰：“我无不极力，但恐不允耳。待听鞫时，汝目睹我为若白之，其允与否，亦可明我意之无他也。”少间，公按⑥是事。役知李戒烟，近问：“饮烟否？”李摇其首。役即趋下曰：“适言其数，官摇首不许，汝见之耶？”富民信之，惧，许如数。役知李嗜茶，近问：“饮茶否？”李颔之。役托烹茶，趋下曰：“谐矣！适首肯，汝见之耶？”既而审结，富民果获免，役即收其苞苴⑦，且索谢金。呜呼！官自以为廉，而骂其贪者载道焉。此又纵狼而不自知者矣。世之如此类者更多，可为居官者备一鉴也。

又，邑宰杨公，性刚鲠，撄⑧其怒者必死。尤恶隶皂，小过不

---

① 行取：明制，按规定年限，州县官经地方高级官员保举，可调京，考选补授科道或部属官职。
② 比比：比比皆是。
③ 微：幽深精妙。
④ 邹平：县名，今山东中北部。
⑤ 罗织：虚构罪名，陷害。
⑥ 按：审讯。
⑦ 苞苴：行贿的财物。
⑧ 撄：触犯。

宥[①]。每凛坐堂上，胥吏之属，无敢咳者。此属间有所白，必反而用之。适有邑人犯重罪，惧死。一吏索重贿，为之缓颊[②]。邑人不信，且曰："若能之，我何靳报焉。"乃与要盟。少顷，公鞫是事。邑人不肯服。吏在侧呵语曰："不速实供，大人械梏死矣！"公怒曰："何知我必械梏[③]之耶？想其赂未到耳。"遂责吏，释邑人。邑人乃以百金报吏。要知狼诈多端，少释觉察，即为所用。正不止肆其爪牙以食人于乡而已也。此辈败我阴骘，甚至丧我身家。不知居官者作何心腑，偏要以赤子饲麻胡[④]也！

褚　生

顺天陈孝廉，十六七岁时，尝从塾师读于僧寺，徒侣甚繁。内有褚生，自言山东人，攻苦讲求，略不暇息，且寄宿斋中，未尝一见其归。陈与最善，因诘之。答曰："仆家贫，办束金[⑤]不易，即不能惜寸阴，而加以夜半，则我之二日，可当人三日。"陈感其言，欲携榻来与共寝。褚止之曰："且勿，且勿！我视先生，学非吾师也。阜城门有吕先生，年虽耄，可师，请与俱迁之。"盖都中设帐者多以月计，月终束金完，任其留止。于是两生同诣吕。吕，越之宿儒，落魄不能归，因授童蒙，实非其志也。得两生甚喜，而褚又甚惠，过目辄了[⑥]，故尤器重之。两人情好款密，昼同几，夜亦同榻。

月既终，褚忽假归，十余日不复至。共疑之。一日，陈以故至天宁寺，

① 宥：宽恕。
② 缓颊：关说求情。
③ 械梏：刑具。
④ 麻胡：民间用来恐吓小孩子的暴徒名字。
⑤ 束金：束脩，学费。
⑥ 了：明白，知道。

遇褚廊下，劈檾[1]淬[2]硫，作火具焉。见陈，忸怩不安。陈问："何遽废读？"褚握手请间，戚然曰："贫无以遗[3]先生，必半月贩，始能一月读。"陈感慨良久，曰："但往读，自合极力。"命从人收其业，同归塾。戒陈勿泄，但托故以告先生。陈父固肆贾，居物致富，陈辄窃父金，代褚遗师。父以亡金责陈，陈实告之。父以为痴，遂使废学。褚大惭，别师欲去。吕知其故，让之曰："子既贫，胡不早告？"乃悉以金返陈父，止褚读如故，与共饔飧，若子焉。陈虽不入馆，每邀褚过酒家饮。褚固以避嫌不往，而陈要之弥坚，往往泣下，褚不忍绝，遂与往来无间。

逾二年，陈父死，复求受业。吕感其诚，纳之，而废学既久，较褚悬绝矣。居半年，吕长子自越来，丐食寻父。门人辈敛金助装，褚惟洒涕依恋而已。吕临别，嘱陈师事褚。陈从之，馆褚于家。未几，入邑庠，以"遗才"应试。陈虑不能终幅，褚请代之。至期，褚偕一人来，云是表兄刘天若，嘱陈暂从去。陈方出，褚忽自后曳之，身欲踣，刘急挽之而去。览眺一过，相携宿于其家。家无妇女，即馆客于内舍。居数日，忽已中秋。刘曰："今日李皇亲园中，游人甚夥，当往一豁积闷，相便送君归。"使人荷茶鼎、酒具而往。但见水肆梅亭，喧啾不得入。过水关，则老柳之下，横一画桡[4]，相将登舟。酒数行，苦寂。刘顾僮曰："梅花馆近有新姬，不知在家否？"僮去少时，与姬俱至，盖勾栏李遏云也。李，都中名妓，工诗善歌，陈曾与友人饮其家，故识之。相见，略道温凉。姬戚戚有忧容。刘命之歌，为歌《蒿里》。陈不悦，曰："主客即不当卿意，何至对生人歌死曲？"姬起谢，强颜欢笑，乃歌艳曲。陈喜，捉腕曰："卿向日《浣溪沙》读之数过，

---

① 檾：苘麻。
② 淬：浸染。
③ 遗：给，赠予。
④ 画桡：画舫。桡，船桨，此处代指小船。

今并忘之。”姬吟曰：

泪眼盈盈对镜台，开帘忽见小姑来，低头转侧看弓鞋。强解绿蛾开笑面，频将红袖拭香腮，小心犹恐被人猜。

陈反复数四。已而泊舟，过长廊，见壁上题咏甚多，即命笔记词其上。日已薄暮，刘曰：“闱中人将出矣。”遂送陈归。入门，即别去。陈见室暗无人，俄延间，褚已入门，细审之，却非褚生。方疑，客遽近身而仆。家人曰：“公子惫矣！”共扶拽之。转觉仆者非他，即己也。既起，见褚生在旁，惚惚若梦。屏人而研究之。褚曰：“告之勿惊：我实鬼也。久当投生，所以因循于此者，高谊所不能忘，故附君体，以代捉刀[①]。三场毕，此愿了矣。”陈复求赴春闱。曰：“君先世福薄，悭吝之骨，诰赠所不堪也。”问：“将何适？”曰：“吕先生与仆有父子之分，系念常不能置。表兄为冥司典簿，求白地府主者，或当有说。”遂别而去。

陈异之。天明，访李姬，将问以泛舟之事，则姬死数日矣。又至皇亲园，见题句犹存，而淡墨依稀，若将磨灭。始悟题者为魂，作者为鬼。至夕，褚喜而至，曰：“所谋幸成，敬与君别。”遂伸两掌，命陈书褚字于上以志之。陈将置酒为饯，摇首曰：“勿须。君如不忘旧好，发榜后，勿惮修阻[②]。”陈挥涕送之。见一人伺候于门，褚方依依，其人以手按其顶，随手而匾，掬[③]入囊，负之而去。过数日，陈果捷。于是治装如越。吕妻断育几十年，五旬余，忽生一子，两手握固不可开。陈至，请相见，便谓掌中当有文曰“褚”。吕不深信。儿见陈，十指自开，视之果然。惊问其故，具告之，共相欢异。陈厚贻之，乃返。后吕以岁贡廷试入都，舍于陈，则儿十三岁，入泮矣。

---

① 捉刀：代人作文。
② 修阻：遥远艰难。
③ 掬：捧。

异史氏曰：吕老教门人，而不知自教其子。呜呼！作善于人，而降祥于己，一间也哉！褚生者，未以身报师，先以魂报友，其志其行，可贯日月，岂以其鬼故奇之与！

司文郎

平阳王平子，赴试北闱，赁居报国寺。寺中有余杭生先在，王以比[①]屋居，投刺焉。生不之答。朝夕遇之，多无状。王怒其狂悖，交往遂绝。一日，有少年游寺中，白服裙帽，望之傀然[②]。近与接谈，言语谐妙。心爱敬之。展问邦族，云："登州宋姓。"因命苍头设座，相对噱谈。余杭生适过，共起逊坐。生居然上座，更不㧑挹[③]。卒然问宋："尔亦入闱者耶？"答曰："非也。驽骀[④]之才，无志腾骧[⑤]久矣。"又问："何省？"宋告之。生曰："竟不进取，足知高明。山左、右并无一字通者。"宋曰："北人固少通者，而不通者未必是小生；南人固多通者，然通者亦未必是足下。"言已鼓掌，王和之，因而哄堂。生惭忿，轩眉攘腕而大言曰："敢当前命题，一校文艺乎？"宋他顾而哂曰："有何不敢！"便趋寓所，出经授王。王随手一翻，指曰："'阙党童子将命。'"生起，求笔札。宋曳之曰："口占可也。我破已成：'于宾客往来之地，而见一无所知之人焉。'"王捧腹大笑。生怒曰："全不能文，徒事嫚骂，何以为人！"王力为排难[⑥]，请另命佳题。又翻曰："'殷有三仁焉。'"宋立应曰："三子者不同道，其趋一也。夫一者

① 比：比邻，并列。
② 傀然：高大貌。
③ 㧑挹：谦逊。
④ 驽骀：劣马。
⑤ 腾骧：昂首奔腾，奋力上进。
⑥ 排难：调解纠纷。

何也？曰：仁也。君子亦仁而已矣，何必同？”生遂不作，起曰：“其为人也小有才。”遂去。

王以此益重宋，邀入寓室，款言移晷[①]，尽出所作质宋。宋浏览绝疾，逾刻已尽百首。曰：“君亦沉深于此道者，然命笔时，无求必得之念，而尚有冀幸得之心，即此，已落下乘。”遂取阅过者一一诠说。王大悦，师事之。使庖人以蔗糖作水角[②]，宋啖而甘之，曰：“生平未解此味，烦异日更一作也。”由此相得甚欢。宋三五日辄一至，王必为之设水角焉。余杭生时一遇之，虽不甚倾谈，而傲睨之气顿减。一日，以窗艺[③]示宋。宋见诸友圈赞已浓，目一过，推置案头，不作一语。生疑其未阅，复请之，答已览竟。生又疑其不解。宋曰：“有何难解？但不佳耳！”生曰：“一览丹黄，何知不佳？”宋便诵其文，如夙读者，且诵且訾[④]。生踧踖[⑤]汗流，不言而去。移时，宋去，生入，坚请王作。王拒之。生强搜得，见文多圈点，笑曰：“此大似水角子！”王故朴讷，觍然而已。次日，宋至，王具以告。宋怒曰：“我谓‘南人不复反矣’，伧楚[⑥]何敢乃尔！必当有以报之！”王力陈轻薄之戒以劝之，宋深感佩。

既而场后，以文示宋，宋颇相许。偶与涉历殿阁，见一瞽僧坐廊下，设药卖医。宋讶曰：“此奇人也！最能知文，不可不一请教。”因命归寓取文。遇余杭生，遂与俱来。王呼师而参之。僧疑其问医者，便诘症候。王具白请教之意。僧笑曰：“是谁多口？无目何以论文？”王请以耳代目。僧曰：“三作两千余言，谁耐久听！不如焚之，我视以鼻[⑦]可也。”王从之。每焚一作，僧嗅而颔之曰：“君初法大家，虽

---

① 款言移晷：长时间亲切谈心。
② 水角：水饺。
③ 窗艺：时艺习作。
④ 訾：批评。
⑤ 局蹐：局促。
⑥ 伧楚：鄙陋的家伙。
⑦ 视以鼻：用鼻子嗅。

未逼真，亦近似矣。我适受之以脾。”问：“可中否？”曰：“亦中得。”余杭生未深信，先以古大家文烧试之。僧再嗅曰：“妙哉！此文我心受之矣，非归、胡何解办此！”生大骇，始焚己作。僧曰：“适领一艺，未窥全豹，何忽另易一人来也？”生托言：“朋友之作，止彼一首，此乃小生作也。”僧嗅其余灰，咳逆数声，曰：“勿再投矣！格格而不能下，强受之以鬲[①]，再焚，则作恶[②]矣。”生惭而退。

数日榜放，生竟领荐，王下第。生与王走告僧。僧叹曰：“仆虽盲于目，而不盲于鼻，帘中人[③]并鼻盲矣。”俄余杭生至，意气发舒，曰：“盲和尚，汝亦啖人水角耶？今竟何如？”僧曰：“我所论者文耳，不谋与君论命。君试寻诸试官之文，各取一首焚之，我便知孰为尔师。”生与王并搜之，止得八九人。生曰：“如有舛错，以何为罚？”僧愤曰：“剜我盲瞳去！”生焚之，每一首，都言非是，至第六篇，忽向壁大呕，下气如雷。众皆粲然。僧拭目向生曰：“此真汝师也！初不知而骤嗅之，刺于鼻，棘于腹，膀胱所不能容，直自下部出矣！”生大怒，去，曰：“明日自见，勿悔！勿悔！”越二三日，竟不至，视之，已移去矣。乃知即某门生也。

宋慰王曰：“凡吾辈读书人，不当尤人，但当克己。不尤人则德益弘，能克己则学益进。当前蹭落[④]，固是数之不偶，平心而论，文亦未便登峰，其由此砥砺，天下自有不盲之人。”王肃然起敬。又闻次年再行乡试，遂不归，止而受教。宋曰：“都中薪桂米珠，勿忧资斧。舍后有窖镪[⑤]，可以发用。”即示之处。王谢曰：“昔窦、范贫而能廉，今某幸能自给，敢自污乎？”王一日醉眠，仆及庖人窃发之。王忽觉，

---

① 鬲：胸腹腔之间的膈膜。
② 恶：呕吐。
③ 帘中人：阅卷官。
④ 蹭落：失意。
⑤ 窖镪：埋在地下的钱财。

闻舍后有声，窃出，则金堆地上。情见事露，并相慑伏。方诃责间，见有金爵，类多镌款，审视，皆大父字讳。盖王祖曾为南部郎，入都寓此，暴病而卒，金其所遗也。王乃喜，称得金八百余两。明日告宋，且示之爵，欲与瓜分，固辞乃已。以百金往赠瞽僧，僧已去。积数月，敦习益苦。及试，宋曰：“此战不捷，始真是命矣！”

俄以犯规被黜。王尚无言，宋大哭，不能止。王反慰解之。宋曰：“仆为造物所忌，困顿至于终身，今又累及良友。其命也夫！其命也夫！”王曰：“万事固有数在。如先生乃无志进取，非命也。”宋拭泪曰：“久欲有言，恐相惊怪。某非生人，乃飘泊之游魂也。少负才名，不得志于场屋[①]。佯狂至都，冀得知我者，传诸著作。甲申之年，竟罹于难，岁岁飘蓬。幸相知爱，故极力为‘他山’之攻，生平未酬之愿，实欲借良朋一快之耳。今文字之厄若此，谁复能漠然哉！”王亦感泣，问：“何淹滞？”曰：“去年上帝有命，委宣圣[②]及阎罗王核查劫鬼，上者备诸曹[③]任用，余者即俾转轮[④]。贱名已录，所未投到者，欲一见飞黄之快耳，今请别矣。”王问：“所考何职？”曰：“梓潼[⑤]府中缺一司文郎，暂令聋僮署篆，文运所以颠倒。万一幸得此秩，当使圣教昌明。”

明日，忻忻而至，曰：“愿遂矣！宣圣命作《性道论》，视之色喜，谓可司文。阎罗穆簿，欲以‘口孽’见弃。宣圣争之，乃得就。某伏谢已，又呼近案下，嘱云：‘今以怜才，拔充清要，宜洗心供职，勿蹈前愆。’此可知冥中重德行更甚于文学也。君必修行未至，但积善勿懈可耳。”王曰：“果尔，余杭其德行何在？”曰：“不知。要冥司赏罚，皆无少爽。即前日瞽僧，亦一鬼也，是前朝名家。以生前抛弃字纸过

---

① 场屋：科举考场。
② 宣圣：孔子。
③ 诸曹：各部门。
④ 转轮：轮回。
⑤ 梓潼：文昌帝君，文曲星。

多，罚作瞽。彼自欲医人疾苦，以赎前愆，故托游廛肆耳。”王命置酒。宋曰：“无须，终岁之扰，尽此一刻，再为我设水角足矣。”王悲怆不食。坐令自啖，顷刻，已过三盛。捧腹曰：“此餐可饱三日，吾以志君德耳。向所食，都在舍后，已成菌矣。藏作药饵，可益儿慧。”王问后会，曰：“既有官责，当引嫌也。”又问：“梓潼祠中，一相酹祝，可能达否？”曰：“此都无益。九天甚远，但洁身力行，自有地司牒报，则某必与知之。”言已，作别而没。

王视舍后，果生紫菌，采而藏之。旁有新土坟起，则水角宛然在焉。王归，弥[①]自刻厉。一夜，梦宋舆盖而至，曰：“君向以小忿，误杀一婢，削去禄籍，今笃行已折除矣。然命薄不足任仕进也。”是年，捷于乡。明年，春闱又捷。遂不复仕。生二子，其一绝钝，啖以菌，遂大慧。后以故诣金陵，遇余杭生于旅次，极道契阔，深自降抑，然鬓毛斑矣。

异史氏曰：余杭生公然自诩，意其为文，未必尽无可观，而骄诈之意态颜色，遂使人顷刻不可复忍。天人之厌弃已久，故鬼神皆玩弄之。脱[②]能增修厥德，则帘内之“刺鼻棘心”者，遇之正易，何所遭之仅也。

---

① 弥：更。

② 脱：假使。

卷 九

于去恶

北平陶圣俞，名下士[1]。顺治间，赴乡试，寓居郊郭。偶出户，见一人负笈囊[2]，似卜居未就者。略诘之，遂释负于道，相与倾语，言论有名士风。陶大说之，请与同居。客喜，携囊入，遂同栖止。客自言："顺天人，姓于，字去恶。"以陶差长，兄之。

于性不喜游瞩，常独坐一室，而案头无书卷。陶不与谈，则默卧而已。陶疑之，搜其囊箧，则笔研之外，更无长物。怪而问之，笑曰："吾辈读书，岂临渴始掘井耶？"一日，就陶借书去，闭户抄甚疾，终日五十余纸，亦不见其折叠成卷。窃窥之，则每一稿脱，辄烧灰吞之。愈益怪焉，诘其故。曰："我以此代读耳。"便诵所抄书，顷刻数篇，一字无讹。陶悦，欲传其术，于以为不可。陶疑其吝，词涉诮让，于曰："兄诚不谅我之深矣。欲不言，则此心无以自剖；骤言之，又恐惊为异怪。奈何？"陶固谓："不妨。"于曰："我非人，是鬼耳。今冥中以科目授官，七月十四日奉诏考帘官，十五日士子入闱，月尽榜放矣。"陶问："考帘官为何？"曰："此上帝慎重之意，无论乌吏鳖官[3]，皆考之。能文者以内帘用，不通者不得与焉。盖阴之有诸神，犹阳之有守、

① 名下士：有盛名之士。
② 笈囊：书箱。
③ 乌吏鳖官：指各类小官。

今也。得志诸公，目不睹坟、典，不过少年持敲门砖，猎取功名，门既开，则弃去，再司簿书十数年，即文学士，胸中尚有字耶！阳世所以陋劣幸进，而英雄失志者，惟少此一考耳。”陶深然之，由是益加敬畏。

一日，自外来，有忧色，叹曰：“仆生而贫贱，自谓死后可免，不谓迍邅先生[1]相从地下！”陶请其故，曰：“文昌奉命都罗国封王，帘官之考遂罢。数十年游神耗鬼，杂入衡文[2]，吾辈宁有望耶？”陶问：“此辈皆谁何人？”曰：“即言之，君亦不识。略举一二人，大概可知：乐正师旷、司库和峤是也。仆自念命不可凭，文不可恃，不如休耳。”言已怏怏，遂将治任。陶挽而慰之，乃止。

至中元之夕，谓陶曰：“我将入闱。烦于昧爽时，持香炷于东野，三呼去恶，我便至。”乃出门去。陶沽酒烹鲜以待之。东方既白，敬如所嘱。无何，于偕一少年来，问其姓字，于曰：“此方子晋，是我良友。适于场中相邂逅。闻兄盛名，深欲拜识。”同至寓，秉烛为礼。少年亭亭似玉，意度谦婉，陶甚爱之。便问：“子晋佳作，当大快意？”于曰：“言之可笑！闱中七则[3]，作过半矣，细审主司姓名，裹具径出。奇人也！”陶扇炉进酒，因问：“闱中何题？去恶魁解[4]否？”于曰：“书艺、经论各一，夫人而能之。策问：‘自古邪僻固多，而世风至今日，奸情丑态，愈不可名，不惟十八狱所不得尽，抑非十八狱所能容。是果何术而可？或谓宜量加一二狱，然殊失上帝好生之心。其宜增与、否与，或别有道以清其源，尔多士其悉言勿隐。’弟策虽不佳，

① 迍邅先生：倒霉鬼，迍邅，迟缓难行，喻命运不佳。
② 衡文：审阅考卷。
③ 七则：清顺治三年颁科场条例，乡试第一场试时文七篇，其中“四书”三题，“五经”各四题，考生可自选一经，故合称“七艺”或“七则”。
④ 魁解：乡试头名。

颇为痛快。表：‘拟天魔殄灭，赐群臣龙马天衣有差。’次则‘瑶台应制诗’‘西池桃花赋’。此三种，自谓场中无两矣！”言已鼓掌。方笑曰：“此时快心，放兄独步矣。数辰后，不痛哭始为男子也。”

天明，方欲辞去。陶留与同寓，方不可，但期暮至。三日，竟不复来。陶使于往寻之，于曰：“无须。子晋拳拳[①]，非无意者。”日既西，方果来，出一卷授陶，曰：“三日失约，敬录旧艺百余作，求一品题。”陶捧读大喜，一句一赞，略尽一二首，遂藏诸笥[②]。谈至更深，方遂留，与于共榻寝。自此为常，方无夕不至，陶亦无方不欢也。

一夕，仓皇而入，向陶曰：“地榜已揭，于五兄落第矣！”于方卧，闻言惊起，泫然流涕。二人极意慰藉，涕始止。然相对默默，殊不可堪。方曰：“适闻大巡环张桓侯将至，恐失志者之造言也，不然，文场尚有翻覆。”于闻之，色喜。陶询其故。曰：“桓侯翼德，三十年一巡阴曹，三十五年一巡阳世，两间之不平，待此老而一消也。”乃起，拉方俱去。两夜始返，方喜谓陶曰：“君不贺五兄耶？桓侯前夕至，裂碎地榜，榜上名字，止存三之一。遍阅遗卷，得五兄甚喜，荐作交南巡海使，旦晚舆马可到。”陶大喜，置酒称贺。酒数行，于问陶曰：“君家有闲舍否？”问：“将何为？”曰：“子晋孤无乡土，又不忍恝然[③]于兄。弟意欲假馆相依。”陶喜曰：“如此，为幸多矣。即无多屋宇，同榻何碍？但有严君，须先关白[④]。”于曰：“审知尊大人慈厚可依。兄场闱有日，子晋如不能待，先归何如？”陶留伴逆旅，以待同归。

次日，方暮，有车马至门，接于莅[⑤]任。于起握手曰：“从此别矣。

---

① 拳拳：忠诚可靠。
② 笥：书箱。
③ 恝然：漠不关心、冷淡貌。
④ 关白：禀报。
⑤ 莅：临，到。

一言欲告，又恐阻锐进之志。”问：“何言？”曰：“君命淹蹇[①]，生非其时。此科之分十之一；后科桓侯临世，公道初彰，十之三；三科始可望也。”陶闻，欲中止。于曰：“不然，此皆天数，即明知不可，而注定之艰苦，亦要历尽耳。”又顾方曰：“勿淹滞，今朝年、月、日、时皆良，即以舆盖送君归。仆驰马自去。”方忻然[②]拜别。陶中心迷乱，不知所嘱，但挥涕送之。见舆马分途，顷刻都散。始悔子晋北旋，未致一字，而已无及矣。

三场毕，不甚满志，奔波而归。入门问子晋，家中并无知者。因为父述之，父喜曰：“若然，则客至久矣。”先是，陶翁昼卧，梦舆盖止于其门，一美少年自车中出，登堂展拜。讶问所来。答云：“大哥许假一舍，以入闱不得偕来。我先至矣。”言已，请入拜母。翁方谦却，适家媪入曰：“夫人产公子矣。”恍然而醒，大奇之。是日陶言，适与梦符，乃知儿即子晋后身也。父子各喜，名之小晋。儿初生，善夜啼，母苦之。陶曰：“倘是子晋，我见之，啼当止。”俗忌客忤[③]，故不令陶见。母患啼不可耐，乃呼陶入。陶呜之曰：“子晋勿尔！我来矣！”儿啼正急，闻声辍止，停睇不瞬，如审顾状。陶摩顶而去。自是竟不复啼。

数月后，陶不敢见之，一见，则折腰索抱，走去，则啼不可止。陶亦狎爱之。四岁离母，辄就兄眠，兄他出，则假寐以俟其归。兄于枕上教《毛诗》[④]，诵声呢喃，夜尽四十余行。以子晋遗文授之，欣然乐读，过口成诵，试之他文，不能也。八九岁，眉目朗彻，宛然一子晋矣。陶两入闱，皆不第。丁酉，文场事发，帘官多遭诛遣，贡举之

① 淹蹇：艰难窘迫。
② 忻然：愉快貌。
③ 客忤：生人进入产妇卧室。
④ 《毛诗》：《毛氏诗经》，即今所传《诗经》。

途一肃，乃张巡环力也。陶下科中副车[①]，寻贡。遂灰志前途，隐居教弟。常语人曰："吾有此乐，翰苑不易也。"

异史氏曰：余每至张夫子[②]庙堂，瞻其须眉，凛凛有生气。又其生平喑哑如霹雳声，矛马所至，无不大快，出人意表。世以将军好武，遂置与绛、灌[③]伍，宁知文昌事繁，须侯固多哉！呜呼！三十五年，来何暮[④]也！

凤仙

刘赤水，平乐[⑤]人，少颖秀，十五入郡庠。父母早亡，遂以游荡自废。家不中赀，而性好修饰，衾榻皆精美。一夕，被人招饮，忘灭烛而去。酒数行，始忆之，急返。闻室中小语，伏窥之，见少年拥丽者眠榻上。宅临贵家废第，恒多怪异，心知其狐，亦不恐。入而叱曰："卧榻岂容鼾睡！"二人惶遽，抱衣赤身遁去。遗紫纨绔[⑥]一，带上系针囊。大悦，恐其窃去，藏衾中而抱之。俄一蓬头婢自门罅入，向刘索取。刘笑要偿。婢请遗以酒，不应；赠以金，又不应。婢笑而去，旋返曰："大姑言：如赐还，当以佳耦为报。"刘问："伊谁？"曰："吾家皮姓，大姑小字八仙，共卧者胡郎也；二姑水仙，适富川丁官人；三姑凤仙，较两姑尤美，自无不当意者。"刘恐失信，请坐待好音。婢去复返曰："大姑寄语官人：好事岂能猝合？适与之言，反遭诟厉。但缓时日以待之，

---

① 副车：古时候称科举为公车，"中副车"即"中副榜"。
② 张夫子：张飞。
③ 绛、灌：汉初名将周勃、灌婴，皆勇武无文之人。
④ 暮：迟，晚。
⑤ 平乐：旧县名，今广西东部。
⑥ 纨绔：用丝织品做成的裤子。

吾家非轻诺寡信者。”刘付[1]之。

过数日，渺无信息。薄暮，自外归，闭门甫坐，忽双扉自启，两人以被承女郎，手捉四角而入，曰：“送新人至矣！”笑置榻上而去。近视之，酣睡未醒，酒气犹芳，赪颜醉态，倾绝人寰。喜极，为之捉足解袜，抱体缓裳。而女已微醒，开目见刘，四肢不能自主，但恨曰：“八仙淫婢卖我矣！”刘狎抱之。女嫌肤冰，微笑曰：“今夕何夕，见此凉人！”刘曰：“子兮子兮，如此凉人何！”遂相欢爱。既而曰：“婢子无耻，玷人床寝，而以妾换绔耶！必小报之！”从此无夕不至，绸缪甚殷。袖中出金钏一枚，曰：“此八仙物也。”又数日，怀绣履一双来，珠嵌金绣，工巧殊绝，且嘱刘暴扬[2]之。刘出夸示亲宾。求观者皆以赀酒为贽，由此奇货居之。女夜来，作别语。怪问之，答云：“姊以履故恨妾，欲携家远去，隔绝我好。”刘惧，愿还之。女云：“不必，彼方以此挟妾，如还之，中其机矣。”刘问：“何不独留？”曰：“父母远去，一家十余口，俱托胡郎经纪，若不从去，恐长舌妇造黑白也。”从此不复至。

逾二年，思念綦切。偶在途中，遇女郎骑款段马[3]，老仆鞚[4]之，摩肩过，反启障纱相窥，丰姿艳绝。顷，一少年后至，曰：“女子何人？似颇佳丽。”刘亟赞之。少年拱手笑曰：“太过奖矣！此即山荆[5]也。”刘惶愧谢过。少年曰：“何妨。但南阳三葛，君得其龙，区区者又何足道！”刘疑其言。少年曰：“君不认窃眠卧榻者耶？”刘始悟为胡。叙僚婿之谊，嘲谑甚欢。少年曰：“岳新归，将以省觐，可同行否？”

① 付：还。
② 暴扬：曝光宣扬。
③ 款段马：行动迟缓的马。
④ 鞚：马嚼子，此指驾驭马儿。
⑤ 山荆：自己的妻子，谦称。

刘喜，从入萦山。山上故有邑人避难之宅，女下马入。少间，数人出望，曰："刘官人亦来矣。"入门谒见翁媪。又一少年先在，靴袍炫美。翁曰："此富川丁婿。"并揖就坐。少时，酒炙纷纶，谈笑颇洽。

翁曰："今日三婿并临，可称佳集。又无他人，可唤儿辈来，作一团圞[①]之会。"俄，姊妹俱出。翁命设坐，各傍其婿。八仙见刘，惟掩口而笑；凤仙辄与嘲弄；水仙貌少亚，而沉重温克[②]，满座倾谈，惟把酒含笑而已。于是履舄交错[③]，兰麝熏人，饮酒乐甚。刘视床头乐具毕备，遂取玉笛，请为翁寿。翁喜，命善者各执一艺，因而合座争取，惟丁与凤仙不取。八仙曰："丁郎不谙可也，汝宁指屈不伸者？"因以拍板掷凤仙怀中，便串繁响。翁悦曰："家人之乐极矣！儿辈俱能歌舞，何不各尽所长？"八仙起，捉水仙曰："凤仙从来金玉其音，不敢相劳，我二人可歌《洛妃》一曲。"二人歌舞方已，适婢以金盘进果，都不知其何名。翁曰："此自真腊携来，所谓'田婆罗[④]'也。"因掬数枚送丁前。凤仙不悦曰："婿岂以贫富为爱憎耶？"翁微哂不言。八仙曰："阿爹以丁郎异县，故是客耳。若论长幼，岂独凤妹妹有拳大酸[⑤]婿耶？"凤仙终不快，解华妆，以鼓拍授婢，唱《破窑》一折，声泪俱下。既阕，拂袖径去，一座为之不欢。八仙曰："婢子乔性[⑥]犹昔。"乃追之，不知所往。

刘无颜，亦辞而归。至半途，见凤仙坐路旁，呼与并坐。曰："君一丈夫，不能为床头人吐气耶？黄金屋自在书中，愿好为之！"举足云："出门匆遽，棘刺破复履矣。所赠物，在身边否？"刘出之，女取而易之。

---

① 团圞：团圆环绕。
② 温克：温和恭敬。
③ 履舄交错：男女同席，人数众多。
④ 婆罗：波萝蜜。
⑤ 酸：穷酸。
⑥ 乔性：矫情。

刘乞其敝者。辗然曰："君亦大无赖矣！几见自己衾枕之物，亦要怀藏者？如相见爱，一物可以相赠。"旋出一镜付之曰："欲见妾，当于书卷中觅之，不然，相见无期矣。"言已，不见。怊怅[1]而归。

视镜，则凤仙背立其中，如望去人于百步之外者。因念所嘱，谢客下帷[2]。一日，见镜中人忽现正面，盈盈欲笑，益重爱之。无人时，辄以共对。月余，锐志渐衰，游恒忘返。归见镜影，惨然若涕，隔日再视，则背立如初矣：始悟为己之废学也。乃闭户研读，昼夜不辍，月余，则影复向外。自此验之，每有事荒废，则其容戚，数日攻苦，则其容笑。于是朝夕悬之，如对师保[3]。如此二年，一举而捷。喜曰："今可以对我凤仙矣！"揽镜视之，见画黛弯长，瓠犀微露，喜容可掬，宛在目前。爱极，停睇不已。忽镜中人笑曰："'影里情郎，画中爱宠'，今之谓矣。"惊喜四顾，则凤仙已在座右。握手问翁媪起居。曰："妾别后，不曾归家，伏处岩穴，聊与君分苦耳。"刘赴宴郡中，女请与俱，共乘而往，人对面不相窥。既而将归，阴与刘谋，伪为娶于郡也者。女既归，始出见客，经理家政。人皆惊其美，而不知其狐也。

刘属富川令门人，往谒之。遇丁，殷殷邀至其家，款礼优渥。言："岳父母近又他徙。内人归宁，将复。当寄信往，并诣申贺。"刘初疑丁亦狐，及细审邦族，始知富川大贾子也。初，丁自别业暮归，遇水仙独步，见其美，微睨之。女请附骥以行，丁喜，载至斋，与同寝处。棂隙[4]可入，始知为狐。女言："郎无见疑。妾以君诚笃，故愿托之。"丁嬖[5]之，竟不复娶。刘归，假贵家广宅，备客燕寝，洒扫光洁，而

---

① 怊怅：惆怅。
② 下帷：闭门读书。
③ 师保：教导贵族子弟的官员，此指老师。
④ 棂隙：窗缝。
⑤ 嬖：宠爱。

苦无供帐。隔夜视之，则陈设焕然矣。过数日，果有三十余人，赍旗采酒礼而至，舆马缤纷，填溢阶巷。刘揖翁及丁、胡入客舍，凤仙逆妪及两姨入内寝。八仙曰："婢子今贵，不怨冰人矣。钏履犹存否？"女搜付之，曰："履则犹是也，而被千人看破矣。"八仙以履击背，曰："挞汝寄于刘郎。"乃投诸火，祝曰："新时如花开，旧时如花谢。珍重不曾着，姮娥来相借。"水仙亦代祝曰："曾经笼玉笋[①]，着出万人称。若使姮娥见，应怜太瘦生。"凤仙拨火曰："夜夜上青天，一朝去所欢。留得纤纤影，遍与世人看。"遂以灰捻柈[②]中，堆作十余分，望见刘来，托以赠之，但见绣履满柈，悉如故款。八仙急出，推柈堕地，地上犹有一二只存者，又伏吹之，其迹始灭。次日，丁以道远，夫妇先归。八仙贪与妹戏，翁及胡屡督促之，亭午[③]始出，与众俱去。

初来，仪从过盛，观者如市。有两寇窥见丽人，魂魄丧失，因谋劫诸途。侦其离村，尾之而去。相隔不盈一矢[④]，马极奔，不能及。至一处，两崖夹道，舆行稍缓，追及之，持刀吼咤，人众都奔。下马启帘，则老妪坐焉。方疑误掠其母，才他顾，而兵伤右臂，顷已被缚。凝视之，崖并非崖，乃平乐城门也，舆中则李进士母，自乡中归耳。一寇后至，亦被断马足而絷[⑤]之。门丁执送太守，一讯而伏。时有大盗未获，诘之，即其人也。明春，刘及第。凤仙以招祸，故悉辞内戚之贺。刘亦更不他娶。及为郎官，纳妾，生二子。

异史氏曰：嗟乎！冷暖之态，仙凡固无殊哉！少不努力，老大徒伤。惜无好胜佳人，作镜影悲笑耳。吾愿恒河沙数仙人，并遣娇女昏

---

① 玉笋：女子尖足。

② 柈：盘子。

③ 亭午：中午。

④ 不盈一矢：不足一箭之地。

⑤ 絷：捆绑。

嫁人间，则贫穷海中，少苦众生矣。

佟客

董生，徐州[①]人。好击剑，每慷慨自负。偶于途中遇一客，跨蹇[②]同行。与之语，谈吐豪迈。诘其姓字，云："辽阳[③]佟姓。"问："何往？"曰："余出门二十年，适自海外归耳。"董曰："君遨游四海，阅人綦多，曾见异人否？"佟曰："异人何等？"董乃自述所好，恨不得异人之传。佟曰："异人何地无之，要必忠臣孝子，始得传其术也。"董又毅然自许，即出佩剑，弹之而歌，又斩路侧小树，以矜其利。佟掀髯微笑，因便借观，董授之。展玩一过，曰："此甲铁[④]所铸，为汗臭所蒸，最为下品。仆虽未闻剑术，然有一剑，颇可用。"遂于衣底出短刃尺许，以削董剑，脆如瓜瓠，应手斜断，如马蹄。董骇极，亦请过手，再三拂拭而后返之。邀佟至家，坚留信宿。叩以剑法，谢不知。董按膝雄谈，惟敬听而已。

更既深，忽闻隔院纷拏[⑤]。隔院为生父居，心惊疑。近壁凝听，但闻人作怒声曰："教汝子速出即刑，便赦汝！"少顷，似加搒掠，呻吟不绝者，真其父也。生捉戈欲往，佟止之曰："此去恐无生理，宜审[⑥]万全[⑦]。"生皇然请教。佟曰："盗坐名相索，必将甘心焉。君无他骨肉，宜嘱后事于妻子，我启户，为君警厮仆。"生诺，入告其妻。

① 徐州：州名，今江苏徐州。
② 蹇：驴。
③ 辽阳：今辽宁省辽阳市。
④ 甲铁：废旧铠甲之铁。
⑤ 纷拏：互相争持，不可开交。
⑥ 审：考虑。
⑦ 万全：万全之策。

妻牵衣泣。生壮念顿消，遂共登楼上，寻弓觅矢，以备盗攻。仓皇未已，闻佟在楼檐上笑曰："贼幸去矣。"烛之[①]已杳。逡巡出，则见翁赴邻饮，笼烛方归，惟庭前多编菅[②]遗灰焉。乃知佟异人也。

异史氏曰：忠孝，人之血性。古来臣子而不能死[③]君父者，其初岂遂无提戈壮往[④]时哉？要皆一转念误之耳！昔解缙与方孝孺相约以死，而卒食其言，安知矢约归后，不听床头人呜泣哉？

邑有快役[⑤]某，每数日不归，妻遂与里中无赖通。一日归，值少年自房中出，大疑，苦诘妻。妻不服。既于床头得少年遗物，妻窘无词，惟长跪哀乞。某怒甚，掷以绳，逼令自缢。妻请妆服[⑥]而死，许之。妻乃入室理妆，某自酌以待之，呵叱频催。俄妻炫服出，含涕拜曰："君果忍令奴死耶？"某盛气咄之。妻返走入房，方将结带，某掷盏呼曰："咍，返矣！一顶绿头巾[⑦]，或不能压人死耳。"遂为夫妇如初。此亦大绅者类也，一笑。

牧　竖

两牧竖[⑧]入山至狼穴，穴有小狼二，谋分捉之。各登一树，相去数十步。少顷，大狼至，入穴失子，意甚仓皇。竖于树上扭小狼蹄耳故令嗥，大狼闻声仰视，怒奔树下，号且爬抓。其一竖又在彼树致小

---

① 烛之：用灯烛照。
② 编菅：盖房用的毛毡。
③ 死：为某人而死。
④ 提戈壮往：提起武器，勇敢向前。
⑤ 快役：捕快。
⑥ 妆服：化妆打扮。
⑦ 绿头巾：即今所谓绿帽子。
⑧ 牧竖：牧童。

狼鸣急，狼闻声四顾，始望见之，乃舍此趋彼，跑号如前状。前树又鸣，又转奔之。口无停声，足无停趾，数十往复，奔渐迟，声渐弱，既而奄奄僵卧，久之不动。竖下视之，气已绝矣。

今有豪强子，怒目按剑，若将搏噬[①]，为所怒者，乃阖扇[②]去。豪力尽声嘶，更无敌者，岂不畅然自雄？不知此禽兽之威，人故弄之以为戏耳。

张鸿渐

张鸿渐，永平[③]人。年十八，为郡名士。时卢龙令赵某贪暴，人民共苦之。有范生被杖毙，同学忿其冤，将鸣部院，求张为刀笔之词，约其共事。张许之。妻方氏，美而贤，闻其谋，谏曰："大凡秀才作事，可以共胜，而不可以共败。胜则人人贪天功，一败则纷然瓦解，不能成聚。今势力世界，曲直难以理定，君又孤，脱[④]有翻覆，急难者谁也！"张服其言，悔之，乃婉谢诸生，但为创词而去。质审一过，无所可否。赵以巨金纳大僚，诸生坐结党被收，又追捉刀人。

张惧，亡去。至凤翔界，资斧[⑤]断绝。日既暮，踟躇旷野，无所归宿。欻[⑥]睹小村，趋之。老媪方出阖扉，见生，问所欲为，张以实告。妪曰："饮食床榻，此都细事，但家无男子，不便留客。"张曰："仆亦不敢过望，但容寄宿门内，得避虎狼足矣。"妪乃令入，闭门，授以草荐[⑦]，嘱曰：

① 搏噬：攫取而食之。
② 阖扇：关门。
③ 永平：府名，府治在今河北省卢龙县。
④ 脱：如果，一旦。
⑤ 资斧：盘缠，路费。
⑥ 欻：忽然。
⑦ 荐：草席。

“我怜客无归，私容止宿，未明宜早去，恐吾家小娘子闻知，将便怪罪。”妪去，张倚壁假寐。忽有笼灯晃耀，见妪导一女郎出。张急避暗处，微窥之，二十许丽人也。及门，见草荐，诘妪，妪实告之。女怒曰：“一门细弱，何得容纳匪人！”即问：“其人焉往？”张惧，出伏阶下。女审诘邦族，色稍霁，曰：“幸是风雅士，不妨相留。然老奴竟不关白，此等草草，岂所以待君子！”命妪引客入舍。俄顷，罗酒浆，品物精洁，既而设锦裀于榻。张甚德之，因私询其姓氏。妪曰：“吾家施氏，太翁夫人俱谢世，止遗三女。适所见，长姑舜华也。”妪去。

张视几上有《南华经注》，因取就枕上，伏榻翻阅，忽舜华推扉入。张释卷，搜觅冠履。女即榻捺坐曰：“无须，无须！”因近榻坐，觍然曰：“妾以君风流才士，欲以门户相托，遂犯瓜李之嫌。得不相遐弃否？”张皇然不知所对，但云：“不相诳，小生家中，固有妻耳。”女笑曰：“此亦见君诚笃，顾亦不妨。既不嫌憎，明日当烦媒妁。”言已，欲去。张探身挽之，女亦遂留。未曙即起，以金赠张，曰：“君持作临眺[①]之资。向暮，宜晚来，恐傍人所窥。”张如其言，早出晏归，半年以为常。

一日，归颇早，至其处，村舍全无，不胜惊怪。方徘徊间，闻媪云：“来何早也！”一转盼间，则院落如故，身固已在室中矣，益异之。舜华自内出，笑曰：“君疑妾耶？实对君言：妾，狐仙也，与君固有夙缘。如必见怪，请即别。”张恋其美，亦安之。夜谓女曰：“卿既仙人，当千里一息耳。小生离家三年，念妻孥不去心，能携我一归乎？”女似不悦，曰：“琴瑟之情，妾自分于君为笃。君守此念彼，是相对绸缪[②]者，皆妄也！”张谢曰：“卿何出此言！谚云：‘一日夫妻，百日恩义。’后日归念卿时，亦犹今日之念彼也。设得新忘故，卿何取

① 临眺：登高望远，游览。
② 绸缪：缠绵。

焉？”女乃笑曰：“妾有褊心，于妾，愿君之不忘；于人，愿君之忘之也。然欲暂归，此复何难，君家咫尺耳。”

遂把袂[①]出门，见道路昏暗，张逡巡不前。女曳之走，无几时，曰：“至矣。君归，妾且去。”张停足细认，果见家门。逾垝垣入，见室中灯火犹荧。近以两指弹扉，内问为谁，张具道所来。内秉烛启关，真方氏也。两相惊喜，握手入帷。见儿卧床上，慨然曰：“我去时儿才及膝，今身长如许矣！”夫妇依倚，恍如梦寐。张历述所遭。问及讼狱，始知诸生有瘐死[②]者，有远徙者，益服妻之远见。方纵体入怀，曰：“君有佳耦，想不复念孤衾中有零涕人矣！”张曰：“不念，胡以来也？我与彼虽云情好，终非同类，独其恩义难忘耳。”方曰：“君以我何人也？”张审视，竟非方氏，乃舜华也。以手探儿，一竹夫人[③]耳。大惭无语。女曰：“君心可知矣！分当自此绝矣，犹幸未忘恩义，差足自赎。”

过二三日，忽曰：“妾思痴情恋人，终无意味。君日怨我不相送，今适欲至都，便道可以同去。”乃向床头取竹夫人共跨之，令闭两眸，觉离地不远，风声飕飕。移时，寻落。女曰：“从此别矣。”方将叮嘱，女去已渺。怅立少时，闻村犬鸣吠，苍茫中见树木屋庐，皆故里景物，循途而归。逾垣叩户，宛若前状。方氏惊起，不信夫归，诘证确实，始挑灯呜咽而出。既相见，涕不可仰。张犹疑舜华之幻弄也，又见床卧一儿，如昨夕，因笑曰：“竹夫人又携入耶？”方氏不解，变色曰：“妾望君如岁，枕上啼痕固在也。甫能相见，全无悲恋之情，何以为心矣！”张察其情真，始执臂欷歔，具言其详。问讼案所结，并如舜华言。

---

① 袂：衣袖。
② 瘐死：病死狱中。
③ 竹夫人：竹制取凉用具。

方相感慨，闻门外有履声，问之不应。盖里中有恶少，久窥方艳，是夜自别村归，遥见一人逾垣去，谓必赴淫约者，尾之入。甲故不甚识张，但伏听之。及方氏亟问，乃曰："室中何人也？"方讳言："无之。"甲言："窃听已久，敬将以执奸耳。"方不得已，以实告。甲曰："张鸿渐大案未消，即使归家，亦当缚送官府。"方苦哀之，甲词益狎逼。张忿火中烧，把刀直出，剁甲中颅。甲踣[①]，犹号，又连剁之，遂死。方曰："事已至此，罪益加重。君速逃，妾请任其辜。"张曰："丈夫死则死耳，焉肯辱妻累子以求活耶！卿无顾虑，但令此子勿断书香，目即瞑矣。"天明，赴县自首。赵以钦案中人，姑薄惩之。寻由郡解都，械禁颇苦。

途中遇女子跨马过，一老妪捉鞚，盖舜华也。张呼妪欲语，泪随声堕。女返辔，手启障纱，讶曰："表兄也，何至此？"张略述之。女曰："依兄平昔，便当掉头不顾，然予不忍也。寒舍不远，即邀公役同临，亦可少助资斧。"从去二三里，见一山村，楼阁高整。女下马入，令妪启舍延客。既而酒炙丰美，似所夙备。又使妪出曰："家中适无男子，张官人即向公役多劝数觞，前途倚赖多矣。遣人措办数十金，为官人作费，兼酬两客，尚未至也。"二役窃喜，纵饮，不复言行。日渐暮，二役径醉矣。女出，以手指械，械立脱，曳张共跨一马，驶如龙。少时，促下，曰："君止此。妾与妹有青海之约，又为君逗留一晌，久劳盼注矣。"张问："后会何时？"女不答，再问之，推堕马下而去。既晓，问其地，太原也。遂至郡，赁屋授徒焉。托名宫子迁。

居十年，访知捕亡寖息[②]，乃复逡巡东向。既近里门，不敢遽入，俟夜深而后入。及门，则墙垣高固，不复可越，只得以鞭挝门。久之，

---

① 踣：倒地。
② 寖息：消停。

妻始出问。张低语之。喜极，纳入，作呵叱声，曰："都中少用度，即当早归，何得遣汝半夜来？"入室，各道情事，始知二役逃亡未返。言次，帘外一少妇频来，张问伊谁，曰："儿妇耳。"问："儿安在？"曰："赴郡大比未归。"张涕下曰："流离数年，儿已成立，不谓能继书香，卿心血殆尽矣！"话未已，子妇已温酒炊饭，罗列满几。张喜慰过望。居数日，隐匿房榻，惟恐人知。一夜，方卧，忽闻人语腾沸，捶门甚厉。大惧，并起。闻人言曰："有后门否？"益惧，急以门扇[①]代梯，送张夜度垣而出，然后诣门问故，乃报新贵者也。方大喜，深悔张遁，不可追挽。

张是夜越莽穿榛，急不择途，及明，困殆已极。初念本欲向西，问之途人，则去京都通衢不远矣。遂入乡村，意将质[②]衣而食。见一高门，有报条黏壁上，近视，知为许姓，新孝廉也。顷之，一翁自内出，张迎揖而告以情。翁见仪貌都雅，知非赚食者，延入相款。因诘所往。张托言："设帐都门，归途遇寇。"翁留诲其少子。张略问官阀，乃京堂林下者，孝廉，其犹子也。月余，孝廉偕一同榜归，云是永平张姓，十八九少年也。张以乡、谱俱同，暗中疑是其子，然邑中此姓良多，姑默之。至晚解装，出齿录[③]，急借披读，真子也。不觉泪下。共惊问之。乃指名曰："张鸿渐，即我是也。"备言其由。张孝廉抱父大哭。许叔侄慰劝，始收悲以喜。许即以金帛函字[④]，致告宪台，父子乃同归。

方自闻报，日以张在亡为悲，忽白孝廉归，感伤益痛。少时，父子并入，骇如天降，询知其故，始共悲喜。甲父见其子贵，祸心不敢复萌。张益厚遇之，又历述当年情状，甲父感愧，遂相交好。

---

① 门扇：一扇门。
② 质：质押，典当。
③ 齿录：同年序齿录，科举同榜之同年录。
④ 金帛函字：礼品信函。

折 狱

邑之西崖庄，有贾某被人杀于途。隔夜，其妻亦自经死。贾弟鸣于官。时浙江费公祎祉令淄，亲诣验之。见布袱裹银五钱余，尚在腰中，知非为财也者。拘两村邻保审质一过，殊少端绪①，并未搒掠②，释散归农，但命地约③细察，十日一关白④而已。逾半年，事渐懈。贾弟怨公仁柔，上堂屡聒⑤。公怒曰："汝既不能指名，欲我以桎梏加良民耶！"呵逐而出。贾弟无所伸诉，愤葬兄嫂。一日，以逋赋故，逮数人至。内一人周成，惧责，上言钱粮措办已足，即于腰中出银袱，禀公验视。公验已，便问："汝家何里？"答云："某村。"又问："去西崖几里？"答云："五六里。""去年被杀贾某，系汝何人？"答云："不识其人。"公勃然曰："汝杀之，尚云不识耶！"周力辩，不听，严梏之，果伏其罪。

先是，贾妻王氏，将诣姻家，惭无钗饰，聒夫使假于邻。夫不肯，妻自假之，颇甚珍重。归途，卸而裹诸袱，内⑥袖中，既至家，探之已亡。不敢告夫，又无力偿邻，懊恼欲死。是日，周适拾之，知为贾妻所遗，窥贾他出，半夜逾墙，将执以求合。时溽暑，王氏卧庭中，周潜就淫之。王氏觉，大号。周急止之，留袱纳钗。事已，妇嘱曰："后勿来，吾家男子恶，犯恐俱死！"周怒曰："我挟勾阑⑦数宿之赀，宁一度可

---

① 端绪：线索。
② 搒掠：用刑。
③ 地约：乡约、地保之类的小吏。
④ 关白：禀报。
⑤ 聒：吵闹。
⑥ 内：纳，藏。
⑦ 勾阑：妓院。

偿耶！”妇慰之曰：“我非不愿相交，渠[①]常善病，不如从容以待其死。”周乃去，于是杀贾，夜诣妇曰：“今某已被人杀，请如所约。”妇闻大哭，周惧而逃，天明则妇死矣。公廉得情，以周抵罪。共服其神，而不知所以能察之故。公曰：“事无难办，要在随处留心耳。初验尸时，见银袯刺万字文，周袯亦然，是出一手也。及诘之，又云无旧，词貌诡变，是以确知其真凶也。”

异史氏曰：世之折狱者，非悠悠置之，则缧系[②]数十人而狼藉之耳。堂上肉鼓吹[③]，喧阗旁午[④]，遂颦蹙曰：“我劳心民事也。”云板[⑤]三敲，则声色并进，难决之词，不复置念，耑待升堂时，祸桑树以烹老龟耳。呜呼！民情何由得哉！余每曰：“智者不必仁，而仁者则必智，盖用心苦则机关出也。”“随在留心”之言，可以教天下之宰民社者矣。

邑人胡成，与冯安同里，世有隙[⑥]。胡父子强，冯屈意交欢，胡终猜之。一日，共饮薄醉，颇倾肝胆。胡大言：“勿忧贫，百金之产不难致也。”冯以其家不丰，故嗤之。胡正色曰：“实相告：昨途遇大商，载厚装来，我颠越[⑦]于南山眢井[⑧]中矣。”冯又笑之。时胡有妹夫郑伦，托为说合田产，寄数百金于胡家，遂尽出以炫冯。冯信之。既散，阴以状报邑。公拘胡对勘，胡言其实，问郑及产主皆不讹。乃共验诸眢井。一役缒下，则果有无首之尸在焉。胡大骇，莫可置辨，但称冤苦。公怒，击喙[⑨]数十，曰：“确有证据，尚叫屈耶！”以死囚具禁制之。尸

---

① 渠：他。
② 缧系：以缧绁系之，囚禁。
③ 肉鼓吹：喻拷打犯人的声响。
④ 旁午：纷繁交错。
⑤ 云板：用来报时报事的响器。
⑥ 隙：嫌隙，不和。
⑦ 颠越：陨坠。
⑧ 眢井：枯井。
⑨ 击喙：掌嘴。

戒勿出，惟晓示诸村，使尸主投状。

逾日，有妇人抱状，自言为亡者妻，言："夫何甲，揭数百金出作贸易，被胡杀死。"公曰："井有死人，恐未必即是汝夫。"妇执言甚坚。公乃命出尸于井，视之，果不妄。妇不敢近，却立而号。公曰："真犯已得，但骸躯未全。汝暂归，待得死者首，即招报令其抵偿。"遂自狱中唤胡出，呵曰："明日不将头至，当械折股！"押去终日而返，诘之，但有号泣。乃以梏具置前作刑势，却又不刑，曰："想汝当夜扛尸忙迫，不知坠落何处，奈何不细寻之？"胡哀祈容急觅。公乃问妇："子女几何？"答曰："无。"问："甲有何戚属？""但有堂叔一人。"慨然曰："少年丧夫，伶仃如此，其何以为生矣！"妇乃哭，叩求怜悯。公曰："杀人之罪已定，但得全尸，此案即结，结案后，速醮[①]可也。汝少妇，勿复出入公门。"妇感泣，叩头而下。

公即票示里人，代觅其首。经宿，即有同村王五，报称已获。问验既明，赏以千钱。唤甲叔至，曰："大案已成，然人命重大，非积岁不能成结。侄既无出，少妇亦难存活，早令适人。此后亦无他务，但有上台检驳[②]，止须汝应身耳。"甲叔不肯，飞两签下，再辩，又一签下。甲叔惧，应之而出。妇闻，诣谢公恩。公极意慰谕之。又谕："有买妇者，当堂关白。"既下，即有投婚状者，盖即报人头之王五也。公唤妇上，曰："杀人之真犯，汝知之乎？"答曰："胡成。"公曰："非也。汝与王五乃真犯耳。"二人大骇，力辩冤枉。公曰："我久知其情，所以迟迟而发者，恐有万一之屈耳。尸未出井，何以确信为汝夫？盖先知其死矣。且甲死犹衣败絮，数百金何所自来？"又谓王五曰："头之所在，汝何知之熟也！所以如此其急者，意在速合耳。"两人惊颜

---

① 醮：婚配。

② 检驳：核查。

如土，不能强置一词。并械之，果吐其实。盖王五与妇私已久，谋杀其夫，而适值胡成之戏[①]也。乃释胡。冯以诬告，重笞，徙三年。事结，并未妄刑一人。

异史氏曰：我夫子[②]有仁爱名，即此一事，亦以见仁人之用心苦矣。方宰淄时，松[③]裁[④]弱冠[⑤]，过蒙器许，而驽钝不才，竟以不舞之鹤为羊公辱。是我夫子生平有不哲[⑥]之一事，则松实贻之也。悲夫！

乔女

平原乔生，有女黑丑，壑[⑦]一鼻，跛一足。年二十五六，无问名[⑧]者。邑有穆生，四十余，妻死，贫不能续，因聘焉。三年，生一子。未几，穆生卒，家益索，大困，则乞怜其母。母颇不耐之。女亦愤不复返，惟以纺织自给。有孟生丧偶，遗一子乌头，裁[⑨]周岁，以乳哺乏人，急于求配，然媒数言，辄不当意。忽见女，大悦之，阴使人风示女。女辞焉，曰："饥冻若此，从官人得温饱，夫宁不愿？然残丑不如人，所可自信者，德耳，又事二夫，官人何取焉！"孟益贤之，向慕尤殷，使媒者函金加币，而说其母。母悦，自诣女所，固要[⑩]之，女志终不夺。母惭，愿以少女字孟，家人皆喜，而孟殊不愿。居无何，孟暴疾

① 戏：戏言，玩笑。
② 夫子：老师，指费祎祉。
③ 松：蒲松龄。
④ 裁：通"才"。
⑤ 弱冠：成年。
⑥ 哲：明智。
⑦ 壑：缺陷。
⑧ 问名：婚礼六礼之一。
⑨ 裁：通"才"。
⑩ 固要：一再强迫。

卒，女往临哭尽哀。

孟故无戚党，死后，村中无赖，悉凭陵之，家具携取一空。方谋瓜分其田产。家人亦各草窃以去，惟一妪抱儿哭帷中。女问得故，大不平。闻林生与孟善，乃踵门而告曰："夫妇、朋友，人之大伦也。妾以奇丑，为世不齿，独孟生能知我，前虽固拒之，然固已心许之矣。今身死子幼，自当有以报知己。然存孤易，御侮难，若无兄弟父母，遂坐视其子死家灭而不一救，则五伦中可以无朋友矣。妾无所多须于君，但以片纸告邑宰，抚孤，则妾不敢辞。"林曰："诺！"女别而归。林将如其所教，无赖辈怒，咸欲以白刃相仇。林大惧，闭户不敢复行。女听之数日寂无音，及问之，则孟氏田产已尽矣。女忿甚，锐身[1]自诣官。官诘女属孟何人。女曰："公宰一邑，所凭者理耳。如其言妄，即至戚无所逃罪；如非妄，即道路之人可听也。"官怒其言戆[2]，诃逐而出。女冤愤无以自伸，哭诉于搢绅之门。某先生闻而义之，代剖于宰。宰按之，果真，穷治诸无赖，尽返所取。

或议留女居孟第，抚其孤，女不肯。扃[3]其户，使媪抱乌头，从与俱归，另舍之。凡乌头日用所需，辄同妪启户出粟，为之营办。己锱铢无所沾染，抱子食贫，一如曩日。积数年，乌头渐长，为延师教读，己子则使学操作。妪劝使并读。女曰："乌头之费，其所自有，我耗人之财以教己子，此心何以自明？"又数年，为乌头积粟数百石，乃聘于名族，治其第宅，析令归。乌头泣要同居，女乃从之，然纺绩如故。乌头夫妇夺其具。女曰："我母子坐食，心何安矣？"遂早暮为之纪理，使其子巡行阡陌，若为佣然。乌头夫妻有小过，辄斥谴不少贷，稍不

---

① 锐身：孤身。
② 戆：愚钝刚直。
③ 扃：关闭。

悛[1]，则怫然[2]欲去。夫妻跪道悔词，始止。未几，乌头入泮，又辞欲归。乌头不可，捐聘币，为穆子完婚。女乃析子令归。乌头留之不得，阴使人于近村为市恒产百亩而后遗之。

后女疾求归。乌头不听。病益笃，嘱曰：“必以我归葬！”乌头诺。既卒，阴以金啖穆子，俾合葬于孟。及期，棺重，三十人不能举。穆子忽仆，七窍血出，自言曰：“不肖儿，何得遂卖汝母！”乌头惧，拜祝之，始愈。乃复停数日，修治穆墓已，始合厝[3]之。

异史氏曰：知己之感，许之以身，此烈男子之所为也。彼女子何知，而奇伟如是？若遇九方皋[4]，直牡[5]视之矣。

---

① 悛：悔改。
② 怫然：生气貌。
③ 合厝：合葬。
④ 九方皋：春秋时善相马的人，此处指识人者。
⑤ 牡：公，雄性。

卷 十

神 女

米生者，闽人，传者忘其名字、郡邑。偶入郡，醉过市廛，闻高门中箫鼓如雷。问之居人，云是开寿筵者，然门庭亦殊清寂。听之，笙歌繁响，醉中雅爱乐之，并不问其何家，即街头市祝仪[①]，投晚生刺[②]焉。或见其衣冠朴陋，便问："君系此翁何亲？"答言："无之。"或言："此流寓者，侨居于此，不审何官，甚贵倨[③]也。既非亲属，将何求？"生闻而悔之，而刺已入矣。无何，两少年出逆客，华裳眩目，丰采都雅，揖生入。见一叟南向坐，东西列数筵，客六七人，皆似贵胄。见生至，尽起为礼，叟亦杖而起[④]。生久立，待与周旋，而叟殊不离席。两少年致词曰："家君衰迈，起拜良艰，予兄弟代谢高贤之见枉[⑤]也。"生逊谢而罢。遂增一筵于上，与叟接席。未几，女乐作于下。座后设琉璃屏，以幛内眷。鼓吹大作，座客不复可以倾谈。筵将终，两少年起，各以巨杯劝客，杯可容三斗。生有难色，然见客受，亦受。顷刻四顾，主客尽釂，生不得已，亦强尽之。少年复斟，生觉惫甚，起而告退，少年强挽其裾。生大醉逿地[⑥]，但觉有人以冷水洒面，恍然若寤。

---

① 祝仪：贺礼。
② 晚生刺：自称晚生的名帖。晚生，旧时后辈对前辈的谦称。
③ 贵倨：自视富贵而傲人。
④ 杖而起：扶着拐杖站起。
⑤ 枉：枉驾，光临。
⑥ 逿（dàng）地：跌倒在地。

起视，宾客尽散，惟一少年捉臂送之，遂别而归。后再过其门，则已迁去矣。

自郡归，偶适市，一人自肆中出，招之饮。视之，不识。姑从之入，则座上先有里人鲍庄在焉。问其人，乃诸姓，市中磨镜者[①]也。问："何相识？"曰："前日上寿者，君识之否？"生言："不识。"诸言："予出入其门最稔。翁，傅姓，但不知何省何官。先生上寿时，我方在墀下，故识之也。"日暮，饮散。鲍庄夜死于途。鲍父不识诸，执名讼生。检得鲍庄体有重伤，生以谋杀论死，备历械梏[②]，以诸未获，罪无申证[③]，颂系[④]之。年余，直指[⑤]巡方，廉[⑥]知其冤，出之。

家中田产荡尽，而衣巾革褫[⑦]。冀其可以辨复[⑧]，于是携囊入郡。日将暮，步履颇殆，休于路侧。遥见小车来，二青衣夹随之。既过，忽命停舆，车中不知何言。俄一青衣问生："君非米姓乎？"生惊起诺之。问："何贫窭若此？"生告以故。又问："安之？"又告之。青衣去，向车中语，俄复返，请生至车前。车中以纤手搴帘，微睨之，绝代佳人也。谓生曰："君不幸得无妄之祸[⑨]，闻之太息[⑩]。今日学使署中，非白手[⑪]可以出入者。途中无可解赠……"乃于髻上摘珠花一朵，授生曰："此物可鬻百金，请缄藏之。"生下拜，欲问官阀，车行甚疾，其去已远，不解何人。执花悬想，上缀明珠，非凡物也。珍藏而行。

---

① 磨镜者：磨镜人。古代使用铜镜，镜用久发黯，需磨洗使之发亮。
② 械梏：刑讯。
③ 申证：明证。申，明白。
④ 颂（róng）系：关押在狱，不加刑具。颂，宽容。
⑤ 直指：本汉代官名，汉武帝时设置，专管巡视、处理各地政事，也称"直指使者""绣衣直指""直指绣衣使者"。这里指明清分至各地巡察的巡按御使。
⑥ 廉：考察，查访。
⑦ 衣巾革褫（chǐ）：褫夺衣冠，指革除功名。
⑧ 辨复：辨明无罪，恢复功名。
⑨ 无妄之祸：意外的灾祸。
⑩ 太息：叹息。
⑪ 白手：空手。

至郡，投状，上下勒索甚苦。出花展视，不忍置去[①]，遂归。归而无家，依于兄嫂。幸兄贤，为之经纪，贫不废读。

过岁，赴郡应童子试，误入深山。会清明节，游人甚众。有数女骑来，内一女郎，即曩年车中人也。见生停骖[②]，问其所往，生具以对。女惊曰："君衣顶[③]尚未复耶？"生惨然于衣下出珠花，曰："不忍弃此，故犹童子[④]也。"女郎晕红上颊。既，嘱坐待路隅，款段[⑤]而去。久之，一婢驰马来，以裹物授生，曰："娘子言：今日学使之门如市[⑥]，赠白金二百，为进取[⑦]之资。"生辞曰："娘子惠我多矣！自分掇芹[⑧]非难，重金所不敢受。但告以姓名，绘一小像，焚香供之，足矣。"婢不顾，委地下而去。生由此用度颇充，然终不屑夤缘。后入邑庠第一[⑨]。以金授兄，兄善居积，三年，旧业尽复。

适闽中巡抚为生祖门人，优恤甚厚，兄弟称巨家矣。然生素清鲠[⑩]，虽属大僚通家[⑪]，而未尝有所干谒[⑫]。一日，有客裘马[⑬]至门，都无识者。出视，则傅公子也。揖而入，各道间阔[⑭]。治具相款，客辞以冗，然亦不竟言去。已而肴酒既陈，公子起而请间[⑮]，相将入内，拜伏于地。生惊问："何事？"怆然曰："家君适罹大祸，欲有求于抚台，非

---

① 置去：指卖掉。置，弃置。
② 停骖（cān）：停马。骖，本指一车三马中的边马。
③ 衣顶：指生员冠服，这里代指生员资格。
④ 童子：即"童生"。
⑤ 款段：马慢行。
⑥ 如市：如同贸易的场所，隐指学使之门贿赂公行。
⑦ 进取：指"辨复"功名。
⑧ 掇芹：科举时代称考取秀才为"掇芹"。
⑨ 入邑庠（xiáng）第一：以第一名考中秀才。邑庠，县学。
⑩ 清鲠：清正梗直，不苟随俗。
⑪ 通家：世代交好之家，指两代以上交谊深厚，如同一家。
⑫ 干谒：有所求见。干，求取，请托。
⑬ 裘马：衣轻裘、策肥马，形容阔绰。
⑭ 间（jiàn）阔：远隔，指久别之情。
⑮ 请间：请避开他人，单独谈话。间，隙。

兄不可。”生辞曰：“渠虽世谊，而以私干人，生平所不为也。”公子伏地哀泣。生厉色曰：“小生与公子，一饮之知交耳，何遂以丧节[①]强人[②]！”公子大惭，起而别去。

越日，方独坐，有青衣人入，视之，即山中赠金者。生方惊起，青衣曰：“君忘珠花否？”生曰：“唯唯，不敢忘！”曰：“昨公子，即娘子胞兄也。”生闻之，窃喜，伪曰：“此难相信。若得娘子亲见一言，则油鼎可蹈[③]耳。不然，不敢奉命。”青衣出，驰马而去。更尽复返，扣扉入曰：“娘子来矣！”言未已，女郎惨然入，向壁而哭，不作一语。生拜曰：“小生非卿，无以有今日。但有驱策，敢不惟命！”女曰：“受人求者常骄人，求人者常畏人。中夜奔波，生平何解此苦，只以畏人故耳，亦复何言！”生慰之曰：“小生所以不遽诺[④]者，恐过此一见为难耳。使卿夙夜蒙露，吾知罪矣！”因挽其袪[⑤]，隐抑搔之。女怒曰：“子诚敝人[⑥]也！不念畴昔之义，而欲乘人之厄[⑦]。予过[⑧]矣！予过矣！”忿然而出，登车欲去。生追出谢过，长跪而要遮之。青衣亦为缓颊[⑨]。女意稍解，就车中谓生曰：“实告君：妾非人，乃神女也。家君为南岳[⑩]都理司[⑪]，偶失礼于地官[⑫]，将达帝[⑬]听，非本地都人官[⑭]印

① 丧节：丧失品节。
② 强人：逼人。
③ 油鼎可蹈：即赴汤蹈火，喻不计生死。蹈，赴。
④ 遽诺：立即应允。
⑤ 袪（qū）：袖。
⑥ 敝人：薄德之人，心术不正的人。
⑦ 乘人之厄：乘人之危。厄，危难。
⑧ 过：错。
⑨ 缓颊：说情。
⑩ 南岳：衡山。
⑪ 都理司：当系南岳之神的属官。
⑫ 地官：道教所信奉的神。道教以天官、地官、水官为三官。传说天官赐福，地官赦罪，水官解厄。
⑬ 帝：天帝。
⑭ 本地都人官：指该省最高长官巡抚。都，总领。

信[①]，不可解也。君如不忘旧义，以黄纸一幅，为妾求之。”言已，车发遂去。

生归，悚惧不已。乃假驱祟，言于巡抚。巡抚谓其事近巫蛊[②]，不许。生以厚金赂其心腹，诺之，而未得其便也。既归，青衣候门，生具告之，默然遂去，意似怨其不忠。生追送之曰：“归语娘子：如事不谐，我以身命殉之！”既归，终夜辗转，不知计之所出。适院署[③]有宠姬购珠，乃以珠花献之。姬大悦，窃印为之嵌[④]之。怀归，青衣适至。笑曰：“幸不辱命。然数年来贫贱乞食所不忍鬻者，今还为主人弃之矣！”因告以情，且曰：“黄金抛置，我都不惜。寄语娘子：珠花须要偿也！”

逾数日，傅公子登堂申谢，纳黄金百两。生作色曰：“所以然者，为令妹之惠我无私耳。不然，即万金岂足以易名节哉！”再强之，声色益厉。公子惭而去，曰：“此事殊未了！”翼日，青衣奉女郎命，进明珠百颗，曰：“此足以偿珠花否耶？”生曰：“重花者，非贵珠也。设当日赠我万镒之宝[⑤]，直须卖作富家翁耳，什袭而甘贫贱，何为乎？娘子神人，小生何敢他望，幸得报洪恩于万一，死无憾矣！”青衣置珠案间，生朝拜而后却之。越数日，公子又至，生命治肴酒。公子使从人入厨下，自行烹调，相对纵饮，欢若一家。有客馈苦糯[⑥]，公子饮而美之，引尽百盏，面颊微赪，乃谓生曰：“君贞介士[⑦]，愚兄弟不能早知君，有愧裙钗[⑧]多矣。家君感大德，无以相报，欲以妹子附

① 印信：官印。
② 巫蛊（gǔ）：巫师所使用的邪术。
③ 院署：指巡抚衙门。院，抚院。巡抚例兼都察院右副都御史衔，故称“抚院”。
④ 嵌：盖印。
⑤ 万镒（yì）之宝：价值万金的宝物。镒，古时一镒为一金，一金为二十四两。
⑥ 苦糯：一种米酒。
⑦ 贞介士：坚贞耿介的读书人。
⑧ 裙钗：代指女子，此处谓神女。

为婚姻，恐以幽明[①]见嫌也。”生喜惧非常，不知所对。公子辞而出，曰：“明夜七月初九，新月勾陈[②]，天孙[③]有少女下嫁，吉期也，可备青庐[④]。”

次夕，果送女郎至，一切无异常人。三日后，女自兄嫂以及婢仆，大小皆有馈赏。又最贤，事嫂如姑。数年不育，劝纳副室，生不肯。适兄贾于江淮，为买少姬而归。姬，顾姓，小字博士，貌亦清婉，夫妇皆喜。见髻上插珠花，甚似当年故物，摘视，果然。异而诘之，答云：“昔有巡抚爱妾死，其婢盗出鬻于市，先人廉其直，买而归，妾爱之。先人无子，生妾一人，故所求无不得。后父死家落，妾寄养于顾媪之家。顾，妾姨行，见珠，屡欲售去，妾投井觅死，故至今犹存也。”夫妇叹曰：“十年之物，复归故主，岂非数哉！”女另出珠花一朵，曰：“此物久无偶矣！”因并赐之，亲为簪于髻上。姬退，问女郎家世甚悉，家人皆讳言之。阴语生曰：“妾视娘子，非人间人也，其眉目间有神气。昨簪花时，得近视，其美丽出于肌里，非若凡人以黑白位置中见长耳。”生笑之。姬曰：“君勿言，妾将试之，如其神，但有所须，无人处焚香以求，彼当自知。”女郎绣袜精工，博士爱之，而未敢言，乃即闺中焚香祝之。女早起，忽检箧中，出袜，遣婢赠博士。生见之而笑，女问故，以实告。女曰：“黠哉婢乎！”因其慧，益怜爱之，然博士益恭，昧爽[⑤]时，必熏沐[⑥]以朝[⑦]。

---

① 幽明：幽为阴，明为阳，指人神隔绝不同类。

② 新月勾陈：民间传说认为新月与勾陈星一起出现是佳期之兆。勾陈，星名，在河汉之中。

③ 天孙：星名，即织女星。

④ 青庐：古时婚俗，以青布幔为屋，于此交拜迎妇，称“青庐”。

⑤ 昧爽：天未亮。

⑥ 熏沐：熏香沐浴，消除浊秽，表示虔敬。

⑦ 朝：拜见。

后博士一举[①]两男，两人分字[②]之。生年八十，女貌犹如处子。生抱病，女鸠匠[③]为材[④]，令宽大倍于寻常。既死，女不哭，男女他适，则女已入材中死矣。因并葬之，至今传为“大材冢”云。

异史氏曰：女则神矣，博士而能知之，是遵何术欤？乃知人之慧固有灵于神者矣！

素　秋

俞慎，字谨庵，顺天旧家子。赴试入都，舍于郊郭，时见对户一少年，美如冠玉[⑤]。心好之，渐近与语，风雅尤绝。大悦，捉臂邀至寓，便相款宴。审其姓氏，自言：“金陵人，姓俞，名士忱，字恂九。”公子闻与同姓，又益亲洽，因订为昆仲。少年遂以名减字为忱[⑥]。明日，过其家，书舍光洁，然门庭踧落[⑦]，更无厮仆。引公子入内，呼妹出拜，年十三四以来，肌肤莹澈，粉玉无其白也。少顷，托茗[⑧]献客，似家中亦无婢媪。公子异之，数语遂出。由是友爱如胞。恂九无日不来寓所，或留共宿，则以弱妹无伴为辞。公子曰：“吾弟流寓千里，曾无应门之僮，兄妹纤弱，何以为生矣？计不如从我去，有斗舍可共栖止，如何？”恂九喜，约以闱后。

试毕，恂九邀公子去，曰：“中秋月明如昼，妹子素秋，具有蔬

① 一举：一次行动，这里指分娩。
② 字：养育。
③ 鸠匠：召集工匠。鸠，集。
④ 材：棺材。
⑤ 冠玉：装饰于帽子上的美玉，用以比喻美男子。
⑥ 以名减字为忱：指减去原名的“士”字，单名为“忱”，以俞忱相称，以示俞慎、俞忱为兄弟。
⑦ 踧（cù）落：萧条，冷落。
⑧ 茗：茶。

酒，勿违其意。”竟挽入内。素秋出，略道温凉，便入复室，下帘治具。少间，自出行炙。公子起曰：“妹子奔波，情何以忍！”素秋笑入。顷之，搴帘出，则一青衣婢捧壶，又一媪托柈进烹鱼。公子讶曰：“此辈何来？不早从事，而烦妹子？”恂九微哂曰：“素秋又弄怪矣。”但闻帘内吃吃作笑声，公子不解其故。既而筵终，婢媪撤器，公子适嗽，误堕婢衣，婢随唾而倒，碎碗流炙。视婢，则帛翦小人，仅四寸许。恂九大笑。素秋笑出，拾之而去。俄而婢复出，奔走如故。公子大异之。恂九曰：“此不过妹子幼时，卜紫姑之小技[①]耳。”公子因问：“弟妹都已长成，何未婚姻？”答云：“先人即世[②]，去留尚无定所，故此迟迟。”遂与商定行期，鬻宅，携妹与公子俱西。

既归，除舍舍之，又遣一婢为之服役。公子妻，韩侍郎之犹女也，尤怜爱素秋，饮食共之。公子与恂九亦然。而恂九又最慧，目下十行，试作一艺[③]，老宿[④]不能及之。公子劝赴童子试，恂九曰：“姑为此业者，聊与君分苦耳。自审福薄，不堪仕进，且一入此途，遂不能不戚戚[⑤]于得失，故不为也。”居三年，公子又下第[⑥]。恂九大为扼腕，奋然曰：“榜上一名，何遂艰难若此！我初不欲为成败所惑，故宁寂寂耳。今见大哥不能自发舒[⑦]，不觉中热[⑧]，十九岁老童，当效驹驰也。”公子喜，试期[⑨]，送入场，邑、郡、道皆第一[⑩]。益与公子下帷攻苦。逾年科试，

① 卜紫姑之小技：指其剪帛为人的小把戏。紫姑，传说中厕神名，世人谓其能先知，多迎祀于家，占卜诸事。
② 即世：去世。
③ 艺：制艺，指八股文。
④ 老宿：宿儒，年老而阅历丰富的读书人。
⑤ 戚戚：动心。
⑥ 下第：落榜。
⑦ 发舒：立功扬名，得志显达。
⑧ 中热：心动，心热。
⑨ 试期：指“童子试”试期。
⑩ 邑、郡、道皆第一：明清童生的考试由县试而府试而院试，即在县试、府试、院试中都获得第一，考中了秀才。

并为郡、邑冠军。恂九名大噪，远近争婚之，恂九悉却去。公子力劝之，乃以场后[①]为解。无何，试毕，倾慕者争录其文，相与传诵，恂九亦自觉第二人不屑居也。

榜既放，兄弟皆黜。时方对酌，公子尚强作噱[②]；恂九失色，酒盏倾堕，身仆案下。扶置榻上，病已困殆。急呼妹至，张目谓公子曰："吾两人情虽如胞，实非同族。弟自分已登鬼箓[③]，衔恩无可相报，素秋已长成，既蒙嫂氏抚爱，媵之可也。"公子作色曰："是真吾弟之乱命矣！其将谓我人头畜鸣[④]者耶！"恂九泣下。公子即以重金为购良材[⑤]。恂九命舁至，力疾[⑥]而入。嘱妹曰："我没后，急阖棺，无令一人开视。"公子尚欲有言，而目已瞑矣。公子哀伤，如丧手足。然窃疑其嘱异，俟素秋他出，启而视之，则冠巾袍服如蜕[⑦]，揭之，有蠹鱼[⑧]径尺，僵卧其中。骇异间，素秋促入，惨然曰："兄弟何所隔阂？所以然者，非避兄也，但恐传布飞扬，妾亦不能久居耳。"公子曰："礼缘情制[⑨]，情之所在，异族何殊焉？妹宁不知我心乎？即中馈当无漏言，请勿虑。"遂速卜吉期，厚葬之。

初，公子欲以素秋论婚于世家，恂九不欲。既没，公子以商素秋，素秋不应。公子曰："妹年已二十矣，长而不嫁，人其谓我何？"对曰："若然[⑩]，但惟兄命。然自顾无福相，不愿入侯门，寒士而可。"公子曰：

---

① 场后：此指参加乡试以后。
② 噱（jué）：谈笑，大笑。
③ 鬼箓：死者名册。
④ 人头畜鸣：指外貌是人，但行为像畜牲。
⑤ 良材：上等棺木。
⑥ 力疾：竭力支撑着病体。
⑦ 蜕（tuì）：蝉或蛇之类脱下的皮。
⑧ 蠹（dù）鱼：即衣鱼，蛀蚀书籍的小虫。
⑨ 礼缘情制：礼法因人情而制定。
⑩ 若然：如果这样。

“诺。”不数日，冰媒相属[①]，卒无所可[②]。先是，公子之妻弟韩荃来吊，得窥素秋，心爱悦之，欲购作小妻[③]。谋之姊，姊急戒勿言，恐公子知。韩去，终不能释，托媒风示公子，许为买乡场[④]关节[⑤]。公子闻之，大怒，诟骂，将致意者批逐[⑥]出门，自此交往遂绝。适有故尚书之孙某甲，将娶而妇忽卒，亦遣冰来。其甲第[⑦]云连[⑧]，公子之所素识，然欲一见其人，因与媒约，使甲躬谒[⑨]。及期，垂帘于内，令素秋自相之。甲至，裘马骑从，炫耀闾里。又视其人，秀雅如处女。公子大悦，见者咸赞美之，而素秋殊不乐。公子不听，竟许之。盛备奁装，计费不赀[⑩]。素秋固止之，但讨一老大婢，供给使而已。公子亦不之听，卒厚赠焉。

既嫁，琴瑟甚敦。然兄嫂常系念之，每月辄一归宁。来时，奁中珠绣，必携数事，付嫂收贮。嫂未知其意，亦姑从之。甲少孤，止有寡母，溺爱过于寻常，日近匪人[⑪]，渐诱淫赌，家传书画鼎彝[⑫]，皆以鬻还戏债[⑬]。而韩荃与有瓜葛，因招饮而窃探之，愿以两妾及五百金易素秋。甲初不肯，韩固求之，甲意似摇，然恐公子不甘。韩曰：“我与彼至戚，此又非其支系[⑭]，若事已成，则彼亦无如何。万一有他，我身任之。有家君在，何畏一俞谨庵哉！”遂盛妆两姬出行酒，且曰：“果如所

---

① 冰媒相属：媒人连续前来。冰媒，媒人。
② 卒无所可：始终没有称心的。可，可意，中意。
③ 小妻：指妾。
④ 乡场：乡试。
⑤ 关节：指行贿人情。
⑥ 批逐：掌嘴驱逐。批，批颊。
⑦ 甲第：旧时显贵者的宅第。
⑧ 云连：与云相接，形容高大众多。
⑨ 躬谒：亲自来见。
⑩ 不赀（zī）：无数。
⑪ 匪人：行为不正的人。
⑫ 鼎彝：鼎和彝都是古代青铜器，这里指珍贵的古玩。
⑬ 戏债：赌债。戏，博戏。
⑭ 支系：宗族的分支，此处指同族。

约，此即君家人矣。”甲惑之，约期而去。至日，虑韩诈谖[①]，夜候于途，果有舆来，启帘照验不虚，乃导去，姑置斋中。韩仆以五百金交兑俱明。甲奔入，伪告素秋，言公子暴病相呼。素秋未遑理妆，草草遂出。舆既发，夜迷不知何所，遑行良远，殊不可到。忽有二巨烛来，众窃喜其可以问途。无何，至前，则巨蟒两目如灯。众大骇，人马俱窜，委舆路侧。将曙复集，则空舆存焉。意必葬于蛇腹，归告主人，垂首丧气而已。

数日后，公子遣人诣妹，始知为恶人赚去，初不疑其婿之伪也。取婢归，细诘情迹[②]，微窥其变，忿甚，遍愬都邑。某甲惧，求救于韩。韩以金妾两亡，正复懊丧，斥绝不为力。甲呆憨无所复计，各处勾牒至，但以赂嘱免行。月余，金珠服饰，典货一空。公子于宪府[③]究理甚急，邑官皆奉严令，甲知不可复匿，始出，至公堂实情尽吐。蒙宪票拘韩对质，韩惧，以情告父。父时休致，怒其所为不法，执付隶。既见诸官府，言及遇蟒之变，悉谓其词枝[④]。家人搒掠殆遍，甲亦屡被敲楚[⑤]。幸母日鬻田产，上下营救，刑轻得不死，而韩仆已瘐毙[⑥]矣。韩久困囹圄，愿助甲赂公子千金，哀求罢讼。公子不许。甲母又请益以二姬，但求姑存疑案，以待寻访。妻又承叔母命，朝夕解免，公子乃许之。甲家綦贫，货宅办金，而急切不能得售，因先送姬来，乞其延缓。

逾数日，公子夜坐斋头，素秋偕一媪，蓦然忽入。公子骇问：“妹固无恙耶？”笑曰：“蟒变乃妹之小术耳。当夜窜入一秀才家，依于

① 诈谖（xuān）：欺诈。
② 情迹：事情的经过。
③ 宪府：旧时称御史为“宪府”，清代称巡抚、布政使和按察使为“三大宪”，此处指朝廷委驻各行省的高级官吏衙门。
④ 词枝：意谓胡扯乱编。
⑤ 敲楚：扑责。楚，刑杖。
⑥ 瘐（yǔ）毙：病死狱中。

其母。彼自言识兄，今在门外，请入之也。”公子倒屣[①]而出，烛之，非他，乃周生，宛平[②]之名士也，素以声气相善。把臂入斋，款洽臻至。倾谈既久，始知颠末。初，素秋昧爽款生门，母纳入，诘之，知为公子妹，便将驰报。素秋止之，因与母居。慧能解意，母悦之，以子无妇，窃属意素秋，微言之[③]。素秋以未奉兄命为辞。生亦以公子交契[④]，故不肯作无媒之合，但频频侦听。知讼事已有关说，素秋乃告母欲归。母遣生率一媪送之，即嘱媪媒焉。公子以素秋居生家久，窃有心而未言也，及闻媪言，大喜，即与生面订为好。先是，素秋夜归，将使公子得金而后宣之，公子不可，曰：“向愤无所泄，故索金以败之耳。今复见妹，万金何能易哉！”即遣人告诸两家，顿[⑤]罢之[⑥]。又念生家故不甚丰，道赊远[⑦]，亲迎殊艰，因移生母来，居以恂九旧第。生亦备币帛鼓乐，婚嫁成礼。一日，嫂戏素秋：“今得新婿，曩年枕席之爱，犹忆之否？”素秋微笑，因顾婢曰：“忆之否？”嫂不解，研问之，盖三年床笫，皆以婢代。每夕，以笔画其两眉，驱之去，即对烛而坐，婿亦不之辨也。益奇之，求其术，但笑不言。

次年大比，生将与公子偕往。素秋以为不必，公子强挽之而去。是科，公子荐于乡，生落第归，隐有退志。逾岁，母卒，遂不复言进取矣。一日，素秋告嫂曰：“向问我术，固未肯以此骇物听[⑧]也。今远别行有日矣，请秘授之，亦可以避兵燹。”惊而问之，答云：“三年后，此处当无人烟。妾荏弱不堪惊恐，将蹈海滨而隐。大哥富贵中人，不可以偕，故言别也。”乃以术悉授嫂。数日，又告公子。留之不得，

---

① 倒屣（xǐ）：古人席地而坐，客人来，急于出迎，把鞋子倒穿。
② 宛平：旧县名。在今北京南部。
③ 微言之：婉转含蓄地说明心意。
④ 交契：交情很好。契，意气相合。
⑤ 顿：立刻。
⑥ 罢之：指罢讼。
⑦ 赊远：遥远。
⑧ 骇物听：耸动舆论。物听，舆论，舆情。

至于泣下，问："往何所？"即亦不言。鸡鸣早起，携一白须奴，控双卫而去。公子阴使人委送之，至胶莱之界[①]，尘雾幛[②]天，既晴，已迷所往。三年后，闯寇犯顺[③]，村舍为墟。韩夫人翦帛置门内，寇至，见云绕韦驮[④]高丈余，遂骇走，以是得无恙焉。

后村中有贾客[⑤]至海上，遇一叟甚似老奴，而髭发尽黑，猝不敢认。叟停足而笑曰："我家公子尚健耶？借口寄语：秋姑亦甚安乐。"问其居何里，曰："远矣，远矣！"匆匆遂去。公子闻之，使人于所在遍访之，竟无踪迹。

异史氏曰：管城子[⑥]无食肉相[⑦]，其来旧矣。初念甚明，而乃持之不坚。宁知糊眼[⑧]主司[⑨]，固衡命不衡文耶？一击不中，冥然遂死[⑩]，蠹鱼之痴，一何可怜！伤哉雄飞[⑪]，不如雌伏[⑫]。

胭脂

东昌[⑬]卞氏，业[⑭]牛医者，有女小字胭脂，才姿惠丽。父宝爱之，

---

① 胶莱之界：胶州、莱州一带，今山东省东北部沿海地区。
② 幛：题字的布幅，这里是遮蔽的意思。
③ 闯寇犯顺：指明末农民起义军领袖李自成率众造反，反对明朝统治，李自成称李闯王。犯顺，以逆犯顺，谓造反作乱。
④ 韦驮：佛教护法神，其塑像威武高大，手持金刚杵。
⑤ 贾客：商人。
⑥ 管城子：毛笔的代称，这里指读书人。
⑦ 食肉相：指封侯之相。
⑧ 糊眼：谓眼睛昏眊，无辨识能力。
⑨ 主司：主管官员，指科场试官。
⑩ 一击不中，冥然遂死：指俞士忱耻于考了一次乡试没考中而死去。
⑪ 雄飞：喻奋发。
⑫ 雌伏：喻退让不争。
⑬ 东昌：府名。府治在今山东聊城。
⑭ 业：从事。

欲占凤[①]于清门[②]，而世族鄙其寒贱，不屑缔盟[③]，以故及笄未字。对户龚姓之妻王氏，佻脱[④]善谑[⑤]，女闺中谈友[⑥]也。一日，送至门，见一少年过，白服裙帽，丰采甚都。女意似动，秋波萦转之。少年俯其首，趋而去。去既远，女犹凝眺。王窥其意，戏之曰："以娘子才貌，得配若人，庶可无恨。"女晕红上颊，脉脉[⑦]不作一语。王问："识得此郎否？"答云："不识。"王曰："此南巷鄂秀才秋隼，故孝廉之子。妾向与同里，故识之，世间男子，无其温婉。今衣素，以妻服未阕[⑧]也。娘子如有意，当寄语使委冰焉。"女无语，王笑而去。

数日无耗，心疑王氏未暇即往，又疑宦裔[⑨]不肯俯拾[⑩]。邑邑[⑪]徘徊，萦念颇苦，渐废饮食，寝疾[⑫]惙顿[⑬]。王氏适来省视，研诘病因。答言："自亦不知。但尔日别后，即觉忽忽不快，延命假息[⑭]，朝暮人[⑮]也。"王小语曰："我家男子，负贩未归，尚无人致声鄂郎。芳体[⑯]违和[⑰]，非为此否？"女赪颜良久。王戏之曰："果为此者，病已至是，尚何顾忌？先令夜来一聚，彼岂不肯可？"女叹息曰："事至此，已不能羞。但渠不嫌寒贱，即遣媒来，病当愈，若私约，则断断不可！"王颔之，

① 占凤：择婿。
② 清门：不操贱业的清白人家。
③ 缔盟：指缔结婚约。
④ 佻脱：轻佻。
⑤ 善谑：善于开玩笑。
⑥ 谈友：聊天的朋友。
⑦ 脉（mò）脉：含情不语。
⑧ 妻服未阕：为死去的妻子服丧尚未满期。阕，完了。丧服期满称"服阕"。
⑨ 宦裔：官宦人家的后代。
⑩ 俯拾：俯就。指降低身份与之联姻。
⑪ 邑邑：忧郁不乐的样子。
⑫ 寝疾：卧床生病。
⑬ 惙（chuò）顿：有气无力。惙，心忧气短。
⑭ 延命假息：苟延残喘。
⑮ 朝暮人：朝不保夕的人。
⑯ 芳体：对妇女身体的敬称。
⑰ 违和：不舒服。称他人患病的婉辞。

遂去。

王幼时与邻生宿介通，既嫁，宿侦夫他出，辄寻旧好。是夜宿适来，因述女言为笑，戏嘱致意鄂生。宿久知女美，闻之窃喜，幸其机之可乘也。将与妇谋，又恐其妒，乃假无心之词，问女家闺闼甚悉。次夜，逾垣入，直达女所，以指叩窗。内问："谁何？"答以："鄂生。"女曰："妾所以念君者，为百年，不为一夕。郎果爱妾，但宜速倩冰人，若言私合，不敢从命。"宿姑诺之，苦求一握纤腕为信[①]。女不忍过拒，力疾启扉。宿遽入，即抱求欢。女无力撑拒，仆地上，气息不续。宿急曳之。女曰："何来恶少，必非鄂郎。果是鄂郎，其人温驯，知妾病由，当相怜恤，何遂狂暴若此！若复尔尔[②]，便当鸣呼，品行亏损，两无所益！"宿恐假迹败露，不敢复强，但请后会。女以亲迎为期。宿以为远，又请之。女厌纠缠，约待病愈。宿求信物，女不许，宿捉足解绣履而去。女呼之返，曰："身已许君，复何吝惜？但恐'画虎成狗'[③]，致贻污谤。今亵物[④]已入君手，料不可反。君如负心，但有一死！"宿既出，又投宿王所。既卧，心不忘履，阴揣衣袂[⑤]，竟已乌有。急起篝灯[⑥]，振衣冥索。诘之，不应。疑妇藏匿，妇故笑以疑之。宿不能隐，实以情告。言已，遍烛门外，竟不可得，懊恨归寝。窃幸深夜无人，遗落当犹在途也。早起寻之，亦复杳然。

先是，巷中有毛大者，游手无籍[⑦]。尝挑王氏不得，知宿与洽，思掩执以胁之。是夜，过其门，推之未扃，潜入。方至窗外，踏一物，耎若絮帛，拾视，则巾裹女舄。伏听之，闻宿自述甚悉，喜极，抽身

---

① 为信：表示诚信。

② 尔尔：这样。

③ 画虎成狗：比喻与追求的目标相去甚远。

④ 亵物：贴身之物。此指绣花鞋。

⑤ 阴揣衣袂：暗暗地摸摸衣袖。揣，摸索。

⑥ 篝灯：点灯。

⑦ 游手无籍：无业游民。籍，名籍。这里是正当职业的意思。

而出。逾数夕，越墙入女家，门户不悉，误诣翁舍。翁窥窗，见男子，察其音迹，知为女来者。心忿怒，操刀直出。毛大骇，反走。方欲攀垣，而下追已近，急无所逃，反身夺刃。媪起大呼，毛不得脱，因而杀之。女稍痊，闻喧始起。共烛之，翁脑裂不复能言，俄顷已绝。于墙下得绣履，媪视之，胭脂物也。逼女，女哭而实告之，但不忍贻累[①]王氏，言鄂生之自至而已。天明，讼于邑。邑宰拘鄂。鄂为人谨讷[②]，年十九岁，见客羞涩如童子。被执，骇绝，上堂不知置词，惟有战栗。宰益信其情真，横加梏械。生不堪痛楚，以是诬服[③]。既解郡，敲扑如邑。生冤气填塞，每欲与女面相质，及相遭，女辄诟詈，遂结舌不能自伸，由是论死。往来复讯，经数官无异词。

后委济南府复案[④]。时吴公南岱[⑤]守济南，一见鄂生，疑不类杀人者，阴使人从容私问之，俾尽得其词。公以是益知鄂生冤。筹思数日，始鞫之。先问胭脂："订约后，有知者否？"答："无之。""遇鄂生时，别有人否？"亦答："无之。"乃唤生上，温语慰之。生自言："曾过其门，但见旧邻妇王氏与一少女出，某即趋避，过此并无一言。"吴公叱女曰："适言侧无他人，何以有邻妇也？"欲刑之。女惧曰："虽有王氏，与彼实无关涉。"公罢质[⑥]，命拘王氏。数日已至，又禁不与女通，立刻出审，便问王："杀人者谁？"王对："不知。"公诈之曰："胭脂供言，杀卞某汝悉知之，胡得隐匿？"妇呼曰："冤哉！淫婢自思男子，我虽有媒合之言，特戏之耳。彼自引奸夫入院，我何知焉！"公细诘之，始述其前后相戏之词。公呼女上，怒曰："汝言彼不知情，今何以自

① 贻累：连累，拖累。
② 谨讷：拘谨不善言谈。讷，拙于言辞。
③ 诬服：蒙冤被迫服罪。诬，冤屈。
④ 复案：再次审查。犹言复审。
⑤ 吴公南岱：吴南岱，江苏武进人，进士。顺治时任济南知府。
⑥ 罢质：停止审讯。质，质询。

供撮合哉？”女流涕曰：“自己不肖，致父惨死，讼结不知何年，又累他人，诚不忍耳。”公问王氏：“既戏后，曾语何人？”王供：“无之。”公怒曰：“夫妻在床，应无不言者，何得云无？”王供：“丈夫久客未归。”公曰：“虽然，凡戏人者，皆笑人之愚，以炫己之慧，更不向一人言，将谁欺？”命梏十指[①]。妇不得已，实供：“曾与宿言。”公于是释鄂拘宿。宿至，自供：“不知。”公曰：“宿妓者必无良士！”严械之。宿自供：“赚女是真。自失履后，未敢复往，杀人实不知情。”公怒曰：“逾墙者何所不至！”又械之。宿不任凌籍[②]，遂以自承。招成[③]报上，无不称吴公之神。铁案如山，宿遂延颈以待秋决矣。

然宿虽放纵无行，故东国[④]名士。闻学使施公愚山[⑤]贤能称最，且有怜才恤士之德，因以一词控其冤枉，语言怆恻。公讨其招供，反复凝思之。拍案曰：“此生冤也！”遂请于院、司[⑥]，移案再鞫。问宿生：“鞋遗何所？”供言：“忘之。但叩妇门时，犹在袖中。”转诘王氏：“宿介之外，奸夫有几？”供言：“无有。”公曰：“淫辟之人，岂得专私一个？”供言：“身与宿介，稚齿交合，故未能谢绝；后非无见挑者，身实未敢相从。”因使指其人以实之。供云：“同里毛大，屡挑而屡拒之矣。”公曰：“何忽贞白[⑦]如此？”命搒之。妇顿首出血，力辨无有，乃释之。又诘：“汝夫远出，宁无有托故而来者？”曰：“有之，某甲、某乙，皆以借贷馈赠，曾一二次入小人家。”盖甲、乙皆巷中游荡子，

① 梏十指：旧时一种酷刑。用绳穿五根小木棍，夹犯人手指，用力收绳，作为刑罚。
② 不任凌籍：不堪折磨。凌籍，凌虐。
③ 招成：招供既成。
④ 东国：指齐鲁地区。
⑤ 施公愚山：施闰章（1619—1683），字尚白，号愚山、媲萝居士、蠖斋，晚号矩斋，江南宣城人。顺治六年（1649）进士，授刑部主事。顺治十八年（1661）举博学鸿儒，授侍讲，与修《明史》，进侍读。文章醇雅，尤工于诗，在清初文学史上享有盛名。
⑥ 院、司：指部院和臬司。部院，即巡抚，一省的军政长官。臬司，也称“按察使”，省级最高司法官员。
⑦ 贞白：贞洁、清白。

有心于妇而未发者也。公悉籍其名，并拘之。

既集，公赴城隍庙，使尽伏案前。便谓："曩梦神人相告，杀人者不出汝等四五人中。今对神明，不得有妄言。如肯自首，尚可原宥；虚者[①]，廉得[②]无赦！"同声言无杀人之事。公以三木[③]置地，将并加之，括发裸身[④]，齐鸣冤苦。公命释之，谓曰："既不自招，当使鬼神指之。"使人以毡褥悉障殿窗，令无少隙。袒诸囚背，驱入暗中，始授盆水，一一命自盥讫；系诸壁下，戒令"面壁勿动。杀人者，当有神书其背"。少间，唤出验视，指毛曰："此真杀人贼也！"盖公先使人以灰涂壁，又以烟煤濯其手：杀人者恐神来书，故匿背于壁而有灰色；临出，以手护背，而有烟色也。公固疑是毛，至此益信。施以毒刑，尽吐其实。判曰：

宿介：蹈[⑤]盆成括[⑥]杀身之道，成登徒子[⑦]好色之名。只缘两小无猜，遂野鹜如家鸡之恋；为因一言有漏，致得陇兴望蜀之心。将仲子而逾园墙[⑧]，便如鸟堕[⑨]；冒刘郎[⑩]而至洞口，竟赚门开。感帨惊尨[⑪]，鼠有皮胡若此[⑫]？攀花折树[⑬]，士无行其谓何！幸而听病燕[⑭]之娇啼，犹

---

① 虚者：说谎话的人。虚，不实。
② 廉得：查出。廉，查访。
③ 三木：古时加在犯人颈、手、足上的木制刑具。
④ 括发裸身：把头发束起来，把上衣剥下来，都是对犯人动刑前的准备。
⑤ 蹈：蹈袭。
⑥ 盆成括：复姓盆成，名括，战国时人。这里以盆成括喻宿介调戏妇女，招致杀身之祸。
⑦ 登徒子：代指好色之人。登徒，复姓。子，男子的通称。
⑧ 将（qiāng）仲子而逾园墙：谓宿介逾墙而到卞家。将，请。
⑨ 鸟堕：形容轻捷。
⑩ 刘郎：指刘晨。此用刘晨和阮肇在天台山遇仙女的故事，喻宿介冒充鄂生追求胭脂。
⑪ 感帨（shuì）惊尨（máng）：谓宿介到卞家粗暴而毫无顾忌。感帨，指男子对女子非礼相凌。感，通"撼"。帨，佩巾。尨，多毛狗。
⑫ 鼠有皮胡若此：谴责宿介如有脸皮怎么能干出此等事情。《诗经·相鼠》："相鼠有皮，人而无仪。"指人须知礼仪、廉耻。
⑬ 攀花折树：喻私会偷情。
⑭ 病燕：喻指胭脂。

为玉惜[①]；怜弱柳[②]之憔悴，未似莺狂[③]。而释幺凤[④]于罗中，尚有文人之意；乃劫香盟[⑤]于袜底[⑥]，宁非无赖之尤[⑦]！蝴蝶过墙[⑧]，隔窗有耳；莲花卸瓣[⑨]，堕地无踪。假中之假以生，冤外之冤谁信？天降祸起，酷械至于垂亡；自作孽盈[⑩]，断头几于不续。彼逾墙钻隙，固有玷夫儒冠[⑪]；而僵李代桃[⑫]，诚难消其冤气。是宜稍宽[⑬]笞扑[⑭]，折其已受之惨；姑降青衣[⑮]，开其自新之路。

若毛大者：刁猾无籍，市井凶徒。被邻女之投梭[⑯]，淫心不死；伺狂童[⑰]之入巷[⑱]，贼智忽生。开户迎风[⑲]，喜得履张生之迹；求浆值酒[⑳]，妄思偷韩掾之香[㉑]。何意魄夺自天[㉒]，魂摄于鬼。浪乘槎木[㉓]，直入广寒

---

① 玉惜：犹言“惜玉”，指爱护美女。
② 弱柳：喻指胭脂。
③ 莺狂：喻过分放肆。
④ 幺凤：鸟名。五色彩羽，似燕而小，也称“桐花凤”。喻少女胭脂。
⑤ 劫香盟：以暴力威胁对方订立相爱之盟。
⑥ 袜底：指胭脂绣鞋。
⑦ 尤：突出，特别。
⑧ 蝴蝶过墙：喻宿介逾墙偷情。
⑨ 莲花卸瓣：指胭脂的绣花鞋被宿介强夺。莲花，隐指女鞋。
⑩ 自作孽盈：指宿介自取灾祸。
⑪ 儒冠：读书人戴的帽子。代指读书人的身份。
⑫ 僵李代桃：也称“李代桃僵”，指代人受过。此指宿介代毛大受刑。
⑬ 宽：宽免。
⑭ 笞扑：拷打。
⑮ 姑降青衣：姑且保留其生员资格，略施惩罚。降青衣，对生员的一种降级惩罚。
⑯ 邻女之投梭：比喻妇女拒绝男子的挑诱。
⑰ 狂童：女子对男子的昵称。此指宿介。
⑱ 入巷：性生活的隐喻。喻宿介与王氏欢会。
⑲ 开户迎风：喻男女私会。
⑳ 求浆值酒：比喻所得超过所求。此指毛大本想挑诱王氏，却遇到玷污胭脂的机会。浆，水。
㉑ 偷韩掾（yuàn）之香：即韩掾偷香，喻男女暗中通情。韩掾，指韩寿，晋朝人，曾为贾充掾吏。此指毛大妄想同胭脂暗中相会。
㉒ 魄夺自天：上天夺其魂魄，意谓毛大鬼迷心窍，神识昏乱。
㉓ 浪乘槎（chá）木：意指毛大凭捡来的绣鞋想入非非。浪，轻率。乘槎木，意指登天。槎，木筏。

之宫；径泛渔舟，错认桃源之路。遂使情火息焰，欲海生波[①]。刀横直前[②]，投鼠无他顾之意；寇穷[③]安往，急兔起反噬之心[④]。越壁入人家，止期张有冠而李借；夺兵遗绣履，遂教鱼脱网而鸿离[⑤]。风流道乃生此恶魔，温柔乡何有此鬼蜮哉！即断首领，以快人心。

胭脂：身犹未字，岁已及笄。以月殿之仙人[⑥]，自应有郎似玉；原霓裳之旧队[⑦]，何愁贮屋无金[⑧]？而乃感《关雎》[⑨]而念好逑，竟绕春婆之梦[⑩]；怨摽梅而思吉士[⑪]，遂离倩女之魂[⑫]。为因一线缠萦[⑬]，致使群魔交至。争妇女之颜色[⑭]，恐失"胭脂"[⑮]；惹鸷鸟之纷飞，并托"秋隼[⑯]"。莲钩摘去，难保一瓣之香[⑰]；铁限敲来[⑱]，几破连城之玉[⑲]。嵌

---

① 欲海生波：指发生变故。
② 刀横直前：意谓卞翁操刀直出。
③ 寇穷：即穷寇，指势穷力竭的敌人。此处指急无所逃的毛大。
④ 急兔起反噬之心：俗语"兔子急了还咬人"。此指毛大夺刀杀卞翁。
⑤ 鱼脱网而鸿离：指毛大逃跑却连累了胭脂。鸿，鸿雁。离，同"罹"。
⑥ 月殿之仙人：谓胭脂美如月宫仙女。
⑦ 霓裳之旧队："霓裳羽衣舞"舞队中原有的仙女，亦赞美胭脂的容貌。
⑧ 贮屋无金：犹言没有金屋贮之。
⑨ 感《关雎》：喻胭脂思春，怀恋鄂生。《诗经·周南·关雎》："关关雎鸠，在河之洲，窈窕淑女，君子好逑。"
⑩ 春婆之梦：指胭脂爱情梦想落空。
⑪ 怨摽（biào）梅而思吉士：指胭脂钟情鄂生，相思成病。《诗经》中的《摽有梅》与《关雎》都是描写爱情的诗。
⑫ 离倩女之魂：喻胭脂思念鄂生，梦魂相随，以致卧病。
⑬ 一线缠萦：指胭脂怀春情思。一线，细微。
⑭ 颜色：容貌。
⑮ 胭脂：语义双关语。"胭脂"一名"燕支"，地在匈奴，产胭脂草。
⑯ 并托"秋隼"：指宿介、毛大皆冒充鄂生秋隼。
⑰ 一瓣之香：语义双关。莲瓣，既指绣鞋，亦喻女性贞洁。
⑱ 铁限敲来：铁门限，门槛。此处喻指胭脂闺门屡遭骚扰。
⑲ 连城之玉：价值连城的美玉，比喻贞操。

红豆[1]于骰子[2]，相思骨竟作厉阶[3]；丧乔木[4]于斧斤，可憎材[5]真成祸水[6]！葳蕤[7]自守，幸白璧之无瑕[8]；缧绁苦争，喜锦衾之可覆[9]。嘉其入门之拒[10]，犹洁白之情人；遂其掷果之心[11]，亦风流之雅事。仰[12]彼邑令，作尔冰人。"

案既结，遐迩传诵焉。

自吴公鞫后，女始知鄂生冤。堂下相遇，觍然含涕，似有痛惜之词，而未可言也。生感其眷恋之情，爱慕殊切，而又念其出身微，且日登公堂，为千人所窥指，恐娶之为人姗笑，日夜萦回，无以自主。判牒既下，意始安帖。邑宰为之委禽，送鼓吹[13]焉。

异史氏曰：甚哉！听讼之不可以不慎也！纵能知李代为冤，谁复思桃僵亦屈？然事虽暗昧，必有其间[14]，要非审思研察，不能得也。呜呼！人皆服哲人之折狱明，而不知良工之用心苦矣。世之居民上者，棋局消日[15]，紬被放衙[16]，下情民艰，更不肯一劳方寸。至鼓动衙开，巍然高坐，彼哓哓[17]者直以桎梏静之，何怪覆盆[18]之下多沉冤哉！

---

① 红豆：相思树所结之子。古代以红豆象征相思，称为"相思子"。
② 骰（tóu）子：俗称"色子"。
③ 厉阶：祸端，祸患的来由。
④ 乔木：喻卞翁。
⑤ 可憎材：对情人的昵称。
⑥ 祸水：旧时对惑人败事的女子的贬称。
⑦ 葳蕤（wēi ruí）：草木茂盛。形容女性风华正茂。
⑧ 幸白璧之无瑕：指胭脂贞操没有丢失。
⑨ 锦衾之可覆：指缺陷可以遮盖，错误可以弥补。
⑩ 入门之拒：指胭脂虽爱慕鄂生，但持之以礼，拒绝苟合。
⑪ 掷果之心：指胭脂爱慕鄂生的心愿。掷果，晋潘岳貌美，洛阳女子见到他，向他投掷果子表示爱慕。
⑫ 仰：公文中上级命令下级的惯用套语，有期望、责成的意思。
⑬ 鼓吹：原指器乐合奏，这里指乐队。
⑭ 间（jiàn）：间隙，破绽。
⑮ 棋局消日：用下棋消磨光阴。
⑯ 紬（chóu）被放衙：谓好逸贪睡废政。紬，同"绸"。放衙，官吏退衙。
⑰ 哓哓（xiāo）：争辩声。
⑱ 覆盆：覆置的盆。喻不见天日，沉冤莫白。

愚山先生吾师也。方见知[①]时，余犹童子[②]。窃见其奖进[③]士子，拳拳[④]如恐不尽，小有冤抑，必委曲呵护之，曾不肯作威学校，以媚权要。真宣圣之护法[⑤]，不止一代宗匠，衡文无屈士已也。而爱才如命，尤非后世学使虚应故事者所及。尝有名士入场，作《宝藏兴焉》[⑥]文，误记“水下”[⑦]，录毕而后悟之，料无不黜之理。作词曰：“宝藏在山间，误认却在水边。山头盖起水晶殿[⑧]。瑚[⑨]长峰尖，珠[⑩]结树巅。这一回崖中跌死撑船汉！告苍天：留点蒂儿[⑪]，好与友朋看。”先生阅文至此，和[⑫]之曰：“宝藏将山夸，忽然见在水涯。樵夫漫说渔翁话[⑬]。题目虽差，文字却佳，怎肯放在他人下。尝见他，登高怕险；那曾见，会水淹杀[⑭]？”此亦风雅之一斑，怜才之一事也。

瑞　云

瑞云，杭之名妓，色艺无双。年十四岁，其母蔡媪，将使出应客。瑞云告曰：“此奴终身发轫[⑮]之始，不可草草。价由母定，客则听奴自择之。”媪曰：“诺。”乃定价十五金，逐日见客。客求见者必

---

① 见知：被赏识。
② 童子：未成年。此指尚未取得秀才资格。
③ 奖进：奖励提拔。
④ 拳拳：诚恳尽心的样子。
⑤ 宣圣之护法：孔子的护法者，即保护儒教的人。宣圣，指孔子。
⑥ 《宝藏兴焉》：考场试题的名称。
⑦ 误记“水下”：误记成是水下的宝藏，指与《中庸》所言山间宝藏不合。
⑧ 水晶殿：传说中海里的龙宫。
⑨ 瑚：珊瑚。
⑩ 珠：珍珠。
⑪ 留点蒂儿：意谓留点颜面。
⑫ 和：应和，唱和。指作词应答。
⑬ 樵夫漫说渔翁话：山上砍柴的人随意说水中打鱼人的话。指文不对题。
⑭ 会水淹杀：此喻指不会将会写文章的人一棒子打死，而是会留有余地。
⑮ 发轫：初始，开端。此指妓女初次应客。

以贽[①]，贽厚者，接一弈，酬一画；薄者，留一茶而已。瑞云名噪已久，自此富商贵介[②]，日接于门。

余杭[③]贺生，才名夙著，而家仅中赀[④]。素仰瑞云，固未敢拟同鸳梦[⑤]，亦竭微贽，冀得一睹芳泽。窃恐其阅人既多，不以寒畯[⑥]在意，及至相见一谈，而款接殊殷。坐语良久，眉目含情。作诗赠生曰：

何事求浆者，蓝桥叩晓关[⑦]？

有心寻玉杵，端只在人间。

生得之狂喜。更欲有言，忽小鬟来白"客至"，生仓促遂别。既归，吟玩诗词，梦魂萦扰。过一二日，情不自已，修贽复往。瑞云接见良欢，移坐近生，悄然谓："能图一宵之聚否？"生曰："穷踧[⑧]之士，惟有痴情可献知已。一丝之贽[⑨]，已竭绵薄。得近芳容，意愿已足，若肌肤之亲，何敢作此梦想。"瑞云闻之，戚然不乐，相对遂无一语。生久坐不出，媪频唤瑞云以促之，生乃归。心甚邑邑，思欲罄家[⑩]以博一欢，而更尽而别，此情复何可耐？筹思及此，热念都消，由是音息遂绝。

瑞云择婿数月，更不得一当[⑪]，媪颇恚，将强夺之而未发也。一日，有秀才投贽，坐语少时，便起，以一指按女额曰："可惜，可惜！"遂去。瑞云送客返，共视额上有指印，黑如墨，濯之益真。过数日，墨痕渐

---

① 贽：见面的赠礼。
② 贵介：尊贵。指贵家子弟。
③ 余杭：旧县名。即今杭州余杭区。
④ 中赀：中等资产。
⑤ 鸳梦：喻男女欢合。
⑥ 寒畯：出身寒微而才能杰出的人。
⑦ 叩晓关：清晨叩门。
⑧ 穷踧（cù）：穷困。踧，通"蹙"。
⑨ 一丝之贽：极微薄的见面礼。丝，重量的微小单位。
⑩ 罄家：拿出全部家产。罄，尽。
⑪ 一当：一个中意的。当，当意，中意。

阔，年余，连颧彻准[①]矣。见者辄笑，而车马之迹[②]以绝。媪斥去妆饰，使与婢辈伍。瑞云又荏弱[③]，不任驱使，日益憔悴。贺闻而过之[④]，见蓬首厨下，丑状类鬼。起首见生，面壁自隐。贺怜之，便与媪言，愿赎作妇。媪许之。贺货田倾装[⑤]，买之而归。入门，牵衣揽涕[⑥]，且不敢以伉俪[⑦]自居，愿备妾媵[⑧]，以俟来者。贺曰："人生所重者知己。卿盛时犹能知我，我岂以衰故忘卿哉！"遂不复娶。闻者共姗笑之，而生情益笃。

居年余，偶至苏，有和生与同主人[⑨]，忽问："杭有名妓瑞云，近如何矣？"贺以"适人[⑩]"对。又问："何人？"曰："其人率与仆等[⑪]。"和曰："若能如君，可谓得人矣。不知价几何许？"贺曰："缘有奇疾，姑从贱售耳。不然，如仆者，何能于勾阑中买佳丽哉！"又问："其人果能如君否？"贺以其问之异，因反诘之。和笑曰："实不相欺，昔曾一觐[⑫]其芳仪，甚惜其以绝世之姿，而流落不偶[⑬]，故以小术晦其光而保其璞[⑭]，留待怜才者之真鉴[⑮]耳。"贺急问曰："君能点之，亦能涤之否？"和笑曰："乌得不能，但须其人一诚求[⑯]耳。"贺起拜曰：

---

① 连颧彻准：谓墨痕漫至左右颧骨及整个鼻梁。颧，颧骨。准，鼻梁。
② 车马之迹：指来访的贵客。
③ 荏（rěn）弱：柔弱，怯懦。
④ 过之：探望她。过，访。
⑤ 货田倾装：变卖所有家产。倾装，犹言倾囊。
⑥ 揽涕：挥泪。
⑦ 伉俪：夫妻。这里指夫妻名分。
⑧ 愿备妾媵（yìng）：愿意权充姬妾，等待贺生另娶正妻。
⑨ 与同主人：与他住在一处。主人，旅居的房东。
⑩ 适人：嫁人。
⑪ 率与仆等：与我略同。率，大致。等，相等。
⑫ 觐：觐见。
⑬ 不偶：不遇，不幸。
⑭ 晦其光而保其璞：遮掩其光彩，保护其纯真。光，指玉石的光泽。璞，未雕琢的玉石，比喻天真、本色。
⑮ 鉴：鉴赏，发现。
⑯ 一诚求：诚心恳求一次。

“瑞云之婿，即某是也。”和喜曰：“天下惟真才人为能多情，不以妍媸[1]易念[2]也。请从君归，便赠一佳人。”遂与同返。

既至，贺将命酒，和止之曰：“先行吾法，当先令治具者有欢心也。”即令以盥器贮水，戟指而书之[3]，曰：“濯之当愈。然须亲出一谢医人也。”贺笑捧而去，立俟瑞云自靧[4]之，随手光洁，艳丽一如当年。夫妇共德之，同出展谢，而客已渺，遍觅之不可得，意者其仙欤？

葛巾

常大用，洛[5]人，癖好牡丹。闻曹州牡丹甲齐、鲁，心向往之。适以他事如曹，因假搢绅之园居焉。而时方二月，牡丹未华[6]，惟徘徊园中，目注句萌[7]，以望其拆[8]。作《怀牡丹》诗百绝[9]。未几，花渐含苞，而资斧将匮，寻典[10]春衣，流连忘返。

一日，凌晨趋花所，则一女郎及老妪在焉。疑是贵家宅眷，亦遂遄返[11]。暮而往，又见之，从容避去。微窥之，宫妆[12]艳绝。眩迷之中，忽转一想：此必仙人，世上岂有此女子乎！急返身而搜之，骤过假山，适与妪遇。女郎方坐石上，相顾失惊。妪以身幛女，叱曰：“狂生何

---

① 妍媸（yán chī）：美丑。
② 易念：改变心意。
③ 戟指而书之：指书写符箓，施行法术。戟指，屈指如戟形。
④ 靧（huì）：洗脸。
⑤ 洛：洛阳。
⑥ 华：同“花”，开花。
⑦ 句萌：草木的幼芽。句，同“勾”。弯的叫“勾”，直的叫“萌”。
⑧ 拆：开。指花开。
⑨ 百绝：百首绝句。
⑩ 典：典当。
⑪ 遄返：迅速返回。
⑫ 宫妆：皇宫里的打扮。

为！”生长跪曰：“娘子必是神仙！”妪咄之曰：“如此妄言，自当絷送令尹[①]！”生大惧，女郎微笑曰：“去之！”过山而去。生返，不能徙步[②]。意女郎归告父兄，必有诟辱之来。偃卧空斋，自悔孟浪[③]。窃幸女郎无怒容，或当不复置念。悔惧交集，终夜而病。日已向辰[④]，喜无问罪之师，心渐宁帖[⑤]。而回忆声容，转惧为想。如是三日，憔悴欲死。秉烛夜分，仆已熟眠，妪入，持瓯[⑥]而进曰：“吾家葛巾娘子，手合鸩汤[⑦]，其速饮！”生闻而骇，既而曰：“仆与娘子，夙无怨嫌，何至赐死？既为娘子手调，与其相思而病，不如仰药[⑧]而死！”遂引而尽之。妪笑，接瓯而去。生觉药气香冷，似非毒者。俄觉肺鬲宽舒，头颅清爽，酣然睡去。既醒，红日满窗。试起，病若失，心益信其为仙。无可夤缘，但于无人时，仿佛其立处、坐处，虔拜而默祷之。

一日，行去，忽于深树内，觌面遇女郎，幸无他人，大喜，投地[⑨]。女郎近曳之，忽闻异香竟[⑩]体，即以手握玉腕而起，指肤软腻，使人骨节欲酥。正欲有言，老妪忽至。女令隐身石后，南指曰：“夜以花梯度墙，四面红窗者，即妾居也。”匆匆遂去。生怅然，魂魄飞散，莫能知其所往。至夜，移梯登南垣，则垣下已有梯在，喜而下，果有红窗。室中闻敲棋声，伫立不敢复前，姑逾垣归。少间，再过之，子声犹繁。渐近窥之，则女郎与一素衣美人相对着[⑪]，老妪亦在坐，一婢侍焉。又返。凡三往复，三漏已催[⑫]。生伏梯上，闻妪出云：“梯也，

① 令尹：泛称县、府等地方行政长官。
② 徙步：移步，行走。
③ 孟浪：鲁莽，冒失。
④ 辰：辰时，上午七时至九时。
⑤ 宁帖：宁静，安心。
⑥ 瓯：瓦制小盆。
⑦ 手合鸩汤：亲手调合的毒药。鸩，传说中的一种毒鸟，羽毛浸酒，饮之即死。
⑧ 仰药：服毒，仰首饮药。
⑨ 投地：伏地。指行拜见大礼。
⑩ 竟：整个，全。
⑪ 对着（zhāo）：对弈。着，下棋落子叫“着”。
⑫ 三漏已催：已至三更。催，谓时间催人。

谁置此？”呼婢共移去之。生登垣，欲下无阶，恨悒[1]而返。

次夕复往，梯先设矣。幸寂无人，入，则女郎兀坐，若有思者。见生惊起，斜立含羞。生揖曰：“自谓福薄，恐于天人[2]无分[3]，亦有今夕[4]耶！”遂狎抱之。纤腰盈掬，吹气如兰，撑拒曰：“何遽尔！”生曰：“好事多磨，迟为鬼妒。”言未及已，遥闻人语。女急曰：“玉版妹子来矣！君可姑伏床下。”生从之。无何，一女子入，笑曰：“败军之将,尚可复言战否？业已烹茗,敢邀为长夜之欢。”女郎辞以困惰。玉版固请之，女郎坚坐不行。玉版曰：“如此恋恋，岂藏有男子在室耶？”强拉之，出门而去。生膝行而出。恨绝，遂搜枕簟。冀一得其遗物。而室内并无香奁,只床头有水精[5]如意[6],上结紫巾,芳洁可爱。怀之，越垣归。自理衿袖，体香犹凝，倾慕益切。然因伏床之恐，遂有怀刑之惧[7]，筹思不敢复往，但珍藏如意，以冀其寻。

隔夕，女郎果至，笑曰：“妾向以君为君子也，而不知寇盗也，”生曰：“良有之！所以偶不君子者，第[8]望其如意[9]耳。”乃揽体入怀，代解裙结。玉肌乍露，热香四流，偎抱之间，觉鼻息汗熏，无气不馥[10]。因曰：“仆固意卿为仙人，今益知不妄。幸蒙垂盼，缘在三生[11]。但恐杜兰香之下嫁，终成离恨耳[12]。”女笑曰：“君虑亦过。妾不过离魂之倩女[13]，偶为情动耳。此事宜要慎秘，恐是非之口，捏造黑白，

---

① 恨悒：闷闷不乐。
② 天人：仙人，对美丽妇女的美称。
③ 无分：没有缘分。
④ 今夕：今晚，今生。
⑤ 水精：水晶。
⑥ 如意：器物名。
⑦ 怀刑之惧：害怕受到惩罚。
⑧ 第：只。
⑨ 如意：承意，顺遂如愿。这里语意双关。
⑩ 馥：香。
⑪ 缘在三生：三生有缘。
⑫ 但恐杜兰香之下嫁，终成离恨耳：意为担心姻缘不能长久。
⑬ 离魂之倩女：指钟情的人间少女。

君不能生翼，妾不能乘风，则祸离更惨于好别矣。”生然之，而终疑为仙，固诘姓氏。女曰：“既以妾为仙，仙人何必以姓名传。”问：“妪何人？”曰：“此桑姥。妾少时受其露覆，故不与婢辈同。”遂起，欲去，曰：“妾处耳目多，不可久羁[①]，蹈隙当复来。”临别，索如意，曰：“此非妾物，乃玉版所遗。”问：“玉版为谁？”曰：“妾叔妹也。”付钩[②]乃去。

去后，衾枕皆染异香。由此三两夜辄一至。生惑之，不复思归。而囊橐既空，欲货马。女知之，曰：“君以妾故，泻囊质衣，情所不忍。又去代步，千余里将何以归？妾有私蓄，聊可助装[③]。”生辞曰：“感卿情好，抚臆誓肌[④]，不足论报，而又贪鄙，以耗卿财，何以为人矣！”女固强之，曰：“姑假[⑤]君。”遂捉生臂，至一桑树下，指一石，曰：“转之！”生从之。又拔头上簪，刺土数十下，又曰：“爬之。”生又从之。则瓮口已见。女探入，出白镪近五十两许。生把臂止之，不听，又出十余铤，生强反其半而后掩之。一夕，谓生曰：“近日微有浮言，势不可长，此不可不预谋也。”生惊曰：“且为奈何！小生素迂谨，今为卿故，如寡妇之失守[⑥]，不复能自主矣。一惟卿命，刀锯斧钺，亦所不遑顾耳！”女谋偕亡，命生先归，约会于洛。生治任旋里，拟先归而后逆之，比至，则女郎车适已至门。登堂朝家人，四邻惊贺，而并不知其窃而逃也。生窃自危，女殊坦然，谓生曰：“无论千里外非逻察[⑦]所及，即或知之，妾世家女，卓王孙当无如长卿何也[⑧]。”

---

① 羁：留。
② 钩：如意钩。指水晶如意。
③ 装：行装。
④ 抚臆誓肌：意谓竭诚图报。抚臆，抚胸。誓肌，誓死。
⑤ 假：借。
⑥ 失守：丧失操守。
⑦ 逻察：巡逻侦察。
⑧ 卓王孙当无如长卿何也：用司马相如与卓文君的故事，意谓自己婚姻不受别人影响。

生弟大器，年十七，女顾之曰：“是有惠根[①]，前程尤胜于君。”完婚有期，妻忽夭殒。女曰：“妾妹玉版，君固尝窥见之，貌颇不恶，年亦相若，作夫妇可称嘉耦。”生闻之而笑，戏请作伐，女曰：“必欲致之，即亦非难。”喜问：“何术？”曰：“妹与妾最相善。两马驾轻车，费一妪之往返耳。”生惧前情俱发，不敢从其谋，女固言：“不害。”即命车，遣桑媪去。数日，至曹，将近里门，媪下车，使御者止而候于途，乘夜入里。良久，偕女子来，登车遂发。昏暮即宿车中，五更复行。女郎计其时日，使大器盛服而逆之。五十里许，乃相遇，御轮而归[②]。鼓吹花烛，起拜成礼。由此兄弟皆得美妇，而家又日以富。

一日，有大寇数十骑，突入第。生知有变，举家登楼。寇入，围楼。生俯问：“有仇否？”答言：“无仇。但有两事相求：一则闻两夫人世间所无，请赐一见；一则五十八人，各乞金五百。”聚薪楼下，为纵火计以胁之。生允其索金之请，寇不满志，欲焚楼，家人大恐。女欲与玉版下楼，止之不听。炫妆而下，阶未尽者三级[③]，谓寇曰：“我姊妹皆仙媛[④]，暂时一履尘世，何畏寇盗！欲赐汝万金，恐汝不敢受也。”寇众一齐仰拜，喏声“不敢”。姊妹欲退，一寇曰：“此诈也！”女闻之，反身伫立，曰：“意欲何作，便早图之！尚未晚也。”诸寇相顾，默无一言。姊妹从容上楼而去。寇仰望无迹，哄然始散。

后二年，姊妹各举一子，始渐自言：“魏姓[⑤]，母封曹国夫人。”生疑曹无魏姓世家，又且大姓失女，何得一置不问？未敢穷诘，而心窃怪之。遂托故复诣曹，入境咨访[⑥]，世族并无魏姓。于是仍假馆旧主人。忽见壁上有赠曹国夫人诗，颇涉骇异，因诘主人。主人笑，即

---

① 惠根：佛家语。指前世就有的通达道理、成就功德的根性。惠，通“慧”。
② 御轮而归：迎娶回来。御轮，古代婚礼亲迎之礼。
③ 三级：三个台阶。
④ 仙媛：仙女。媛，美女，淑女。
⑤ 魏姓：隐指牡丹葛巾出于魏家。
⑥ 咨（zī）访：打听。

请往观曹夫人，至则牡丹一本，高与檐等。问所由名，则以此花为曹第一，故同人戏封之。问其何种，曰："葛巾紫[①]也。"心益骇，遂疑女为花妖。既归，不敢质言，但述赠夫人诗以觇之。女蹙然变色，遽出，呼玉版抱儿至，谓生曰："三年前，感君见思，遂呈身相报。今见猜疑，何可复聚！"因与玉版皆举儿遥掷之，儿堕地并没。生方惊顾，则二女俱渺矣。悔恨不已。后数日，堕儿处生牡丹二株，一夜径尺，当年而花，一紫一白，朵大如盘，较寻常之葛巾、玉版，瓣尤繁碎。数年，茂荫成丛，移分他所，更变异种，莫能识其名。自此牡丹之盛，洛下无双焉。

异史氏曰：怀[②]之专一，鬼神可通，偏反者[③]亦不可谓无情也。少府寂寞[④]，以花当夫人，况真能解语[⑤]，何必力穷其原哉？惜常生之未达[⑥]也！

---

① 葛巾紫：与下文"玉版"均是牡丹名贵品种之一。

② 怀：心怀，爱恋。

③ 偏反者：原指唐棣花，这里指葛巾。

④ 少府寂寞：唐代诗人白居易做周至县尉时，作《戏题新栽蔷薇诗》："少府无妻春寂寞，花开将尔当夫人。"少府，唐代县尉的别称。

⑤ 解语：指葛巾能善解人意。

⑥ 达：通达。

卷十一

黄英

马子才，顺天[①]人。世好菊，至才尤甚，闻有佳种，必购之，千里不惮。一日，有金陵[②]客寓其家，自言其中表亲有一二种，为北方所无。马欣动，即刻治装，从客至金陵。客多方为之营求，得两芽，裹藏如宝。归至中途，遇一少年，跨蹇从油碧车[③]，丰姿洒落[④]。渐近与语，少年自言"陶姓"，谈言骚雅[⑤]。因问马所自来，实告之。少年曰："种无不佳，培溉在人。"因与论艺[⑥]菊之法，马大悦，问："将何往？"答云："姊厌金陵，欲卜居于河朔[⑦]耳。"马欣然曰："仆虽固贫，茅庐可以寄榻。不嫌荒陋，无烦他适。"陶趋车前，向姊咨禀[⑧]。车中人推帘语，乃二十许绝世美人也。顾弟言："屋不厌卑，而院宜得广。"马代诺之，遂与俱归。

第南有荒圃，仅小室三四椽，陶喜，居之。日过北院，为马治菊。菊已枯，拔根再植之，无不活。然家清贫，陶日与马共食饮，而察其

---

① 顺天：顺天府，明清指北京地区。
② 金陵：南京。
③ 油碧车：也作"油壁车"。古时妇女所乘之车。因车壁以油涂饰，故名。
④ 洒落：潇洒飘逸。
⑤ 谈言骚雅：说话文雅，有文学意味。
⑥ 艺：种植，栽培。
⑦ 河朔：黄河以北地区。
⑧ 咨禀：商量，禀告。

家似不举火[①]。马妻吕，亦爱陶姊，不时以升斗馈恤之。陶姊小字黄英，雅善谈，辄过吕所，与共纫绩[②]。陶一日谓马曰："君家固不丰，仆日以口腹[③]累知交，胡可为常？为今计，卖菊亦足谋生。"马素[④]介[⑤]，闻陶言，甚鄙之，曰："仆以君风流高士[⑥]，当能安贫，今作是论，则以东篱为市井[⑦]，有辱黄花[⑧]矣。"陶笑曰："自食其力不为贪，贩花为业不为俗。人固不可苟求富[⑨]，然亦不必务求贫[⑩]也。"马不语，陶起而出。自是，马所弃残枝劣种，陶悉掇拾而去。由此不复就马寝食，招之始一至。

未几，菊将开，闻其门嚣喧[⑪]如市。怪之，过而窥焉，见市人买花者，车载肩负，道相属[⑫]也。其花皆异种，目所未睹。心厌其贪，欲与绝，而又恨其私秘佳本[⑬]，遂款其扉，将就诮让。陶出，握手曳入。见荒庭半亩皆菊畦，数椽之外无旷土[⑭]。劚[⑮]去者，则折别枝插补之，其蓓蕾在畦者，罔不佳妙。而细认之，皆向所拔弃也。陶入屋，出酒馔，设席畦侧，曰："仆贫不能守清戒[⑯]，连朝幸得微赀，颇足供醉。"少间，房中呼"三郎"，陶诺而去，俄献佳肴，烹饪良精。因问："贵姊胡

---

① 不举火：不烧火做饭。
② 纫绩：缝纫纺织。指针线活。
③ 口腹：饮食。
④ 素：平素。
⑤ 介：耿介，有操守。
⑥ 风流高士：志节高尚的文士。风流，有才学，不拘礼法。
⑦ 以东篱为市井：把种菊的地方当作贸易的场所。
⑧ 黄花：指菊花。
⑨ 苟求富：不择手段谋求富足。
⑩ 务求贫：立志追求贫穷。
⑪ 嚣喧：吵闹，喧哗。
⑫ 相属（zhǔ）：络绎不绝。
⑬ 佳本：优良品种。本，根。
⑭ 旷土：空地。
⑮ 劚（zhú）：挖掘。
⑯ 清戒：清廉的戒规。

以不字[①]？”答云：“时未至。”问：“何时？”曰：“四十三月。”又诘：“何说？”但笑不言。尽欢始散。过宿，又诣之，新插者已盈尺矣。大奇之，苦求其术。陶曰：“此固非可言传，且君不以谋生，焉用此？”又数日，门庭略寂，陶乃以蒲席[②]包菊，捆载数车而去。逾岁，春将半，始载南中异卉[③]而归，于都中设花肆，十日尽售，复归艺菊。问之去年买花者，留其根，次年尽变而劣，乃复购于陶。陶由此日富，一年增舍，二年起夏屋。兴作从心，更不谋诸主人。渐而旧日花畦，尽为廊舍。更于墙外买田一区，筑墉[④]四周，悉种菊。至秋，载花去，春尽不归。而马妻病卒，意属黄英，微使人风示之。黄英微笑，意似允许，惟专候陶归而已。

年余，陶竟不至。黄英课[⑤]仆种菊，一如陶。得金益合商贾，村外治膏田[⑥]二十顷，甲第益壮。忽有客自东粤[⑦]来，寄陶生函信，发之，则嘱姊归[⑧]马。考其寄书之日，即妻死之日，回忆园中之饮，适四十三月也，大奇之。以书示英，请问“致聘何所”，英辞不受采[⑨]。又以故居陋，欲使就南第居，若赘[⑩]焉。马不可，择日行亲迎礼。黄英既适马，于间壁开扉通南第，日过课其仆。马耻以妻富，恒嘱黄英作南北籍[⑪]，以防淆乱。而家所须，黄英辄取诸南第。不半岁，家中

① 字：嫁人。
② 蒲席：用蒲草编织的席。
③ 南中异卉：南方的珍奇花卉。南中，泛指南方。
④ 墉：土墙。
⑤ 课：督促完成指定的工作。
⑥ 膏田：良田。
⑦ 东粤：或作“东越”，指东南沿海地区。
⑧ 归：女子出嫁。
⑨ 采：彩礼。
⑩ 赘：就婚于女家。
⑪ 籍：簿籍，账本。

触类皆陶家物。马立遣人一一赍还[①]之，戒勿复取。未浃旬[②]，又杂之。凡数更，马不胜烦。黄英笑曰："陈仲子毋乃劳乎[③]？"马惭，不复稽，一切听诸黄英。鸠工庀[④]料，土木大作，马不能禁。经数月，楼舍连亘[⑤]，两第竟合为一，不分疆界矣。

然遵马教，闭门不复业菊，而享用过于世家。马不自安，曰："仆三十年清德[⑥]，为卿所累。今视息人间[⑦]，徒依裙带而食[⑧]，真无一毫丈夫气矣。人皆祝[⑨]富，我但祝穷耳！"黄英曰："妾非贪鄙，但不少致丰盈，遂令千载下人，谓渊明[⑩]贫贱骨，百世不能发迹，故聊为我家彭泽[⑪]解嘲耳。然贫者愿富，为难；富者求贫，固亦甚易。床头金任君挥去之，妾不靳也。"马曰："捐他人之金，抑亦良丑。"黄英曰："君不愿富，妾亦不能贫也。无已，析君居，清者自清，浊者自浊，何害？"乃于园中筑茅茨[⑫]，择美婢往侍马。马安之。然过数日，苦念黄英。招之，不肯至，不得已，反就之。隔宿辄至，以为常。黄英笑曰："东食西宿[⑬]，廉者当不如是。"马亦自笑，无以对，遂复合居如初。

会马以事客金陵，适逢菊秋。早过花肆，见肆中盆列甚烦，款朵[⑭]佳胜，心动，疑类陶制。少间，主人出，果陶也。喜极，具道契

---

① 赍（jī）还：归还。
② 浃（jiā）旬：即"浃日"，十日。
③ 陈仲子毋乃劳乎：喻指马子才过分追求廉洁乃至矫情。陈仲子，战国时齐人。
④ 庀（pǐ）：备具。
⑤ 连亘：连贯，连接。
⑥ 清德：清廉自守的德行。
⑦ 视息人间：犹言活在世上。视，看。息，呼吸。
⑧ 徒依裙带而食：只靠妻子生活，吃软饭。
⑨ 祝：祈求，祝愿。
⑩ 渊明：晋代诗人陶渊明。
⑪ 我家彭泽：陶渊明曾为彭泽县令，黄英也姓陶，故曰"我家彭泽"。
⑫ 茅茨（cí）：草屋。
⑬ 东食西宿：比喻兼有两利。
⑭ 款朵：花朵的款式。指菊花品种。

阔[①]，遂止宿焉。要[②]之归，陶曰："金陵，吾故土，将婚于是。积有薄赀，烦寄吾姊。我岁杪[③]当暂去。"马不听，请之益苦，且曰："家幸充盈，但可坐享，无须复贾[④]。"坐肆中，使仆代论价，廉其直，数日尽售。逼促囊装，赁舟遂北。入门，则姊已除舍，床榻裀褥皆设，若预知弟也归者。陶自归，解装课役，大修亭园，惟日与马共棋酒，更不复结一客。为之择婚，辞不愿。姊遣两婢侍其寝处，居三四年，生一女。

陶饮素豪[⑤]，从不见其沉醉。有友人曾生，量亦无对，适过马，马使与陶相较饮。二人纵饮甚欢，相得恨晚。自辰以迄四漏[⑥]，计各尽百壶。曾烂醉如泥，沉睡座间。陶起归寝，出门践菊畦，玉山倾倒[⑦]，委衣于侧，即地化为菊，高如人，花十余朵，皆大于拳。马骇绝，告黄英。英急往，拔置地上，曰："胡醉至此！"覆以衣，要马俱去，戒勿视。既明而往，则陶卧畦边。马乃悟姊弟菊精也，益爱敬之。而陶自露迹，饮益放，恒自折柬招曾，因与莫逆[⑧]。值花朝[⑨]，曾来造访，以两仆舁药浸白酒一坛，约与共尽。坛将竭，二人犹未甚醉。马潜以一瓻续入之，二人又尽之。曾醉已惫，诸仆负之以去。陶卧地，又化为菊。马见惯不惊[⑩]，如法拔之，守其旁以观其变。久之，叶益憔悴。大惧，始告黄英。英闻骇曰："杀吾弟矣！"奔视之，根株已枯。痛绝，掐其梗，埋盆中，携入闺中，日灌溉之。马悔恨欲绝，甚怨曾。越数日，

① 契阔：久别之情。
② 要（yāo）：邀请。
③ 岁杪（miǎo）：岁末，年底。
④ 贾：经商。
⑤ 豪：豪放。此指酒量大。
⑥ 四漏：夜里四更天（凌晨一时至三时）。
⑦ 玉山倾倒：形容酒醉倒地。
⑧ 莫逆：没有抵触，感情融洽、要好的朋友。
⑨ 花朝：旧俗以阴历二月初二（也有以二月十二、二月十五）为百花生日，称为"花朝节"，俗称"花神节"。
⑩ 见惯不惊：习以为常。

闻曾已醉死矣。盆中花渐萌，九月既开，短干粉朵，嗅之有酒香，名之“醉陶”，浇以酒则茂。后女长成，嫁于世家。黄英终老，亦无他异。

异史氏曰：青山白云人[①]，遂以醉死，世尽惜之，而未必不自以为快也。植此种[②]于庭中，如见良友，如对丽人，不可不物色[③]之也！

书　痴

彭城[④]郎玉柱，其先世官至太守，居官廉，得俸不治生产[⑤]，积书盈屋。至玉柱，尤痴。家苦贫，无物不鬻，惟父藏书，一卷不忍置[⑥]。父在时，曾书《劝学篇》[⑦]黏其座右，郎日讽诵，又幛以素纱，惟恐磨灭。非为干禄[⑧]，实信书中真有金粟[⑨]。昼夜研读，无间[⑩]寒暑。年二十余，不求婚配，冀卷中丽人自至。见宾亲，不知温凉[⑪]，三数语后，则诵声大作，客逡巡[⑫]自去。每文宗临试[⑬]，辄首拔之[⑭]，而苦不得售[⑮]。

一日方读，忽大风飘卷去，急逐之，踏地陷足。探之，穴有腐草；掘之，乃古人窖[⑯]粟，朽败已成粪土。虽不可食，而益信“千钟”之

---

① 青山白云人：比喻自由自在，不为世俗所污染。
② 此种：指上文所说的“醉陶”菊。种，品种。
③ 物色：访求。
④ 彭城：古县名。清雍正末改为“铜山县”，治所在今江苏徐州。
⑤ 生产：指盈利性营业。
⑥ 置：弃置。
⑦ 《劝学篇》：指宋真宗赵恒所作的《劝学文》。
⑧ 干禄：求取禄位。干，求取。
⑨ 金粟：指《劝学文》所说的“书中自有黄金屋”“书中自有千钟粟”。
⑩ 间：间断，间隔。
⑪ 不知温凉：不知话温凉，谓不解应酬。温凉，犹言“寒暄”。
⑫ 逡巡：徘徊不前或退却。此指失意无趣。
⑬ 文宗临试：学使案临考试。
⑭ 首拔之：指在岁试或科试中选拔他为第一。
⑮ 不得售：指乡试没有被录取。
⑯ 窖：窖藏。

说[①]不妄，读益力。一日，梯登高架，于乱卷中得金辇[②]径尺，大喜，以为“金屋”之验[③]。出以示人，则镀金而非真金，心窃怨古人之诳己也。居无何，有父同年，观察是道[④]，性好佛，或劝郎献辇为佛龛。观察大悦，赠金三百、马二匹。郎喜，以为“金屋”“车马”皆有验，因益刻苦。然行年已三十矣。或劝其娶，曰：“‘书中自有颜如玉’，我何忧无美妻乎？”又读二三年，迄无效，人咸[⑤]揶揄之。时民间讹言：天上织女私逃。或戏郎：“天孙[⑥]窃奔，盖为君也。”郎知其戏，置不辩。

一夕，读《汉书》[⑦]至八卷，卷将半，见纱翦美人夹藏其中，骇曰：“书中颜如玉，其以此应之耶？”心怅然自失。而细视美人，眉目如生，背隐隐有细字云“织女”。大异之。日置卷上，反复瞻玩，至忘食寝。一日，方注目间，美人忽折腰起，坐卷上微笑。郎惊绝，伏拜案下，既起，已盈尺矣。益骇，又叩之。下几[⑧]亭亭[⑨]，宛然绝代之姝[⑩]。拜问：“何神？”美人笑曰：“妾颜氏，字如玉，君固相知已久。日垂青盼[⑪]，脱[⑫]不一至，恐千载下无复有笃信古人者。”郎喜，遂与寝处。然枕席间亲爱倍至，而不知为人[⑬]。

---

① “千钟”之说：指《劝学文》中“书中自有千钟粟”之说。钟，古代量器，可容六斛四斗。
② 金辇：人力拉挽的饰金之车。
③ “金屋”之验：辇车车盖如屋，故郎玉柱误作“金屋之验”。
④ 观察是道：作彭城这个地方的观察使。
⑤ 咸：都。
⑥ 天孙：即织女。
⑦ 《汉书》：又称《前汉书》，是中国第一部纪传体断代史，“二十四史”之一，东汉史学家班固编撰。全书包括本纪十二篇，表八篇，志十篇，传七十篇，共一百篇。主要记述了上起西汉高祖元年（公元前206年），下至新朝王莽地皇四年（公元23年）共230年的史事。
⑧ 几：案几，小桌。
⑨ 亭亭：身材窈窕的样子。
⑩ 绝代之姝：绝代佳人。姝，美女。
⑪ 日垂青盼：天天承蒙喜爱。
⑫ 脱：假如。
⑬ 不知为人：感觉如同神仙。

每读，必使女坐其侧。女戒勿读，不听。女曰："君所以不能腾达者，徒以读耳。试观春秋榜[①]上，读如君者几人？若不听，妾行去矣。"郎暂从之。少顷，忘其教，吟诵复起。逾刻，索女，不知所在。神志丧失，嘱而祷之，殊无影迹。忽忆女所隐处，取《汉书》细检之，直至旧所，果得之。呼之不动，伏以哀祝。女乃下曰："君再不听，当相永绝！"因使治棋枰[②]、樗蒲[③]之具，日与遨戏。而郎意殊不属，觑女不在，则窃卷流览。恐为女觉，阴取《汉书》第八卷，杂溷[④]他所以迷之。一日，读酣[⑤]，女至，竟不之觉，忽睹之，急掩卷，而女已亡矣。大惧，冥搜诸卷，渺不可得。既，仍于《汉书》八卷中得之，叶数不爽。因再拜祝，矢不复读。女乃下，与之弈，曰："三日不工[⑥]，当复去。"至三日，忽一局赢女二子。女乃喜，授以弦索[⑦]，限五日工一曲。郎手营目注[⑧]，无暇他及，久之，随指应节，不觉鼓舞。女乃日与饮博，郎遂乐而忘读。女又纵之出门，使结客，由此倜傥之名暴著。女曰："子可以出而试矣。"

郎一夜谓女曰："凡人男女同居则生子，今与卿居久，何不然也？"女笑曰："君日读书，妾固谓无益。今即夫妇一章[⑨]，尚未了悟[⑩]，'枕席'二字有工夫。"郎惊问："何工夫？"女笑不言。少间，潜迎就之。郎乐极，曰："我不意夫妇之乐，有不可言传者。"于是逢人辄道，无有

---

① 春秋榜：春榜和秋榜。春榜，指春试考中进士之榜。秋榜，指秋试考中举人之榜。
② 棋枰：围棋盘。
③ 樗蒲（chū pú）：古博戏的一种。
④ 溷：杂，混杂。
⑤ 读酣：读兴正浓。
⑥ 工：精通。
⑦ 弦索：指弦乐。
⑧ 手营目注：谓手眼并用，意趣专注。营，操作。
⑨ 夫妇一章：语意双关，既指现实的性知识，也指经书中论述夫妇之道的章节。
⑩ 了悟：明白。

不掩口者。女知而责之，郎曰："钻穴逾隙[1]者，始不可以告人；天伦之乐[2]，人所皆有，何讳焉。"过八九月，女果举一男，买媪抚字[3]之。

一日，谓郎曰："妾从君二年，业生子，可以别矣。久恐为君祸，悔之已晚。"郎闻言，泣下，伏不起，曰："卿不念呱呱者耶？"女亦凄然，良久曰："必欲妾留，当举架上书尽散之。"郎曰："此卿故乡，乃仆性命，何出此言！"女不之强，曰："妾亦知其有数，不得不预告耳。"先是，亲族或窥见女，无不骇绝，而又未闻其缔姻何家，共诘之。郎不能作伪语，但默不言。人益疑，邮传[4]几遍，闻于邑宰史公。史，闽人，少年进士。闻声倾动[5]，窃欲一睹丽容，因而拘郎及女。女闻知，遁匿无迹。宰怒，收郎，斥革衣衿[6]，梏械[7]备加，务得女所自往。郎垂死，无一言。械其婢，略能道其仿佛[8]。宰以为妖，命驾亲临其家。见书卷盈屋，多不胜搜，乃焚之，庭中烟结不散，瞑若阴霾。

郎既释，远求父门人书，得从辨复[9]。是年秋捷[10]，次年举进士，而衔恨切于骨髓。为颜如玉之位[11]，朝夕而祝曰："卿如有灵，当佑我官于闽。"后果以直指[12]巡闽。居三月，访史恶款[13]，籍其家。时有中表为司理[14]，逼纳爱妾，托言买婢寄署中。案既结，郎即日自劾[15]，取

---

① 钻穴逾隙：喻不正当男女关系。
② 天伦之乐：这里指夫妇乐趣。天伦，指父子、兄弟、夫妇等天然的亲属关系。
③ 抚字：抚育。字，养育。
④ 邮传：旧时传递文书的驿站。这里指信息传播。
⑤ 倾动：心动，倾倒。
⑥ 斥革衣衿：褫夺生员衣冠。指取消生员资格。斥革，同"褫革"。
⑦ 梏械：刑讯，用刑。
⑧ 仿佛：大概，不太真切。
⑨ 辨复：向上级官府申诉理由，请求恢复职务或功名。
⑩ 秋捷：考中举人。
⑪ 位：牌位，灵位。
⑫ 直指：专管巡视、处理各地政事的官员。
⑬ 恶款：作恶的证据。
⑭ 司理：主管司法的州官。
⑮ 自劾：自我弹劾。劾，弹劾，揭发罪过。

妾而归。

异史氏曰：天下之物，积则招妒，好[①]则生魔。女之妖，书之魔也。事近怪诞，治之未为不可，而祖龙之虐[②]，不已惨乎？其存心之私，更宜得怨毒之报也。呜呼！何怪哉！

齐天大圣

许盛，兖[③]人，从兄成贾于闽，货未居积[④]。客言大圣[⑤]灵著[⑥]，将祷诸祠。盛未知大圣何神，与兄俱往。至则殿阁连蔓，穷极弘丽。入殿瞻仰，神猴首人身，盖齐天大圣孙悟空云。诸客肃然起敬，无敢有惰容。盛素刚直，窃笑世俗之陋。众焚奠叩祝，盛潜去[⑦]之。

既归，兄责其慢[⑧]。盛曰："孙悟空乃丘翁[⑨]之寓言，何遂诚信如此？如其有神，刀槊雷霆[⑩]，余自受之！"逆旅主人闻呼大圣名，皆摇手失色，若恐大圣闻。盛见其状，益哗[⑪]辨之，听者皆掩耳而走。至夜，盛果病，头痛大作。或劝诣祠谢[⑫]，盛不听。未几，头小愈，股又痛，

① 好：喜好，爱好。
② 祖龙之虐：指秦始皇焚书坑儒的暴政，喻指邑宰尽焚郎生之藏书，加刑于郎生。祖龙，秦人对秦始皇的代称。
③ 兖：府名。治所在今山东兖州。
④ 居积：囤积。此指货物还未齐备。
⑤ 大圣：指齐天大圣孙悟空，《西游记》中的人物。
⑥ 灵著：灵异显著。
⑦ 去：离开。
⑧ 慢：怠慢，不恭敬。
⑨ 丘翁：指金元时道士丘处机（1148—1227），字通密，道号长春子，登州栖霞人，道教全真道掌教。公元 1219 年成吉思汗西征，丘奉诏前往。1223 年丘自西域返回。其弟子李志常将丘往返西域的经历，写成《长春真人西游记》一书。明清时曾误将此书与小说《西游记》混淆，并将《西游记》的作者误认为是丘处机。
⑩ 刀槊（shuò）雷霆：犹言刀砍雷轰。槊，长矛。
⑪ 哗：喧哗，大声。
⑫ 谢：谢罪，道歉。

竟夜生巨疽，连足尽肿，寝食俱废。兄代祷，迄无验。或言：神谴须自祝。盛卒不信。月余，疮渐敛，而又一疽生，其痛倍苦。医来，以刀割腐肉，血溢盈碗。恐人神[①]其词，故忍而不呻。又月余，始就平复，而兄又大病。盛曰："何如矣！敬神者亦复如是，足征余之疾非由悟空也。"兄闻其言，益恚，谓神迁怒，责弟不为代祷。盛曰："兄弟犹手足。前日支体糜烂而不之祷，今岂以手足之病，而易吾守[②]乎？"但为延医剉药[③]，而不从其祷。药下，兄暴毙。

盛惨痛结于心腹，买棺殓兄已，投祠指神而数之曰："兄病，谓汝迁怒，使我不能自白。倘尔有神，当令死者复生，余即北面称弟子[④]，不敢有异辞，不然，当以汝处三清之法[⑤]，还处汝身，亦以破吾兄地下之惑。"至夜，梦一人招之去，入大圣祠，仰见大圣有怒色。责之曰："因汝无状[⑥]，以菩萨刀穿汝胫股[⑦]，犹不自悔，啧有烦言[⑧]。本宜送拔舌狱[⑨]，念汝一念刚鲠[⑩]，姑置宥赦。汝兄病，乃汝以庸医夭其寿数，于人何尤[⑪]？今不少施法力，益令狂妄者引为口实。"乃命青衣使请命于阎罗。青衣曰："三日后，鬼籍已报天庭，恐难为力。"神取方版[⑫]，命笔，不知何词，使青衣执之而去。良久乃返，成与俱来，并跪堂上。神问："何迟？"青衣曰："阎摩不敢擅专，又持大圣

① 神：灵验。
② 易吾守：改变我的操守。守，操守，信仰。指不随俗祷神。
③ 剉（cuò）药：切药，犹言制药。剉，铡碎。
④ 北面称弟子：意为甘心做信徒。
⑤ 当以汝处三清之法：《西游记》第四十四回，孙悟空命猪八戒把车迟国三清殿中供奉的三清，即元始天尊、灵宝道君、太上老君的塑像投入茅坑。
⑥ 无状：无礼。
⑦ 胫股：小腿。
⑧ 啧（zè）有烦言：抱怨责备，闲言碎语。
⑨ 拔舌狱：民间认为凡言辞怨尤、拨弄是非的人死后入拔舌地狱受苦。
⑩ 刚鲠（gěng）：刚正鲠直。
⑪ 尤：怨。
⑫ 方版：木板，简牍。

旨上咨斗宿①，是以来迟。”盛趋上拜谢神恩。神曰：“可速与兄俱去。若能向善，当为汝福。”兄弟悲喜，相将俱归。醒而异之。急起，启材②视之，兄果已苏，扶出，极感大圣力。盛由此诚服信奉，更倍于流俗。而兄弟赀本，病中已耗其半，兄又未健，相对长愁。

一日，偶游郊郭③，忽一褐衣④人相⑤之曰：“子何忧也？”盛方苦无所诉，因而备述其遭。褐衣人曰：“有一佳境，暂往瞻瞩，亦足破闷。”问：“何所？”但云：“不远。”从之。出郭半里许，褐衣人曰：“予有小术，顷刻可到。”因命以两手抱腰，略一点首，遂觉云生足下，腾踔⑥而上，不知几百由旬⑦。盛大惧，闭目不敢少启。顷之曰：“至矣。”忽见琉璃世界，光明异色，讶问：“何处？”曰：“天宫也。”信步而行，上上益高⑧。遥见一叟，喜曰：“适遇此老，子之福也！”举手相揖。叟邀过诣其所，烹茗献客，止两盏，殊不及盛。褐衣人曰：“此吾弟子，千里行贾，敬造仙署，求少赠馈。”叟命僮出白石一柈，状类雀卵，莹澈如冰，使盛自取之。盛念携归可作酒枚⑨，遂取其六。褐衣人以为过廉，代取六枚，付盛并裹之，嘱纳腰橐。拱手曰：“足矣。”辞叟出，仍令附体而下，俄顷及地。盛稽首请示仙号，笑曰：“适即所谓筋斗云也。”盛恍然，悟为大圣。又求佑护，曰：“适所会财星⑩，赐利十二分⑪，何须他求。”盛又拜之，起视已渺。既归，喜而告

① 斗宿：二十八星宿之一。此指南斗星、北斗星。民间传说认为南斗主管生，北斗主管死。
② 材：棺材。
③ 郭：外城。
④ 褐衣：贫贱者的服装。
⑤ 相：相面，仔细看。
⑥ 腾踔（chuō）：腾跃。
⑦ 由旬：古印度长度单位，约 11.2 公里。
⑧ 上上益高：意为越上越高。
⑨ 酒枚：犹言酒筹，饮酒用以计数之具。
⑩ 财星：民间传说认为天官有主财的星宿，此星临照，财运就兴旺。
⑪ 赐利十二分：指得十二枚白石，为财星所赐的十二分利润。

兄。解取共视，则融入腰橐矣。后辇货而归，其利倍蓰[①]。自此屡至闽，必祷大圣。他人之祷，时不甚验，盛所求无不应者。

异史氏曰：昔士人过寺，画琵琶于壁而去，比返，则其灵大著，香火相属焉。天下事固不必实有其人，人灵之，则既灵焉矣。何以故？人心所聚，而物或托[②]焉耳。若盛之方鲠[③]，固宜得神明之佑，岂真耳内绣针，毫毛能变，足下筋斗，碧落[④]可升哉！卒为邪惑，亦其见之不真也。

白秋练

直隶有慕生，小字蟾宫，商人慕小寰之子。聪惠喜读。年十六，翁以文业迂[⑤]，使去而学贾，从父至楚。每舟中无事，辄便吟诵。抵武昌，父留居逆旅，守其居积[⑥]。生乘父出，执卷哦[⑦]诗，音节铿锵。辄见窗影憧憧，似有人窃听之，而亦未之异也。一夕，翁赴饮，久不归，生吟益苦。有人徘徊窗外，月映甚悉。怪之，遽出窥觇，则十五六倾城之姝。望见生，急避去。又二三日，载货北旋，暮泊湖滨。父适他出，有媪入曰："郎君杀吾女矣！"生惊问之，答云："妾白姓，有息女秋练，颇解文字。言在郡城，得听清吟[⑧]，于今结想，至绝眠餐。意欲附为婚姻，不得复拒。"生心实爱好，第虑父嗔，因直以情告。媪不实信，务要

① 倍蓰（xǐ）：谓数倍。倍，一倍。蓰，五倍。
② 托：托付，附着。
③ 方鲠：方正耿直。
④ 碧落：青天。
⑤ 以文业迂：认为读书科举不实用。文业，指举业。迂，不切实际。
⑥ 居积：货物。
⑦ 哦：吟唱。
⑧ 清吟：对别人吟诵的敬称。

盟约[1]，生不肯。媪怒曰：“人世姻好，有求委禽而不得者。今老身自媒，反不见纳，耻孰甚焉！请勿想北渡矣！”遂去。少间，父归，善[2]其词以告之，隐冀[3]垂纳[4]。而父以涉远，又薄[5]女子之怀春[6]也，笑置之。

泊舟处，水深没棹[7]，夜忽沙碛[8]拥起，舟滞不得动。湖中每岁客舟必有留住守洲[9]者，至次年桃花水[10]溢，他货未至，舟中物当百倍于原直也，以故翁未甚忧怪。独计明岁南来，尚须揭赀[11]，于是留子自归。生窃喜，悔不诘[12]媪居里。日既暮，媪与一婢扶女郎至，展衣卧诸榻上。向生曰：“人病至此，莫高枕[13]作无事者！”遂去。生初闻而惊，移灯视女，则病态含娇，秋波自流。略致讯诘，嫣然微笑。生强其一语，曰：“‘为郎憔悴却羞郎’[14]，可为妾咏。”生狂喜，欲近就之，而怜其荏弱，探手于怀，接脗[15]为戏。女不觉欢然展谑[16]，乃曰：“君为妾三吟王建‘罗衣叶叶’之作[17]，病当愈。”生从其言。甫两过，女揽衣起坐曰：“妾愈矣！”再读，则娇颤相和。生神志益飞，遂灭烛共寝。女未曙已起，曰：“老母将至矣。”未几，媪果至。见女凝妆欢坐，不

---

① 务要（yāo）盟约：一定要得到承诺。要，强求，要挟。
② 善：加工修饰。
③ 隐冀：心中暗想或希望。
④ 垂纳：接受、接纳的敬辞。
⑤ 薄：鄙视。
⑥ 怀春：指少女思婚嫁。
⑦ 棹：船桨。
⑧ 沙碛（qì）：浅水中的沙石。
⑨ 洲：露出水面的陆地。
⑩ 桃花水：即“桃花汛”。
⑪ 揭赀：措办资金。揭，持，负。
⑫ 诘：问。
⑬ 高枕：即高枕无忧。
⑭ 为郎憔悴却羞郎：唐元稹《莺莺传》中的诗句。
⑮ 接脗（hàn）：接吻。脗，下唇。
⑯ 展谑：放松活泼。
⑰ 王建“罗衣叶叶”之作：指唐代诗人王建《宫词》：“罗衣叶叶绣重重，金凤银鹅各一丛。每遍舞时分两向，太平万岁字当中。”

觉欣慰。邀女去，女俯首不语。媪即自去，曰：“汝乐与郎君戏，亦自任也。”于是生始研问居止[①]，女曰：“妾与君不过倾盖之友[②]，婚嫁尚不可必，何须令知家门。”然两人互相爱悦，要誓良坚。

女一夜早起挑灯，忽开卷凄然泪莹，生急起问之。女曰：“阿翁[③]行且[④]至。我两人事，妾适以卷卜[⑤]，展之得李益[⑥]《江南曲》[⑦]，词意非祥。”生慰解之，曰：“首句‘嫁得瞿塘贾’，即已大吉，何不祥之与有！”女乃稍欢，起身作别曰：“暂请分手，天明则千人指视[⑧]矣。”生把臂哽咽，问：“好事如谐，何处可以相报？”曰：“妾常使人侦探之，谐否无不闻也。”生将下舟送之，女力辞而去。无何，慕果至。生渐吐其情，父疑其招妓，怒加诟厉。细审舟中财物，并无亏损，谯诃[⑨]乃已。一夕，翁不在舟，女忽至，相见依依，莫知决策。女曰：“低昂有数[⑩]，且图目前。姑留君两月，再商行止。”临别以吟声作为相会之约。由此值翁他出，遂高吟，则女自至。四月行尽，物价失时[⑪]，诸贾无策，敛赀祷湖神之庙。端阳[⑫]后，雨水大至，舟始通。

生既归，凝思成疾。慕忧之，巫医[⑬]并进。生私告母曰：“病非药

---

① 居止：住处，生活状况。
② 倾盖之友：偶然相遇的朋友，喻短暂的会晤。
③ 阿翁：公公。
④ 行且：将要。
⑤ 卷卜：用书占卜。指信手翻阅书卷某一页，就其内容占卜吉凶。
⑥ 李益（约 750—约 830）：字君虞，陕西姑臧人，后迁河南郑州。唐大历四年（769）进士。以边塞诗闻名，尤工七绝。
⑦ 《江南曲》：“嫁得瞿塘贾，朝朝误妾期。早知潮有信，嫁与弄潮儿。”写的是商人之妻对丈夫的思念。
⑧ 千人指视：即千夫所指，意为触犯众怒。
⑨ 谯（qiào）诃：训斥，指责。
⑩ 低昂有数：事物的起伏成败自有天命。
⑪ 物价失时：指舟行受阻，货物失去了获取季节性差价的时机。
⑫ 端阳：端阳节，即阴历五月初五日。
⑬ 巫：巫师，巫术。医，医生，医术。

禳[①]可痊，唯有秋练至耳。”翁初怒之，久之，支离[②]益惫，始惧，赁车载子，复如楚，泊舟故处。访居人，并无知白媪者。会有媪操柁[③]湖滨，即出自任。翁登其舟，窥见秋练，心窃喜，而审诘邦族，则浮家泛宅[④]而已。因实告子病由，冀女登舟，姑以解其沉痼[⑤]。媪以婚无成约，弗许。女露半面，殷殷[⑥]窥听，闻两人言，眦泪欲堕。媪视女面，因翁哀请，即亦许之。至夜，翁出，女果至，就榻呜泣曰：“昔年妾状，今到君耶！此中况味，要不可不使君知。然羸顿[⑦]如此，急切何能便瘳[⑧]？妾请为君一吟。”生亦喜。女亦吟王建前作，生曰：“此卿心事，医二人何得效？然闻卿声，神已爽矣。试为我吟‘杨柳千条尽向西’[⑨]。”女从之。生赞曰：“快哉！卿昔诵诗余[⑩]，有《采莲子》[⑪]云‘菡萏香连十顷陂’[⑫]，心尚未忘，烦一曼声度之[⑬]。”女又从之。甫阕[⑭]，生跃起曰：“小生何尝病哉！”遂相狎抱，沉疴[⑮]若失。既而问：“父见媪何词？事得谐否？”女已察知翁意，直对“不谐”。

既而女去，父来，见生已起，喜甚，但慰勉之。因曰：“女子良

---

① 药禳：医药和祈祷。
② 支离：衰残瘦弱的病体。
③ 柁：即“舵”。
④ 浮家泛宅：居无定所。指飘泊无定的水上人家。
⑤ 沉痼（gù）：经久难治的疾病。痼，病。
⑥ 殷殷：专注而忧伤的样子。
⑦ 羸顿：病体衰弱的样子。
⑧ 便瘳：立刻病愈。
⑨ 杨柳千条尽向西：唐刘方平《代春怨》诗：“朝日残莺伴妾啼，开帘只见草萋萋。庭前时有东风入，杨柳千条尽向西。”
⑩ 诗余：词的别名。
⑪ 《采莲子》：词调名，四句二十八字。
⑫ 菡萏（hàn dàn）香连十顷陂：指唐皇甫松《采莲子》词：“菡萏香连十顷陂，小姑贪戏采莲迟。晚来弄水船头湿，更说红裙裹鸭儿。”
⑬ 曼声度之：拖长声音歌唱它。曼，长，舒展。度，按谱歌唱。
⑭ 甫阕（què）：刚唱完。阕，乐终。
⑮ 沉疴（kē）：沉重的病。疴，病。

佳。然自总角时，把柁棹歌[①]，无论微贱，抑亦不贞。”生不语。翁既出，女复来，生述父意。女曰：“妾窥之审[②]矣，天下事，愈急则愈远，愈迎则愈距[③]。当使意自转，反相求。”生问计，女曰：“凡商贾志在利耳。妾有术知物价。适视舟中物，并无少息[④]。为我告翁：居某物，利三之；某物，十之。归家，妾言验，则妾为佳妇矣。再来时，君十八，妾十七，相欢有日，何忧为！”生以所言物价告父。父颇不信，姑以余赀半从其教。既归，所自置货，赀本大亏，幸少从女言，得厚息，略相准[⑤]。以是服秋练之神。生益夸张之，谓女自言，能使己富。翁于是益揭赀而南。至湖，数日不见白媪。过数日，始见其泊舟柳下，因委禽焉。媪悉不受，但涓吉[⑥]送女过舟。翁另赁一舟为子合卺。女乃使翁益南，所应居货，悉籍付之[⑦]。媪乃邀婿去，家于其舟。翁三月而返，物至楚，价已倍蓰[⑧]。将归，女求载湖水。既归，每食必加少许，如用醯[⑨]酱焉。由是每南行，必为致数坛而归。

后三四年，举一子。一日，涕泣思归。翁乃偕子及妇俱如楚。至湖，不知媪之所在。女扣舷呼母，神形丧失，促生沿湖问讯。会有钓鲟鳇[⑩]者，得白骥[⑪]。生近视之，巨物也，形全类人，乳阴毕具。奇之，归以告女。女大骇，谓夙有放生愿，嘱生赎放之。生往商钓者，钓者索直昂。女曰：“妾在君家，谋金不下巨万，区区者何遂靳直[⑫]也！

---

① 棹歌：指摇船时唱的渔歌。
② 审：仔细，认真。
③ 距：同“拒”。
④ 少息：微利。
⑤ 相准：相抵。
⑥ 涓吉：选择吉日。涓，选择。
⑦ 籍付之：登记在簿籍上交给慕翁。
⑧ 倍蓰：数倍。
⑨ 醯（xī）：醋。
⑩ 鲟鳇（xún huáng）：鲟鱼和达氏鳇两种鱼类的总称。
⑪ 白骥：即白鳍豚。
⑫ 靳直：吝啬价格，把价格看得很重。靳，吝惜。

如必不从，妾即投湖水死耳！”生惧，不敢告父，盗金赎放之。既返，不见女，搜之不得，更尽始至。问：“何往？”曰：“适至母所。”问：“母何在？”腼然曰：“今不得不实告矣：适所赎，即妾母也。向在洞庭，龙君命司行旅。近宫中欲选嫔妃，妾被浮言者所称道，遂敕妾母，坐相索。妾母实奏之。龙君不听，放母于南滨，饿欲死，故罹前难。今难虽免，而罚未释。君如爱妾，代祷真君[①]可免。如以异类见憎，请以儿掷还君。妾去，龙宫之奉，未必不百倍君家也。”生大惊，虑真君不可得见。女曰：“明日未刻[②]，真君当至。见有跛道士，急拜之，入水亦从之。真君喜文士，必合怜允。”乃出鱼腹绫一方，曰：“如问所求，即出此，求书一‘免’字。”生如言候之，果有道士蹩躠[③]而至，生伏拜之。道士急走，生从其后。道士以杖投水，跃登其上。生竟从之而登，则非杖也，舟也。又拜之。道士问：“何求？”生出罗[④]求书。道士展视曰：“此白骥翼也，子何遇之？”蟾宫不敢隐，详陈颠末。道士笑曰：“此物殊风雅，老龙何得荒淫！”遂出笔草书“免”字，如符形，返舟令下。则见道士踏杖浮行，顷刻已渺。归舟，女喜，但嘱勿泄于父母。

归后二三年，翁南游，数月不归。湖水既罄[⑤]，久待不至，女遂病，日夜喘急，嘱曰：“如妾死，勿瘗，当于卯、午、酉三时，一吟杜甫《梦李白》诗[⑥]，死当不朽。候水至，倾注盆内，闭门缓妾衣，抱入浸之，宜得活。”喘息数日，奄然遂毙。后半月，慕翁至，生急如其教，

① 真君：道家对修仙得道者的尊称。

② 未刻：下午一时至三时。

③ 蹩躠：走路一瘸一拐。

④ 罗：绫罗，指“鱼腹绫”。

⑤ 罄：空，尽。

⑥ 杜甫《梦李白》诗：李白晚年遭到流放，杜甫写成《梦李白》二首，表示对李白不幸遭遇的深切怀念。

浸一时许[①]，渐苏。自是每思南旋。后翁死，生从其意，迁于楚。

织 成

洞庭湖中，往往有水神借舟，遇有空船，缆[②]忽自解，飘然游行。但闻空中音乐并作，舟人蹲伏一隅，瞑目[③]听之，莫敢仰视，任所往。游毕，仍泊旧处。

有柳生，落第归，醉卧舟上。笙乐忽作，舟人摇生不得醒，急匿艎下[④]。俄有人捽生，生醉甚，随手堕地，眠如故，即亦置之。少间，鼓吹鸣聒[⑤]，生微醒，闻兰麝充盈，睨之，见满船皆佳丽。心知其异，目若瞑。少间，传呼"织成"。即有侍儿来，立近颊际，翠袜紫舄，细瘦如指。心好之，隐以齿啮其袜。少间，女子移动，牵曳倾踣。上问之，因白其故。在上者怒，命即行诛。遂有武士入，捉缚而起。见南面一人，冠类王者。因行且语，曰："闻洞庭君为柳氏[⑥]，臣亦柳氏；昔洞庭落第，今臣亦落第；洞庭得遇龙女而仙，今臣醉戏一姬而死：何幸不幸之悬殊也！"王者闻之，唤回，问："汝秀才下第者乎？"生诺。便授笔札，令赋"风鬟雾鬓"[⑦]。生固襄阳[⑧]名士，而搆思颇迟，捉笔良久。上诮让曰："名士何得尔？"生释笔自白："昔《三都赋》[⑨]十稔[⑩]而成，

① 一时许：一个时辰左右。一个时辰等于两小时。许，多。
② 缆：缆绳，系船用的粗绳或铁索。
③ 瞑目：闭目。
④ 艎（huáng）下：船舱下。艎，大型渡船。
⑤ 鸣聒：震耳。
⑥ 洞庭君为柳氏：洞庭君，指柳毅，唐李朝威《柳毅传》中人物，落第后解救了洞庭湖龙女，并与龙女成为夫妇，嗣为洞庭君。
⑦ 赋"风鬟雾鬓"：以"风鬟雾鬓"为题作赋。
⑧ 襄阳：即今湖北襄阳。
⑨ 《三都赋》：西晋左思所作，构思十年才完成。
⑩ 稔：年。

以是知文贵工[①]，不贵速也。”王者笑听之。自辰至午，稿始脱。王者览之，大悦曰：“真名士也！”遂赐以酒。顷刻，异馔纷纶[②]。方问对间，一吏捧簿进白：“溺籍[③]告成矣。”问：“人数几何？”曰：“一百二十八人。”问：“签差[④]何人矣？”答云：“毛、南二尉。”生起拜辞，王者赠黄金十斤，又水晶界方[⑤]一握[⑥]，曰：“湖中小有劫数，持此可免。”忽见羽葆[⑦]人马，纷立水面，王者下舟登舆，遂不复见，久之，寂然。

舟人始自艎下出，荡舟北渡，风逆不得前。忽见水中有铁猫浮出，舟人骇曰：“毛将军出现矣！”各舟商人俱伏。又无何，湖中一木直立，筑筑[⑧]摇动，益惧曰：“南将军又出矣！”少时，波浪大作，上翳天日，四顾湖舟，一时尽覆。生举界方危坐舟中，万丈洪涛，至舟顿灭，以是得全。

既归，每向人语其异，言舟中侍儿，虽未悉其容貌，而裙下双钩，亦人世所无。后以故至武昌，有崔媪卖女，千金不售，蓄一水晶界方，言有能配此者，嫁之。生异之，怀界方而往。媪忻然承接，呼女出见，年十五六已来，媚曼[⑨]风流，更无伦比。略一展拜，返身入帏。生一见，魂魄动摇，曰：“小生亦蓄一物，不知与老姥家藏颇相称否？”因各出相较，长短不爽毫厘。媪喜，便问寓所，请生即归命舆[⑩]，界方留作信。生不肯留。媪笑曰：“官人亦太小心！老身岂为一界方抽身窜去耶？”生不得已，留之。出则赁舆急返，而媪室已空，大骇。遍问居人，迄

---

① 工：好，精巧。
② 纷纶：花样丰富。
③ 溺籍：被淹死者的名册。
④ 签差：旧时派遣官吏称“签差”。
⑤ 界方：界尺，用以比画直线或压纸。
⑥ 一握：一柄，一具。
⑦ 羽葆：仪仗名。
⑧ 筑筑：意谓像打夯一样上下捣动。筑，打地基用的工具，俗称“夯”。
⑨ 媚曼：风流美妙。
⑩ 命舆：派车。

无知者。日已向西，形神懊丧，邑邑而返。中途，值一舆过，忽搴帘曰："柳郎何迟也？"视之，则崔媪。喜问："何之？"媪笑曰："必将疑老身拐骗者矣。别后，适有便舆，顿念官人亦侨寓，措办[①]良艰，故遂送女归舟耳。"生邀回车，媪必不可。生仓皇不能确信，急奔入舟，女果及一婢在焉。见生入，含笑承迎。见翠袜紫履，与舟中侍儿妆饰，更无少别。心异之，徘徊凝注。女笑曰："眈眈注目，生平所未见耶？"生益俯窥之，则袜后齿痕宛然，惊曰："卿织成耶？"女掩口微哂。生长揖曰："卿果神人，早请直言，以祛烦惑。"女曰："实告君：前舟中所遇，即洞庭君也。仰慕鸿才，便欲以妾相赠，因妾过[②]为王妃所爱，故归谋之。妾之来，从妃命也。"生喜，沐手焚香，望湖朝拜，乃归。

后诣武昌，女求同去，将便归宁。既至洞庭，女拔钗掷水，忽见一小舟自湖中出，女跃登，如飞鸟集，转瞬已杳。生坐船头，于没处[③]凝盼之。遥遥一楼船至，既近窗开，忽如一彩禽翔过，则织成至矣。一人自窗中递掷金珠珍物甚多，皆妃赐也。自是，岁一两觐以为常。故生家富有珠宝，每出一物，世家所不识焉。

相传唐柳毅遇龙女，洞庭君以为婿。后逊位[④]于毅。又以毅貌文，不能摄服水怪，付以鬼面，昼戴夜除。久之渐习忘除，遂与面合而为一，毅览镜自惭。故行人泛湖，或以手指物，则疑为指己也；以手覆额，则疑其窥己也。风波辄起，舟多覆。故初登舟，舟人必以此告戒之。不则设牲牢[⑤]祭享，乃得渡。许真君[⑥]偶至湖，浪阻不得行。真

---

① 措办：筹办。
② 过：很。
③ 没（mò）处：消失之处。没，潜入水中。
④ 逊位：退位，让位。逊，礼让。
⑤ 牲牢：杀牲为祭品。牛、羊、豕为"牲"，系养者为"牢"。
⑥ 许真君：东晋道士许逊，字敬之，汝南人，后居南昌。年二十学道于吴猛，尽传其秘。传说于东晋宁康年间全家成仙飞升。宋代封为"神功妙济真君"，世称"许真君"。

君怒，执毅付郡狱。狱吏检囚，恒多一人，莫测其故。一夕，毅示梦郡伯①，哀求拔救。伯以幽明异路，谢辞之。毅云："真君于某日临境，但为求恳，必合有济②。"既而真君果至，因代求之，遂得释。嗣后湖禁稍平。

竹　青

鱼客，湖南人，忘其郡邑。家贫，下第③归，资斧断绝，羞于行乞，饿甚，暂憩吴王庙④中，拜祷神座。出卧廊下，忽一人引去，见王，跪曰："黑衣队尚缺一卒，可使补缺。"王曰："可。"即授黑衣。既着身，化为乌，振翼而出。见乌友群集，相将俱去，分集帆樯⑤。舟上客旅，争以肉向上抛掷，群于空中接食之。因亦尤效⑥，须臾果腹。翔栖树杪，意亦甚得。逾二三日，吴王怜其无偶，配以雌，呼之竹青。雅相爱乐。鱼每取食，辄驯无机⑦。竹青恒劝谏之，卒不能听。一日，有满兵⑧过，弹之中胸。幸竹青衔去之，得不被擒。群乌怒，鼓翼搧波，波涌起，舟尽覆。竹青仍投饵哺鱼，鱼伤甚，终日而毙。忽如梦醒，则身卧庙中。先是，居人见鱼死，不知谁何，抚之未冷，故不时令人逻察之。至是，讯知其由，敛赀送归。

后三年，复过故所，参谒吴王。设食，唤乌下集群啖，祝曰："竹

① 郡伯：郡守。
② 有济：有办法。济，原指过河，引申为获得帮助。
③ 下第：科举落榜。
④ 吴王庙：原称"吴将军庙"，祀三国时吴国大将甘宁，在湖北阳新富池口镇。宋时赐王爵，改称"吴王庙"。
⑤ 帆樯：船桅，桅杆。
⑥ 尤效：仿效。
⑦ 驯无机：驯良而不机警。
⑧ 满兵：清兵。

青如在，当止。”食已，并飞去。后领荐[①]归，复谒吴王庙，荐[②]以少牢[③]。已，乃大设以飨乌友，又祝之。是夜宿于湖村，秉烛方坐，忽几前如飞鸟飘落，视之，则二十许丽人。辗然曰：“别来无恙乎？”鱼惊问之，曰：“君不识竹青耶？”鱼喜，诘所来，曰：“妾今为汉江神女，返故乡时常少。前乌使两道君情，故来一相聚也。”鱼益欣感，宛如夫妻之久别，不胜欢恋。生将偕与俱南，女欲邀与俱西，两谋不决。寝初醒，则女已起。开目，见高堂中巨烛荧煌，竟非舟中。惊起，问：“此何所？”女笑曰：“此汉阳[④]也。妾家即君家，何必南！”天渐晓，婢媪纷集，酒炙已进。就广床上设矮几，夫妇对酌。鱼问：“仆何在？”答：“在舟上。”生虑舟人不能久待。女言：“不妨，妾当助君报[⑤]之。”于是日夜谈讌[⑥]，乐而忘归。

舟人梦醒，忽见汉阳，骇绝。仆访主人，杳无音信。舟人欲他适，而缆结不解，遂共守之。积两月余，生忽忆归，谓女曰：“仆在此，亲戚断绝。且卿与仆，名为琴瑟，而不一认家门，奈何？”女曰：“无论妾不能往，纵往，君家自有妇，将何以处妾乎？不如置妾于此，为君别院可耳。”生恨道远，不能时至。女出黑衣，曰：“君向所着旧衣尚在。如念妾时，衣此可至，至时，为君解之。”乃大设肴珍，为生祖饯[⑦]。即醉而寝，醒，则身在舟中，视之，洞庭旧泊处也。舟人及仆俱在，相视大骇，诘其所往。生故怅然自惊，枕边一襆，检视，则女赠新衣袜履，黑衣亦折置其中。又有绣橐维絷腰际，探之，则金赀

① 领荐：领乡荐，即乡试中举。
② 荐：祭。
③ 少牢：祭祀单用猪、羊称“少牢”。后专以羊为少牢。
④ 汉阳：府名。今在湖北武汉汉阳区。
⑤ 报：报施，酬劳。
⑥ 讌：同“宴”。
⑦ 祖饯：饯别。古时出行，祭路神叫“祖”，用酒食送行叫“饯”。

充牣[1]焉。于是南发，达岸，厚酬舟人而去。

归家数月，苦忆汉水，因潜出黑衣着之。两胁生翼，翕然[2]凌空，经两时[3]许，已达汉水。回翔下视，见孤屿[4]中有楼舍一簇，遂飞堕。有婢子已望见之，呼曰："官人至矣！"无何，竹青出，命众手为缓结，觉羽毛划然尽脱。握手入舍，曰："郎来恰好，妾旦夕临蓐矣。"生戏问曰："胎生乎？卵生乎？"女曰："妾今为神，则皮骨已硬，应与曩异。"越数日，果产，胎衣[5]厚裹，如巨卵然，破之，男也。生喜，名之汉产。三日后，汉水神女皆登堂，以服食珍物相贺。并皆佳妙，无三十以上人。俱入室就榻，以拇指按儿鼻，名曰"增寿"。既去，生问："适来者皆谁何？"女曰："此皆妾辈。其末后着藕白者，所谓'汉皋解佩'[6]，即其人也。"居数月，女以舟送之，不用帆楫，飘然自行。抵陆，已有人絷马道左，遂归。由此往来不绝。

积数年，汉产益秀美，生珍爱之。妻和氏，苦不育，每思一见汉产。生以情告女。女乃治任，送儿从父归，约以三月。既归，和爱之过于己出，过十余月，不忍令返。一日，暴病而殇，和氏悼痛欲死。生乃诣汉告女。入门，则汉产赤足卧床上，喜以问女。女曰："君久负约。妾思儿，故招之也。"生因述和氏爱儿之故。女曰："待妾再育，令汉产归。"又年余，女双生男女各一，男名汉生，女名玉佩。生遂携汉产归。然岁恒三四往，不以为便，因移家汉阳。汉产十二岁入郡庠。女以人间无美质[7]，招去，为之娶妇，始遣归。妇名卮娘，亦神女产也。

---

① 充牣（rèn）：充满。

② 翕（xī）然：飞翔迅疾。

③ 两时：两个时辰。

④ 屿：岛。

⑤ 胎衣：胎胞。

⑥ 汉皋解佩：《列仙传》载，郑交甫在汉皋遇见两个女子，二女解下佩珠赠给了他。汉皋，山名。在湖北襄阳西。佩，佩带的玉饰。

⑦ 美质：指素质美好的女子。

后和氏卒，汉生及妹皆来擗踊[①]。葬毕，汉生遂留，生携玉佩去，自此不返。

香　玉

劳山下清宫[②]，耐冬[③]高二丈，大数十围，牡丹高丈余，花时璀璨似锦。胶州黄生，舍[④]读其中。一日，自窗中见女郎，素衣掩映[⑤]花间。心疑观中焉得此？趋出，已遁去。自此屡见之。遂隐身丛树中，以伺其至。未几，女郎又偕一红裳者来，遥望之，艳丽双绝。行渐近，红裳者却退，曰："此处有生人！"生暴起。二女惊奔，袖裙飘拂，香风洋溢，追过短墙，寂然已杳。爱慕弥切，因题句树下云：

无限相思苦，含情对短窗。

恐归沙吒利[⑥]，何处觅无双？

归斋冥想，女郎忽入，惊喜承迎。女笑曰："君汹汹似强寇，使人恐怖。不知君乃骚雅士，无妨相见。"生略叩[⑦]生平，曰："妾小字香玉，隶籍平康巷[⑧]。被道士闭置山中，实非所愿。"生问："道士何名？当为卿一涤此垢[⑨]。"女曰："不必，彼亦未敢相逼。借此与风流士长作幽会，亦佳。"问："红衣者谁？"曰："此名绛雪，乃妾义姊。"遂

① 擗踊（pǐ yǒng）：指为双亲举哀送葬。抚心为"擗"，跳跃为"踊"，形容哀痛之极。
② 下清宫：又名"太清宫"，始建于西汉武帝建元元年（前140），为劳山道教祖庭，是劳山最大的道观，全真道天下第二丛林。
③ 耐冬：山东人对山茶花的称呼，又名"绛雪"。
④ 舍：住。
⑤ 掩映：若隐若现。
⑥ 沙吒利：与下文"无双"均唐人传奇故事中的人物。
⑦ 叩：询问。
⑧ 平康巷：指妓院。
⑨ 垢：耻辱。

相狎。及醒，曙色已红。女急起，曰："贪欢忘晓矣。"着衣易履，且曰："妾酬[①]君作，勿笑：'良夜更易尽，朝暾[②]已上窗。愿如梁上燕，栖处自成双。'"生握腕曰："卿秀外惠中[③]，令人爱而忘死。顾一日之去，如千里之别。卿乘间当来，勿待夜也。"女诺之。由此夙夜必偕。每使邀绛雪来，辄不至，生以为恨。女曰："绛姊性殊落落[④]，不似妾情痴也。当从容劝驾[⑤]，不必过急。"

一夕，女惨然入，曰："君陇不能守，尚望蜀耶[⑥]？今长别矣。"问："何之？"以袖拭泪，曰："此有定数，难为君言。昔日佳作，今成谶语[⑦]矣。'佳人已属沙吒利，义士今无古押衙'[⑧]，可为妾咏。"诘之，不言，但有呜咽。竟夜不眠，早旦而去。生怪之。次日，有即墨蓝氏，入宫游瞩，见白牡丹，悦之，掘移径去。生始悟香玉乃花妖也，怅惋不已。过数日，闻蓝氏移花至家，日就萎悴。恨极，作哭花诗五十首，日日临穴涕洟[⑨]。

一日，凭吊方返，遥见红衣人，挥涕穴侧。从容近就，女亦不避。生因把袂，相向汍澜[⑩]。已而挽请入室，女亦从之。叹曰："童稚姊妹，一朝断绝！闻君哀伤，弥增妾恸。泪堕九泉，或当感诚再作[⑪]。然死

---

① 酬：唱和，以诗词应答。
② 朝暾（tūn）：朝日。暾，清晨初升的太阳。
③ 秀外惠中：外貌秀美，内心聪明。惠，通"慧"。
④ 落落：孤高不凡。
⑤ 劝驾：劝人任职或做某事。
⑥ 君陇不能守，尚望蜀耶："得陇望蜀"的化用。意谓您连我都保不住，还想得到绛雪吗？
⑦ 谶（chèn）语：预言吉凶的话语。
⑧ 佳人已属沙吒利，义士今无古押衙：这是宋许觊《彦周诗话》引王晋卿的诗句。意为虽然仍出现了佳人被有势力者劫夺的事，但难以再有古押衙那样的豪侠相助的事情出现了。古押衙，唐传奇《无双传》中人物。古，姓。押衙，官名，管领皇帝仪仗和担任侍卫。
⑨ 穴：指白牡丹被移后所留下的土坑。涕洟（tì），痛哭流涕。涕，眼泪。洟，鼻涕。
⑩ 汍（wán）澜：流泪。
⑪ 作：兴起。此指重生。

者神气已散，仓卒何能与吾两人共谈笑也。”生曰：“小生薄命，妨害情人，当亦无福可消双美。曩频烦香玉道达微忱，胡再不临？”女曰：“妾以年少书生，什九薄倖，不知君固至情人[①]也。然妾与君交，以情不以淫。若昼夜狎昵，则妾所不能矣。”言已，告别。生曰：“香玉长离，使人寝食俱废。赖卿少留，慰此怀思，何决绝如此！”女乃止，过宿而去。数日不复至。冷雨幽窗，苦怀香玉，辗转床头，泪凝枕席。揽衣更起，挑灯复踵前韵[②]曰：

山院黄昏雨，垂帘坐小窗。

相思人不见，中夜泪双双。

诗成自吟。忽窗外有人曰：“作者不可无和。”听之，绛雪也。启户内之。女视诗，即续其后曰：

连袂人[③]何处？孤灯照晚窗。

空山人一个，对影自成双。

生读之泪下，因怨相见之疏。女曰：“妾不能如香玉之热，但可少慰君寂寞耳。”生欲与狎，曰：“相见之欢，何必在此。”于是至无聊时，女辄一至。至则宴饮唱酬，有时不寝遂去，生亦听之。谓曰：“香玉吾爱妻，绛雪吾良友也。”每欲相问：“卿是院中第几株？乞早见示，仆将抱植家中，免似香玉被恶人夺去，贻恨[④]百年。”女曰：“故土难移，告君亦无益也。妻尚不能终从，况友乎！”生不听，捉臂而出，每至牡丹下，辄问：“此是卿否？”女不言，掩口笑之。

旋[⑤]生以腊[⑥]归过岁。至二月间，忽梦绛雪至，愀然曰：“妾有大

① 至情人：极重感情之人。
② 踵前韵：依照前诗的韵脚再作一首。踵，跟随，随顺。
③ 连袂人：同伴。这里指香玉。
④ 贻恨：遗憾。
⑤ 旋：不久。
⑥ 腊：腊月。

难！君急往，尚得相见，迟无及矣。”醒而异之，急命仆马，星驰至山。则道士将建屋，有一耐冬，碍其营造，工师将纵斤[①]矣。生急止之。入夜，绛雪来谢。生笑曰：“向不实告，宜遭此厄！今已知卿，如卿不至，当以艾炷[②]相灸。”女曰：“妾固知君如此，曩故不敢相告也。”坐移时，生曰：“今对良友，益思艳妻。久不哭香玉，卿能从我哭乎？”二人乃往，临穴洒涕。更余，绛雪收泪劝止。又数夕，生方寂坐，绛雪笑入曰：“报君喜信：花神感君至情，俾香玉复降宫中。”生问：“何时？”答曰：“不知，约不远耳。”天明下榻，生嘱曰：“仆为卿来，勿长使人孤寂。”女笑诺。两夜不至。生往抱树，摇动抚摩，频唤，无声。乃返，对灯团艾，将往灼树。女遽入，夺艾弃之，曰：“君恶作剧，使人创痏[③]，当与君绝矣！”生笑拥之。坐未定，香玉盈盈而入。生望见，泣下流离，急起把握。香玉以一手握绛雪，相对悲哽。及坐，生把之觉虚，如手自握，惊问之。香玉泫然曰：“昔，妾花之神，故凝；今，妾花之鬼，故散也。今虽相聚，勿以为真，但作梦寐观可耳。”绛雪曰：“妹来大好！我被汝家男子纠缠死矣。”遂去。

香玉款笑如前，但偎傍之间，仿佛一身就影。生悒悒不乐，香玉亦俯仰自恨，乃曰：“君以白蔹[④]屑，少杂硫黄，日酹妾一杯水，明年此日报君恩。”别去。明日，往观故处，则牡丹萌生矣。生乃日加培植，又作雕栏以护之。香玉来，感激倍至。生谋移植其家，女不可，曰：“妾弱质，不堪复戕[⑤]。且物生各有定处，妾来原不拟生君家，违之反促[⑥]年寿。但相怜爱，合好自有日耳。”生恨绛雪不至。香玉曰：

① 斤：斧。
② 艾炷：中医用艾绒团，点燃熏灸经络穴位。
③ 创痏（wěi）：创伤而致疤痕。
④ 白蔹（liǎn）：中草药名。其根可入药。
⑤ 戕：残害，伤害。
⑥ 促：缩减。

“必欲强之使来，妾能致之。”乃与生挑灯至树下，取草一茎，布掌作度[①]，以度树本[②]，自下而上，至四尺六寸，按其处，使生以两爪齐搔之。俄见绛雪从背后出，笑骂曰：“婢子来，助桀为虐[③]耶！”牵挽并入。香玉曰：“姊勿怪！暂烦陪侍郎君，一年后不相扰矣。”从此遂以为常。

生视花芽，日益肥茂，春尽，盈[④]二尺许。归后，以金遗道士，嘱令朝夕培养之。次年四月至宫，则花一朵，含苞未放。方流连间，花摇摇欲拆[⑤]，少时已开，花大如盘，俨然有小美人坐蕊中，裁三四指许。转瞬飘然欲下，则香玉也。笑曰：“妾忍风雨以待君，君来何迟也！”遂入室。绛雪亦至，笑曰：“日日代人作妇，今幸退而为友。”遂相谈谯。至中夜，绛雪乃去。二人同寝，款洽一如从前。

后生妻卒，遂入山，不复归。是时，牡丹已大如臂。生每指之曰：“我他日寄魂于此，当生卿之左。”二女笑曰：“君勿忘之。”后十余年，忽病。其子至，对之而哀。生笑曰：“此我生期，非死期也，何哀为！”谓道士曰：“他日牡丹下有赤芽怒生[⑥]，一放五叶者，即我也。”遂不复言。子舆之归家，即卒。次年，果有肥芽突出，叶如其数。道士以为异，益灌溉之。三年，高数尺，大拱把[⑦]，但不花。老道士死，其弟子不知爱惜，斫去之。白牡丹亦憔悴死，无何，耐冬亦死。

异史氏曰：情之至者，鬼神可通。花以鬼从[⑧]，而人以魂寄[⑨]，非其

---

① 布掌作度：以手掌比量，作为尺度。
② 度树本：量树干。
③ 助桀为虐：比喻帮助坏人作恶。桀，夏代末期暴君。
④ 盈：增长，生长。
⑤ 拆：同“坼”，裂开，绽开。指花蕾开发。
⑥ 怒生：茁壮地生出。怒，形容生气勃勃。
⑦ 拱把：指树干盈握。
⑧ 花以鬼从：指香玉死后以“花之鬼”相从黄生。
⑨ 人以魂寄：指黄生死后魂灵依附于香玉之侧。寄，依附。

结于情者深耶？一去而两殉之[①]，即非坚贞，亦为情死矣。人不能贞，亦其情之不笃耳。仲尼读《唐棣》[②]而曰“未思”，信矣哉！

三 仙

一士人赴试金陵，经宿迁，遇三秀才，谈论超旷[③]，遂与沽酒款洽[④]。各表[⑤]姓字：一介秋衡，一常丰林，一麻西池。纵饮甚乐，不觉日暮。介曰：“未修地主[⑥]之仪，忽叨[⑦]盛馔，于理不当。茅茨[⑧]不远，可便下榻。”常、麻并起捉裾，唤仆，相将俱去。至邑北山，忽睹庭院，门绕清流。既入，舍宇清洁。呼童张灯，又命安置从人。麻曰：“昔日以文会友，今场期伊迩[⑨]，不可虚此良夜。请拟四题，命阄[⑩]各拈其一，文成方饮。”众从之。各拟一题，写置几上，拾得者就案构思。二更未尽，皆已脱稿，迭[⑪]相传视。秀才读三作，深为倾倒，草录而怀藏之。主人进良酝，巨杯促釂[⑫]，不觉醺醉。主人乃导客就别院寝。客醉不暇解履，和衣而卧。及醒，红日已高，四顾并无院宇，主仆卧山谷中。大骇。见傍有一洞，水涓涓流，自讶迷惘。视怀中，则三作俱存。下山问土人，始知为“三仙洞”。盖洞中有蟹、蛇、虾蟆三物，

① 两殉之：指牡丹和耐冬相继死去，像是殉情而亡。
② 《唐棣》：《论语》所引古逸诗，见《论语·子罕》：“‘唐棣之华，偏其反而。岂不尔思？室是远而。’子曰：‘未之思也，夫何远之有。’”
③ 超旷：超逸旷达。
④ 款洽：表达善意，共叙情好。
⑤ 表：通报，展示。
⑥ 地主：东道主。
⑦ 叨：有愧于。表示承受的谦辞。
⑧ 茅茨：茅屋，寒舍。
⑨ 场期伊迩：试期临近。伊，助词。迩，近。
⑩ 命阄：犹言制阄。
⑪ 迭：轮流。
⑫ 促釂（jiào）：敬酒，干杯。

最灵，时出游，人往往见之。士人入闱，三题即仙作，以是擢解[①]。

石清虚

邢云飞，顺天人。好石，见佳石，不惜重直。偶渔于河，有物挂网，沉而取之，则石径尺，四面玲珑，峰峦叠秀。喜极，如获异珍。既归，雕紫檀为座，供[②]诸案头。每值天欲雨，则孔孔生云，遥望如塞新絮。

有势豪某，踵门[③]求观。既见，举付健仆，策马径去。邢无奈，顿足悲愤而已。仆负石至河滨，息肩桥上，忽失手，堕诸河。豪怒，鞭仆。即出金，雇善泅[④]者，百计冥搜，竟不可见。乃悬金署约[⑤]而去。由是寻石者日盈于河，迄无获者。后邢至落石处，临流於邑[⑥]，但见河水清澈，则石固在水中。邢大喜，解衣入水，抱之而出。携归，不敢设诸厅所，洁治内室供之。

一日，有老叟款门而请，邢托言石失已久。叟笑曰："客舍非耶？"邢便请入舍，以实[⑦]其无。及入，则石果陈几上，愕不能言。叟抚石曰："此吾家故物，失去已久，今固在此耶。既见之，请即赐还。"邢窘甚，遂与争作石主。叟笑曰："既汝家物，有何验证？"邢不能答。叟曰："仆则故识之。前后九十二窍，巨孔中五字云：'清虚天[⑧]石供[⑨]。'"邢审视，孔中果有小字，细如粟米，竭目力裁可辨认，又数其窍，果

---

① 擢解：考中举人。
② 供：陈设。
③ 踵门：登门。
④ 泅：游泳。
⑤ 悬金署约：悬赏立约，即发出署名告示，愿出重金报酬寻到异石的人。
⑥ 临流於（wū）邑：面对河水悲泣。於邑，同"呜唈"，怨愤悲伤而气塞。
⑦ 实：落实，证实。
⑧ 清虚天：作者虚拟的洞府名。或指月宫。
⑨ 石供：赏玩的石头。

如所言。邢无以对，但执不与。叟笑曰：“谁家物，而凭君作主耶！”拱手而出。邢送至门外，既还，已失石所在。邢急追叟，则叟缓步未远，奔牵其袂而哀之。叟曰：“奇哉！径尺之石，岂可以手握袂藏者耶？”邢知其神，强曳之归，长跽请之。叟乃曰：“石果君家者耶，仆家者耶？”答曰：“诚属君家，但求割爱耳。”叟曰：“既然，石固在是。”入室，则石已在故处。叟曰：“天下之宝，当与爱惜之人。此石能自择主，仆亦喜之。然彼急于自见①，其出也早，则魔劫②未除。实将携去，待三年后，始以奉赠。既欲留之，当减三年寿数，乃可与君相终始。君愿之乎？”曰：“愿。”叟乃以两指捏一窍，窍软如泥，随手而闭。闭三窍，已，曰：“石上窍数，即君寿也。”作别欲去。邢苦留之，辞甚坚，问其姓字，亦不言，遂去。

积年余，邢以故他出，夜有贼入室，诸无所失，惟窃石而去。邢归，悼丧欲死。访察购求，全无踪迹。积有数年，偶入报国寺③，见卖石者，则故物也，将便认取。卖者不服，因负石至官。官问：“何所质验④？”卖石者能言窍数，邢问其他，则茫然矣。邢乃言窍中五字及三指痕，理遂得伸。官欲杖责卖石者，卖石者自言以二十金买诸市，遂释之。邢得石归，裹以锦，藏椟中，时出一赏，先焚异香而后出之。

有尚书某，购以百金。邢曰：“虽万金不易也。”尚书怒，阴以他事中伤之。邢被收⑤，典质田产。尚书托他人风示其子。子告邢，邢愿以死殉石。妻窃与子谋，献石尚书家。邢出狱始知，骂妻殴子，屡欲自经，家人觉救，得不死。夜梦一丈夫来，自言“石清虚”。戒邢

---

① 自见：自现于世。见，同“现”。

② 魔劫：劫难，灾难。

③ 报国寺：在北京城南。

④ 质验：凭证。

⑤ 收：囚禁入狱。

勿戚："特与君年余别耳。明年八月二十日，昧爽时，可诣海岱门[①]，以两贯相赎。"邢得梦，喜，谨志其日。其石在尚书家，更无出云之异，久亦不甚贵重之。明年，尚书以罪削职，寻死。邢如期至海岱门，则其家人窃石出售，因以两贯市归。

后邢至八十九岁，自治葬具，又嘱子必以石殉。及卒，子遵遗教，瘗石墓中。半年许，贼发墓，劫石去。子知之，莫可追诘。越二三日，同仆在道，忽见两人，奔踬[②]汗流，望空投拜，曰："邢先生，勿相逼！我二人将[③]石去，不过卖四两银耳。"遂絷送到官，一讯即伏。问石，则鬻宫氏。取石至，官爱玩，欲得之，命寄诸库。吏举石，石忽堕地，碎为数十余片，皆失色。官乃重械两盗论死。邢子拾碎石出，仍瘗墓中。

异史氏曰：物之尤[④]者祸之府[⑤]。至欲以身殉石，亦痴甚矣！而卒[⑥]之石与人相终始，谁谓石无情哉？古语云："士为知己者死[⑦]。"非过也！石犹如此，何况于人！

---

① 海岱门：北京崇文门的别名。
② 奔踬（zhì）：跌跌撞撞地奔跑。踬，跌倒。
③ 将：拿取。
④ 尤：特异，突出。
⑤ 府：汇集的地方。
⑥ 卒：终于。
⑦ 士为知己者死：男人愿意为赏识自己、了解自己的人而献身。

卷十二

乩　仙

章丘[①]米步云，善以乩卜。每同人[②]雅集[③]，辄召仙相与赓和[④]。一日，友人见天上微云，得句，请以属对，曰："羊脂白玉天。"乩批云："问城南老董。"众疑其妄。后以故偶适城南，至一处，土如丹砂，异之。见一叟牧豕其侧，因问之。叟曰："此猪血红泥地也。"忽忆乩词，大骇。问其姓，答云："我老董也。"属对不奇，而预知遇城南老董，斯亦神矣！

鸮　鸟

长山杨令[⑤]，性奇贪。康熙乙亥[⑥]间，西塞用兵[⑦]，市[⑧]民间骡马运粮。

① 章丘：今山东济南章丘市。
② 同人：志同道合者。
③ 雅集：指文人雅士的诗文聚会。
④ 赓和：唱和。
⑤ 杨令：长山县令杨杰，奉天监生，康熙二十八年（1689）任长山令，康熙三十五年因贪渎事发去职。
⑥ 康熙乙亥：康熙三十四年（1695）。
⑦ 西塞用兵：指抗击噶尔丹入侵。西塞，西部边塞地区。
⑧ 市：买。

杨假此搜括，地方头畜一空。周村①为商贾所集，趁墟②者车马辐辏。杨率健丁悉篡夺之，不下数百余头。四方估客，无处控告。时诸令皆以公务在省，适益都令董、莱芜令范③、新城令孙，会集旅舍。有山西二商，迎门号愬④，盖有健骡四头，俱被抢掠。道远失业，不能归，哀求诸公为缓颊也。三公怜其情，许之。遂共诣杨，杨治具相款。

酒既行，众言来意，杨不听。众言之益切，杨举酒促釂以乱之⑤，曰："某有一令⑥，不能者罚。须一天上、一地下、一古人，左右问所执何物，口道何词，随问答之。"便倡⑦云："天上有月轮，地下有昆仑，有一古人刘伯伦⑧。左问所执何物，答云：'手执酒杯。'右问口道何词，答云：'道是酒杯之外不须提。'"范公云："天上有广寒宫，地下有乾清宫⑨，有一古人姜太公⑩。手执钓鱼竿，道是'愿者上钩'⑪。"孙云："天上有天河，地下有黄河，有一古人是萧何⑫。手执一本《大清律》，道是'赃官赃吏'。"杨有惭色，沉吟久之，曰："某又有之。天上有灵山⑬，地下有泰山，有一古人是寒山⑭。手执一帚，道是'各人自扫门前雪'⑮。"众相视觍然⑯。

---

① 周村：今山东淄博周村区。
② 趁墟：俗称"赶集"。墟，乡村市集。
③ 莱芜令范：莱芜县令范溥，字天如，吴县监生。后擢升东平知州。
④ 号愬：哭诉。
⑤ 促釂：劝饮。釂，干杯。乱，搅乱，岔开。
⑥ 令：酒令。
⑦ 倡：倡导，起头。
⑧ 刘伯伦：刘伶，字伯伦，晋代沛人。"竹林七贤"之一。纵酒放达，有《酒德颂》。
⑨ 乾清宫：在北京故宫"内廷"最前面。清康熙前，为皇帝居住和处理政务之处。
⑩ 姜太公：即太公望，吕尚。姓姜，名牙，又称姜子牙。曾佐武王伐纣，有功勋，封于齐。
⑪ 愿者上钩：比喻心甘情愿地上当。
⑫ 萧何：汉初沛人。佐刘邦起义建立汉朝，为丞相，封酂侯。汉之律令典制，多其制定。
⑬ 灵山：神话传说中山名，可做天梯。
⑭ 寒山：唐代僧人，长安人。出身于官宦人家，屡考不第，后出家，三十岁后隐居浙江天台山，享年一百多岁。有诗名。
⑮ 各人自扫门前雪：比喻不要多管闲事。
⑯ 觍（tiǎn）然：惭愧，不好意思。

忽一少年傲岸而入，袍服华整，举手作礼。共挽坐，酌以大斗[①]。少年笑曰："酒且勿饮。闻诸公雅令，愿献刍荛[②]。"众请之。少年曰："天上有玉帝，地下有皇帝，有一古人洪武朱皇帝[③]。手执三尺剑，道是'贪官剥皮'[④]。"众大笑。杨恚骂曰："何处狂生敢尔！"命隶执之。少年跃登几上，化为鸮[⑤]，冲帘飞出，集庭树间，四顾室中，作笑声。主人击之，且飞且笑而去。

异史氏曰：市马之役[⑥]，诸大令健畜盈庭者十之七，而千百为群，作骡马贾者，长山外不数数[⑦]见也。圣明天子爱惜民力，取一物必偿其值，焉知奉行者流毒若此哉！鸮所至，人最厌其笑，儿女共唾之，以为不祥。此一笑，则何异于凤鸣哉！

姬　生

南阳[⑧]鄂氏，患狐，金钱什物，辄被窃去。迕[⑨]之，祟益甚。鄂有甥姬生，名士不羁，焚香代为祷免，卒不应。又祝舍外祖使临己家，亦不应。众笑之。生曰："彼能幻变，必有人心。我固将引之，俾入正果[⑩]。"数日辄一往祝之。虽不见验，然生所至，狐遂不扰。以故，鄂常止生宿。生夜望空请见，邀益坚。一日，生归，独坐斋中，忽房

① 大斗：大酒杯。
② 献刍荛：进献刍荛之言。对己言的谦辞。
③ 洪武朱皇帝：指明太祖朱元璋，其年号为"洪武"。
④ 贪官剥皮：朱元璋严于吏治，凡贪赃六十两以上者，枭首示众，剥皮实草，悬于官府座旁，以儆效尤。
⑤ 鸮（xiāo）：俗称"猫头鹰"，民间认为是不祥之鸟，谓笑则主凶。
⑥ 市马之役：指上述康熙年间征购民间骡马的事件。
⑦ 数数（shuò）：屡次，经常。
⑧ 南阳：府名。治所在今河南南阳。
⑨ 迕：触犯，抗拒。
⑩ 正果：佛教认为学佛而得到证悟。此指正道。

门缓缓自开。生起致敬曰："狐兄来耶？"殊寂无声。一夜，门自开。生曰："倘是狐兄降临，固小生所祷祝而求者，何妨即赐光霁[①]？"却又寂然。案头有钱二百，及明失之。生至夜，增以数百。中宵，闻布幄[②]铿然。生曰："来耶？敬具时铜[③]数百备用。仆虽不充裕，然非鄙吝者。若缓急[④]有需，无妨质言[⑤]，何必盗窃？"少间，视钱，脱去二百。生仍置故处，数夜不复失。有熟鸡，欲供客而失之。生至夕，又益以酒，而狐从此绝迹矣。鄂家祟如故。生又往祝曰："仆设钱而子不取，设酒而子不饮。我外祖衰迈，无为久祟之。仆备有不腆[⑥]之物，夜当凭汝自取。"乃以钱十千、酒一罇，两鸡皆聂切[⑦]，陈几上。生卧其傍，终夜无声，钱物如故。狐怪从此亦绝。

生一日晚归，启斋门，见案上酒一壶，燂鸡[⑧]盈盘，钱四百，以赤绳贯之，即前日所失物也。知狐之报。嗅酒而香，酌之色碧绿，饮之甚醇。壶尽半酣，觉心中贪念顿生，蓦然欲作贼，便启户出。思村中一富室，遂往越其墙。墙虽高，一跃上下，如有翅翎。入其斋，窃取貂裘[⑨]、金鼎[⑩]而出，归置床头，始就枕眠。天明，携入内室。妻惊问之，生嗫嚅[⑪]而告，有喜色。妻骇曰："君素刚正，何忽作贼！"生恬然[⑫]不为怪，因述狐之有情。妻恍然悟曰："是必酒中之狐毒也。"

① 光霁："光风霁月"的省词，意为天朗气清时的和风，雨过天晴后的明月。后用为对人容貌的美称。此指显形。
② 布幄（wò）：指以布为幔帐的内室。
③ 时铜：指铜钱。
④ 缓急：偏义复词。指急难。
⑤ 质言：直言。
⑥ 不腆（tiǎn）：不够丰美。腆，丰厚，美好。
⑦ 聂（zhé）切：切成薄片。
⑧ 燂（xún）鸡：烧鸡。燂，烧烤。
⑨ 貂裘：貂皮袄。
⑩ 金鼎：金香炉。
⑪ 嗫嚅（niè rú）：吞吞吐吐、欲言又止的样子。
⑫ 恬然：心安自得的样子。

因念丹砂可以却邪，遂研[①]入酒，饮生。少顷，生忽失声曰："我奈何做贼！"妻代解其故，爽然自失。又闻富室被盗，嗓传里党。生终日不食，莫知所处。妻为之谋，使乘夜抛其墙内，生从之。富室复得故物，事亦遂寝。

生岁试冠军，又举行优[②]，应受倍赏。及发落[③]之期，道署[④]梁上黏一帖云："姬某作贼，偷某家裘、鼎，何为行优？"梁最高，非跂[⑤]足可黏。文宗[⑥]疑之，执帖问生。生愕然，思此事除妻外无知者，况署中深密，何由而至？因悟曰："此必狐之为也。"遂缅述无讳[⑦]，文宗赏礼有加焉。生每自念：无所取罪于狐，所以屡陷之者，亦小人之耻独为小人耳。

异史氏曰：生欲引邪入正，而反为邪惑。狐意未必大恶，或生以谐引之，狐亦以戏弄之耳。然非身有夙根[⑧]，室有贤助[⑨]，几何不如原涉所云，家人寡妇，一为盗污遂行淫哉[⑩]！吁！可惧也！

吴木欣云："康熙甲戌[⑪]，一乡科[⑫]令浙中，点稽[⑬]囚犯。有窃盗，已刺字[⑭]讫，例应逐释[⑮]。令嫌'窃'字减笔从俗，非官板正字[⑯]，使

---

① 研：研为细末。
② 举行优：指举为优贡。
③ 发落：科举时代，在岁试或科试中分等评成绩，评定后根据等级进行赏罚，叫"发落"。
④ 道署：学道的衙署。
⑤ 跂（qǐ）：踮着脚。
⑥ 文宗：指学道。
⑦ 讳：隐讳。
⑧ 夙根：佛家语。指前世带来的好天性。
⑨ 贤助：贤内助，好妻子。
⑩ 几何不如原涉所云，家人寡妇，一为盗污遂行淫哉：意谓一旦失足，则不能自止。几何，多少，若干。原涉，字巨先，汉代茂陵人。
⑪ 康熙甲戌：康熙三十三年（1694）。
⑫ 乡科：指举人。
⑬ 点稽：清点。
⑭ 刺字：一种墨刑。刺臂或面上，刺明所犯事由或发遣地点。
⑮ 逐释：赶走释放。
⑯ 官板正字：官版书所用的正体字。

刮去之，候创平，依字汇[1]中点画形象另刺之。盗口占一绝云：'手把菱花[2]仔细看，淋漓鲜血旧痕斑。早知面上重为苦，窃物先防识字官。'禁卒笑之曰：'诗人不求功名，而乃为盗？'盗又口占答之云：'少年学道志功名，只为家贫误一生。冀得赀财权子母[3]，囊游燕市[4]博恩荣[5]。'"即此观之，秀才为盗，亦仕进之志也。狐授姬生以进取之资，而返悔为所误，迂哉！一笑。

韩　方

明季，济郡[6]以北数州县，邪疫大作，比户[7]皆然。齐东[8]农民韩方，性至孝，父母皆病，因具楮帛，哭祷于孤石大夫[9]之庙。归途零涕。遇一人，衣冠清洁，问："何悲？"韩具以告。其人曰："孤石之神，不在于此，祷之何益？仆有小术，可以一试。"韩喜，诘其姓字。其人曰："我不求报，何必通乡贯[10]乎？"韩敦[11]请临其家。其人曰："无须。但归，以黄纸置床上，厉声言：'我明日赴都[12]，告诸岳帝[13]！'病当已。"韩恐不验，坚求移趾。其人曰："实告子，我非人也。巡环使者[14]以我诚笃，

① 字汇：字典类书籍。
② 菱花：镜子。
③ 权子母：放债、经商均可称"权子母"。此指出资捐官，以官敛财。
④ 燕市：指京都北京。
⑤ 博恩荣：博取朝廷恩荣。指捐得官职。
⑥ 济郡：济南府，今山东济南。
⑦ 比户：家家户户。
⑧ 齐东：旧县名。今划归山东邹平、博兴两县。
⑨ 孤石大夫：东陵山下大石，有神异，不时化为人，行医邑中，自号石大夫。
⑩ 乡贯：乡里籍贯。
⑪ 敦：殷切，恳请。
⑫ 都：指鬼都。民间传说，泰山之南的蒿里山为鬼都。
⑬ 岳帝：指泰山神东岳大帝。民间传说，东岳大帝掌人间生死。
⑭ 巡环使者：民间传说中阴曹地府派往人间巡视人间生死祸福的神。

俾为南乡土地[①]。感君孝，指授此术。目前岳帝举[②]枉死之鬼，其有功人民，或正直不作邪祟者，以城隍、土地用。今日殃人者，皆郡城北兵所杀之鬼，急欲赴都自投，故沿途索赂[③]，以谋口食耳。言告岳帝，则彼必惧，故当已。”韩悚然[④]起敬，伏地叩谢。及起，其人已渺，惊叹而归。遵其教，父母皆愈。以传邻村，无不验者。

异史氏曰：沿途祟人而往，以求不作邪祟之用，此与策马应“不求闻达之科”[⑤]者何殊哉！天下事大率类此。犹忆甲戌、乙亥之间[⑥]，当事者[⑦]使民捐谷，具疏谓民“乐输”[⑧]。于是各州县如数取盈，甚费敲扑[⑨]。时郡北七邑被水，岁祲[⑩]，催办尤难。唐太史[⑪]偶至利津，见系逮者十余人，因问：“为何事？”答曰：“官捉吾等赴城，比追[⑫]‘乐输’耳。”农民不知“乐输”二字作何解，遂以为徭役敲比[⑬]之名，岂不可叹而可笑哉！

① 土地：土地神。
② 举：遴选，选拔。
③ 索赂：指祟人以求楮钱。
④ 悚然：恭敬的样子。
⑤ 策马应“不求闻达之科”：意谓热衷功名，而又自称不求闻达。用以讽刺名实相背、言行乖违。
⑥ 甲戌、乙亥之间：指康熙三十三年（1694）、三十四年对西塞用兵、科敛繁琐事。
⑦ 当事者：主事者。指地方主管官员。
⑧ 乐输：乐意输纳。
⑨ 敲扑：意谓鞭挞催逼。
⑩ 岁祲（jìn）：岁凶，荒年。祲，凶，不祥。
⑪ 唐太史：指唐梦赉。
⑫ 比追：同“追比”。旧时官府限令吏役办事，过期不成则打板子以示警惩，称“追比”。
⑬ 敲比：即“追比”。

纫 针

虞小思，东昌[①]人，居积为业。妻夏，归宁返，见门外一妪，偕少女哭甚哀。夏诘之，妪挥泪相告。乃知其夫王心斋，亦宦裔也。家中落，无衣食业，浼中保贷富室黄氏金，作贾。中途遭寇，丧赀，幸不死。至家，黄索偿，计子母[②]不下三十金，实无可准抵[③]。黄窥其女纫针美，将谋作妾。使中保[④]质告之：如肯可，折债外，仍以廿金压券[⑤]。王谋诸妻，妻泣曰："我虽贫，固簪缨之胄[⑥]。彼以执鞭[⑦]发迹，何敢遂媵吾女！况纫针固自有婿，汝乌得擅作主！"先是，同邑傅孝廉之子，与王投契[⑧]，生男阿卯，与襁中论婚[⑨]。后孝廉官于闽，年余而卒，妻子不能归，音耗俱绝。以故纫针十五，尚未字也。妻言及此，遂无词，但谋所以为计。妻曰："不得已，其试谋诸两弟。"盖妻范氏，其祖曾任京职，两孙田产尚多也。次日，妻携女归告两弟。两弟任其涕泪，并无一词肯为设处[⑩]。范乃号啼而归，适逢夏诘，且诉且哭。

夏怜之，视其女，绰约可爱，益为哀楚[⑪]。因邀入其家，款以酒食，慰之曰："母子勿戚，妾当竭力。"范未遑谢，女已哭伏在地，益加惋惜。筹思曰："虽有薄蓄，然三十金亦复大难。当典质相付。"母子拜

---

① 东昌：府名。治所在今山东聊城。
② 子母：本息。
③ 准抵：按价相抵。
④ 中保：保人。
⑤ 压券：山东旧俗，贸易成交时买主临时交给卖主以示事成的少数钱款，俗称"压约钱"。此指除去借贷的钱外再付给买女做妾的钱。券，指妪卖女为妾之文书。
⑥ 簪缨之胄：官宦人家的后代。
⑦ 执鞭：执鞭之士。指职务卑贱。
⑧ 投契：投缘，心意相合。
⑨ 襁中论婚：在婴儿时订下婚约。
⑩ 设处：设身处地，出谋划策。
⑪ 哀楚：伤感，悲悯。

谢。夏以三日为约。别后，百计为之营谋，亦未敢告诸其夫。三日，未满其数，又使人假诸其母。范母女已至，因以实告，又订次日。抵暮，假金至，合裹并置床头。至夜，有盗穴壁，以火入。夏觉，睨之，见一人臂挎短刀，状貌凶恶。大惧，不敢作声，伪为睡者。盗近箱，意将发扃，回顾夏枕边有裹物，探身攫去，就灯解视，乃入腰橐，不复胠箧[①]而去。夏乃起呼。家中惟一小婢，隔墙告邻，邻人集而盗已远。夏乃对灯啜泣，见婢睡熟，乃引带自经于棂间。天曙婢觉，呼人解救，四肢冰冷。虞闻奔至，诘婢始得其由，惊涕营葬。

时方夏，尸不僵，亦不腐。过七日，乃殓之。既葬，纫针潜出，哭于其墓。暴雨忽集，霹雳大作，发墓，纫针震死。虞闻，奔验，则棺木已启，妻呻嘶其中，抱出之。见女尸，不知为谁。夏审视，始辨之。方相骇怪，未几，范至，见女已死，哭曰："固疑其在此，今果然矣！闻夫人自缢，日夜不绝声。今夜语我，欲哭于殡宫[②]，我未之应也。"夏感其义，遂与夫言，即以所葬材穴葬之。范拜谢。虞负妻归，范亦归告其夫。闻村北一人被雷击死于途，身有字云："偷夏氏金贼。"俄闻邻妇哭声，乃知雷击者即其夫马大也。村人白于官，拘妇械鞫[③]。则范氏以夏之措金赎女，对人感泣，马大赌博无赖，闻之而盗心遂生也。官押妇搜赃，则止存二十数，又检马尸得四数。官判卖妇偿补责还虞。夏益喜，全金悉仍付范，俾偿债主。

葬女三日，夜大雷电以风，坟复发，女亦顿活。不归其家，往扣夏氏之门，盖认其墓，疑其复生也。夏惊起，隔扉问之。女曰："夫人果生耶！我纫针耳。"夏骇为鬼，呼邻媪诘之，知其复活，喜内入室。女自言："愿从夫人服役，不复归矣。"夏曰："得无谓我损金为买婢耶？

---

① 胠箧（qū qiè）：撬开箱子。

② 殡宫：墓室。

③ 械鞫：刑讯。

汝葬后，债已代偿，可勿见猜。”女益感泣，愿以母事，夏不允。女曰：“儿能操作，亦不坐食。”天明，告范。范喜，急至，亦从女意，即以属夏。范去，夏强送女归。女啼思夏。王心斋自负女来，委诸门内而去。夏见，惊问，始知其故，遂亦安之。女见虞至，急下拜，呼以父。虞固无子女，又见女依依怜人，颇以为欢。女纺绩缝纫，勤劳臻至。夏偶病剧，女昼夜给役，见夏不食，亦不食，面上时有啼痕。向人曰：“母有万一，我誓不复生！”夏少瘳，始解颜为欢。夏闻流涕，曰：“我四十无子，但得生一女如纫针亦足矣。”夏从不育，逾年忽生一男，人以为行善之报。

居二年，女益长。虞与王谋，不能坚守旧盟。王曰：“女在君家，婚姻惟君所命。”女十七，惠美无双。此言出，问名者趾错[①]于门，夫妻为拣。富室黄某亦遣媒来，虞恶其为富不仁，力却之。为择于冯氏。冯，邑名士，子慧而能文。将告于王，王出负贩未归，遂径诺之。黄以不得于虞，亦托作贾，迹王所在，设馔相邀，更复助以资本，渐渍习洽[②]。因自言其子慧以自媒，王感其情，又仰其富，遂与订盟。既归，诣虞，则虞昨日已受冯氏婿书。闻王所言，不悦，呼女出，告以情。女怫然曰：“债主，吾仇也！以我事仇，但有一死！”王无颜，托人告黄以冯氏之盟。黄怒曰：“女姓王，不姓虞。我约在先，彼约在后，何得背盟！”遂控于邑宰[③]，宰意以先约判归黄。冯曰：“王某以女付虞，固言婚嫁不复预闻[④]，且某有定婚书，彼不过杯酒之谈耳。”宰不能断，将惟女愿从之。黄又以金赂官，求其左袒，以此月余不决。

一日，有孝廉北上公车[⑤]，过东昌，使人问王心斋。适问于虞，虞

---

① 趾错：足迹错杂。指求婚者众多。
② 渐渍习洽：渐渐搭讪，熟悉融洽。
③ 邑宰：县官。
④ 预闻：干预，过问。
⑤ 公车：原指汉代以公家车子迎接应征入京的人，后世代指举人入京应考。

转诘之，盖孝廉姓傅，即阿卯也。入闽籍，十八已乡荐[①]矣，以前约未婚。其母嘱令便道访王，问女曾否另字也。虞大喜，邀傅至家，历述所遭。然婿远来千里，患无凭据，傅启箧出王当日允婚书。虞招王至，验之果真，乃共喜。是日当官覆审，傅投刺谒宰，其案始销。涓吉约期[②]乃去。会试后，市币帛而还，居其旧第，行亲迎礼。进士报已到闽，又报至东，傅又捷南宫[③]，复入都观政[④]而返。女不乐南渡，傅亦以庐墓在，遂独往扶父柩，载母俱归。又数年，虞卒，子才七八岁，女抚之过于其弟，使读书，得入邑庠。家称素封，皆傅力也。

异史氏曰：神龙中亦有游侠耶？彰善瘅恶[⑤]，生死皆以雷霆，此《钱塘破阵舞》[⑥]也。轰轰屡击，皆为一人，焉知纫针非龙女谪降者耶？

---

① 乡荐：考中举人。

② 涓吉约期：选择吉日，约定婚娶之期。

③ 捷南宫：指考中进士。

④ 观政：明朝时，新进士及第后并不立即授官，先被派遣至各衙门实习政事，称为“观政”。

⑤ 彰善瘅（dàn）恶：表彰善行，憎恨恶行。瘅，病，劳。

⑥ 《钱塘破阵舞》：即《钱塘破阵乐》，唐李朝威《柳毅传》中所载乐舞名。